本书由河南大学文学院出版基金资助出版

文化间性视野中的
纪伯伦研究

马 征◎著

中国社会科学出版社

目　录

序　一

仲跻昆①

近来，人们的一大热门话题是"全球化"。但这个地球无论怎么"化"，它总是圆的，是一个多元化——多种文化交融的星球。

古今中外的学者曾对文化下过种种定义，又将有史以来人类的文化划为若干文化圈，或分成若干文化体系。但无论怎么划，怎么分，毋庸置疑，阿拉伯—伊斯兰文化总是其中最重要的文化体系之一，而阿拉伯文学则是阿拉伯—伊斯兰文化的重要组成部分。

在我国，长期以来，因受"欧洲中心论"的影响，对东方文学的译介、研究远不及对西方文学的译介、研究，而在东方文学中，对阿拉伯文学的译介、研究、介绍又远不及对日本、印度文学的译介、研究。

即使这样，阿拉伯文学在中国的读者中却绝对不能说是"鲜为人知"。因为谁若不知道《一千零一夜》与纪伯伦，那的确够得上是孤陋寡闻了。这两者是古今阿拉伯文学的代表符号，又是东方文学、世界文学的经典——《一千零一夜》是经典作品，纪伯伦是经典作家。

---

① 仲跻昆（1938— ），阿拉伯语言文学专家、翻译家，中国阿拉伯文学研究会会长，曾任北京大学教授，博士生导师。翻译和创作各种著作 20 多部。

《一千零一夜》又称《天方夜谭》，在我国，乃至全世界，若说是家喻户晓、妇孺皆知，那绝非夸大之词。不过它不是我们要谈的主题，姑且放在一边。

如今我国的读书人若不知道纪伯伦，大概也是一件可以让人脸红的事。据笔者所知，如果说《一千零一夜》是从 20 世纪初开始译介到我国的第一部阿拉伯古典文学作品的话，那么，纪伯伦及其作品则是从 20 世纪 20 年代开始译介到我国最早的阿拉伯近现代的作家与作品，而且译介者还是我国文坛最具影响力的巨擘：茅盾先生于 1923 年从英文译介了纪伯伦的 5 篇散文诗，冰心先生则于 1932 年译介了纪伯伦的代表作——《先知》。至今各出版社出版的各种版本的《纪伯伦全集》达四五种之多，各种单行本与选集则多达近百种。这种数量大概也只有《一千零一夜》（《天方夜谭》）可与之相比。自 20 世纪 80 年代改革开放以来，在我国出版的各种外国文学史，特别是东方文学史中，有关阿拉伯文学的章节，都不能缺少有关《一千零一夜》与纪伯伦的内容。在当今这个网络时代，还可以见到多个以纪伯伦及其作品为专题的网站。纪伯伦的有些作品还被选进了中学的语文课本……

纪伯伦及其主要作品在阿拉伯世界当然更是家喻户晓，妇孺皆知。现当代阿拉伯文坛几乎没有哪位作家、诗人未曾受过其影响。实际上，纪伯伦不仅属于黎巴嫩，属于阿拉伯民族，属于东方，他更属于全世界，是举世闻名的经典作家。据统计，他的作品迄今至少被译成五六十种文字。美国前总统罗斯福曾对纪伯伦说："你是最早从东方吹来的风暴，横扫了西方，但它带给我们海岸的全是鲜花。"1984 年 10 月，美国总统里根根据美国国会的决定，签署了在华盛顿建立纪伯伦纪念碑和博物馆的法令。在纪伯伦逝世 50 周年和诞辰 100 周年时，联合国教科文组织宣布把他列为世界文化名人，以资纪念。

　　文化、文学的发展，总是遵循"传承—借鉴—创新"这一规律的，古今中外概莫能外。一位名作家的产生，多半是多元文化对话、交融、混血的结果。这一点，尤其清楚地体现在纪伯伦身上。

　　纪伯伦出生于黎巴嫩北部风景优美的山乡贝什里。他在很多作品中称自己是叙利亚人。他所说的叙利亚，实际上是指"大叙利亚"或"叙利亚地区"，阿拉伯人又把它称之为"沙姆"地区。它包括现今的黎巴嫩、叙利亚、约旦、巴勒斯坦、以色列。这片地区早在公元前 3000 年前就被称为"迦南地区"。须知，这片土地正是犹太教、基督教的发祥地，伊斯兰教兴起后，这里是阿拉伯帝国的一部分，同时，伊斯兰教把耶路撒冷当作它的又一圣地。此后，西方的历次十字军东征的终点都在这里。因此，三大一神教（犹太教、基督教、伊斯兰教）的文化、东西方的文化在这片土地上撞击、交融、相互浸润。生在这片土地上的纪伯伦，当然自幼就受这种多元文化环境的影响。

　　1895 年，12 岁的纪伯伦随亲属离乡前往美国，居住在波士顿唐人街的贫民窟。这使他有机会接触世界另两大文化体系的文化——中国和印度的文化。其影响不难在他的文学作品与美术作品中找到佐证。

　　1898 年，15 岁的纪伯伦曾只身返回黎巴嫩，继续在希克玛学堂学习阿拉伯语言、文学。在此期间，他苦读阿拉伯古代大诗人穆太奈比（al-Mutanabbī 915—965）、麦阿里（Abū al-'alā' al-Ma'arrī 973—1057）、伊本·法里德（Ibn al-Fārid 1181—1234）和著名哲学家伊本·西那（Ibn Sīnā 980—1037）、伊本·赫勒敦（Ibn Khadūn 1332—1406）等人的作品，并同时学习法语。穆太奈比被认为是阿拉伯古代语言妙天下的最伟大的诗人之一。其诗雄伟豪放，劲健新奇，不落窠臼，言近旨远，富于哲理。麦阿里对社会、人生乃至宇宙万物进行深刻的探索与思考，其作品带有浓烈的哲理色彩，他被称之为"诗人中的哲人，哲人中的诗人"。伊本·法里德被苏非派尊为"圣徒"，其诗多用象征手法，呈现朦胧、神秘的意境，被苏非派奉为经典，常被用在宗教仪式上配乐歌唱。伊本·西那是阿拉伯亚里士多德学派的主要代表之一，著述有上百种，涉及哲学、医学、数学、天文学、音乐、诗歌、语法等学科。而伊本·赫勒敦，则被西方学者认为"是社会学科学的奠基人。没有一个阿拉伯的作家，也没有一个欧洲作家，曾经用那样既渊博又富于哲学卓见的眼光来观察历史。所有评论家一致的意见是，伊本·赫勒敦是伊斯兰教所产生的最伟大的历史哲学家，也是历代最伟大的史学家之一"。①不难看出，这一切为纪伯伦传承本民族的文化、文学、语言打下了深厚的基础。

1908 年，纪伯伦前往法国巴黎学习绘画。除学习绘画外，他还抓紧时间广泛接触社会，游览了伦敦、罗马、布鲁塞尔等欧洲文化名城，并如饥似渴地阅读了但丁、伏尔泰、卢梭、巴尔扎克等人的作品，极大地开阔了眼界。其间，他受尼采的哲学思想和威廉·布莱克的文艺思想影响尤深。

1912 年，纪伯伦定居纽约时，正值巴哈伊教领袖阿布杜·巴哈（'Abd al-Bahā' 1844—1921）在美国访问，并宣传巴哈伊教教义，纪伯伦与其会见，并于 1912 年 4 月 19 日为其画像。巴哈伊教宣扬人类一家、宗教同源、宗教与科学协调，主张消除贫富差距，建立世界联邦，实现世界和平、大同等思想。如果说纪伯伦受到巴哈伊教的影响，恐怕不是空穴来风。在其作品

---

① ［美］希提：《阿拉伯通史》下册，商务印书馆 1979 年版，第 679 页。

《先知》中，就有阿布杜·巴哈的影子。

纪伯伦既受到阿拉伯传统文化的熏陶，又受到西方现代文化的影响，他能熔东西方文化于一炉，烩阿拉伯民族传统文学与欧美现代文学技巧于一鼎，故而在文学创作上能别树一帜，独具一格。

纪伯伦说："你们的思想称什么'犹太教、婆罗门教、佛教、基督教、伊斯兰教'。我的思想却认为：'只有一个绝对抽象的宗教，它有多种表象，却一直是一种抽象。它的途径虽有分歧，却如同一只手掌伸出的五指。'"

"我受过孔子的教诲；听过梵天的哲理；也曾坐在菩提树下，伴随过佛祖释迦牟尼……我曾在西奈山上看到过耶和华面谕摩西；曾在约旦河边见到过基督显示的奇迹；还曾在麦地那听到过阿拉伯先知的教义……我记得降在印度的哲理、格言；能背诵出自阿拉伯半岛居民心中的诗篇；也懂得那些体现西方人情感的音乐……"

"人类划分成不同的民族，不同的集体，分属于不同的国家，不同的地区。而我认为自己却既不属于任何一国。又不属于任何一地。因为整个地球都是我的祖国，整个人类都是我的兄弟……"

从中我们不难看出，纪伯伦及其思想、作品是东西方各种宗教、信仰，各种文化交融、混血，共同孕育、培养的结果。因此，他的确不只属于黎巴嫩、阿拉伯世界、东方，也不只属于美国、西方，而是属于全世界，属于全人类。

在我看来，这大概就是文化间性视野中的纪伯伦。

纪伯伦说："我爱故乡，爱祖国，更爱整个的大地。因为正是这大地将人孕育，而神圣的人性就是神性精神降临在人世……那神性在各国之间巡行，宣扬博爱，指出人生的途径。"

他还说："你是我的兄弟，我爱你！你在你的清真寺礼拜时，我爱你；你在你的庙宇顶礼膜拜时，我爱你；你在你的教堂祈祷时，我也爱你。你同我本是同一个宗教的教民，我们的宗教信仰就是灵魂。这一宗教的各派领袖，只是指向心灵完美的神性的手上紧紧相连的一个个指头。"

"我来到世间，是依靠爱的荣耀和美的光明而生活。瞧：我活着，人们无法使我离开我的生活。如果人们挖去我的眼睛，我会用耳朵去倾听爱的歌、美的曲，而怡然自得。如果人们堵住我的耳朵，我会因接触到充满了爱的气息和充满了美的芳香的空气而感到快乐。如果他们不让我接触空气，那我就同我的心灵生活在一起，心灵是爱与美之女。"

据我所知，不论是东方人还是西方人，很多人都认为纪伯伦是当代的"先知"。这种看法不无道理。因为世人遵奉的宗教信仰可能不同，但崇信的神圣的价值却多是共同的。纪伯伦正是没有宗教信仰的偏见，而遵奉、崇信并大力宣扬这些人类共同的神圣价值观，特别是"爱、美与生命"。

如前所述，我国读者热爱纪伯伦。但这种爱多是出自感性的，还缺乏理性的分析、指导；纪伯伦作品出的不少，但有关纪伯伦及其作品的研究至今仍是凤毛麟角，远远不够。纪伯伦是用阿拉伯语与英语双语写作的作家，我们对纪伯伦的研究也应是全面、多方位的。故而见到马征博士这部专著——《文化间性视野中的纪伯伦研究》，感到特别高兴！希望今后有更多的有关纪伯伦及其作品研究成果问世。也祝愿马征博士在治学的征途上再接再厉，不断进步，取得更大的成就。

是为序。

2010 年 1 月 22 日于北京

序　二

王向远[①]

马征博士的《文化间性视野中的纪伯伦研究》就要出版了，听说阿拉伯文学研究家仲跻昆教授已经为本书写了序，对本书定有剀切的品评。而我对纪伯伦没有专门研究，实在没有作序的资格。马征索序于我，或许主要是因为这部书是马征博士后研究工作的报告，而我则是她的博士后研究工作的"合作导师"。"合作导师"这一名称似乎具有双重含义，第一，"合作导师"不是"指导教师"，和博士后研究人员的关系主要是"合作"关系而不是"指导"的关系；第二，"合作导师"也是"导师"，似乎又有一点"指导"的义务含在其中。然而拿这两条来衡量，我觉得两条都不称职：马征的书稿完全是她自主研究的产物，在这个选题上我没有能力跟她"合作"；至于"指导"，我更是力所不能及了，因为我不是这方面的专家。我所能做的，只不过是给她进入北京师范大学文学院博士后流动站提供一点帮助，并在一些学术性问题上给予一点可有可无、仅供参考的建议而已。而

---

① 王向远（1962—　），现任北京师范大学文学院教授、博士生导师，主要从事比较文学与文学理论、东方文学及日本文学、翻译文学、中日关系等方面的研究，著有《王向远著作集》（全 10 卷）及各种著作单行本 18 部。

且，即使说到"帮助"，其实也是相互的。而在有关纪伯伦研究的问题上，马征应该算是我的老师。两年多来，不断地与她讨论纪伯伦，并最终阅读这份研究报告，都帮助我深化了对纪伯伦的认识。

我对纪伯伦的认识也有一个过程，20年前我在撰写《东方文学史通论》的时候，犹豫再三、掂量再三，最终没有将纪伯伦与泰戈尔、夏目漱石并列而在第八章《大文豪的创作与近代文学的深化》中列出专节。我一直觉得纪伯伦的作品美而精致，但从世界文学的角度看，还不是那种堪能代表一个民族和一个时代的博大精深的作家。我记得两年多前，当马征第一次来京与我讨论纪伯伦，并表示在博士后阶段继续研究纪伯伦的时候，我直率地谈了这一看法，并与她做过一回小小的学术争鸣。从那时起我看出了马征对纪伯伦研究的执著。后来，她决定在博士后研究期间将她关于纪伯伦研究的博士论文进一步加以深化和拓展。老实说，起初我对此是持保留态度的。一般而论，博士后研究课题可以在博士论文的基础上进一步推进，但应该属于新的独立的研究。另一方面，在我看来，作家作品论固然是文学研究的基础，但这一研究模式沿袭太久，搞不好就会失于缺乏深度的作家传记与作品评述，要达到博士论文乃至博士后研究报告所应该具有的理论深度，是相当困难的。

但马征有马征的想法，而且从最终结果看，这一想法是有道理的、可行的。从博士到博士后，马征在长达五六年的时间内，孜孜不倦地研究纪伯伦，研究与纪伯伦相关的阿拉伯伊斯兰文化、东西方文化问题，足见她对这个问题的兴趣与热情之高。对研究对象的高度兴趣与热情，是研究的最大动力和研究成功的基础。看完这部博士后研究报告的定稿，消除了我先前的一些担忧。可以说，马征的这篇博士后研究报告，是迄今为止我所接触到的关于纪伯伦研究的最为系统、最为深入、最具有学术个性的成果，不仅在纪伯伦研究中是创新的，而且对于作家作品研究这一传统研究模式的更新，也富有启发性。更重要的，本书突破了一般作家作品论的局限，不是一部通常的作家评传式的研究，而是以纪伯伦为切入点、以纪伯伦创作为话题的东西方文学、东西方文化问题的有深度的专题研究、理论研究。作家作品的研究要具备这样的文化视野和理论高度，是难能可贵的。

我说本书有深度，首先是指这本书有作者自己鲜明的学术思想的贯穿。这些学术思想未必都是她的原创性思想，但当她将一个既定学术思想主张与纪伯伦这一特定的对象结合起来的时候，就会衍生出一系列新颖的学术观点。这集中体现在她对"文化间性"这一概念和视角的运用上。"文化间性"是文化研究中的一个重要概念，当马征将"文化间性"的观念运用于纪伯伦研究的时候，就找到了诠释和解读纪伯伦思想与创作全部复杂性的纽结点。首先，既然从文化间性的角度看待纪伯伦，就不能像以往许多研究者通常所做的那样，从东方文化、西方文化的二元划分，来界定纪伯伦创作的区域文化属性，在这个问题上，马征善于援引和运用已有的相关学术观点，来支持和强化学术观点的创新。在"东方文学"、"西方文学"的范畴界定问题上，我在若干年前就曾提出，"东方文学"既是一个区域文学的概念，更是一个历史的概念。从全球文学史上看，"东方文学"、"西方文学"作为区域文学并不是静态不变的，而是在一定的历史时期形成的，19世纪以后，随着东方文学的近代转型，东西方文学两大分野逐渐相互趋近、相互交融，逐步浑融为全球性的"世界文学"。马征将这一看法援引到她的纪伯伦研究，认为不能从东方文学、西方文学的二分法来界定纪伯伦创作的文化属性，纪伯伦是一个东西方融合型的作家。这一看法看似简单，然而既能解释纪伯伦的跨文化身份特征，也从根本上确认了纪伯伦作品的跨文化属性。

不仅如此，"文化间性"及东西方文学浑融的特性，也决定了纪伯伦宗教思想的复合性或复杂性。一直以来，如何看待其宗教倾向与宗教思想，是纪伯伦评论与研究中的重大基本问题之一。"文化间性"的视角与东西方文化浑融论，也使得马征在这个问题上做出了较此前的研究更科学和更稳妥的概括。纪伯伦的一般读者都很容易看出纪伯伦创作中的浓厚的宗教色彩，但倘若站在某种特定宗教派别的角度来看，却又发现纪伯伦的宗教既不是纯粹的基督教，也不是伊斯兰教苏菲派乃至琐罗亚斯德教，甚至还会被某些宗教人士视为"判教者"。面对这种复杂情形，马征用了"神圣"一词来概括纪伯伦的宗教性思想的特征，认为追求神圣性，探索神圣性，表现神圣性，以"先知"的精神姿态面对世界与读者，是纪伯伦生活与创作的内核。这种神圣性使纪伯伦的思想创作带上了浓重的宗教色彩，但又没有被某种宗教思想或神学观念所束缚。的确，舍"神圣"一词，就无法洗练、准确地概括纪伯伦创作中表现出的那种圣洁与崇高的精神境界，更无法概括纪伯伦文学中所追求的人的生命存在方式，于是"神圣"一词不但化解了纪伯伦文学中宗教思想的矛盾，也整合并凸显了纪伯伦文学的思想精髓。或许正因为如此，马征才用"神圣"一词作为整部书稿的题名关键词。

在我看来，马征的这部著作是一部有思想贯穿，又富有可读性的纪伯伦专论，在作家作品个案研究的视野与方法上都具有一定的启发性，既有透彻的理论论证，又有细致的文本分析，对于纪伯伦文学爱好者而言是很好的辅助读物，必能帮助读者加深对纪伯伦的理解与认识。本书的出版发行，对纪伯伦文学在当代中国的进一步经典化，亦能有所促进。

　　在博士后研究期间，马征对于我这个"合作导师"的无为，也给予了充分的理解与合作，这是我要特别感谢她的。由于我本人的教学、研究与写作任务繁重，两年多来对马征的直接帮助并不多，但对马征的学术成长却也有所见证、有所了解。我认为马征是一个在学术上有目标、有追求的人，就连"马征"这个名字，也显示着一位女学者在学术上的勇气与热情、执著与奋进。

　　今后，我希望看到的，是在学术征程上一直勇往直前的马征。

2010 年 4 月 2 日于北京

导　　论

纪伯伦文学创作的研究现状和展望

（一）汉语世界纪伯伦作品的译介和研究

正如国内纪伯伦译介者伊宏先生所指出的，在 20 世纪 90 年代，中国就已基本上完成了纪伯伦文学作品的引介过程①。应该说，这个概括是恰当的：国内纪伯伦相关作品的译介非常繁荣。

从译介的内容上来说，国内纪伯伦作品的译介大体可以分为两大类。第一类是纪伯伦文学作品的译介；第二类是纪伯伦书信、传记材料的译介。下面对这两方面的译介情况逐一进行介绍：

总的来讲，纪伯伦的文学作品可以分为阿拉伯语和英语两

---

① 1999 年 12 月 9—12 日，以"关于哈利勒·纪伯伦的第一次国际会议：和平文化的诗人"（The First International Conference on Kahlil Gibran: the Poet of the Culture of Peace）为题的国际学术会议在美国马里兰大学举行。伊宏先生的论文《哈利勒·纪伯伦在中国》（*Kahlil Gibran in China*）在本次会议上宣读，该文简明扼要地概括了纪伯伦文学作品在中国的译介和传播情况。（Http://www. steinergraphics. com）

部分，中国对纪伯伦作品的译介最早是从他的英语作品开始的。据考证，纪伯伦英语作品最早的汉译文是1923年由茅盾发表在《文学周刊》上《先行者》中的5篇译作①。1927年，赵景深翻译了纪伯伦的一些寓言，刘廷芳则翻译了纪伯伦的英文作品《疯人》、《先行者》以及《人子耶稣》中的一些篇目。②

纪伯伦的作品为广大中国读者了解，主要是通过以内容、体裁等形式汇编在一起的文集。现有资料表明，1983—2004年的20余年间，中国大陆以"散文诗"、"哲理诗"、"抒情诗"、"诗集"等形式汇编的纪伯伦文学作品集至少有25种。③ 1983年由仲跻昆、李唯中和伊宏翻译的《泪与笑——纪伯伦散文诗选》、次年由《译林》编辑部编选的《折断的翅膀——纪伯伦作品选》是中国大陆较早的译介纪伯伦阿拉伯语作品的文集。④ 从此以后，纪伯伦的阿拉伯语文学作品、书信陆续被译成中文。作为一位用英语、阿拉伯语进行双语创作的作家，纪伯伦和他的创作得以更为全面地展示出来。

纪伯伦作品在中国最有名的是《先知》，仅《先知》一书的

---

① 这5篇译文在伊宏先生主编的《纪伯伦全集》下部的附录中收录。见伊宏主编《纪伯伦全集》下，甘肃人民出版社1995年版，第484页。

② 参见瞿光辉《纪伯伦作品在中国》，载《温州师范学院学报》（哲学社会科学版）1996年第1期。伊宏在"关于哈利勒·纪伯伦的第一次国际会议：和平文化的诗人"会议上的发言：《哈利勒·纪伯伦在中国》。

③ 该资料依据2004年10月5日检索"国家图书馆"和"北京大学图书馆"馆藏资源所得（网址：http：//www.nlc.gov.cn/和http：//www.lib.pku.edu.cn/）。

④ 该书由湖南人民出版社出版。实际上，早在1980年，《世界文学》就已经刊载了纪伯伦阿拉伯语作品的一些篇目，如《沃丽黛·哈尼》、《暴风曲》、《笑与泪》、《两个婴儿》、《罪犯》。

汉译，就至少有 9 种版本，① 虽然中国第一本汉译纪伯伦作品集是 1929 年 12 月由北新书局出版的英文作品《疯人》的全译本，译者刘廷芳，② 但纪伯伦作品在中国具有较大影响，则得益于冰心先生的汉译《先知》。这个译本以其流畅的译笔和清雅古丽的文风，在其后的 70 多年里由大陆、香港和台湾的多家出版社多次再版，成为《先知》的经典译本。1944 年，桂林开明书店出版《先知》，1944、1948、1949 年又由上海分别再版。1957 年，人民文学出版社和香港中流出版社同年出版《先知》。20 世纪 80 年代以后，伴随着纪伯伦文学作品译介的再一次高潮，③ 又出现多个《先知》译本，1982—2006 年间，仅以《先知》为题的单行本或文集就至少有 16 种。从某种程度上说，是冰心先生译的这本"小书"，带动了中国读者对纪伯伦文学作品的了解和接受。

---

①　据现有资料，《先知》汉译本至少有以下 9 种版本：冰心译本、王季庆译本（1970 年由台湾纯文学出版社出版）、伊宏译本（伊宏、伊洁、伊静译《先知园》，其中收录《先知》，中央编译出版社 1998 年版）、吴岩译本（《纪伯伦散文诗选》，百花文艺出版社 1994 年版）、葛铁鹰译本（李唯中主编《纪伯伦散文诗全集》，收录葛铁鹰译《先知》，花山文艺出版社 1993 年版）、郑乃萍译本（郑乃萍译《先知》，台北世茂出版社 1986 年版）、施一中译本（《先知》，台北自华书店 1986 年版）。蔡伟良译本（《先知全书》，上海文化出版社 1998 年版）和林志豪译本（哈尔滨出版社 2004 年版），李唯中译本（《纪伯伦全集》，百花洲文艺出版社 2007 年版）。

②　见盖双《高山流水遇知音——再说纪伯伦及其文学作品在中国》，《阿拉伯世界》1999 年第 2 期。严格说来，这篇文章不是学术论文，该文声称很多问题都是"点到为止，未及细究"，但文中对纪伯伦作品在中国的早期引介进行了考证和介绍，具有一定的学术价值。

③　本文认同伊宏在《哈利勒·纪伯伦在中国》一文中对中国译介纪伯伦文学作品的概括。他认为，中国对纪伯伦文学作品的译介经过了三次高潮。第一次是 20 世纪 30 年代早期，但由于战争的原因被迫中断。第二次是 20 世纪 80 年代纪伯伦逝世 50 周年（1981 年）和诞辰 100 周年（1983 年）。第三次是 20 世纪 90 年代纪伯伦全集的出版，至此完成了纪伯伦大部分作品的引介（Yi Hong, *Kahlil Gibran in China*）。

　　1994 和 1995 年，纪伯伦文学作品的译介有了重大突破，这两年相继推出了两种不同版本的《纪伯伦全集》。1994 年，由河北教育出版社出版了 5 卷汉译本《纪伯伦全集》，其中 1—3 卷为阿拉伯语的汉译作品卷，4—5 卷为英语的汉译作品卷。① 甘肃人民出版社出版了由伊宏主编的汉译《纪伯伦全集》，这套书共分为上、中、下三部，上部为阿拉伯文作品卷，中部为英文作品卷，下部为纪伯伦的书信集。值得一提的是，在这套书的"序"中，伊宏先生对纪伯伦的文学世界、艺术世界和情感世界作了分析，具有一定的学术价值。②

　　另外，中国大陆和台湾还至少推出过 3 种《纪伯伦全集》。2000 年，人民文学出版社推出由韩家瑞等译的五卷本《纪伯伦全集》。2004 年，该全集由台湾远流出版社出版繁体本。1996 年和 1998 年，台北风云时代出版公司将纪伯伦毕生作品重新编辑汇整，结集成"纪伯伦诗文全集"，这套题为"先知系列"的丛书包括《美神》、《先驱》、《先知》、《游子》、《孤独》、《先知的爱情书信》、《传说》、《守望》、《渴念》、《人子》和《纪伯伦精选集》共 11 册，这是台湾最早"出齐了纪伯伦诗文全集的完整系列丛书"。2007 年，李唯中先生翻译的 4 卷本《纪伯伦全集》由百花洲文艺出版社出版，该全集由译者从阿拉伯文译出，第 3 卷中的"集外集"和诗歌集中的许多篇作品都是第一次以中文面世。③

　　纪伯伦复杂的生活和情感经历使其书信和传记材料具有较高的学术价值，中国在纪伯伦的书信和传记材料译介方面也有一定

---

① 该书由关偶、钱满素主编。
② 该书分别在 1994 年和 1995 年推出平装本和精装本。
③ 《纪伯伦全集·前言》，李唯中译，百花洲文艺出版社 2007 年版，第 7 页。

成果。

2001 年，河北教育出版社出版了由薛庆国翻译的《纪伯伦爱情书简》，该书收录了纪伯伦写给玛丽·哈斯凯尔和梅雅·齐雅黛两位恋人的共计 209 封爱情书信。其中译序"爱，如蓝色的火焰一般"细致地剖析了纪伯伦与玛丽和梅雅的两段恋情，文笔细腻，评价到位，很值得一读。2004 年，由李唯中翻译的《纪伯伦情书全集》出版，这本书收入了纪伯伦致玛丽信 179封，玛丽致纪伯伦信 72 封，纪伯伦日记 3 篇，玛丽日记 91 篇。[①]另外，由伊宏主编的三卷本《纪伯伦全集》、韩家瑞主编的《纪伯伦全集》也都收录了纪伯伦的部分书信。

相比较而言，纪伯伦传记材料在中国的译介不多。1986 年，程静芬翻译了努埃曼的《纪伯伦传》[②]。另外，一些文集、全集也对纪伯伦的生平作了介绍，例如，伊宏主编的《纪伯伦全集》附上"纪伯伦年谱"，使我们对纪伯伦的生平有了大致了解。

相比较国内的译介热潮，纪伯伦研究非常冷落。国内的纪伯伦研究，主要局限于一些东方文学文化史、阿拉伯文学史、哲学史著作的概况性介绍。[③] 例如，蔡德贵先生在《当代伊斯兰阿拉伯哲学研究》一书中，以"纪伯伦的神秘主义哲学和现实的人生观"为题，专章介绍纪伯伦的哲学思想。[④] 在李琛的《阿拉伯现代文学与神秘主义》一书中，作者以"负有先知使命的纪伯伦"为题对纪伯伦进行专章研究。[⑤] 而在一些阿拉伯历史文化著

---

① 该书由天津古籍出版社出版。

② 该书由湖南人民出版社出版。

③ 在下节"汉语世界纪伯伦作品经典地位的确立：文学史中的纪伯伦"中，将对国内外国文学史中的纪伯伦历史和现状进行资料梳理。

④ 蔡德贵：《当代伊斯兰阿拉伯哲学研究》，人民文学出版社 2001 年版。

⑤ 李琛：《阿拉伯现代文学与神秘主义》，社会科学文献出版社 2000 年版。

作中，也常涉及纪伯伦的一般性介绍。例如，在《中东国家通史》的"叙利亚和黎巴嫩卷"，在谈及黎巴嫩的文学艺术成就时，以"文学艺术大师纪伯伦"为题介绍纪伯伦。①

从系统性研究成果来看，目前国内只有一本纪伯伦评传资料，即伊宏先生的《东方冲击波：纪伯伦评传》。② 据现有资料，涉及纪伯伦研究的学位论文有 4 篇，其中 3 篇为硕士学位论文，1992 和 1997 年，北京大学的林丰民和北京语言文化大学的哈德米拉分别将纪伯伦的文学创作与闻一多和鲁迅的创作进行了比较研究。2006 年 6 月，四川大学马征的博士学位论文《西方语境中的纪伯伦文学创作研究》是国内第一篇对纪伯伦进行专题研究的博士学位论文。可喜的是，近年来纪伯伦研究得到了越来越多的国内研究者的重视，天津师范大学的甘丽娟老师将纪伯伦定为博士论文选题，并指导多名硕士研究生从不同角度进行纪伯伦研究，取得了一定的成绩。2008 年，天津师范大学的郭洁通过硕士学位论文《纪伯伦文学与绘画艺术》，该论文选题角度新颖，进一步拓展了纪伯伦研究的视野。在其他研究、介绍性论文方面，1979—2008 年 12 月，包括研究性论文、书评和鉴赏类文章在内，共计 39 篇。③

（二）汉语世界纪伯伦作品经典地位的确立：文学史中的纪伯伦

汉语世界纪伯伦作品经典地位的确立，主要以纪伯伦作为代

---

　① 王新刚：《中东国家通史》，商务印书馆 2003 年版。

　② 伊宏：《东方冲击波：纪伯伦评传》，海南出版社 1993 年版。

　③ 这个数据结合了从"阿拉伯文学研究会"上检索出的"1970—2001 年阿拉伯文学研究"文章索引目录（http://www.arablit.com），和"中国期刊网（http://www.cnki.net）"上检索到的 1994 年—2008 年 12 月的纪伯伦研究和评介性文章。

表作家身份进入大陆的外国文学史教材为标志。虽然早在 20 世纪 90 年代上半叶，中国大陆就已经基本完成了纪伯伦大部分作品的引介，但纪伯伦作为经典作家被列入中国的外国文学史教材，却不过 10 年时间。而此前纪伯伦在外国文学史中的地位变迁，很能从个案的角度反映出阿拉伯文学、阿拉伯现代文学在中国的外国文学史中的地位，在对中国的"外国文学史中的纪伯伦"的材料梳理中，我们会发现：纪伯伦在中国的外国文学史中"经典化"的过程，在一定程度上也映照出中国的阿拉伯文学，尤其是阿拉伯现代文学的发展轨迹。因此，本节将对中国大陆的外国文学史中的纪伯伦进行材料上的梳理，以有助于我们在整体外国文学史教材的发展背景下，进一步了解中国的阿拉伯文学和东方文学学科建设。

国内介绍纪伯伦的文学史资料主要包含在阿拉伯文学史、东方文学史和外国文学史中。具体来讲，纪伯伦作品在文学史中的经典化，经过了一个由阿拉伯文学到东方文学、再到外国文学的过程。

大陆最早提及纪伯伦的外国文学史教材，是在 1959 年北京师范大学中文系外国文学教研组编写的《外国文学参考资料》的"东方部分"，该教材除了绪言外共分 8 章，按国别分为 7 章，另一章按地区列为"阿拉伯文学"，阿拉伯文学分为 16 小节，其中 5 节涉及叙利亚或黎巴嫩的文学，在"略谈黎巴嫩和伊拉克的文学"中，提到"在侨居外国的黎巴嫩人中有著名的作家杰勃朗·哈里尔·杰勃朗"，他写过"沙与泡沫"和"不顺从的人们"，"反映了黎巴嫩人民的反封建斗争"。[①]

----

① 　北京师范大学中文系外国文学教研组编：《外国文学参考资料》（东方部分），高等教育出版社 1959 年版，第 428—429 页。

改革开放以来一直到20世纪80年代初期，中国外国文学史教材的编写经历了艰难的恢复期。这一时期的外国文学史教材，对阿拉伯文学尚且涉及较少，更不要说纪伯伦的作品，只偶见提及古代阿拉伯民间文学名著《一千零一夜》。这一时期出版的第一部外国文学史教材是1977年版的《外国文学简编》，其中未涉及阿拉伯文学，[①] 1979年周煦良《外国文学作品选》中，未收录阿拉伯文学作品。[②] 1980年的《外国文学五十五讲》中，只对中古阿拉伯文学的《一千零一夜》做了专题论述，并未涉及纪伯伦。[③] 1981年《外国文学教学参考资料》，未涉及亚非文学和阿拉伯文学。[④] 1982年，由湘赣豫鄂34所高校编写的《外国文学简明教程》中，只在"中古文学"提到《一千零一夜》，未涉及阿拉伯现代文学。[⑤]

值得一提的是，1979年出版的《东方文学专集》（一），发表了3篇有价值的阿拉伯文学研究文章。一篇是塔哈·侯赛因的汉译文"阿拉伯文学及其在世界几大文学中的地位"，一篇是"阿拉伯儿童文学简况"，还有一篇是"现代黎巴嫩文坛新人"，在"现代黎巴嫩文坛新人"中，将纪伯伦作为侨民文学的代表人物进行介绍。[⑥]

---

①　《外国文学简编》编写组：《外国文学简编》，1977年版出版社不详。

②　周煦良主编：《外国文学作品选》，上海译文出版社1979年版，第四卷，现代部分。

③　《外国文学五十五讲》编委会：《外国文学五十五讲》，贵州人民出版社1980年版。

④　华东六省一市二十院校《外国文学教学参考资料》选编组：《外国文学教学参考资料》，福建人民出版社1981年版。

⑤　湘赣豫鄂三十四所院校编：《外国文学简明教程》，江西人民出版社1982年版。

⑥　中国社会科学院外国文学研究所编：《东方文学专集》（一），中国社会科学出版社1979年版，第225页。

1981 年，东方文学作为世界文学的一个重要组成部分，被写进国家教育部颁发的大学中文系外国文学教学大纲。这意味着按国家的统一要求，作为中文系专业基础课的外国文学史课程，必须讲授东方文学。① 此后，开始出现一些东方文学史著作，正是在东方文学学科建设的大背景中，阿拉伯文学开始得到一些必要的关注。但对于阿拉伯现代文学，国内文学史仍然很少涉及，纪伯伦也只是作为旅美派作家的代表，偶被提及，这种情况一直持续到 20 世纪 90 年代中期。

1983 年 2 月朱维之的《外国文学简编》（第 1 版）是全国高等学校第一部东方文学教材。与 20 世纪 80 年代的其他东方文学史著作相比，这部作品较多地涉及了"现代阿拉伯文学"，但纪伯伦并未被列入重点作家的行列，专节介绍的是两位埃及作家邵基和塔哈·侯赛因，只在现代阿拉伯文学的"概述"的"旅美派文学"中，提到纪伯伦是旅美派文学的领袖。② 1983 年 4 月出版、由林亚光主编的《简明外国文学史》一书，只在"中古文学"专节讨论"阿拉伯文学"和"波斯文学"，未涉及现代阿拉伯文学。③ 1985年陶德臻主编的《东方文学简史》，没有现代阿拉伯文学的介绍。④ 1985 年的《东方文学简编》也未将阿拉伯文学列入"现代文学"的范围。⑤ 1986 年湖南师范大学中文系外国文学教研室编的《简明外国文学教程》，未涉及阿拉伯现代文学。⑥ 1986 年

---

①　王向远：《东方文学译介与研究史》，宁夏人民出版社 2007 年版，第 285 页。

②　朱维之等主编：《外国文学简编》，中国人民大学出版社 1983 年版，第 391 页。

③　林亚光主编：《简明外国文学史》，重庆出版社 1983 年版。

④　陶德臻主编：《东方文学简史》，北京出版社 1985 年版。

⑤　张效之主编：《东方文学简编》，山东教育出版社 1985 年版。

⑥　湖南师范大学中文系外国文学教研室编：《简明外国文学教程》，湖南大学出版社 1986 年版。

辛守魁的《外国文学》，未涉及阿拉伯现代文学。① 1993年何乃英的《东方文学简史》，未将阿拉伯文学列入讨论范围。② 1986年由季羡林主编的《东方文学作品选》，在阿拉伯各国文学中，收录了纪伯伦的《先知》片段。③ 1986年由穆睿清等编写的"北京自修大学汉语言文学专业教材"《外国文学史》，主要按国别和地区划分，专章列出"阿拉伯文学"，其中古代部分包括了《古兰经》和《一千零一夜》，现代部分专节介绍邵基和塔哈·侯赛因，未提及旅美派文学和纪伯伦。④ 1986年由北京市高等教育自学考试委员会组编的《外国文学史》（讲义），下册亚非文学部分只在"中古亚非文学"中专节介绍《一千零一夜》和波斯诗人萨迪，未提及阿拉伯现代文学。⑤ 1986年由智量主编的"高等教育自学考试教材"《自学考试外国文学史纲》，分为欧美文学和亚非文学两部分，只在中古亚非文学中专节介绍阿拉伯文学，未涉及阿拉伯现代文学。⑥ 1987年张中义等主编的"河南省高等教育自学考试教材"《外国文学简史》分为"欧美文学"和"亚非文学"两编，在下编"亚非文学"的"中古亚非文学"中提到《一千零一夜》，并未涉及阿拉伯现代文学。⑦ 1988年，韩淑洁等按时间顺序编写《外国文学史简明教程》，只在"中古文学"部分单独介绍了《一千零一夜》，在"东方现代文学"中

---

① 辛守魁主编：《外国文学》，辽宁教育出版社1986年版。
② 何乃英：《东方文学简史：亚非其他国家部分》，海南出版社1993年版。
③ 季羡林主编：《东方文学作品选》（下），湖南文艺出版社1986年版。
④ 穆睿清等主编：《外国文学史》，北京广播学院出版社1986年版。
⑤ 匡兴等主编：《外国文学史》（讲义），下册，北京师范大学出版社1986年版。
⑥ 智量主编：《自学考试外国文学史纲》，上海文艺出版社1988年版。
⑦ 张中义等主编：《外国文学简史》，河南人民出版社1987年版。

未涉及阿拉伯文学。① 1993 年杜宗义等主编的《新编外国文学教程》，在与欧美各国别文学并列的东方文学部分，专节介绍《一千零一夜》，未涉及阿拉伯现代文学的内容。② 1994 年王培青主编的《外国文学简史》，分为欧美文学和亚非文学两编，只在中古亚非文学中专节介绍阿拉伯文学，未涉及阿拉伯现代文学。③ 1996 年王燕主编的《外国文学史简明教程》，分为欧美文学和亚非文学两部分，在亚非文学的中古文学部分专节介绍"阿拉伯文学和《一千零一夜》"，未提及阿拉伯现代文学。④

在以上列出的 20 世纪 80—90 年代上半期的外国文学史教材的一系列书目中，提及阿拉伯现代文学的著作尚且寥寥，更谈不上纪伯伦的文学作品！该时期涉及介绍纪伯伦的教材只有出版于 1985 年的 3 部著作：1985 年，在王忠祥的《外国文学教程》的"亚非文学"部分，"现代文学"一节专节讨论"阿拉伯地区的文学"，其中在"叙美派"文学中，以较大篇幅介绍了纪伯伦的生平和创作。⑤ 同年，由陈应祥等主编的《外国文学》，在"亚非其他地区的文学"中，有半页篇幅谈及阿拉伯现代作家，其中以介绍塔哈·侯赛因为主，列举主要作家时提到"散文作家纪伯伦"。⑥ 另外，由吴文辉等编著的《外国文学》是这一时期较多介绍阿拉伯现代文学的教材。该书在前言中指出国内忽视东方文学的习惯，因而将全书分为"东方部分"和"西方部分"两册，并以地区划分介绍阿拉伯文学（包括"西亚古代文学"

---

① 韩淑洁等主编：《外国文学史简明教程》，广东高等教育出版社 1988 年版。
② 杜宗义等主编：《新编外国文学教程》，中国人民大学出版社 1993 年版。
③ 王培青主编：《外国文学简史》，甘肃文化出版社 1994 年版。
④ 王燕主编：《外国文学史简明教程》，新疆大学出版社 1996 年版。
⑤ 王忠祥等主编：《外国文学教程》（下），湖南教育出版社 1985 年版，第274—276 页。
⑥ 陈应祥等主编：《外国文学》，山西人民出版社 1985 年版，第 593—594 页。

和"西亚现代文学"），其中西亚现代文学分为4节"阿富汗现代文学"、"伊朗现代文学"、"西亚现代阿拉伯文学"和"土耳其现代文学"，在西亚现代阿拉伯文学中，对纪伯伦以较大篇幅进行介绍。①

20世纪90年代中期以后，国内逐渐开始重视纪伯伦的文学创作，从被写入阿拉伯文学史、东方文学史到外国文学史，纪伯伦的作品逐步确立了在中国的外国文学史中的经典地位。

国内文学史将纪伯伦作为重要作家进行专门介绍，开始于1993年伊宏的《阿拉伯文学简史》②，虽然该书所属的"世界文学评介丛书"定位的读者是青少年，但单从《阿拉伯文学简史》所选取的作家来看，该书具有前瞻性，书中以一章的篇幅介绍了"纪伯伦与旅美派文学"。③1994年，上海文艺出版社出版《东方文学史通论》，这是国内第一部不是单纯以时间或区域来划分的东方文学史，具有相当强的思想和理论建构性。在这部将东方文学按照时间和精神线索划分为"信仰的文学时代"、"贵族化的文学时代"、"世俗化的文学时代"、"近代化的文学时代"、"世界性的文学时代"五部分的东方文学史著作中，在近代化时期阿拉伯文学的黎巴嫩"旅美派"作家中，以"纪伯伦的《先知》：诗化的智慧"为题进行专门介绍。④1995年，由季羡林先生编写的《东方文学史》，在现当代文学的西亚部分，专节介绍

---

① 吴文辉等主编：《外国文学》，广西人民出版社1985年版，第70—72页。
② 新中国成立后翻译的第一部阿拉伯文学史是英国东方学者基布的《阿拉伯文学简史》，该书初版于1926年，按照时间顺序介绍至1800年的阿拉伯文学，并将阿拉伯文学分为"英雄时代"、"发展时代"、"黄金时代"、"白银时代"和"曼麦鲁克时代"进行介绍。（［英］汉密尔顿·阿·基布著，《阿拉伯文学简史》，陆孝修等译，人民文学出版社1980年版）。
③ 伊宏：《阿拉伯文学简史》，海南出版社1993年版。
④ 王向远：《东方文学史通论》，上海文艺出版社1994年版。

"纪伯伦和旅美派文学"。①

　　1998 年，东方文学史教材《外国文学简编》的第二版专节介绍纪伯伦。② 不仅如此，同年出版的《阿拉伯文学史》，列专章介绍"侨民文学"，其中对纪伯伦进行重点介绍。③ 1999 年郑克鲁主编的《外国文学史》，"亚非文学"的"近现代亚非文学"部分将纪伯伦和马哈福兹列为重要作家进行专节介绍。④ 至此，纪伯伦在中国的外国文学史教材中确立了经典地位，纪伯伦从此成为中国的外国文学史著作中不可忽视的一位经典作家。

　　2001 年，中国档案出版社出版邢化祥的《东方文学史》，该书的扉页以纪伯伦《先知》中的名句"昨日只是今日的回忆，而明日只是今日的梦想"为题词，而纪伯伦也作为"近代阿拉伯文学"中唯一的一位重要作家被专节介绍。在介绍中，对于纪伯伦文学创作的分期，《先知》中爱和死、美的理念，都做了较详细的解析。⑤ 同年，由曹顺庆主编的《世界文学发展比较史》（上、下册）出版，该书的突出之处在于不仅关注文学的纵向发展，而且重视世界文学发展的横向关系，该书将"近现代及当代波斯、阿拉伯文学与西亚、非洲文学"列为专章介绍，并第一次在外国文学史教材中讨论了中国与阿拉伯文学的关系。其中，对"纪伯伦作品在中国的译介和研究"进行专门论述，

---

　　① 季羡林：《东方文学史》，吉林教育出版社 1995 年版。

　　② 梁立基、陶德臻主编：《外国文学简编》（亚非部分），中国人民大学出版社 1998 年版。

　　③ 蔡伟良、周顺贤：《阿拉伯文学史》，上海外语教育出版社 1998 年版，下卷，第 12 章。

　　④ 郑克鲁主编：《外国文学史》，下册，高等教育出版社 1999 年版，第 289—295 页。

　　⑤ 邢化祥：《东方文学史》，中国档案出版社 2001 年版。

再次表明了纪伯伦文学作品在中国经典地位的确立。①

2004 年，在"21 世纪中国语言文学系列教材"梁立基版《外国文学简编》中，对阿拉伯现代文学的介绍较为全面，在"亚非部分"的"近代西亚北非和中亚文学"部分，对纪伯伦进行专节介绍。② 同年，仲跻昆的《阿拉伯现代文学史》出版，从此结束了中国无专门的阿拉伯现代文学史的局面，该书将"旅美派文学"作为与"黎巴嫩现当代文学"相并列的章节论述，突出了旅美派文学的特色，并把纪伯伦作为"旅美派文学的骑手、灵魂和领袖"进行专节介绍。③ 在 2007 年《东方文学史通论》的修订版中，在"东西方文化的对接与大作家的创作"一章，纪伯伦与另外两位东方作家泰戈尔和夏目漱石并列，得到专节论述。④

值得一提的是，2001 年蔡德贵在《当代伊斯兰阿拉伯哲学研究》中，将"纪伯伦的神秘主义哲学和现实的人生观"列为专章介绍，其中又分五节探讨纪伯伦的生平和著作、对东西方哲学和宗教的认识、文化观、哲学观和人生观，从而在中国确立了纪伯伦作为一位阿拉伯哲学家的经典地位。⑤

（三）英语世界纪伯伦作品的出版、译介和研究

相比较汉语界来讲，英语世界纪伯伦英语作品的出版和阿拉伯语作品的译介更为多样和全面。

---

① 曹顺庆主编：《世界文学发展比较史》，北京师范大学出版社 2001 年版。
② 梁立基：《外国文学简编》，中国人民大学出版社 2004 年版。
③ 仲跻昆：《阿拉伯现代文学史》，昆仑出版社 2004 年版，第 302—311 页。
④ 王向远：《东方文学史通论》，宁夏人民出版社 2007 年版，第 244—254 页。
⑤ 蔡德贵主编：《当代伊斯兰阿拉伯哲学研究》，人民出版社 2001 年版，第十一章。

　　与汉语世界一样，纪伯伦在英语世界最有名的单部作品同样是《先知》。从 1923 年 9 月 23 日克诺夫出版社（Knopf）第一次出版《先知》，至 2001 年 8 月就已印刷 136 次，仅克诺夫出版社一家出版的《先知》，就包含了"精装本"、"平装本"、"袋装本"（pocket edition）和"玩具本"（board book）4 种。1998 年，以出版高品质皮面精装本（leather bound）著称的伊斯通出版社（Easton press）出版皮面精装本《先知》，2003 年和 2007 年，由培基·特纳（PageTurner）和苏非·乔治（Sufi George）两家出版社推出《先知》的电子阅读版本（kindle edition）。除此之外，从 1974 年至今，美国唱片公司推出的有关纪伯伦《先知》的配套音乐光盘和磁带至少有 8 种，由此可见《先知》在英语世界的深入人心。直至今日，纪伯伦其他作品的封面上常冠之以"《先知》的作者"来进行推介，而纪伯伦生前设想的"先知三部曲"中未完成的另外两部作品也相继推出续写版。由其私人秘书芭芭拉·杨修改并续写的《先知园》先后由克诺夫和海因曼（William Heinemann）等 6 家出版社出版。1979 年，杰森·林（Jason Leen）创作了《先知之死》，该作号称"纪伯伦不朽三部曲的力作"①，由此可见《先知》在英语世界经久不衰的影响力。

　　与汉语界不同的是，宗教感较强或是以寓言、谚语、格言等与"圣经文体"相近形式写成的《人子耶稣》、《疯人》、《先行者》、《沙与沫》和《流浪者》这几部英文作品在英语读者中都比较受欢迎。除克诺夫出版社多次再版以外，以出版第三世界经典作家作品著名的海因曼出版社也出版过这些书，另外至少还有

---

　　① Leen, Jason, *The Death of the Prophet*, Washington: Illumination Arts Publishing Company, 1988.

7 家出版社出版《先行者》，4 家出版社出版《人子耶稣》，3 家
出版社出版《疯人》，1995 和 2007 年，《人子耶稣》还分别推出
了"袋装版"和电子阅读版本。

　　纪伯伦的阿拉伯语作品在英语世界的译介和出版也比较繁
荣。据现有资料，最早推出纪伯伦阿语作品英译本的是哲学书库
出版社（NewYork：The Wisdom Library）。1947 年，哲学书库推
出由安东尼·R. 费里斯（Anthony Rizcallah Ferris）翻译的文集
《泪珠与欢笑》（*Tears and Laughter*），该文集涵盖了纪伯伦早年
创作的阿拉伯语诗作、散文和短篇小说《新婚的床》。由于"对
人类命运和存在意义"、"跨越时间性"的表述，作品成为哲学
书库半个多世纪以来最受欢迎的书籍之一。[①] 同年，由哲学书库
和其分支"智慧书库"（the Wisdom Library）分别推出由安东
尼·R. 费里斯翻译的早期阿语短篇小说集《叛逆的灵魂》的精
装本和平装本。

　　总体来讲，纪伯伦早年创作的几部阿拉伯语文集和小说集在
英语世界都较受欢迎。1950 年，由纳赫马德（H. M. Nahmad）
翻译、克诺夫出版社首次出版《泪与笑》（*A Tear and a Smile*），
该文集半个多世纪以来又由海因曼等 4 家出版社多次出版。1948
年，克诺夫出版社出版由纳赫马德翻译的《叛逆的灵魂》英译
本，同年，纳赫马德翻译的另外一部短篇小说集《草原新娘》
（*Nymphs of the Valley*）也分别由克诺夫和海因曼出版社出版。在
以后的 60 年中，至少还有 4 家出版社出版《叛逆的灵魂》，3 家
出版社出版《草原新娘》。由安东尼·R. 费里斯翻译的中篇小
说《折断的翅膀》1957 年分别由堡垒（Citadel）和城堡（Cas-
tle）出版社出版其精装本和平装本，另外还有企鹅（Penguin）

---

① http：//www.kensingtonbooks.com，2008 年 7 月 30 日。

等 4 家出版社出版过该书。

相比较纪伯伦早期阿语作品的译介，纪伯伦双语时期阿语作品的英译本较少。据现有资料，双语创作时期的《行列》1958年由哲学书库出版，译者是乔治·凯勒拉（George Kheirallah），1960 年，堡垒出版社出版该译本。由约翰·沃布里基（John Walbridge）翻译的《暴风集》（the Storm）1993 年由企鹅出版社出版。

另外，1972 年和 2008 年，克诺夫出版社和同一世界出版社（Boston：Oneworld Publication）还分别出版了纪伯伦与玛丽·哈斯凯尔的情书集、玛丽的私人日记、纪伯伦与梅娅·齐雅黛的情书集。

相比较汉语世界而言，英语世界以"选集"形式汇编出版的纪伯伦文学作品也毫不逊色。从 1958 年至今，以不同形式汇编出版的纪伯伦文学作品英译本至少有 31 种，而从纪伯伦研究，尤其是传记研究上来讲，英语世界的研究成果更是远胜于汉语世界。

1945 年，纪伯伦晚年的私人秘书、美国人芭芭拉·杨创作出版了《此人来自黎巴嫩：哈利勒·纪伯伦研究》（The Man is from Lebanon，A Study of Kahlil Gibran）。该作是英语世界第一部有影响力的纪伯伦传记作品，作者常以"亲历者"身份描述与纪伯伦一起经历的事件和自己的切身体会，感受性极强。1974年，由纪伯伦的侄辈、同样在 20 世纪上半叶随家人移民美国的简·纪伯伦与哈利勒·纪伯伦夫妇（Jean Gibran and Kahlil Gibran）创作出版了《哈利勒·纪伯伦：他的生活与世界》（Kahlil Gibran：His Life and World）一书，这部作品的作者有计划、针对性地从纪伯伦的美国友人玛丽·哈斯凯尔、弗雷德·霍兰德·戴伊、约瑟芬·皮勃迪处获得了书信、日记、实物等大量第一手资料，对纪伯伦的生活和创作经历进行翔实、生动的呈现，使读者如临其境。该作后来在 1981、1991 和 1998 年 3 次修订再版，其客观严谨的学术性奠定了当代西方纪伯伦传记写作的整体趋势。

1987 年，印度著名的"奥修"（Osho）神秘主义者、哲学家拉吉尼什（Bhagwan Shree Rajneesh）的《弥赛亚：哈利勒·纪伯伦〈先知〉解读》（*The Messiah：Commentaries by Bhagwan Shree Rajneesh on Kahlil Gibran's "the Prophet"*）一书出版，该书作者在印度和西方宗教界享有一派宗师的地位，他对纪伯伦文学作品的关注表明了纪伯伦作品所具有的宗教和哲学深度。1991年，威廉·舍哈迪（William Shehadi）的《哈利勒·纪伯伦：成长中的先知》（*Kahlil Gibran：A Prophet in the Making*）由贝鲁特美国大学（the American University of Beirut）出版社出版，第二年，该书由锡拉丘兹大学出版社（Syracuse University Press）出版。

1998 年是纪伯伦英语传记研究成果丰硕的一年，除了《哈利勒·纪伯伦：他的生活和世界》一书修订出版以外，又有两本纪伯伦传记作品问世。"哈利勒·纪伯伦科研项目"（The Kahlil Gibran Research and Studies Project）负责人、享誉西方和阿拉伯世界的当代纪伯伦研究专家苏黑尔·布什雷（Suheil Bushrui）和乔·杰金斯（Joe Jenkins）合作完成的《哈利勒·纪伯伦：人和诗人》（*Kahlil Gibran：Man and Poet*）由同一世界出版社出版。该书在现实层面梳理纪伯伦及其创作与美国文化的关系基础上，进一步从宗教、文化的高度探讨纪伯伦在其创作中调和伊斯兰教与基督教、东方文化与西方文化的种种尝试，展现了一个"人和诗人"的纪伯伦形象。1998 和 1999 年，分别由黛安（Diane）出版社和阿肯那（Arkana）出版社出版罗宾·沃特菲尔德（Robin Waterfield）的《哈利勒·纪伯伦的生活和时代》（*the*

Life and Times of Kahlil Gibran），该书从精神分析视角分析纪伯伦作为一位生活在美国的阿拉伯移民的复杂心态，并深入研究纪伯伦的生活和创作，具有一定的学术价值。

（四）东西方文化想象中的纪伯伦：汉语和英语世界的"纪伯伦形象"比较研究

通过对汉语和英语世界中纪伯伦及其文学作品的译介和研究状况进行梳理，我们可以看到：无论是在汉语世界还是英语世界，纪伯伦的文学作品都被广泛接受并具有一定的影响力，这就使纪伯伦在汉语和英语世界形成了特定的作家形象，而这一形象为我们提供了理解和诠释读者所处接受语境的可能性。从接受反应的角度看，读者心目中的作家形象不仅体现了接受者的个体性差异，更彰显了接受者所处文化的独特性，不同的接受语境，会建构出迥然而异的作家形象。那么，汉语和英语世界的纪伯伦形象分别呈现出什么特征呢？

1. 东方身份与纪伯伦形象

汉语和英语世界纪伯伦形象的共同特点，是对其东方身份的关注和强调。如果以简洁的方式勾勒出中国读者眼中的纪伯伦，那么，他必定是一位睿智的"东方智者"形象。提及纪伯伦，常常使中国读者联想起东方的另一位智者——泰戈尔。《先知》经典译本的译者冰心先生曾这样比较泰戈尔和纪伯伦这两位同样具有"东方气息"的作家的创作："泰戈尔的诗显得更天真，更欢畅，更富于神秘气息，而纪伯伦却像一位饱经沧桑的老人，对年轻人讲处世为人的道理，平静里却流露出淡淡的悲凉。"① 国

---

① 冰心：《我也谈谈翻译》，载纪伯伦等《先知》，冰心等译，中国工人出版社1995年版，第2页。

内批评界也常引用欧美评论家的观点，把《先知》和泰戈尔的《吉檀迦利》相提并论，将二者共誉为"东方最美妙的声音"。①从这些评价中，我们可以看出，主要是"东方身份"将纪伯伦与泰戈尔联系在一起，对东方身份的强调，是"东方智者"这一纪伯伦形象的核心特质。

从关注东方身份这一点而言，英语和汉语世界的纪伯伦形象具有相通之处。虽然在英语世界的不同历史时期，纪伯伦形象存在着差异——从 20 世纪上半叶神秘的东方先知到当代阿拉伯裔美国文学的奠基者和沟通东西方文化的先行者，但这些形象的共同之处，同样是对纪伯伦东方身份的关注。

纪伯伦在世时直至 20 世纪 50 年代，英语批评界对纪伯伦及其文学创作的关注，主要集中在他的东方身份上，从批评界对纪伯伦英语文学作品的评论中，我们可以清楚地看到这一点。20世纪上半叶的西方评论界经常将纪伯伦与泰戈尔相提并论，认为他是"东方作家"的代表。20 世纪 80 年代以后，东方身份仍然是英语世界的纪伯伦形象的核心，但不同的是，这一时期的纪伯伦形象多集中在他的阿拉伯移民身份上，更为关注他作为一位生活在西方世界的阿拉伯早期移民的心路历程和奋斗史、关注他作为一位文化先行者，在东西方文化交流中所起的重要作用。相比较而言，汉语批评界多从现代黎巴嫩国籍身份出发，将纪伯伦定位为东方作家，英语批评界则是从阿拉伯民族身份出发，将纪伯伦看作一位东方作家，但对东方身份的关注，是汉语和英语世界纪伯伦形象的焦点。

事实上，仅从浅层次的生活经历和文学创作上来讲，纪伯伦都与西方语境有着密切关联，这与汉语和英语世界的纪伯伦形象

---

① 《纪伯伦诗文选》，冰心等译，人民文学出版社 1999 年版，第 1 页。

中经常与之相提并论的另一位东方作家泰戈尔有很大不同。

从生活经历上来讲，泰戈尔从小在印度长大，只是在 17 岁时前往伦敦接受英国式教育 17 个月，虽然他成名后多次游历欧洲和美国，但总体而言，泰戈尔一生大部分时间在印度度过，毫无疑问是一位印度人。而纪伯伦则除了 1898—1902 年返回贝鲁特学习民族语言文化的短暂时期之外，他在美国和法国完成了他的全部教育，1911 年以后，他在纽约著名的现代艺术家聚居地格林威治村定居，从此再没有离开过美国，纪伯伦的全部英文作品都在美国发表或出版，与当时的西方文化界关系密切。在第一部英文作品《疯人》出版以后，美国评论界甚至以"衣着合体、西方世界的世界主义者"这样的评价来区别纪伯伦与泰戈尔。①

就文学创作上来讲，泰戈尔主要用孟加拉文进行创作，他脍炙人口的几部英文作品《吉檀迦利》、《园丁集》和《新月集》是由他自己从孟加拉文译成英文的，这也与纪伯伦的创作有很大不同。在创作第一部英文作品《疯人》时，纪伯伦就说这是他直接用英语进行思考并且创作的作品，而不是从阿拉伯语翻译过来的。纪伯伦受到世界瞩目的作品，都是用英文创作的，他的后期成熟作品也均用英语创作完成：《疯人》、《先行者》、《先知》、《人子耶稣》、《大地之神》、《流浪者》……而且他的大部分英文作品在美国以扶植先锋艺术作品著称的"小杂志"《七艺》发表或由"小杂志"类型的出版社出版。

由上可知，纪伯伦不仅身处美国先锋艺术界，而且其创作也与当时的美国先锋艺术界有着密切关联，无视纪伯伦所身处的美国现实语境乃至西方语境，单纯从国籍或民族身份出发，将纪伯

---

① Gibran, Jean and Gibran, Kahlil, *Kahlil Gibran, His Life and World*, New York：interlink Books, 1998, p. 327.

伦简单"定位为"东方作家，仅仅关注他的东方身份，是有一定局限性的。既然如此，为什么汉语和英语世界往往从"东方身份"上关注纪伯伦及其创作呢？要明白这个问题，首先要了解纪伯伦形象形成的途径，也就是说，英语和汉语世界的纪伯伦形象是怎样形成的呢？

2. 纪伯伦形象的形成

事实上，在学术研究视域，作家形象本身并不重要，重要的是在纵深的层面，由这一形象可以"追溯"什么、"延展"什么。追溯和延展从时间的两个维度开掘和拓展了形象本身：追溯意味着追根溯源、从历史的深度挖掘某一特定形象形成的深层原因。延展则意味着延伸发挥，是站在未来的高度对既有形象的局限性进行理性的分析、评价，并进而对该作家及其创作的研究发展空间进行设想和展望。

那么，透过纪伯伦形象，我们首先可以"追溯"些什么？也就是说，英语和汉语世界的纪伯伦形象是怎样形成的呢？

我们知道，任何一位作家形象的形成，都是作家、作品、读者乃至宣传媒介相互作用的结果。一位作家的行为和生活经历、作品中反映出的作家思想和情感、批评家和研究者对作家创作的评价和研究、作品在翻译过程中信息的增删和风格的改变、文学（化）史家对作家创作的定位、大众读者对作家及其作品的鉴赏和交流、大众传媒对作家的宣传等等，都会直接或间接"建构"出一个，甚至多个相互关联的作家形象。

汉语世界的纪伯伦形象，主要指中国大陆和台湾在译介纪伯伦文学作品及书信集、传记过程中形成的作家形象，其中，由于中国大陆对纪伯伦文学作品及书信集的译介规模大、数量多，因而在汉语纪伯伦形象的形成过程中占有主导地位，也更有代表性。总的来讲，中国大陆纪伯伦形象的形成主要经由以下三个途径：汉译作品集的评介，包括这些作品集的前言（序）、后记等；外国文学、阿拉伯和东方文学、哲学、文化史著作中涉及的相关章节；学术性研究文章。在纪伯伦形象的形成过程中，这三个途径的重要性依次类推。

由于汉译纪伯伦文学作品的风行，纪伯伦文学作品集中的前言、序和后记等述评性介绍成了汉语世界纪伯伦形象形成的重要因素，而这些述评性介绍对纪伯伦东方身份的关注，主要开始于1949年新中国成立后。这之前纪伯伦作品的汉译，多出于译者对纪伯伦作品的个人喜好，译者也多从英语作品了解纪伯伦，并未明确将纪伯伦定位为一名"东方作家"。例如，刘廷芳译《前驱者》（*The Forunner*），是"自印，不发售，版权页上印明共一百本，非卖品"。[①] 在1931年版的汉译《先知》"序"中，纪伯伦的东方身份也并非突出的重点，对于纪伯伦的生平和创作，译者冰心先生只是照实简叙。[②]

汉语世界对纪伯伦东方身份的强调，始于新中国成立以后。在1957年由人民文学出版社再版的《先知》"前记"中，纪伯伦的文学创作第一次被放在东方叙利亚文学的框架内探讨。作为建国后出版的第一本纪伯伦作品集，这篇前记实际上开了汉语界纪伯伦形象的先河：从叙利亚地区或现代黎巴嫩国籍的角度"定位"纪伯伦，突出纪伯伦的东方身份。20世纪80年代改革开放以后，纪伯伦作品集的汉译本层出不穷，但其中前言和后记中的述评性介绍基本上沿用了这一模式。

国内纪伯伦作品引介者，尤其是英语作品的引介者，并非没

---

① 唐弢：《纪伯伦散文诗》，转引自盖双《高山流水遇知音——再说纪伯伦及其作品在中国》，《阿拉伯世界》1999年第2期。

② 冰心先生的这篇序言，后来在《先知》的再版过程中多次重印。

有注意到纪伯伦作品超越东西方文化的普适性特征。1994 年由甘肃人民出版社出版的《纪伯伦全集》汇集了阿拉伯语和英语原文作品的汉译文，该全集的主编伊宏先生注意到了纪伯伦是一位"跨越了东方和西方的诗人"，是一位"世界文化名人"。① 而英语作品的译者林志豪则认为，纪伯伦的作品"融合了东西方心灵精髓，超越时空，成为人类永恒的箴言"。② 英语作品的译者阏滨称纪伯伦"用一种超越东西方障碍的独特思想向世人讲述亘古不变的永恒箴言"。③

但总体而言，凸显纪伯伦的民族或国籍身份、强调纪伯伦文学创作与东方语境的关联，是国内纪伯伦述评的主导趋向。具体来讲，国内纪伯伦述评多在阿拉伯现代文学、旅美派文学、黎巴嫩文学的视野中探讨纪伯伦的文学创作，国内最著名的 3 位纪伯伦译介者对纪伯伦的文化定位很具有说服力。独译了纪伯伦全集的李唯中先生赞誉纪伯伦是阿拉伯"旅美文学家们的头号领袖"、"旅美文学的旗手和灵魂"，他的散文诗创作不仅在当时的"旅美派"作家中无人能比，就是当今阿拉伯文坛上也很少有人堪与之相提并论。④ 国内阿拉伯文学译介和研究专家仲跻昆先生则完全从阿拉伯和东方文学的视野中评价纪伯伦的文学创作，称他是"东方文学走向世界的先驱"、"阿拉伯现代小说和艺术散文的主要奠基人"和"20 世纪阿拉伯新文学道路的开拓者之一"。⑤ 另一位纪伯伦译介专家伊宏先生则称纪伯伦是"享有世

①　伊宏：《阿拉伯的文学才子纪伯伦——纪念纪伯伦诞生 100 周年》，《阿拉伯世界研究》1983 年第 4 期。

②　《沙与沫》，林志豪译，哈尔滨出版社 2008 年第 2 版，"关于作品"。

③　《纪伯伦经典诗集》，阏滨译，黑龙江人民出版社 2006 年版，"致读者"。

④　《纪伯伦全集》，李唯中译，百花洲文艺出版社 2007 年版，前言，第 1—3 页。

⑤　《先知·译序》，冰心、仲跻昆译，光明日报出版社 2006 年版。

界声誉的黎巴嫩作家和诗人", 是"阿拉伯现代文学复兴的先驱和代表"。①

显然, 从国籍和民族身份出发, 在"东方"视野的参照中看待纪伯伦, 是汉语纪伯伦形象的关键, 这也表现在大陆的外国文学史、哲学史和文化史对纪伯伦的定位上。正如上节所讨论的, 纪伯伦文学作品在中国的外国文学史中经典地位的确立, 经由了从阿拉伯文学史到东方文学史再到外国文学史的过程, 它在中国的外国文学史中的定位, 是东方文学中的阿拉伯现代文学。

相比较而言, 大陆学术界的纪伯伦研究呈现出更为客观、多元的局面。不乏一些突破纪伯伦的东方民族身份、进行多层面多角度研究的力作, 具有较高的学术价值。值得一提的是林丰民在2002年第1期《阿拉伯世界》上发表的《惠特曼与阿拉伯旅美诗人纪伯伦》一文, 可以说是汉语纪伯伦研究领域的一次突破。该文首次探讨了西方文化与纪伯伦文学创作的关系, 认为惠特曼通过阿拉伯旅美派诗人对阿拉伯现代诗歌产生很大影响, 并运用平行比较的方法, 分析惠特曼诗作和纪伯伦作品之间的相似之处。2006年6月, 四川大学通过马征的博士学位论文《西方语境中的纪伯伦文学创作研究》, 该论文从西方语境的视角对纪伯伦的文学创作进行探讨, 是对国内纪伯伦研究的学术补遗。

总体而言, 学术界的研究不拘泥于纪伯伦的东方身份, 从文化、心理、宗教、哲学等角度深入分析纪伯伦的文学创作, 无疑具有积极意义。客观地说, 与其他东方作家研究相比, 纪伯伦研究还算相对繁荣, 但作为一位具有世界影响的文学"大家", 纪

---

① 《先知园·译者前言》, 伊宏、伊洁、伊静译, 中央编译出版社2007年版, 第1页。

伯伦的学术性研究成果非常少，除了一些零散的单篇论文，系统的纪伯伦研究成果可谓少之又少，这与纪伯伦文学作品在国内受到的欢迎程度形成了强烈反差！本书认为，国内纪伯伦研究的薄弱与长期以来外国文学史的"东西二分法"有直接关系。由于纪伯伦一生的大部分时间在美国度过，并身处西方先锋艺术圈，享有世界声誉的几部作品主要是英文作品，这给懂阿拉伯语和东方文化的东方文学研究者的研究造成了困难，而由于纪伯伦长期被划入"东方文学"的范围，大多数懂英语和西方文化的研究者常常把纪伯伦当作"东方作家"而忽视他的创作。由于目前学术界研究成果有限，显然不足以影响汉语读者心目中已经形成的"东方智者"的纪伯伦形象。

　　与汉语世界纪伯伦形象的形成主要依赖汉译作品集的评介不同，英语世界纪伯伦形象形成的途径更为多元化，报刊杂志的述评性介绍、传记作品和学术研究成果都直接影响了纪伯伦形象的形成。大体来讲，英语世界纪伯伦形象的形成可以分为两个阶段，第一阶段即 20 世纪上半叶，纪伯伦形象主要来源于报刊杂志对纪伯伦的述评性介绍，这一阶段的介绍突出纪伯伦东方身份的神秘色彩，经常将纪伯伦描绘成一位身穿阿拉伯民族服饰、唤醒西方人的东方先知形象。例如，《太阳报》（Sun）发表评论，认为纪伯伦的作品给予"我们"西方世界的东西，几乎不能在"我们"自己诗人的创作中找到。① 《诗刊》（Poetry）评论《先知》带着些"叙利亚哲学"的味道，它异于"我们的"文化，我们这一代不安和不满足的灵魂，能够从中找到一种"奇妙的"放松。②

---

　　① Gibran, Jean and Gibran, Kahlil, *Kahlil Gibran*, *His Life and World*, New York: interlink Books, 1998, p. 326.

　　② Ibid. , p. 372.

　　值得一提的是这一时期在英语世界影响较大的一本英文传记《此人来自黎巴嫩：哈利勒·纪伯伦研究》，该书的作者芭芭拉·杨是一位不知名的作家，同时也是纪伯伦的崇拜者。1925—1931 年，她作为纪伯伦的私人秘书，协助病中的纪伯伦完成一些写作和社会工作，1931 年纪伯伦刚去世时，杨出版了一本 45页的小册子，1945 年，她又出版了《此人来自黎巴嫩：哈利勒·纪伯伦研究》，这是英语世界第一部有影响力的纪伯伦传记资料，对早期英语世界纪伯伦形象的形成具有重要意义。这部作品的显著特点是作者鲜明的主观感情色彩，杨在该作的"前言"中坦言自己不可能做到"完全客观"地写纪伯伦其人其作，反而是以纪伯伦 7 年私人秘书的独特视角来感受纪伯伦，并毫不隐讳纪伯伦诗作给自己带来的强烈震撼和对纪伯伦诗作和天赋的崇拜。[①] 但鲜明的主观感情色彩也使这部作品极富文学"创造性"：纪伯伦的私人秘书和崇拜者身份使作品充斥了作者不厌其烦的赞誉之辞，纪伯伦其人更被描绘成一位充满神秘色彩的先知。作者称纪伯伦为"天才"、他"来自圣经的土地"、"与神圣相联"，并以颇富传奇色彩的事例描述纪伯伦自 4 岁就表现出的绘画和写作的艺术天赋和神授气质，而成年后的纪伯伦更是像所有"天才"一样，从不为读者创作，甚至纪伯伦的内敛性格也被涂上超脱尘俗的神秘色彩。[②] 将纪伯伦"神秘化"的倾向导致了作品中诸多材料的失实。例如，称 20 岁以前的纪伯伦有 18 年的时间都在那曾产生先知的古老土地上度过，并故意美化纪伯伦的家庭出身，以突出纪伯伦"神秘的"东方身份。[③] 这种将纪伯伦神秘

---

　　① 　Young, Barbara, *This Man from Lebanon, a Study of Kahlil Gibran*, NewYork：Alfred A. Knopf, 1945, "*Foreword*".

　　② 　Ibid. , pp. 4 – 12.

　　③ 　Ibid. , p. 31.

化、先知化的倾向，在美国读者中深入人心，直至 1979 年，在杰森·林续写的《先知之死》中，这种倾向仍然表现得非常明显。该作的扉页上写道："由爱尔美差启示、经由杰森·林完成"（As Revealed by Almitra Through Jason Leen），作者在其作品序言中，称自己的创作和芭芭拉·杨修订续写《先知园》一样，是在冥冥中完成了纪伯伦先知般的预言。①

　　第二阶段即 20 世纪 80 年代以后的当代研究。如果说早期的美国评论界把纪伯伦当作富有神秘色彩的东方先知，他的作品因为异于"西方文化"而被西方人以猎奇心理欣赏和玩味，那么，当代纪伯伦研究则转向纪伯伦"人性"的一面，关注纪伯伦作为一位生活在美国的阿拉伯诗人在沟通东西方文化中所起的桥梁作用、关注他作为早期阿拉伯移民的心路历程和奋斗史。这一时期纪伯伦研究的重大突破之一，是将纪伯伦的文学创作当作美国文学遗产的一部分，突出纪伯伦文学创作与美国现实语境，乃至西方（Occidental）语境的关联。

　　与汉语世界相似的是，相比较其他文学大家，英语世界的纪伯伦研究成果较少，但与中国纪伯伦形象的形成不同的是，英语世界当代纪伯伦形象的改变主要得力于学术界的研究成果，其中传记研究尤为突出。

　　1974 年出版，后来又 3 次修订再版的《哈利勒·纪伯伦：他的生活和世界》（New York Graphic Society：1974），是当代纪伯伦传记研究的奠基之作。在这部传记作品中，作者从客观中立的学术立场出发，历史性地展现了纪伯伦及其文学创作与美国现实语境的关联，具有鲜明的学术性，这部作品预示了当代英语世

---

① Leen, Jason, *The Death of the Prophet*, Washington：Illumination Arts Publishing Company, 1988, viii – ix.

界的纪伯伦形象"人性化"的转变。

1998 年出版的两部传记力作《哈利勒·纪伯伦的生活和时代》和《哈利勒·纪伯伦：人和诗人》进一步延续和完善了当代纪伯伦研究中人性化的纪伯伦形象。1999 年，在美国玛里兰大学"哈利勒·纪伯伦科研项目"的组织和推动下，举行了第一次国际性的纪伯伦研究学术会议。来自美国、英国、黎巴嫩、法国、中国等国家的纪伯伦研究专家和学者参加了这次会议。会议围绕着"通向文化和平"、"哈利勒·纪伯伦的遗产"、"诗人的形象"、"幻象和伦理的统一"、"纪伯伦：人权诗人"、和"美国本土视角的移民传统"等论题，对纪伯伦及其创作进行了较为全面深入的讨论。这次会议汇总了当代纪伯伦研究的最新成果，从文化视角深入探讨纪伯伦及其创作，彻底打破了英语世界将纪伯伦"神秘化"的倾向，以客观、中立的学术视角再现了一个处于东西方文化交流地带的诗人形象。

显然，虽然都关注纪伯伦的东方身份，但汉语和英语世界的纪伯伦形象存在着差异。汉语批评界将纪伯伦看作一位"东方智者"，英语批评界的纪伯伦形象则经过了由神秘的"东方先知"到阿拉伯裔美国文学的奠基者和沟通东西方文化的"先行者"的转变，前者突出纪伯伦其人其作的神秘色彩，后者更侧重纪伯伦作为早期阿拉伯移民的奋斗历程、侧重他作为"人和诗人"在创作中沟通东西方文化的尝试。那么，同样都关注纪伯伦的东方身份，汉语和英语世界的纪伯伦形象为何有如此大的差异呢？

3. 追溯：东西方文化想象与纪伯伦形象

汉语和英语世界纪伯伦形象的差异，体现了东西方文化在特定历史时期的文化想象对作家形象建构性的影响。

首先，中国纪伯伦形象的形成，与中国的东方文学及其外国文学研究的发展密切相关。中国东方文学的整体性学科建设，始于 20 世纪 50 年代的"大跃进"时期，当时的"教育大革命"在中文系的内容之一，就是在外国文学教学研究领域改变以西方文学取代外国文学的现状，形成西方文学和东方文学共同组成外国文学的新体系。也就是说，中国东方文学学科和整体研究的形成和发展，存在一个大的文化背景：反抗外国文学研究中的"西方中心主义"，这直接影响了新中国成立后纪伯伦述评的主导趋向。

正如王向远所指出的，"文化大革命"前 17 年，应冷战形势的需要所提出的政治化的"亚非拉"口号，在一定意义上推动了东方文学的翻译，但在政治意识形态的主导下，突出的是东方文学作品中的反帝反美题材，对东方文学的研究难有实质性的促进。[①] 的确，对任何一种外国文学文化作品的引介，都难免会受到接受语境中大的政治文化氛围的影响，纪伯伦的译介也不例外：作为一种引介的策略，纪伯伦的东方身份得到突出，这促进了纪伯伦文学作品的翻译，但这种引介策略却无意中遮蔽和局限了国内的纪伯伦研究，使国内纪伯伦研究呈现出片面和支离破碎的状况。

在新中国成立后出版的第一本纪伯伦汉译作品《先知》的"前记"中，我们可以看出鲜明的时代烙印。这篇前记的开篇首先强调，随着万隆会议后亚非国家间的文化交流和经济合作，中国人民也逐渐熟悉了一个中东的文明古国——叙利亚，并认为读了《先知》这叙利亚文学精彩的"一鳞一爪"，使我们感到对于叙利亚的文学，"真是知道得太少了"，因此，译者进一步呼吁

---

① 王向远：《中国的东方文学理应成为强势学科》，王邦维主编：《东方文学学科：建设与发展》，北岳文艺出版社 2007 年版，第 17 页。

中国通晓阿拉伯文字的学者，能给我们介绍些优美的叙利亚和中东各国的文学。① 在以后的国内纪伯伦述评中，我们均可以发现反抗西方中心主义、弘扬东方文学的痕迹。例如，在 2003 年西苑出版社出版的《先知》新版序中，编者这样写道：

> 无论是在哲学还是文学上，东方比西方都晚了许多世纪，这是学界所公认的。然而，在东方文学史上，纪伯伦的创作风格却以独树一帜著称。

因此，纪伯伦常被当作东方的骄傲，其作品的引介往往与反抗西方中心主义、弘扬东方文学联系在一起。例如，在李唯中 4 卷本《纪伯伦全集》的"前言"中，第一句即以"东方出了个纪伯伦，真是东方人的骄傲"开篇，并骄傲地宣称"东方作家"纪伯伦的作品轰动了美国和整个西方乃至全世界，这表明"东方人不比西方人差"！② 在《纪伯伦散文诗全集》的"译序"中，译者在结尾处呼吁我国的翻译和出版界能够不满足于介绍纪伯伦这个"阿拉伯现代文学中的一个闪光点"，"把目光投向更多的阿拉伯作家，更多的东方作家"。显然，中国对纪伯伦东方身份的关注，很大程度上是由于中国作为东方文化的一员，对东方文化的集体认同感。与之相对应，英语世界纪伯伦形象的转变，则体现了 20 世纪西方文化对东方文化认知的转变：由带有强烈西方中心主义色彩的"东方想象"转向当代多元文化主义时代中对少数族裔群体的关注和东西方文

---

① ［黎］凯罗·纪伯伦：《先知·前记》，冰心译，人民文学出版社 1957 年版。
② ［黎］纪伯伦：《纪伯伦全集》，李唯中译，百花洲文艺出版社 2007 年版，前言，第 1 页。

化对话的需求。

由于对东方文化的集体认同感，中国纪伯伦述评常带有褒扬的情感色彩，但并没有将纪伯伦"神秘化"的倾向，与之不同的是，20世纪上半叶的美国批评界却以猎奇心理看待纪伯伦文学创作中神秘的"东方"色彩，将纪伯伦当作一位具有神授气质的天才、来自东方的先知。20世纪上半叶美国纪伯伦形象的神秘色彩，与当时西方文化从"西方中心主义"立场出发的东方想象有关。从19世纪中期以来，"东方"就被西方文学家看作是具有"异国情调的、神秘的、深奥的、含蓄的"。① 这样的一种文化氛围，加之纪伯伦来自《圣经》所述之地叙利亚的东方身份、艺术天赋和忧郁气质，西方人把他看做一位来自东方的神秘先知也就不足为奇了。

西方当代纪伯伦形象的转变，体现了当代多元文化景观中边缘群体自我意识的觉醒。20世纪下半叶以来西方文化的核心特征，是"各种抗议都打着被压制的多元性的名义，反对占有压倒性的统一性"。② 也就是说，是以多元主义的声音，消解"宏大叙事"、抵制本质化。表现在社会政治文化中，是边缘群体和少数族裔的觉醒，这构成了20世纪中期的重大历史事件。于是，大量一直以来被主流学界所忽略、掩盖的性别和族裔文本被挖掘出来、或得以被重新审视。③ 这样，在20世纪60年代以来的大学美国文学课程改革中，一些长期被排斥在美国文

---

① ［美］爱德华·W.萨义德：《东方学》，王宇根译，生活·读书·新知三联书店1999年版，第64页。

② ［德］于尔根·哈贝马斯：《后形而上学思想》，曹卫东、付德根译，译林出版社2001年版，第138页。

③ 王晓路等编著：《当代西方文化批评读本》，四川大学出版社2004年版，第326页。

学经典之外的非主流文学，如黑人文学、口头文学、少数族裔文学重新得到文学史家和批评家的重视。① 在这样的文化语境中，作为在美国乃至西方世界享有声誉的 20 世纪阿拉伯作家，纪伯伦及其创作得以被重新挖掘和阐释，纪伯伦形象也由此发生了转变。在 1988 年第一部阿拉伯裔美国作家作品集《葡萄叶——百年阿拉伯裔美国诗人诗集》中，我们可以清楚地看到，是阿拉伯裔美国人自我意识的觉醒，促成了这部著作的成集：

> 美国的每一个少数族裔团体都有他自己的诗集：黑人、墨西哥人、犹太人、印第安人、中国人、亚美尼亚人等等。但到目前为止，却仍没有……阿拉伯裔美国作家的诗集。②

在这部诗集中，纪伯伦的身份是阿拉伯裔美国文学的奠基者。这体现了当代美国纪伯伦形象的转变：不像早期美国批评界从西方中心主义立场出发，将纪伯伦看作一位神秘的东方先知，当代研究则更侧重纪伯伦“人性”的一面，关注纪伯伦作为早期阿拉伯移民的心路历程和奋斗史。这也体现在当代纪伯伦研究主体的身份改变上，早期的纪伯伦评论者多来自美国主流批评界，当代美国纪伯伦研究者却多为生活在西方世界的阿拉伯人。例如，纪伯伦研究专家布什雷幼年在巴勒斯坦受阿拉伯基础教育，少年和青年时代在英国受西式教育，上文提到的传记作品《哈利勒·纪伯伦：人和诗人》由他与乔·杰金斯合著完成。另

---

① Ruoff, A. LaVonne Brown and Ward, Jerry W., *Redefining American Literary History*, NewYork：The Modern Language Association of America, 1990, pp. 63 - 64.

② Orfalea, Gregory and Elmusa, Sharif, *Grape Leaves—A Century of Arab American Poetry*, Salk Lake City：University of Utah Press, 1988, Introduction, xv.

一部传记力作《哈利勒·纪伯伦：他的生活和世界》由纪伯伦的侄辈、美国第二代阿拉伯移民哈利勒·纪伯伦和简·纪伯伦夫妇合著完成。

应当指出的是，虽然当代纪伯伦研究使英语世界的纪伯伦形象发生了"人性化"的转变，但神秘的"东方先知"形象仍然影响着为数不少的西方读者，这清楚地表现在纪伯伦文学作品在英语世界的译介和出版上。

英语世界长期以来从西方视角出发，将纪伯伦看做一位神秘的东方先知，因而纪伯伦文学作品在英语世界最受欢迎的是《先知》和《人子耶稣》这两部极具宗教意味的作品，而创作于双语时期、现实感较强的《暴风集》在英语世界是纪伯伦文学作品中译介出版的版本和次数最少的作品。汉语界却由于与叙利亚地区相似的现代东方命运，对《暴风集》推崇备至，认为这一时期的创作革命性强，是纪伯伦文学创作的"狂飙突进"时期。而在内容上，汉语界也更推崇纪伯伦作品的现实批判力量，2000 年版的《纪伯伦全集》"出版说明"对纪伯伦作品的评价很具有典型性：

> 纪伯伦创作的全部作品，无论是早期创作的小说，还是后来创作的散文、散文诗都充满了对祖国、对人民和对未来的爱，毫不留情地揭露了殖民主义、资本主义的罪恶。他以画笔和文笔为武器同旧世界进行了顽强的斗争，保护了受压迫最深的阿拉伯妇女，捍卫了她们的自由恋爱的权利。①

---

① [黎] 纪伯伦：《纪伯伦全集》第一卷，韩家瑞、李占经译，人民文学出版社 2000 年版，第 2 页。

从创作体裁上来看，由于看重纪伯伦作品的宗教性和哲理性，形式上采用了"圣经文体"的纪伯伦文学作品在英语世界大受欢迎。例如，主要由寓言、谚语和格言等体裁组成、具有神秘主义风格的《先知》、《沙与沫》、《先行者》和《疯人》在英语世界多次再版，而早期小说作品的译介和出版则相对冷清。英语世界纪伯伦作品的这种出版态势表明，虽然当代由特殊族裔身份构成的研究主体给纪伯伦形象注入新的元素，但早期"东方先知"的纪伯伦形象仍然强烈吸引着英语读者，这进一步从一个侧面表明：以西方为中心的"东方想象"在西方读者的心目中根深蒂固。

（五）国内纪伯伦研究的不足和展望

通过梳理英语和汉语世界的纪伯伦译介和研究现状，我们可以发现国内纪伯伦研究存在的不足和缺憾，并在此基础上对未来的纪伯伦研究趋势进行展望。

1. 打破汉语界对纪伯伦文学作品习以为常的"东方"定位，确立纪伯伦文学创作的"跨文化"属性。纪伯伦的多重文化身份，决定了他是一位跨文化的作家，从任何一种文化出发，来"定位"他的创作，都会失之偏颇。但国内纪伯伦述评的主导趋势是重视纪伯伦的东方身份及其文学创作的东方背景。对于纪伯伦文学的跨文化属性，虽有所关注，却并未展开深入研究。从学术角度看，国内尤为欠缺的，是对纪伯伦文学创作与西方语境之间关系的深入探讨。

应该说，中国已有少数译者和研究者注意到了纪伯伦的文学创作与西方语境的关联。较早的是英语作品的译者钱满素先生。她在 1994 年就指出：纪伯伦的英语文学创作，是他"文学遗产中的精华部分", 也为其作品的迅速传播创造了条件。① 前文提及的一些研究者也注意到了纪伯伦文学创作与西方语境的关联。

但仍要指出的是, 纪伯伦与西方语境的密切关系, 并未能得到国内读者和学界的重视, 这主要是由于学术界的纪伯伦研究成果有限, 尚不足以影响国内纪伯伦述评的主导趋势。对于纪伯伦早期波士顿生活经历、巴黎留学时代和纽约的格林威治村生活, 国内纪伯伦述评中涉及很少, 译介和研究成果非常欠缺。因而, 对于生活和创作与西方语境密切相关的纪伯伦, 国内读者缺乏基本的感性认识。在谈及纪伯伦与西方语境的关联时, 国内纪伯伦述评常常一语带过、语焉不详或言语空泛, 甚至出现了以讹传讹的情况。

最典型的例子是国内述评界引用罗丹的话, 称纪伯伦为"20 世纪的布莱克"。这一说法最早见于冰心先生 1931 年为《先知》汉译本写的序中, 译者坦承自己对纪伯伦的生平和创作知之甚少, 并言她知道法国的雕刻名家罗丹称纪伯伦为"20 世纪的布莱克"。国内有译者称, 纪伯伦 1908 年前往艺术之都巴黎, 受教于世界艺术大师罗丹门下, 罗丹十分欣赏纪伯伦的才华, 誉之为"20 世纪的威廉·布莱克"。② 关偁先生在 1994 年版的《纪伯伦全集》"阿拉伯文卷译序"中也写道:纪伯伦在欧洲时潜心研究西方文化, 并深受英国诗人艺术家威廉·布莱克的影响, 以致罗丹及其朋友们称他为"二十世纪的威廉·布莱克"。③ 更

---

① 钱满素:《纪伯伦文学遗产的精华》, 关偁、钱满素主编:《纪伯伦全集》, 河北教育出版社 1994 年版, 英文卷译序。另外, 河北教育出版社 1994 年版和北京十月文艺出版社 2005 年版《先知 沙与沫》也收录该文。

② [黎] 纪伯伦:《纪伯伦全集》, 李唯中译, 百花洲文艺出版社 2007 年版, 前言, 第 2 页。

③ [黎] 纪伯伦:《纪伯伦全集·译序》第一卷, 关偁、钱满素译, 河北教育出版社 1994 年版。

有书写道:"纪伯伦赴巴黎习画,与罗丹交游",1912 年他定居
纽约,专事写作与绘画以后,"罗丹盛赞纪伯伦的作品里有神秘
的风韵"。①纪伯伦到巴黎习画,尚默默无闻一贫寒学子,与当
时声名赫赫的罗丹约见尚且困难,更何谈"交游"! 而纪伯伦
1912 年以后更未见过罗丹,罗丹的"盛赞"真是莫名其妙!

　　事实上,据笔者查到的资料,"20 世纪的威廉·布莱克"是
纪伯伦编织的"纪伯伦神话"的一部分,这一神话经过出版商
出于商业利益的宣传,再加上后世崇拜者的渲染,从西方或阿拉
伯世界流传到中国。三部当代英语纪伯伦传记作品都以各种方式
提到了这一细节。在《哈利勒·纪伯伦的生活和时代》中,有
三处涉及这一细节。第一处是在纪伯伦巴黎求学期间,他开始一
项延续一生的艺术工程——为著名艺术家画肖像。此处提到,纪
伯伦原想给罗丹画像,但因很难找到约见的机会而作罢,而这一
期间与纪伯伦接触最为频繁的好友胡瓦伊克(Huwayyik)也坚
持说纪伯伦与罗丹的见面时间非常短促。②第二处是传记作者细
致地分析了纪伯伦的一些明显的性格缺陷,其一就是撒谎。例
如,纪伯伦说他出身于一个富足、显赫的家庭、童年生活幸福稳
定;另外,在 1918 年第一部英文作品《疯人》出版时,他吹嘘
罗丹曾称他为 20 世纪的布莱克。③第三处是作者写到《疯人》
的出版时,细致地描绘了当时的情境:

　　　　出版宣传册对这本书的宣传后来声名狼藉,它赫然印上

　　①　[黎]纪伯伦:《鲸鱼与蝴蝶·序》,李桂蜜译,中国友谊出版公司 2002 年版。
　　②　Waterfield, Robin, *the Life and Times of Kahlil Gibran*, NewYork: ST. Martin's Press, 1998, p. 115.
　　③　Ibid., p. 145.

了奥古斯丁·罗丹（此时已去世）的话，称纪伯伦是"20世纪的威廉·布莱克"，并称"世界应对这位黎巴嫩的诗人画家有所期待"。然而，现在已被公认这不过是纪伯伦的想象式的虚构……①

在当代英语纪伯伦传记奠基之作《哈利勒·纪伯伦：他的生活和世界》中，也曾提到，在巴黎期间，纪伯伦"甚至遇到了"罗丹，一次在罗丹的工作室，后来是在一次画展上短暂的相遇。在纪伯伦当时写给玛丽的信中，他也提到了这两次短暂的相遇，但并未有只字提到罗丹对他的任何评价。第一次是在罗丹的工作室，纪伯伦不无兴奋地说，罗丹"确实对我和带我去的朋友很和蔼"，第二次是在巴黎的一次画展上，纪伯伦偶遇罗丹：②

　　……伟大的罗丹在那儿。他认出了我并和我谈及一位俄国雕塑家的作品，说："此人理解形式的美。"我真希望那俄国人听到大师对他作品的评价。对于一个艺术家来说，（甚至）罗丹口中的一个词都价值很大。③

在当代纪伯伦研究专家苏黑尔·布什雷的传记作品《哈利勒·纪伯伦：人和诗人》中，只简单地写了罗丹向纪伯伦提到

---

①　Waterfield, Robin, *the Life and Times of Kahlil Gibran*, NewYork：ST. Martin's Press, 1998, p. 209.

②　Gibran, Jean and Gibran Kahlil, *Kahlil Gibran：His Life and World*, NewYork：interlink Books, 1998, p. 183.

③　Ibid. .

了威廉·布莱克，也未提及罗丹对纪伯伦的任何评价。① 在阿拉伯文的汉译本资料《纪伯伦传》中，与英语传记资料大致相同，也未提及罗丹称纪伯伦为 20 世纪的威廉·布莱克，只是讲纪伯伦随一群美术学校老师和学生拜访罗丹，由于拜访者的提问，使罗丹谈起了威廉·布莱克，由此使纪伯伦开始对威廉·布莱克的作品产生兴趣。②

显然，对纪伯伦与西方语境之间的关系的不了解，使汉语批评界误传了"20 世纪的威廉·布莱克"之说。因而，挖掘和探讨纪伯伦文学创作与西方语境的关联，是目前国内纪伯伦研究有待进一步深入的领域。值得注意的是，在具体研究过程中，探讨纪伯伦及其文学创作与西方语境的关系，应该包括两个层面：

其一，是现实的西方（western）层面，这主要指纪伯伦的文学创作与生活过的美国现实语境、留学过的法国现实语境的关联。本书对纪伯伦与美国波士顿先锋文学的关系、美国现代主义运动和"小杂志"的关系第一次进行了比较深入的探讨，但应该说，国内学界这方面的研究还远远不够。例如，纪伯伦在法国留学期间，其作品曾被译成法文并收入法语集子，他在当时巴黎的艺术界也有一定的艺术活动，而由于当时的黎巴嫩是法国的殖民地，纪伯伦的文学创作应该也与法语语境有不可分割的关系，而且，纪伯伦作品的法译本很多，我国台湾作家席慕容就说，她最早是经由法译本接触《先知》的。③ 另外还

---

① Bushrui, Suheil and Jenkins, Joe, *Kahlil Gibran*: *Man and Poet*, Boston: Oneworld Publications, 1998, p. 89.

② ［黎］米哈伊尔·努埃曼：《纪伯伦传》，程静芬译，湖南人民出版社 1986 年版，第 99—101 页。

③ ［黎］纪伯伦：《先知》，王季庆译，方智出版社 2007 年版。

有法语纪伯伦个人网站，但梳理纪伯伦作品与法语界的关系，在国内仍属空白。而纪伯伦与英语世界的关系，也有待进一步深入，他曾短暂地游历欧洲，在纽约期间更是与众多文化名人交往，《纪伯伦的生活和时代》一书曾提到纪伯伦在社交生活中独特的"魅力"，他的这些生活和交往以及对艺术创作的影响，都有待进一步深入挖掘。

其二，是文化的"西方"（Occidental）层面，由于occidental这个词所包含的后殖民色彩的文化意味，当今的西方学者采用这个词时常采取了小心翼翼的态度，但如果研究纪伯伦的文学艺术创作，回避这个词是不可能的。因为纪伯伦所生活的时代和语境，西方现代主义艺术的"东方风"（Orientalism）、阿拉伯世界所受到的西方国家文化殖民的影响，这些都作为一种时代印记，体现在纪伯伦的文学作品中。这些因素如何影响了纪伯伦的文学创作和生活？它们在纪伯伦的文学作品中以什么样的方式表现出来？这些问题都有待进一步深入研究。

2. 注重艺术、哲学、心理学等多视角的研究

汉语和英语世界的纪伯伦研究提示我们：当前全球化和后殖民语境下，要重新审视跨文化（cross-cultural）作家及其创作的研究。美国批评家布鲁姆在《西方正典：伟大作家和不朽作品》一书中，认为当今时代很多备受关注的女性和少数族裔文学并非出于审美价值判断，而不过是一种出于政治目的的"怨恨"的文学，因为这些作品缺乏经典作品所应具备的陌生性和原创性。① 本文无意深入探讨布鲁姆的观点，但可以肯定的是：经典之所以为经典，一定不仅仅是由于它出自女性或者少数族裔作家

① ［美］哈罗德·布鲁姆：《西方正典：伟大作家和不朽作品》，江宁康译，译林出版社2005年版，第5页。

之手，文学的意义也绝不仅仅是因为它可以充当文化的注解。同样，纪伯伦作为一位经典作家，其伟大之处也绝不仅仅是由于他的移民作家身份或者其"东方"身份。在当今多元文化时代"重构经典"的尝试中，对跨文化作家及其创作的研究，常常会出现两种极端：其一，从国籍或民族身份出发，简单"定位"该作家，例如中国和美国早期纪伯伦评论对纪伯伦东方身份的强调。其二，结合当前的后殖民语境，一味强调跨文化作家的"文化身份"或"流散性"视角。本书认为，文学研究的核心观照对象毕竟是文学，如果对文学的观照一味强调跨文化作家的"身份"，难免会使文学研究等同于文化研究，从而丧失了文学研究所应有的具体性和鲜活性。因此，对跨文化作家及其创作的研究，应该结合该作家的具体创作和生活情况，展开多角度、全方位的探讨。就此来讲，当代汉语和英语学术界的纪伯伦研究成果虽然数量不多，但表现出多视角、多层面的特点，这也预示了纪伯伦研究的未来发展趋势。

3. 以比较文学和文化的视野介入纪伯伦研究和阿拉伯文学研究，开拓当代西方世界的阿拉伯—伊斯兰文学研究

由于语言障碍和历史原因，作为"小语种"文学的中国阿拉伯文学研究，尤其是现代文学研究非常薄弱，整体上还处于翻译介绍的拓荒阶段。就数量有限的学术研究成果来看，往往重资料性的考证和梳理，虽立论扎实，却缺少学理性强、具有思想深度的研究成果。尤其值得注意的是，中国的阿拉伯文学研究往往局限于地区或语言文学的狭小视野，缺少与其他语言文学研究的对话和交流。

由于阿拉伯—伊斯兰文学文化研究的薄弱，在阿拉伯文学领域具有"经典"地位的纪伯伦文学，其研究仍然缺乏必要的深度。应该说，与其他现代阿拉伯作家相比，纪伯伦研究并不薄弱，但

这种研究与其他国别、语言的作家研究比较起来，仍然相形见绌，而且缺少高质量、可以进入"学术前沿"、引起关注的研究成果。例如，对于纪伯伦与阿拉伯文学传统和现代文学的关系、纪伯伦在阿拉伯文学史中的地位、纪伯伦在阿拉伯的影响力、纪伯伦作品在西方世界的流行是否影响了它们在阿拉伯本土的接受，等等，这些问题都远远不是一个"旅美派文学"或"阿拉伯现代文学"的骑手或先锋可以一言以蔽之的；仍缺少论证清晰的学术性研究成果。而纪伯伦一生关注阿拉伯现实，其创作对阿拉伯思想、政治、文化的影响，也是一个有待深入研究的课题！

实际上，由于阿拉伯—伊斯兰文化典型的"文化间性"特征，也由于全球化时代阿拉伯—伊斯兰文化与其他文化交流的增多，从单一文化视角进行阿拉伯—伊斯兰文学文化研究已经远远不够，阿拉伯—伊斯兰文学文化研究，需要引入比较文学和比较文化的视野，这不仅是阿拉伯—伊斯兰文学文化自身的文化间性特征所决定的，更是发展这门学科、使这门学科具备与其他语言文学学科平等对话的前提。

在历史和当代语境中，阿拉伯—伊斯兰文化与西方文化一直有着密切关系。从中世纪、文艺复兴一直到浪漫主义时期，阿拉伯—伊斯兰文学对西方文学都产生了深刻的影响。20世纪以来，由于阿拉伯移民浪潮，欧洲和美国形成了阿拉伯—伊斯兰作家群体，这些作家在当代西方文坛，甚至国际文坛的地位越来越突出。例如，2007年诺贝尔文学奖获得者、伊朗出生的英国作家多丽丝·莱辛（Doris May Lessing）、20世纪80年代旅居法国的黎巴嫩诗人阿多尼斯。而美国的阿拉伯裔作家已形成不可忽视的创作群体，这些作家大多来自高知阶层，关注阿拉伯—伊斯兰现实和政治，在阿拉伯和西方世界的沟通中发挥着越来越重要的作用。在当代移民、流散现象日益凸显的情况下，以比较文学和文化的视野关注西方世界的阿拉伯—伊斯兰文学，必然会成为未来的一个研究趋势，但这些研究目前国内都很欠缺或尚属空白，有待学界的开拓。

4. 加强纪伯伦传记的译介和研究

国内纪伯伦传记研究非常薄弱，这与英语世界繁荣的当代纪伯伦传记研究形成了强烈反差，目前国内只有一本从阿拉伯语翻译过来、由努埃曼撰写的《纪伯伦传》，另外还有一本伊宏先生的《东方冲击波：纪伯伦评传》，两本书都欠缺一定的学术深度。当代英语纪伯伦传记研究成果则表现出鲜明的学术倾向，讲究学理性和学术客观性，有相当的思想和理论深度。其中，既有《哈利勒·纪伯伦：他的生活和世界》这样历史感强、可读性强的奠基性作品；又有《哈利勒·纪伯伦：人和诗人》这样学理性强、高屋建瓴的学术论著；更有《哈利勒·纪伯伦的生活和时代》这样从精神分析视角出发，对纪伯伦进行深入分析的一家之言。每部作品都内容丰富，材料扎实，兼具了思想性和历史性的结合，有相当高的译介价值，对当前国内的纪伯伦传记研究，无疑是一个有益的补充！

而纪伯伦作为一位早期阿拉伯移民作家的复杂的生活和情感经历，使其传记研究成为理解纪伯伦文学创作的一个必要途径。对于一个中国人来讲，如何深入理解纪伯伦的生活和创作？纪伯伦有一个什么样的人生？对我们有什么样的借鉴？中国学界"学术性"的纪伯伦传记研究，目前仍是一个空白！

研究方法、学术创新和现实意义

（一）以文本个案研究为出发点，进行理论探讨

王向远先生曾谈及学术研究的两种路子，一种是发掘式研

究，一种是建构性研究。发掘式研究是一种"微观的、具体的"研究，就好比是制作砖头瓦块；建构性研究是指一些学科积累到相当程度，需要从微观到宏观，从个别到一般，从材料到理论进行研究，这就好比砖头瓦块积累多了，就动手盖房子。① 事实上，这两种研究不是截然分开，而是互为补充的。只有建立在微观研究基础之上的理论研究，才可以被称为有生命力的、"活"的研究，否则，术语再艰深、口号再响亮，也不过是一种"空理论"、"伪理论"罢了，可以唬人一时，却终究没有生命力，经不起时间的考验。

从文学研究上来讲，文本细读的过程，绝不仅仅是得出理论性结论的手段和工具。阐释和细读的本身就是有意义的，而且也绝不是可以作简单化处理的。细致入微的文本分析和阐释，除了能带给阅读者品味文学的精神愉悦感，而且能通过运用历史、文化、哲学、心理学、宗教学等宏观视野，运用语词、意象等细致的语言分析，作品的意义得到深度化的展现。本书的研究力图"呈现"文本细读的过程，对于纪伯伦的英语文学作品《疯人》、《人子耶稣》、《大地之神》和《先知》，都在宏观的文化视野中，结合语词、意象、结构等文本要素，进行微观性的解读。

因此，微观性的文本解读是本书主体内容的一部分，同时也构成了本书进行理论探索的基础。

结合国内纪伯伦研究的具体情况，由于对纪伯伦的生平和创作存在着"西方语境"的研究缺失，对于纪伯伦文学作品，尤其是几部享誉世界的英语文学作品研究较少，因而，本书重在梳理纪伯伦生平创作与西方现代语境的关系，对纪伯伦的文学作品，尤其是后期英语文学作品进行个案研究，以期弥补国内纪伯伦研究的不

---

① 王向远：《东方文学史通论》，宁夏人民出版社 2007 年版，第 373 页。

足，这更多的是一种发掘式研究。但本书的立意并不止于微观研究，而是以纪伯伦个案研究为出发点，探究学术和现实问题。

本书认为，纪伯伦和阿拉伯—伊斯兰文化，可以作为文学和文化上的特例，使我们深入反思文学和文化上的东西二分法。

首先，从文学研究上来讲，个案研究不仅是建构文学史的基础，反过来，文学史本身会对个案研究产生深刻影响。

王向远先生在他具有理论建构性的全三卷《比较文学史纲》的"总序"中引进了"民族文学—区域文学—东方文学与西方文学—世界文学"这4个历史性的概念来解释世界文学的发展历程。他认为：世界文学在经历了民族文学、区域文学和东西方文学这三个发展阶段以后，发展到19世纪，伴随着西方文学与东方文学前后相继的近代化进程，东西方文学两大分野逐渐拉近，一直到19世纪末20世纪初，这种融合的趋势越来越明显，此时期东西方文学的两大分野的划分对于理解世界文学史实际上已不再适用。① 也就是说，东方文学和西方文学是一对历史性的概念，文学上的东西方二分法已经不能适应20世纪以来的世界文学发展。应该说，这一判断是符合世界文学发展的实际情况的。但无论是在汉语还是英语世界，"东西方二分"观念都影响深远并根深蒂固，这种观念不仅影响了读者对作家作品的理解，而且也影响了作家作品的学术研究，从而在一定程度上局限和遮蔽了这个作家的创作，汉语世界和20世纪上半叶英语世界的纪伯伦研究就是明显的例证。

由于从"东西二分"的思维模式出发，汉语和20世纪上半叶英语世界的纪伯伦述评和研究都呈现出片面性。前者出于对东

---

① 王向远等：《初航集——王向远学术自述与反响》，重庆出版社2005年版，第77—86页。

方文化的集体认同感，推崇纪伯伦作品中的"东方智慧"，忽视了纪伯伦实际生活和创作与西方语境的关联；后者从西方中心主义视角出发，以猎奇心理看待纪伯伦作品中神秘的东方意蕴。这两种方式实际上都在一定程度上遮蔽和曲解了纪伯伦的文学创作，与纪伯伦的生活经历和创作情况不符。

这种遮蔽和局限提示我们：一方面，在进行具体的个案研究时，要打破东西二分的文化史框架，多以"问题"为核心，联系作家的具体情况，对文学文本和作家进行具体分析。在当今全球化语境中，作家的文化身份越来越呈现出流动性、多元性特点，多维视角的介入，必然成为作家研究的趋势。对于那些越来越无法进行"文化定位"的作家来讲，民族（族裔）、区域、性别（女性、同性恋）等都可以成为研究的视野，而且具体的个案研究表明，这样一种新视角，对于很多作家作品研究不仅仅是引入了一个新颖的研究角度，而是具有突破性意义。另一方面，这也对我们的文学史建构具有启发性，在一个身份"裂变"的全球化时代，一些主要的世界性语言也经历了"裂变"的过程，英语已经成为一种世界性语言，英语的裂变导致了复数的"世界英语"或"全球英语"的出现，客观上为一种文学史写作的新方向——以语言为疆界的文学史写作——奠定了基础。① 的确，以语言为疆界构建的文学史，将会成为未来文学史写作的一个趋势，但同一语言疆域中文学多种身份的混杂，使这一写作的可行性和可操作性还有待具体实践的论证和补充。

另外，从文化上来讲，阿拉伯—伊斯兰文化可以作为一个例证，使我们更为谨慎地对待文化上的东西二分法。阿拉

---

① 王宁：《"后理论时代"的文学与文化研究》，北京大学出版社 2009 年版，第 10 页。

伯—伊斯兰文化是一种具有很强包容性的文化，在伊斯兰教产生以前，经由商业和边境城市的影响，阿拉伯文化受到邻近的波斯文化和罗马文化的影响，犹太教和基督教也已经传入阿拉伯半岛，有不少阿拉伯人信奉犹太教和基督教。而在传入犹太教和基督教的过程中，实际上希腊文化也在很大程度上影响了阿拉伯文化。这是因为，传入阿拉伯半岛的犹太文化是已经"希腊化"了的犹太文化，犹太人曾被罗马人、希腊人统治了几百年，同时，犹太教徒多散布于亚历山大及地中海沿岸各地，那里都是希腊文化的领域，在犹太教士中，有研究过希腊的哲学、文学和罗马的法典者，便把它们糅合在犹太教的教义里面。而基督教也和犹太教一样，未传入阿拉伯以前就受过希腊文化的影响，因为基督教产生于巴勒斯坦地区，原本就是东方宗教之一，传布于曾建立过希腊文化学院的东罗马帝国。[①]因此可以说，伊斯兰教产生以前的阿拉伯文化就包容了希腊文化、波斯文化、罗马文化、犹太教和基督教文化。在伊斯兰教产生以后，伴随着阿拉伯人远征的胜利，又吸收了波斯、印度、北非等被征服地的文化。所以，在埃及历史学家艾哈迈德·爱敏看来，阿拉伯—伊斯兰文化由三种文化源流汇合而成：一是阿拉伯人的固有文化；一是伊斯兰教文化；一是波斯、印度、希腊、罗马等外族的文化。[②]

而在宗教精神方面，阿拉伯—伊斯兰文化与西方文化的核心宗教伊斯兰教和基督教不仅有血缘关系，二者"认主独一"的宗教精神和"普世性"特点更有着天然的内在认同感。纪伯伦

---

①　[埃及]艾哈迈德·爱敏：《阿拉伯—伊斯兰文化史》，纳忠译，商务印书馆 1982 年版，第 11—32 页。

②　同上书，第 3 页。

文学作品在汉语和英语世界迥然而异的接受状况也表明了这一点。纪伯伦文学创作的显著特点是强烈的宗教关怀，在这一点上他与现代西方思想界的关注点是相同的，因而，西方读者往往对纪伯伦的文学作品有很强的宗教认同感。他宗教意味较强的《先知》、《人子耶稣》、《沙与沫》、《流浪者》等作品在英语世界都一版再版，广受欢迎。但相比较而言，汉语述评界虽然因纪伯伦的"东方"身份对其作品大加推崇，却缺少这种宗教认同感，更看重纪伯伦文学作品中的"东方智慧"，推崇其《暴风集》等革命性、现实感较强，涉及东西方现实的作品，认为这一阶段的作品是纪伯伦"最贴近阿拉伯和东方现实的作品，是最有力度的作品"。①

事实上，阿拉伯—伊斯兰文化内部各地区的文化差异也较大，例如，具体到纪伯伦所属的叙利亚地区，与其说它属于东方文化，毋宁说它与西方文化有着天然相融的关系。由于地理历史上的原因，叙利亚自古受希腊罗马文化影响，基督教盛行，蒙昧时代和早期阿拉伯帝国时期，叙利亚的神学、医学和哲学活动是希腊、罗马学术的延续，学术活动的带头人是古叙利亚的基督教徒，此外，叙利亚还创办了教授罗马律法的法律学校。叙利亚人对希腊哲学在阿拉伯世界的传播贡献最大，叙利亚语保存了一部分已经散失了原本的希腊古籍，叙利亚人翻译的希腊哲学，是初期阿拉伯人以及伊斯兰教徒们所依靠的根据。②

（二）文化间性视角

"主体间性"是译自现代西方的一个哲学概念，作为一个译

---

① 伊宏主编：《纪伯伦全集》，上，甘肃人民出版社 1995 年版，第 6 页。
② ［埃及］艾哈迈德·爱敏：《阿拉伯—伊斯兰文化史》，纳忠译，商务印书馆 1982 年版，第 137—140、201—203 页。

入语，它蕴涵了丰富的内涵。与"主体间性"相对应的英文词汇是 intersubjectivity，前缀"inter-"主要包含了三层含义：其一，是两者或多者"之间的"(between，among)；其二，是"相互的"、"相关的"(reciprocal，related)；其三，是"共享的"(shared by)。主体间性理论虽然始自古代伦理社会哲学，[①] 但它却主要凸显和繁荣于现代。现代西方哲学发生了由主体性哲学向主体间性哲学的转向，这是一种根本性的哲学研究范式的转变。从哲学发展的自身逻辑来看，主体间性理论萌芽于近代主体性哲学的深刻危机中。近代哲学以主客、心物二分为前提并把二者绝对对立起来，对主体理性的倡导最终变成对主体理性的执著和迷信，以至于陷入二元论的困境而导致唯我论和怀疑论。于是反主体性、反主客二分，把哲学的出发点从作为个体主体存在的人转向超越个体主体而具有某种"客观"结构和体系的语言，主体间对语言理解的可沟通性问题便被提出来了。同时，现代哲学的主体间性转向，也与西方近现代人类社会所面临的历史危机和社会问题密切相关，是社会历史发展的一种投射或缩影。[②] 现代主体间性理论肇始于胡塞尔倡导的现象学运动，后继的哲学解释学的兴起和社会交往理论的广泛传播，使对他者的理解、对交往共同体的理解成为哲学的重要课题。现代西方哲学的人本主义流派和生存论哲学使人的存在、主体的存在和主体间的存在构成了人的存在的整体图景。于是，研究人的意识的可交流性和语言的可通约性，研究我与他

---

① 在王晓东的《西方哲学主体间性理论批判——一种形态学视野》一书中，对西方哲学从古至今的 6 种主体间性理论的理解范式作了梳理，并给出了广义上的主体间性界定。中国社会科学出版社 2004 年版。

② 高鸿：《论数字化时代的主体间性》，博士论文，中国人民大学 2004 年版，第 22—23 页。

者如何共在成为现代哲学的显学。①

《西方哲学英汉对照辞典》给现代主体间性概念作出了认识论层面的界定：

> 如果某物的存在既非独立于人类心灵（纯客观的），也非取决于单个心灵或主体（纯主观的），而是有赖于不同心灵的共同特征，那么它就是主体间的……主体间的东西主要与纯粹主体性的东西形成对照，它意味着某种源自不同心灵之共同特征而非对象自身本质的客观性。心灵的共同性与共享性隐含着不同心灵或主体之间的互动作用和传播沟通，这便是它们的主体间性。由此看来，一个心灵不仅体验到其他心灵的存在，而且其中包含着与其他心灵沟通的意象。②

西方现代主体间性理论给我们在中国思想语境下移植、借鉴和发展"间性"概念提供了理论资源。从汉字词汇本身显示出的基本含义来看，"间性"表明了事物具有"两者的当中或其相互的关系"这样一种本质、特点。③ 它实质上指代了不同事物之间的"关系"。首先，它指的是不同事物之间的"共同性和共享性"，它"有赖于不同心灵的共同特征"；另外，它隐含着不同心灵或主体之间的"互动性和沟通性"，也就是说，"一个心灵

---

① 王晓东：《西方哲学主体间性理论批判——一种形态学视野》，中国社会科学出版社 2004 年版，第 23 页。

② ［英］尼古拉斯·布宁、余纪元编著：《西方哲学英汉对照辞典》，人民出版社 2001 年版，第 518 页。

③ 见夏征农主编《辞海》见"间"与"性"的相关词条解释，上海辞书出版社 1989 年版。

不仅体验到其他心灵的存在，而且其中包含着与其他心灵沟通的意象"。这种"互动性和沟通性"使不同事物之间的关系不是僵化的、静态的，而是处于动态的、发展的和未完成的状态中。

本书将"间性"借用到文化探讨中，提出"文化间性"（interculturality）概念。文化是一个有机体，它发生、成长、继而相互接触和影响，它浓缩了人类历史的整体内涵。[①] 这意味着，具有精神内涵的诸种文化，或是天然具有某种精神气质的相通，或是经过不断的相互接触和影响，文化之间相互融合和杂糅，在共通性和差异性中产生共鸣、冲突或互补。这实际上是一种文化间性状态，它表明了不同文化精神之间的"共同性和共享性"，同时，也表明了不同文化之间在不断的互动和沟通中，所表现出的开放的、未完成的动态发展过程。

"文化间性"概念的提出，对于当代外国文学研究具有方法论上的借鉴意义。例如，历史上受东方文化影响的西方文学、深受西方文化影响的现代东方文学、流散文学、少数族裔文学这些"跨文化"的文学，实际上都是"共享和互动"的多种文化在动态发展过程中影响的结果。研究这些跨文化文学，不能忽视作品中蕴含的多种文化交织在一起的杂糅性和复杂性。但在具体的文学研究实践中，一些研究者常对文学作品进行简单的文化界定，将某些文化要素抽离出来，进行简约化的、标签式的文化上的"追根溯源"。例如，讲作品"受了某种文化的影响"、"某些特点体现了某种文化的影响，某些特点又体现了另一种文化的影响"等等诸如此类的文化溯源。这种"概而化之"的程式化研究，实际上忽视了文学创作的具体情况，将原本复杂、立体、丰

---

① ［德］奥斯瓦尔德·斯宾格勒：《西方的没落》（全译本），吴琼译，上海三联书店 2006 年版，第 102 页。

富的文学阐释简单化、平面化、概念化，在一定程度上局限和遮蔽了作家创作的实际情况。国内纪伯伦述评和研究就是一个典型的例子。由于国内纪伯伦述评和研究对纪伯伦简单化的"东方定位"，对纪伯伦研究产生了不利的影响。这种文化定位不符合纪伯伦生活和文学创作的实际情况，在一定程度上局限和遮蔽了纪伯伦的文学创作。

中国纪伯伦研究具有习以为常的"东方视角"。纪伯伦研究一向"理所当然"地被归入东方文学研究。从 1993 年纪伯伦作为重要作家被列入《阿拉伯文学简史》、1994 年被列入《东方文学史通论》，一直到 1999 年被列入《外国文学史》进行专节介绍，由此确立了纪伯伦在中国的外国文学史中作为一位现代东方阿拉伯作家的经典地位。但纪伯伦果真仅仅是一位"东方"作家吗？无论是从纪伯伦的实际生活和创作情况，还是从文化的特有属性来看，这一文化定位都有很大的局限性。

首先，从生活经历和创作背景上来看，纪伯伦拥有多重身份、经历过多种文化的洗礼。他的民族身份是阿拉伯人，出生于基督教马龙派家庭，12 岁前在叙利亚的阿拉伯—伊斯兰文化氛围中度过，少年和青年时期先后经历了波士顿先锋艺术圈和巴黎先锋派文化的熏陶，28 岁迁居美国新兴文化中心纽约后，更是成了一位"世界公民"，感受着西方乃至世界主流文化的脉搏。从文学创作上来讲，"普世性"是纪伯伦刻意追求的目标，他文学作品中的"生命神圣"主题是超越了特定文化、关乎人类生命体认的普世性命题，而他在作品中对"圣经文体"的采用，也从创作文体上呼应了"生命神圣"主题。因而，对纪伯伦及其文学创作的研究，从任何一种特定文化出发来进行"定位"，都难免会疏于片面和肤浅。

第二，文化的交融性和共通性使文学研究者不能轻易从某种特定文化来"定位"作家。无论是基于文化上的交流、迁移等事实上的影响，还是各种文化精神之间天然的相通，世界各种文化之间是具有交融性和共通性的。

　　毋庸置疑，纪伯伦作为一位生活在西方的 20 世纪"东方"作家，难以避免地面临着周围西方人对其文学创作的"东方想象"，而他身处的 20 世纪初期，不仅是政治、经济、军事乃至文化上东西方二元对立观念非常显著的时期，也是作为强势文化的"西方"对"东方"形成强烈冲击的时期。因而，作为现代"东方作家"一员的纪伯伦的文学创作，必然包含着对东西方文化命运的思考，但这并不表明，纪伯伦的文学创作可以被毫无争议地划入"东方文学"的范畴。

　　所谓"东方"和"西方"这两个概念只是在西方的"东方学"兴起以后近代的事情，历史上的东方和西方远没有那么泾渭分明，"东方文化"和"西方文化"也远没有像很多学者设想的那样，各自具有文化上的整体性。在这方面，上文已论及的阿拉伯—伊斯兰文化可以作为一个明显的例证。正如上文所分析的，纪伯伦生活经历的文化复杂性、阿拉伯—伊斯兰文化与西方文化之间很强的交融性和宗教认同感、纪伯伦出生地叙利亚地区文化的特殊性，都使我们不能仅仅简单地从"东方文化"的视野研究纪伯伦的文学创作。

　　而另一方面，各种文化之间的共通性、文化交流的动态性和复杂性，也使我们对作家作品中的某一观念进行"追根溯源"式的文化探源持审慎的态度。例如，有研究者基于纪伯伦文学作品中泛神论思想的"存在一体观"和神秘主义特点，认为纪伯伦作品中流露出"苏非派"渊源，前者如中国研究者李琛，在其《阿拉伯现代文学与神秘主义》一书中，认为纪伯伦的生命同一性思想、"爱、美与智慧"理念和在"自然、静默与自知"

中体现的神秘主义倾向，暗含着苏非思想。① 后者如西方研究者苏黑尔·布什雷，他认为纪伯伦的"存在一体观"（the unity of being）受苏非思想的影响。②

乍看起来，这一判断是有合理性的。因为标志了纪伯伦文学作品原创性、构成中西方读者感知和评价纪伯伦文学作品基点的"纪伯伦风格"，在思想和美学意蕴上与苏非思想及文学有很大程度的接近。

虽然中西学界关于"纪伯伦风格"的陈述语焉不详，或者所指不一，但可以肯定的是，"纪伯伦风格"（Gibranism）指纪伯伦的文学作品在整体意蕴上传递出的独特的思想和艺术魅力。本书认为，"纪伯伦风格"可以被界定为"间性"特征。它首先表现在作品的思想和美学意蕴上。在作品的思想和美学意蕴上，它主要有三个外在表现："爱、美与生命"理念的独特含义、泛神论思想和神秘主义特征。"爱、美与生命"理念的本质特征在于，它在具体感性的生命存在中寻找神性，爱是生命和美，寄寓肉身和感性。这种思想是泛神论的，而神与万物的同一，不仅体现了人、自然与神的和谐存在状态，同时也体现了神人界限消融的神秘主义思想。显然，这三种思想传达出的是感性与理性、此岸与彼岸、身体与灵魂、人与神之间的一种"中间状态"，它们同时也是交织在一起、不分彼此的。这三个外在表现交织缠绕在一起，形成了纪伯伦风格的典型特征："间性的"，或者"融合的、合一的"中间状态，而非"非此即彼"的、已完成的或实现的状态。

---

① 李琛：《阿拉伯现代文学与神秘主义》，社会科学文献出版社 2000 年版，第 62—79 页。

② Bushrui, Suheil and Jenkins, Joe, *Kahlil Gibran, Man and Poet*, Boston: Oneworld Publications, 1999, p. 248.

纪伯伦文学作品在思想和美学意蕴上表现出的"间性"特征，与苏非思想中感性与超越性相结合的"爱与美"、"主在万物之中，万物之中皆有主"的泛神论思想和"人神合一"、抛弃世间杂多、完全忘我的神秘主义境界，都有某种程度的接近。然而实际上，苏非思想乃至任何一种文化意味，都不能真正去解释纪伯伦的文学创作。在文化视野中，阿拉伯—伊斯兰文化与西方现代文化之间的"共享与互动"，构成了"纪伯伦风格"在文化层面的典型的间性特征，也构成了有关纪伯伦风格的文化阐释的种种可能性。

纪伯伦的文学创作，充分体现了多种文化的杂糅现象，不能简单地从任何一种文化进行简单定位。基督教精神、西方现代精神、"语境化"的苏非思想和伊斯兰苏非思想——这些思想错综复杂地体现在纪伯伦文学创作的各个层面，不能将它们截然分开。

举例来讲，最能体现"纪伯伦风格"间性特征的是"神秘主义"、"泛神论"和"爱、美与生命"理念，它们各自的思想内涵和文化意味实际上是不能截然分开的。纪伯伦作品中"神秘主义"的最突出表现是"神人合一"思想，而这一思想的表达，主要借助于神、人与自然合一的"通感"或"应和"手法的运用。这一手法将自然界的万物之间、自然与人之间、人与人之间、人的各种感官之间看做一个相互应和的、隐秘的内在整体，实际上表现的是人与自然万物和谐一体的泛神论思想。"爱、美与生命"作为作品中贯穿始终的核心理念，既体现了超越性与具体性相合一的神秘主义特点，又体现了"神寓于万物，万物之中皆有神"的泛神论思想。

从文化意味上来讲，"神人合一"的神秘主义特征是现代西方"语境化"的苏非思想的一种表现。现代西方"语境化"的苏非思想将伊斯兰苏非的某些适合西方语境的特质进行了凸显、甚至变形，从而成为一种与西方现代语境密切相关的"新苏非"，它代表了西方现代知识分子对一种"可能的世界"的回归，这个世界区别于西方的现代、科学和理性，是古典的、非理性的和神秘的。而"泛神论"思想一方面体现了与西方现代生命观"现世的神性"相通的特质，另一方面，具有泛神论色彩的"神性的和谐"的审美观，既区别于现代西方"以展示偶在的真实和差异性"为特征的审美观，又区别于现代西方"语境化"的苏非思想，它表明了纪伯伦作品重建新宗教的努力——这是一种不同于伊斯兰教、苏非思想和基督教等任何已有的宗教形式，但却表达了所有宗教的内核的"爱、美与生命"的新宗教，体现了纪伯伦的宗教统一性思想。

因而，对纪伯伦文学创作的文化意味的探索，实际上最终陷入了一个阐释的"怪圈"——纪伯伦风格的三个特质相互包含、相互拥有，它们的文化意味实际上既是西方现代"语境化"的苏非，又是西方现代精神，甚至还包含着伊斯兰的苏非思想，同时又意味着一种新宗教的建立。这种"既此又彼"的阐释，与传统的"思路清晰"的文学阐释大相径庭，并不那么清楚明白，但正是这种"既此又彼"的含混，构成了纪伯伦文学创作的真实面貌，甚至是每一位文化交流时代的文学创作者的真实面貌——文化身份的杂糅与不可确定性！因而，作为一位"文学阐释者"，笔者无力扮演上帝般剖析一切的权威角色，笔者所能做的，只是在"共享和互动"这一动态发展的文化间性视野中，尽力去"展现"和"发现"这种真实。

在当今多元文化时代，以文化的"共享和互动"为标志的间性特征越来越成为当代文学的特质。因而，"文化间性"视角的提出，对于当代外国文学研究具有重要的方法论价值。对于众多具有"跨文化"特征的文学的研究，不能脱离"共享与互动"的文化间性视野。但在具体的文学研究实践中，一些研究者常以简约化的文化标签式的解读"概而化之"。以纪伯伦述评和研究为例，研究者说纪伯伦的文学作品包含着"苏非因素"、受了"现代西方思想的影响"，却没有注意到：所谓"苏非"和"现代西方"这些文化标签具有相当复杂的外延和内涵。单就纪伯伦文学作品中的"苏非"，就需要辨别西方现代"语境化"的苏非和伊斯兰的苏非两种因素，而"现代西方思想"，更是包含了无数想象的、变形了的"东方思想"的大杂烩。因此，使用这些文化标签来解读像纪伯伦这样具有"跨文化"特征的作家的作品，是非常危险的，应该以小心翼翼、实事求是的态度，尽力"还原"文学作品中蕴涵的错综复杂的文化原貌，在动态的、发展的文化间性视野中研究具体情境、具体作家的具体作品，而不是简单化、程式化的文化标签式的"追根溯源"。

值得一提的是，在这样一种文化的展示中，我们不难发现这样一个事实：苏非思想作为可以补充、拯救西方的物质化、机械化的"异己者"出现，它的某方面"积极"内涵在被西方现代思想接受时得到强调和突出。纪伯伦文学的"文化间性"属性，实际上展现了一种文化融通观。纪伯伦文学的"圣经文体"和"爱、美与生命"理念，体现了纪伯伦通过文学实践，融通阿拉伯—伊斯兰文化和西方文化的信念和努力，也体现了不同于当前后殖民敌对话语的另外一种文化观。通过对纪伯伦文学创作实践的分析，从而展示了西方现代思想中另一种被忽视的"东方想象"，这一想象中的"东方"，不同于被当代后殖民话语中一再突出的，作为"危险的"、"被打败的"东方形象，而是"浪漫的"、"拯救的"；如果关于前一种东方的知识是作为"一场全面的自我肯定、好斗和赤裸裸的战争的一部分"①，那么，后一种东方的知识则是作为"一场未停歇的自我反思、共存和对话的一部分"。事实上，这样一种"东方的知识"，早在歌德时代就作为一种"世界文学"的理想状态被预想过："如果存在于一个民族内部的分歧通过其他民族的观点和评价而得以调和，则我称之为世界文学的东西便将以优美的形象产生出来。"② 也就是说，其他民族"差异性"的思想，如果对一个民族文化中的思想产生了补充和协调的意义，这就达到了"世界文学"的理想状态之一。因而，本文通过探索一位阿拉伯作家在创作实践中如何"顺从"了这一东方的知识，表明了一个被当今后殖民话语忽略的事实。这一展示的意义在于告诫思想界：在一切关于后殖民的富有"敌对"色彩的话语方式中，不要忘记以平常心去关注文化本身的共通性。因为实际上，任何一种文化交流和对话，都意味着一种"选择"，选择本身无可指责，问题的关键在于：我们以何种心态去选择？

事实上，当我们执着于萨义德对西方话语霸权的批判时，还应看到一个不容忽视的事实：萨义德同样反对的，是一种"化约性冲突"。他在批判西方霸权的同时，也在批判伊斯兰世界"廉价的反美主义"，他毫不讳言自己所赞赏的西方人的东方研究，是歌德式的"世界文学"构想——保有每部作品的个性，又不丧失总体视野的"交响乐"。而在《文化与帝国主义》一书中，萨义德对文化之间的沟通和理解表达了充分的

---

① ［美］爱德华·W.萨义德：《东方学》，王宇根译，生活·读书·新知三联书店 2007 年第 2 版，第 5 页。

② 杨武能、刘硕良主编：《歌德文集》12，河北教育出版社 1999 年版，第295 页。

信心：

　　　　一切文化的历史都是文化借鉴的历史。文化不是不可渗
　　透的。就像西方科学借鉴了阿拉伯人的科学一样，我们也借
　　鉴了印度与希腊的科学。文化永远不只是拥有的问题、绝对
　　的债务人与债权人之间的借与贷的问题，而且是不同文化间
　　的共享、共同经验与相互依赖的问题。这是一个普遍的准
　　则。①

　　实际上，无论是东方还是西方思想史上，以理解和宽容的心
态，为达到"共存"和"扩大人道主义视野"的目标而进行的
对他者文化的研究，并不仅仅只有歌德，在世界文化交流史中，
它作为一条思想线索一直存在着，本书在对纪伯伦的文学文本的
文化分析中，验证这一存在，注解这一存在。

（三）宗教学视角——兼谈中国民间的纪伯伦阅读

　　宗教关怀是中西方读者都感知到的纪伯伦文学创作的基本特
点。相近的宗教关怀使现代西方读者选择性地接受了纪伯伦的文
学作品；在中国，对于纪伯伦文学作品的早期引介者来说，其作
品的基督教色彩是不容忽视的。例如，翻译了《疯人》、《前驱
者》和《人子耶稣》中部分篇目的刘廷芳，是基督教教育理念
在中国的早期实践者。②

　　但当代中国纪伯伦述评却往往忽视纪伯伦文学创作的宗教

---

　　①　［美］爱德华·W. 萨义德：《文化与帝国主义》，李琨译，生活·读书·新
知三联书店 2003 年版，第 309 页。
　　②　吴昶兴：《基督教教育在中国——刘廷芳宗教教育理念在中国之实践》，香
港浸信会出版社 2005 年版。

性，更为关注其作品中表现出的"东方智慧"或者对东方现实的批判性。在笔者看来，这一方面与中国的"宗教忌讳"传统有很大关系，一个更重要的原因，是由于纪伯伦的文学作品表现出不同宗教之间的"间性"特征，也就是说，我们无法断定纪伯伦的文学作品是"基督教的"、"伊斯兰教的"或是"苏非的"，正如同从"东方"或"西方"任何一种文化视角出发来界定纪伯伦的文学创作都流于肤浅一样，从任何一种宗教视野来研究纪伯伦的文学创作，都难免会失之片面！

因此，本书从广义的宗教学视角出发，对纪伯伦的文学创作进行深入系统的研究，这首先是基于纪伯伦的创作实际。纪伯伦的文学作品对"神圣"与人的生命存在进行了哲理性和诗性的探索，这种探索主要涉及两方面：其一，神圣是否对人的生命存在构成意义？其二，"神圣"的依托何在？也就是说，我们凭借什么感到神圣的存在？这两个看似简单的问题，实际上构成了现代社会神圣言说的核心问题。虽然在笔者看来，纪伯伦文学作品中的"神圣"概念不等同于"宗教"，但其中所涵盖的"一切仪式、神话、信仰或神灵的形象"，在内在上却都蕴涵了宗教思想，本质上是"宗教性的"，这使本文以宗教学为视角展开研究，具有文本操作上的可行性。

但任何一种阐释都意味着主体性的介入，意味着由"彼时彼地"到"此时此地"的思想碰撞和穿越，一切所谓"还原性"的阐释不仅根本不可能存在，也毫无存在的价值。因而，以宗教学为视角介入纪伯伦研究，不仅意味着重新挖掘纪伯伦文学作品中被中国读者忽视的宗教因素，更意味着，这样一种挖掘，对中国现实构成意义。

纪伯伦文学的此在价值在于，他通过文学作品坚定地宣称神圣对人类生命存在的意义，这种意义不是涉及人类的幸福感、价值感等感觉形态，而是关乎人类存在的根本问题——信仰。一个人的信仰关乎他的本质。个人如此，民族也如此。信仰并不是指一个人口头上或以其他形式所承认的教义，或他签署和主张的信条，这不是全部，在很多时候与此根本无关。然而一个人确实相信的东西，确实存在于心底，确定无疑的东西，包括他与大千世界的所有根本联系，他的职责与命运，才是有关他的本质的东西，决定其他一切的东西。这才是他的信仰，是他感觉自己和不可见的世界或不存在的世界的精神联系的方式。①

　　一般认为，现代时期以来的中国经过了强大的世俗化潮流，这很大程度上是由于现代中国知识分子受西方科学精神的影响，因而在某种程度上贬斥或有意忽视了宗教对中国社会的影响。在中国宗教学领域作出开拓性贡献的杨庆堃先生敏锐地分析了个中原因：现代中国的世俗化进程，一方面是对全球世俗化潮流的响应——对于已经跟随西方文化高扬科学、理性旗帜的现代中国知识分子来说，把握时代的精神，避开宗教的论题是很自然的。另一方面，借助中国社会"非宗教"与"理性化"的假设，中国知识分子面对西方世界政治和经济上的优势，通过强调中华文明的伟大，满足了自身的心理需求。② 因此，现代中国知识分子大多持"中国无宗教"说。代表者如胡适，言"中国是个没有宗教的国家，中华民族是个不迷信宗教的民族"。易白沙撰《诸子

---

　　① ［美］理查德·诺尔：《荣格崇拜：一种有超凡魅力的运动的起源》，曾林译，上海译文出版社 2006 年版，第 2 页。
　　② ［美］杨庆堃：《中国社会中的宗教——宗教的现代社会功能与其历史因素之研究》，范丽珠等译，上海人民出版社 2007 年版，第 24 页。

无鬼论》，言"中国宗教不能成立，诸子无鬼论之功也"。① 蔡元培以"哲学的信仰"代替"宗教的信仰"。② 梁漱溟则认为中国的宗教"只是出于低等动机的所谓祸福长生之念而已"，并没有"西洋宗教那种伟大尚爱的精神"。③

20世纪中国的世俗化进程在"西化"过程中，呈现出愈演愈烈的趋势，以至于杨庆堃教授预言，一直在中国社会作为主导性因素存在的分散性宗教，已经失去了其存在的基础，没落的命运不可避免：

> 因此，分散性宗教很大程度上取决于世俗制度的命运，而且不像普世宗教那样具有持久的性质，能形成独立的宗教生活制度。当世俗制度的实力和效力出现兴衰变动时，新的有作用的崇拜会应运而生并取代旧的。但是在当代，随着人们对科学的重视以及强大的世俗化趋势，社会制度的宗教面向很快成了历史，鲜有复兴的可能。分散性宗教这个一度作为中国社会的主导性因素，看来已经失去了其存在的基础，没落的命运是不可避免的。④

但实际上，宗教与中国现代社会的关系，远非有或无那么简单。受到全球世俗化潮流影响的中国现代知识分子，从未停止过

---

① 易白沙：《诸子无鬼论》第一卷，载蔡尚思主编《中国现代思想史资料简编》，浙江人民出版社1982年版，第102页。

② 蔡元培：《非宗教运动》第二卷，载蔡尚思主编《中国现代思想史资料简编》，浙江人民出版社1982年版，第145页。

③ 梁漱溟：《东西文化及其哲学》，上海世纪出版集团2006年版，第145—146页。

④ ［美］杨庆堃：《中国社会中的宗教——宗教的现代社会功能与其历史因素之研究》，范丽珠等译，上海人民出版社2007年版，第273—274页。

对人类存在"信仰"层面的探询。早在 20 世纪初,梁启超就对欧洲的"科学万能"造成的宗教"致命伤"提出质疑,① 并直言自己是一个"认宗教是神圣,认宗教为人类社会有益且必要的物事"的"非非宗教者",而当时中国人最大的病根,在于没有信仰。他写道:"人生不过无量数的个人各各从其所好,行其所安,在那里动。所好所安,就是各个人从感情发出来的信仰",而"信仰是神圣,信仰在一个人为一个人的元气,在一个社会为一个社会的元气"。② 梁漱溟干脆直言这世间不可能没有宗教,因为在他看来,"宗教即是出世,除非是没有世间,才没有出世,否则你就不要想出世是会可以没有的"。③ 即使是认为中国没有宗教的胡适,在回应梁启超那篇为国内"反科学的势力助长不少威风"的《科学万能之梦》时,也只是以"不曾享着科学的赐福,更谈不上科学带来的灾难"④ 来表明处于那个时代的中国与西方的不同,并未从根本上否定宗教或信仰。反而他在《我们对于西洋近代文明的态度》一文中,认为西方 18 世纪的新宗教信条是自由、平等、博爱,19 世纪中叶以后的新宗教信条是社会主义;近世宗教出现了可贵的"人化",而东方即使是曾有主张博爱的宗教,也"不过是纸上的文章,不曾实地变成社会生活的重要部分,不曾变成范围人生的势力,不曾在东方

---

① 梁启超:《欧洲中之一般观察及一般感想》,蔡尚思主编:《中国现代思想史资料简编》,第一卷,浙江人民出版社 1982 年版,第 229—232 页。

② 梁启超:《评非宗教同盟》,蔡尚思主编:《中国现代思想史资料简编》,第二卷,浙江人民出版社 1982 年版,第 269—273 页。

③ 梁漱溟:《东西文化及其哲学》,上海世纪出版集团 2006 年版,第 103 页。

④ 胡适在《科学与人生观序》一文中,对梁启超的《科学万能之梦》一文做出回应,指出当时的中国应该学习西方的科学。载胡适《胡适文存》二集卷二,亚东图书馆 1928 年影印版,第 7 页。

文化上发生多大的影响"①，其间倒流露出对西方"精神文明"的褒奖之意。

　　而杨先生的论断，也需要联系他的整体思想体系做具体分析。若要理解这一论断，首先要了解杨先生提出的"分散性宗教"的概念。杨先生一改西方宗教价值观影响下的"中国无宗教"的说法，提出了分散性宗教在中国社会占主导因素的观点。他认为，在中国社会中，宗教不那么明显甚至难以被人观察到，不像在欧洲或阿拉伯文化传统中，宗教作为一种独立的因素而存在，但这并不代表中国不存在宗教，或者中国人没有宗教信仰。在中国，分散性宗教（diffused religion）占主导地位，它与佛教和道教为主的制度性宗教（institutional religion）相互依赖、互为表里，对世俗化社会制度及社区生活产生影响。但与基督教和伊斯兰教不同的是，分散性宗教很大程度上取决于世俗制度的命运，而且不像普世宗教那样具有持久的特质，能形成独立的宗教生活制度。它主要依靠世俗制度的有效功能来获得生存的空间，当某项世俗制度有效地满足了人们的基本需要时，渗透其中的功能性仪式便因此获得了信众的皈依。但当世俗制度没能解决长期的危机，不能满足基本的和寻常的需要时，人们会很自然地对制度及其功能性仪式失去信仰和信任。② 因而，在分析 20 世纪以来中国由于各种社会制度神圣特征的失势、西方影响下城市家庭凝聚力的丧失基础上，杨庆堃先生对分散性宗教在中国的命运作出了预测。

　　杨先生的著作首次出版于 1961 年，他在这部著作中对中国

──────────

　　① 胡适：《胡适文存》三集，亚东图书馆 1930 年版影印本。值得指出的是，胡适和梁启超的宗教，不是狭义的宗教内涵，而取信仰的宽泛理解。

　　② ［美］杨庆堃：《中国社会中的宗教──宗教的现代社会功能与其历史因素之研究》，范丽珠等译，上海人民出版社 2007 年版，第 268─271 页。

宗教的研究也限于 1949 年以前，但杨先生的著作对当代中国宗教状况的研究仍有很强的启发意义。这意义在于：杨先生在对中国宗教的分析中引入了"官方"和"民间"两种视角，他对以前学者们所忽视的民间社会给予了更多的关注。因而，他对现代中国宗教状况的认识也是一分为二的，首先，他承认宗教在社会政治变革中受到了冲击：世俗化削弱了宗教在中国社会生活中许多重要方面的作用，尤其是影响了近代中国知识分子对宗教的看法，而中国的社会政治领袖恰恰是来源于这群知识分子。但另一方面，他借助于地方志资料，考察普通民众宗教生活的实际情况，从而证明了宗教对普通民众生活的持久影响。①

的确，宗教对中国普通民众的生活具有持久性影响，而且这种影响事实上从未消退过。社会学者范丽珠指出，中国在现代化进程中出现了引人注目的"宗教热"现象，这是在民间涌动的宗教信仰热潮，并逐渐发展成新兴的宗教运动，它在很大程度上是现代人走出信仰困境的选择，而人们对宗教所投入的热情，既有透过超自然力量的崇拜，以得到人间福报的用心，也寄托了民间寻求道德重建的希望，从而也回应了官方所提倡的"精神文明"建设。② 中国民间的宗教热，与持续在中国现代知识分子中对"信仰"的探询相呼应，表明了处于现代性语境下的中国人，与所有"现代人"相通的精神困境——信仰的危机——这已是中国社会的一个不争之事实！

实际上，对于纪伯伦文学作品在中国的接受状况，单单局限于主流译介、评论和研究界的范围，是远远不够的，在这个相对

---

① ［美］杨庆堃：《中国社会中的宗教——宗教的现代社会功能与其历史因素之研究》，范丽珠等译，上海人民出版社 2007 年版，第 308—317 页。
② 范丽珠：《当代中国人宗教信仰的变迁：深圳民间宗教信徒的田野研究》，（台湾）韦伯文化国际出版有限公司 2005 年版，第 1—2 页。

"精英"的评判团体之外，还存在着一个大众化的民间阅读群体，虽然这个阅读群体受到主流批评界的影响，但由于他们阅读的自发性和完全与个人体验有关的经验性，这个群体向我们提供了关于纪伯伦的更为鲜活、真实的阅读体验。要获得这一鲜活、真实的阅读体验的记载，我们可以从"大众狂欢化宣泄之所"的网络世界中去发现，这个常常匿名撰文的网络空间，却在某种程度上能告诉我们普通人最真实的心灵体验。

据收集到的网络资源，中国民间主要有 3 个纪伯伦交流网站，第一个是"中国第一纪伯伦网"（http：//prophet. bokee. com/），第二个是"纪伯伦先知网（http：//www. joy8. org. cn/），第三个是 介绍外国文学的中文论坛"芦笛网"上属于"现当代文学"的"20 世纪文学讨论区"的"纪伯伦之歌"（http：//www. reeds. com. cn/fo-rumdisplay. php？fid = 1）论坛。通过浏览这 3 个网站，我们首先可以感受到纪伯伦文学作品在中国读者中的受欢迎程度。"中国第一纪伯伦网"在 3 年内的读者访问量突破 10 万，纪伯伦爱好者们自发性地搜集和收录纪伯伦的文学作品和译作、绘画作品、手稿、书信和名言佳句等等，并对纪伯伦某部作品甚至某句话展开网上讨论。有读者自译纪伯伦的文学作品，有位自称"偏执狂"的读者，说自己会跑到图书馆专门抄录欧美文学大辞典中对纪伯伦的解释。甚至有一位读者"突发奇想"，要把纪伯伦作品做成 PDF 格式中英对照再附上注释。

在这些"纪伯伦迷"中，有一些读者是受到纪伯伦作品中关于生活和生命智慧的吸引。例如，一位妈妈和另一位老师都从纪伯伦《先知》的"论孩子"一篇有所体悟；有读者从《先知》的"论婚姻"中懂得了婚姻；一位读者称："《先知》中的内容，讲述了一个人从生到死之间的秘密，和我们的生活非常贴近，给我们带来了很多启发。"（转引自"纪伯伦先知网"）

值得注意的是，一些读者是由于纪伯伦作品的宗教色彩而被吸引。有的读者由《先知》的阅读联系到宗教的"大爱"；有的读者觉得纪伯伦的作品表现出"像希腊圣殿样不可侵犯"的"神圣"；有的读者剖析自己喜爱纪伯伦的原因，是由于"他对生命，对爱，对美，对世界的一种带有宗教色彩的感情"；更有一位读者以"暑期阅读之旅《纪伯伦全集》"为题，引用评论者"俗世灵修经典"的评论，称这"能给我们在俗世中煎熬的灵魂吹来清新的风，洒下和煦的阳光"：

> 南方朔的评论是就纪伯伦所有的作品来说，他说"文字和话语在他的著作里滚动如珠，撞击着人们的眼，打动着人们的心。它不是狭义的文字，也不是狭义的宗教，而是新型态的俗世灵修经典，不管你是西方人或东方人。当我们觉得意义丧落、生命倦怠、被疑惑和愤怒所包围、对现世觉得很无可奈何的时刻，打开纪伯伦的书，总会得到他的帮忙与照顾。
>
> 如诗的语言我并不是特别急切地想品尝，然而一本俗世灵修经典，我是非常急切地想欣赏的。对于灵修的东西，我很感兴趣，灵修经典里总是有着丰富的真善美的东西，他能给我们在俗世中煎熬的灵魂吹来清新的风，撒下和煦的阳光。①

中国民间对纪伯伦作品宗教内涵的认同和关注，表明了以宗教视角介入纪伯伦研究的必要性，这也从一个侧面表明：对于文学经典，学术研究和民间趣味有时并非想象得那么遥远。而伊斯

---

① "纪伯伦先知网"（http：//www.joy8.org.cn/）。

兰文学文化在中国的民间特色（如回族文学和文化），使研究阿拉伯—伊斯兰文学文化的学者，不能不考虑到伊斯兰文学文化在民间的存在样态。张承志在《文明的入门》一书中，曾希望"穆斯林老百姓介入对伊斯兰文明的解说"①，这是一种美好而并非不现实的愿望，但或许这种介入的方式并非像张承志所言只能是穆斯林的介入，同样不能拒斥的是非穆斯林的学者和研究者的介入。因为介入者的身份不是最重要的，重要的是，他要怀有一种自省虔敬的心态，不是一个权力的献媚者。实际上，已经有一些研究者注意到了阿拉伯—伊斯兰文学文化与民间文化的关系。例如，中国阿拉伯文学翻译和研究专家仲跻昆先生、翻译者薛庆国教授，都在网上开通自己的实名博客，就阿拉伯—伊斯兰文学文化发表自己的见解，并与网上读者进行交流，这是否预示着当代阿拉伯—伊斯兰文学文化研究关注民间层面的开始呢？

撰写目标

本书的撰写目标可以分为两个层面。其一，"还原"。从"彼时彼地"（then and there）的视野，透视纪伯伦文学创作与其所处文学文化语境的共通性和差异性。这一层面主要包含了两部分内容：首先，梳理纪伯伦的生平创作与西方现实和思想语境的关系，"还原"一个真实的纪伯伦；另外，在纪伯伦文学创作的历时性线索中进行文本分析。在分析过程中，通过对单个作品的文本细读，以点带面，以互证互释的方式解读文本，从而把握纪伯伦文学创作的精神线索。

---

①   张承志：《文明的入门：张承志学术散文集》，北京十月文艺出版社 2004 年版，第 289 页。

纪伯伦文学具有较强的思想整体性，各个作品之间不是孤立的，而是互证互释的关系。纪伯伦文学作品中反复出现的一些概念、主题、意象甚至某些词汇、数字，都具有意义上的连贯性和整体性。例如："爱、美与生命"理念、"生命神圣"主题、"疯人"意象、"耶稣"形象、"大我"、"小我"、"狂喜"（ecstasy）、"激情"（passion）、数字"7"等等。意义上的连贯性和互文性使我们不能脱离其他作品、孤立地阐释某部作品。因而本书在阐释过程中采取了"以点带面"的方法，抓住某部作品最鲜明的特点进行集中解析，在解读过程中再结合其他作品进行互释，从而使读者在深入研读纪伯伦的某部作品基础上，进而对其创作有整体把握。

其二，"跨越"。从"彼时彼地"跨越至"此时此地"（now and here），在力图"还原"纪伯伦文学及其文学文化语境基础上，思考纪伯伦文学对当前现实语境的意义，为当下现实提供思想上的借鉴。这一层面也涵盖了两方面的内容：首先，在20世纪现代性思想语境中，解析纪伯伦文学作品中贯穿始终的"生命神圣"主题和他对"神圣"生命存在方式的选择，凸显纪伯伦的"存在"对"世俗化"的现代人的启示意义。另外，从文化间性视角，解读纪伯伦的文学创作。一方面主要从西方现代文化和阿拉伯—伊斯兰文化之间的"相融性"视角，考察"圣经文体"在纪伯伦文学作品中的表现和文化意蕴，并由此分析纪伯伦文学作品在美国文化语境中的接受状况。另一方面，主要从西方现代文化与伊斯兰苏非文化之间的"互动性"视角，考察伊斯兰苏非在西方现代文化的"语境化"过程中，什么特质得到了凸显，或者说，西方现代文化如何从自身需要出发，"选择性"地接受了伊斯兰苏非，并在西方现代文化、伊斯兰苏非文化的"文化间性"视野中，解析纪伯伦的文学创作。通过对纪伯伦作品"文化间性"的分析，给目前后殖民话语中"敌对"的普遍话语模式提供另一极的反证，表明无论是东方还是西方，以理解、同情、欣赏的心态、为达到"共存"和"扩大人道主义视野"进行的对他者文化的研究，一直作为一条思想线索存在着，从而使学界警醒一种简单化、化约性的东西方冲突观，以平和、积极、建设性的心态看待文化交流与对话。

第一章

纪伯伦文学创作的思想与文学背景

　　由于国内纪伯伦译介、研究和文学史定位习以为常的"东方"视角，纪伯伦文学创作与西方语境的关系被忽视了，本章力图弥补这方面的缺憾，从思想和文学背景上描述纪伯伦文学创作与西方语境的精神和现实关联。从思想背景上来讲，纪伯伦文学作品中贯穿始终的"生命神圣"主题，是西方现代性语境下的核心言说主题；从文学背景上来讲，纪伯伦的文学创作不仅是阿拉伯现代文学的一部分，而且与美国波士顿先锋文学、以纽约为中心之一的美国现代主义运动和"小杂志"有密切关系。可以说，纪伯伦的文学创作，是描述和反思"现代性"的经典，这不仅使其作品成为疗救西方现代性精神危机的"先知预言"，也成为同样遭遇现代性精神困境的东方人的"神秘智慧"。

第一节　思想背景："神圣"的失落与记忆

　　在每一个重要的文化时代，都存在着一个核心观念，这一核心观念会无休止地被修改、搅乱和受到反对，然而它却始终代表着这个时代"神秘的存在"，并支配着所处时代一切问题的解答。①

诚如是说，围绕"神圣"展开的种种言说，构成了现代社会"神秘的存在"。

一　作为生命存在方式的"神圣"

什么是神圣？在严格意义上，神圣是一种宗教经验，是见物和不可见物之间、此岸和彼岸之间的确实可感的结合，是自然与超自然的具体相遇。② 譬如一棵树、一块石头，原本是我们日常生活中最平凡无奇的事物（当然是可见的、自然的、属于此岸的），当它们向我们表征为神圣时，它们事实上展示出自己不再属于一块石头、一棵树，而是属于不可见的、超自然的彼岸世界。

在涵盖的范围上，神圣包含了宗教却远远大于宗教范畴，从最原始的蕴涵了宗教思想的一切仪式、神话、信仰或神灵的形象，到最发达的宗教，都属于神圣的范畴。从外在表征上，"神圣"是通过神圣实在的自我表征构成的，这种可以揭示或表征"神圣"的事物即"显圣物"（hierophany，国内也译作神显），许许多多的显圣物构成了一部"神圣"的历史。神圣的表征物（显圣物）是多样的、无处不在的，它存在于心理学、经济学以及社会生活的每一个领域。在某些地方、在一定时间里，每一个人类社会都会为自己选择一些事物、人物、动物、植物、手势等等，并且将它们转变为"显圣物"。③ 天、太阳、月亮、水、石

---

① ［德］西美尔：《现代人与宗教》，曹卫东译，中国人民大学出版社 2003 年版，第 26 页。

② ［法］吕克·费里、马塞尔·戈谢：《宗教后的教徒》，周迈译，中国人民大学出版社 2007 年版，第 40—41 页。

③ ［美］米尔恰·伊利亚德：《神圣的存在：比较宗教的范型》，晏可佳、姚蓓琴译，广西师范大学出版社 2008 年版，第 9—10 页。

头、大地和植物等自然万象、仪式、神庙和宫殿等空间、周期或非周期再现的时间，都可以被"选择"为神圣的表征物。

举例来讲，"水"在很多种文化中被赋予神圣性，它象征着全部潜在性，是万物可能存在的根源。在古代和"原始"的创世信仰中，我们可以找到无数版本的关于原创之水创生一切世界的传说。浸没于水中而实现洁净和再生，这种极其古老而又普遍的象征也被基督教所采纳并赋予了更为丰富的宗教意义。① "人物"也能成为神圣的表征物，有研究者指出，中国文化中存在着英雄崇拜的现象，每一个中国的神灵都是一个被神化了的历史上的英雄，一些英雄被神化而得到崇拜，或是被后人纪念②。"时间"同样可以作为显圣物而被赋予神圣的内涵。每一种巫术或宗教都有其幸运和背运的日子，对于一切宗教、巫术、神话和传说而言，一种在某个特定时间举行的仪式，不仅重复了前一次仪式，而且和它相关联，是它的延续。采集具有巫术力量的草本植物，每每要在那些标志着从世俗时间突破进入巫术—宗教时间的重要时刻进行。这是因为在民间信仰中，天堂会开启几秒钟，具有巫术力量的草本植物可领受额外的权能，在那一刻采集它们的人才能变得无坚不摧，因而这一时刻也就具有了神圣性。而基督教在某个礼拜天的圣餐仪式是同前一个礼拜天以及下一个礼拜天的圣餐仪式相联系的，这时，面包和酒指代耶稣的血和肉，这个时间就成了与世俗时间相分离的神圣时间。③ 自然万象是最初

---

① ［美］米尔恰·伊利亚德：《神圣的存在：比较宗教的范型》，晏可佳、姚蓓琴译，广西师范大学出版社2008年版，第5章。

② J. K. 施赖奥克：《近代中国人的宗教信仰——安庆的寺庙及其崇拜》，程曦译，安徽大学出版社2008年版，第41页。

③ ［美］米尔恰·伊利亚德：《神圣的存在：比较宗教的范型》，晏可佳、姚蓓琴译，广西师范大学出版社2008年版，第367—368页。

级的显圣物，还有一些高级的显圣物。例如，对一个基督徒而言，最高的显圣物即是以耶稣基督体现的道成肉身。而无论哪种显圣物，这些存在都不再仅仅属于我们的世俗世界，它们已经被转化成一种属于彼岸的、超自然的存在。①

"显圣物"从外在表征上体现了神圣，但它并不能从本质上界定神圣。神圣的本质在于它是一种内在经验事实。显圣物之所以被认为是神圣的，关键在于"看者"，也就是说，显圣物只对能够体验到神圣的"心灵"有效，对于不能体验到神圣的心灵来讲，自然万象平凡无奇，耶稣也不过是一位普通的受难者。

在众多宗教经典中，心灵体验是"信者"与"不信者"区别的重要标志。例如，在伊斯兰教经典《古兰经》中，天地创造、昼夜轮流、船舶航海、云中降水、风向改变等自然万象，仅仅是"对于能了解的人"来讲，"此中确有许多迹象"（黄牛164），这可谓道出了神圣的本质：神圣是一种心灵体验，它只对能够体验到神圣的人发生效力。早在古希腊时期，哲学家赫拉克利特就意识到，蕴涵在仪式和祭祀之中的神圣行事方式，是专属于心灵体验者的一种经验事实。例如，被血所玷污的人们用鲜血来洁净自己这样一种"以血洗去血"的仪式、狄奥尼索斯庆典中阳具游行以及相关颂歌的迷狂，在日常生活中会被认为是疯狂而又不可理喻的行为，但当这些行为被实践者当作一种区别于世俗行为的神圣行为方式，它们就成为有意义的，就在仪式中超越了世俗、实现了与神的沟通。②

而事实上，能否体验到神圣，远远超出了宗教范畴，对人的

---

① 〔罗马尼亚〕米尔恰·伊利亚德：《神圣与世俗》，王建光译，华夏出版社2002年版，第5页。

② 〔英〕泰勒：《从开端到柏拉图》，韩东晖等译，中国人民大学出版社2003年版，第101—107页。

生命存在有着超乎寻常的意义。在宗教思想家伊利亚德看来，神圣的体验实际上蕴涵着关于"存在、意义和真理"的观念。① 能否体验到神圣，标志了人类历史进程中两种截然不同的存在状况和模式，即"神圣"和"世俗"的存在模式。这两种模式是在历史进程中被人类所接受的两种存在状况，它关系到人类在这个世界上存在的可能向度这个根本问题。②"神圣"与"世俗"的存在状态，在神、人和宇宙的关系上表现出具有根本差异的"存在链条"，它表明了两种存在状态的人，以截然不同的态度去看待自身和周围的世界。

　　"神圣"的存在状态，体现了"神—宇宙—人"的存在链条。在这个存在链条上，"神"是起始与核心，宇宙和人同为神的创造物。鲁道夫·奥托的《论神圣》（另有译名《神圣者的观念》）是对当代西方宗教研究产生深刻影响的著作，它从宗教体验的视角细致分析了"神圣"的特征。他认为，神圣感的产生，首先依赖于"被造感"（creature-feeling），这是一个被造物的感受——与那个高居于万物之上的造物主相比，被造物完全被自己的虚无感所遮蔽和压制着。③"被造感"贴切地道出了一切神圣感的首要特征——由于确信和感知到某种不可言说的、高居于万物之上的神秘者，人感受到自身的渺小与谦卑。这同时也表明：对于超越这个尘世，又在这个尘世表征着自己的绝对的"神"的确信，构成了一切神圣体验的起点。

---

① ［美］米尔恰·伊利亚德：《宗教思想史》，晏可佳等译，上海社会科学出版社 2004 年版，第 3 页。

② ［罗马尼亚］米尔恰·伊利亚德：《神圣与世俗》，王建光译，华夏出版社 2002 年版，序言，第 5 页。

③ ［德］鲁道夫·奥托：《神圣者的观念》，丁建波译，九州出版社 2007 年版，第 25 页。

　　由于"神"是"神圣"存在链条上的起始与核心，宇宙和人是神所创造，神通过宇宙生命展示自身，这使宇宙和人的存在本身即"意味着"某种东西，"要说出"某种东西，世界既不是缄默无声的，也不是不可理解的，更不是一个没有任何目的和意义的毫无生机的存在。① 也就是说，宇宙和人均成为"有意味"的存在，它们同样彰显着神意。作为"有意味"的存在，人的全部生命都能够被圣化，人类所有的器官、全部的生理体验和一切行为，都被赋予神圣的内涵。人的生命由此成为一个开放性的存在，他不仅在体验到神的无限性中与神接近，处于与神的联系之中，而且也对整个宇宙开放，分享着世界的神圣性。因为同作为神的创造物，人类在自己身上发现了他在宇宙中认识到的同样的神圣性，他因此把自己的生命与宇宙的生命等同起来，人之为人，并无逾越宇宙的独特性。

　　例如，在农耕民族中，女性被比作土壤，男人的精子被比作农作物种子，农业的生产被比作两性的婚姻结合。《古兰经》中说："你们的妻子好比是你们的田地。"《阿闼婆吠陀》说："女人就像是土壤，男人们，你应当在她身上播种。"② 在神对人和自然万物展开的过程中，无生命的冷漠的自然被"赋形"和给予意义，人的生命也因神的存在而成为"圣化"的生命。西方前现代时期的"自然"观念典型地体现了在神圣的存在链条上，神、人和宇宙的和谐共处关系。古希腊时期的"nature"，即"自然"、"起源"或"本原"，实质上是一个神、人和自然界共在的空间，希腊自然科学建立在自然界浸透或充满着心灵

---

　　① ［罗马尼亚］米尔恰·伊利亚德：《神圣与世俗》，王建光译，华夏出版社2002 年版，第 94 页。

　　② 同上书，第 94—98 页。

(mind) 这个原理之上，心灵在它所有的显示（无论是人类事物还是别的）中，都是一个统治者，一个支配或控制的因素。因而，在希腊人看来，自然界不仅是活的而且是有理智的。文艺复兴时期的思想家虽然不承认自然界是一个有机体，并断言它没有理智也没有生命，但自然之外的某种东西——神性创造者和自然的统治者，却能够赋予它理智。①

然而，"世俗"的存在状态，则表现出"人类—上帝—历史"的存在链条。在这个存在链条上，"人"是起始与核心，他不仅要对上帝负责，更要对历史负责。② 也就是说，宇宙和人"为神意注定的合法性"失效了，人们的价值、信念和制度规范的正当性不再来自超越世界，来自另一世界，而是此时此地的人们自我立法，自我决定，人是自由的，有自由的意志和理性，可以自由选择自己的命运，运用理性设计理想的未来。③ 因而，宇宙和人的存在被剔除了神圣的意义，宇宙不再是"有意味"的存在，它不再传达任何思想，也无任何隐含的意义，它成为难以捉摸、死气沉沉、不能说话的东西。④ 人的全部生命存在——所有重要的体验、生理的行为都不再包含有精神的意义。

例如，在神圣存在链条上，人类和宇宙同作为神的创造物，它们是平等的、可类比的。女性被比作土地，被比作地母，人类的性行为被比作上天—大地间的神圣交合，也被比作播撒种子。

---

① ［英］柯林伍德：《自然的观念》，吴国盛译，北京大学出版社 2006 年版，第 4—10 页。

② ［罗马尼亚］米尔恰·伊利亚德：《神圣与世俗》，王建光译，华夏出版社 2002 年版，第 103 页。

③ 许纪霖：《世俗化与超越世界的解体》，许纪霖主编：《世俗时代与超越精神》，江苏人民出版社 2008 年版，第 6 页。

④ ［罗马尼亚］米尔恰·伊利亚德：《神圣与世俗》，王建光译，华夏出版社 2002 年版，第 102 页。

但在"世俗"的存在状态下，大地就是大地，它的存在因为与人的关联才有意义，它是人行走活动之所，如果再可以开发出一些可兹利用的资源，那就是一块有价值的"宝地"了！而性行为呢，不过是一种纯粹生理的活动。"滥交"并不意味着人类"回归"到了与动物一样的自然状态，而是意味着，在世俗的存在链条上，动物与宇宙万物的存在一样，也已经被"世俗的人"剥夺了精神的内涵。事实上，宇宙（自然）不再存在于世俗的生存之链中，只留下被人类重新设计和建构的上帝和历史，人类成了新的"神"，孤独而自在。但人真的能像神一样，承载一切吗？

二　现代社会"神圣"的失落与记忆

在很大程度上，思辨意义上"神圣"的言说往往来自于秉持不同"神圣"观念的心灵的相遇。因为"言说"即意味着超越单纯的思想与感悟，以言语方式表达"己"与"他人"的思想碰撞时受到的冲击。当从未见识过其他任何一种形式的信仰的原始初民仰望神秘的苍穹，对神圣苍穹的朴素沉思引起了宗教式的心灵体验，但那仅仅是体验而无须"言说"，因为从未接触过其他信仰的原始初民心灵单纯而质朴。然而，当第一个人冒险走出自己的氏族或村落，发现自己的邻人信奉着不同名称的其他神时，从某种意义上说，最早的关于"神圣"的考量和言说就已经开始了。

在西方，脱胎于东方犹太教的基督教的"一神"信仰首先挑战了古希腊罗马时期的"多神"观念。于是，关于"道成肉身"的一神论说构成了早期基督教会关于神圣的核心言说主题，在这种言说中，基督教世界的信仰在上帝启示的真理和完美中得到了解释，而撒旦的阴谋则为其敌人的信仰提供了解释，信仰基督便是唯一的真理。①

　　基督教与其他宗教的相遇，构成了西方世界神圣言说主题的又一次转变。这一转变最初来自于基督教与伊斯兰教的接触，公元7—15世纪穆斯林与基督徒之间旷日持久的战争，对西方思想界产生了深刻影响。这影响不仅仅是欧洲人借助阿拉伯人所拥有的古希腊、拉丁以及希伯来文著作的宝藏，发起了文艺复兴和宗教改革等一系列精神领域的革命，更重要的是，同样宣称拥有来自于上帝的圣典的伊斯兰教，对一神信仰的基督教思想界构成了挑战。② 而16世纪的地理大发现和世界范围内探险活动的开始，使越来越多的西方人接触到印度教、佛教和儒家思想这些拥有相当高的伦理原则的宗教和思想，于是，在与各种不同宗教（主要是与伊斯兰教）的比较研究中，17—18世纪的"自然神论者"（Deist）开始言说一种全新的神圣主题：拥有不同宗教信仰的全人类，能够共享唯一的一个宗教观念。"自然神论"的理论基础是爱德华·赫伯特的"共同观念"（common notion）思想。这种思想认为，"共同观念"是"天赋的自然本能"、符合"人心中与生俱来的最基本的观念"，它是一切宗教普遍的、合乎理性的共同根基，是确定宗教真理性的唯一标准。③ 自然神论者以各种形式宣扬人类共有的淳朴的"自然宗教"观点，这种观点相信有造物主上帝创造了世界，然后让世界根据自然法则运转，他提供人类行为的道德准则和来世的许诺。对自然神论者而言，这简

---

　　① ［美］包尔丹：《宗教的七种理论》，陶飞亚等译，上海古籍出版社2005年版，第2—4页。

　　② ［美］约翰·奥尔：《英国的自然神论：起源和结果》，周玄毅译，武汉大学出版社2008年版，第13页。

　　③ ［美］格林汉姆·沃林：《自然神论和自然宗教原著选读》，李斯、许敏译，武汉大学出版社2007年版，第6—7页。

朴的信条就是人类最初的信仰——所有种族共同的哲学，人类最美好的愿望就是尽力恢复这最初的信仰，全世界的人——基督徒、犹太人、穆斯林、印度人、中国人及所有的人都依赖这种信仰，如兄弟般生活在他们唯一的造物主上帝之下。①

　　基督教与现代科学精神的相遇，带来了西方世界神圣言说主题的颠覆性改变。影响西方现代世界的一个致命因素是科学的"神圣化"。"科学"取代基督教，成为"新的弥赛亚"，科学的"神圣"许诺现代世界的人们：根据严格的因果律和进化的进程，假以时日，这种科学可以解决事物的本性问题，揭示事件的一系列隐秘结果，澄清一切奥秘。这种科学不仅成为一种信仰，也成为一种世界观，而宗教则被降格为模糊不清的、出世的、和现实毫不相关的"理论"，并与生活隔绝。② 可以毫不夸张地说，以宗教为外在表现的"神圣"被逐出人们的生活之外，神圣的失落成为西方现代社会的典型特征。

　　西方思想史上既往的神圣言说，都存在着"信仰"的前提。也就是说，无论是古希腊罗马的多神观念，基督教的一神论、还是自然神学建立在"共同观念"基础上的神学理论，它们的神圣言说是建立在对"神圣"的确信基础上的。但现代社会的神圣言说却建立在"神圣的失落"这样一个言说背景之上，现代人神圣体验的丧失，构成了现代社会围绕神圣展开的种种言说的源起，也构成了与既往西方思想史上神圣言说的根本差异。

　　人在世界中神圣感的失落，是现代社会独具特色的失落。在西方思想界，现代化过程常常被描绘为"世俗化"过程。伊利

---

　　① ［美］包尔丹：《宗教的七种理论》，陶飞亚等译，上海古籍出版社 2005 年版，第 6 页。
　　② ［美］斯坦利·罗迈·霍珀：《信仰的危机》，瞿旭彤译，宗教文化出版社 2006 年版，第 6—9 页。

亚德不无讽刺地称"一个彻底地世俗化的世界，一个完全地去圣化了的宇宙"，是人类精神发展历程中的一个最新发现。① 德国社会学家韦伯用脱魅过程来形容现代社会。所谓的脱魅过程，是指世界图景和生活态度的合理化建构，致使宗教的世界图景在欧洲坍塌，一个"凡俗"的社会成型。而这一凡俗的社会，实际上即意味着关乎彼岸的"神圣"的消解，其本质特征是社会生活世界的理性化和此岸感。② 霍珀称之为"信仰的危机"，在他看来，宗教的失败导致了"信仰出现破口"、"上帝在场意识的丧失"、人的行为"永恒性涵义的割裂"和"以暂时性为前提"的世俗化：

> 宗教的失败往往都是致命的世俗化的序曲。世俗化以暂时性为前提。它是一种对此时此刻、对实用性的投降。在其中有一种维度被丧失了、或被回避了、或被忽视了。它标志着信仰出现了破口，标志着与理想的有意识的和谐丧失了，标志着关于上帝在场的意识丧失了，标志着一种否定。它把人的行为与其行为的永恒性的涵义割裂开了；或者，它仅仅把暂时性的涵义赋予了人的行为。意义被局部化了，没有任何终极的辩护。伟大被渺小化了，没有任何无可置疑的重要性。③

---

① ［罗马尼亚］米尔恰·伊利亚德：《神圣与世俗》，王建光译，华夏出版社2002年版，第4—5页。

② 刘小枫：《现代性社会理论绪论》，上海三联书店1998年版，第300—301页。

③ ［美］斯坦利·罗迈·霍珀：《信仰的危机》，瞿旭彤译，宗教文化出版社2006年版，第4—5页。

神圣的失落使西方现代的神圣言说主题发生了改变。它不再是建立何种神圣的问题，而变成了"神圣是否存在"的问题。神不再是人和宇宙存在的理由。影响了马克思的费尔巴哈说，认为人只有借天道、借助于"超人性的"存在者，如神、精魂、灵鬼、天使之类，才能超脱动物的境地，这一看法是一种空想。人不借助于超自然的、想象的产物存在，而是靠人以下的事物存在。例如，动物是人不可少的必要的东西，人的存在便依靠动物，而人的存在和生命所依靠的那个东西，对于人来说，就是上帝。①

然而神圣的失落仅仅是现代社会围绕"神圣"展开的全部言说的源起，与之相伴而生并萦绕不绝的，是关于神圣的久远记忆和怀恋之歌，从某种意义上说，"现代"的足迹有多远，人们对神圣世界的怀旧恋曲就有多长。"进步"与"怀旧"——事实上早已成了现代思想的"一体两面"。

早在19世纪上半叶，伴随着西方现代文明的"进步"神话，浪漫主义者就已唱起了关于那个神圣世界的挽歌。这一时代的经典隐喻文本《弗兰肯斯坦》以天才想象力预言了科技的极端发展给现代人类精神世界带来的致命冲击——那个充满亲情、爱情、友情的田园诗般的神圣世界一去不复返，取而代之的是科技怪人与现代人之间宿命般的憎恨和无情追逐；中世纪诗情在德国浪漫主义者中复活，英国浪漫主义者在远离现代世界的大自然中找回神圣世界的真实。美国浪漫主义诗人惠特曼在《自我之歌》中不仅以对"自我"的赞颂彰显了美国民族的精神特质，更以其对"原初自我"的哀挽标志了整个浪漫主义文学：

_____

① ［德］费尔巴哈：《宗教的本质》，王太庆译，商务印书馆1999年版，第3—4页。

在久远的过去，我们曾经（像动物一样平和而自足）地走过，但我们何时无心遗失了这些呢？①

20 世纪上半叶的西方现代主义运动蔓延着神圣世界失落后的怅惘。在叶芝笔下，失落了神圣的现代人如同听不到主人呼唤的猎鹰，在空中盘旋不知所归。② 海塞在其代表作《荒原狼》（1927）中借主人公之口发出感叹：

> 在如此满足现状、如此中产阶级化、如此缺少精神的时代，面对着这种建筑、这种商业交易、这种政治、这样的人群，发现上帝的足迹是多么困难啊！③

现代主义经典名作《荒原》以一个个"有欲无爱"的性爱场景揭示现代人的精神荒芜之时，却不时闪现出那个久远的神圣世界里关于纯真、忠诚、坚贞的神话——美丽的风信子姑娘、坚贞不屈的费洛米拉、哀悼"父兄之死"的费迪南德——这些场景转瞬即逝却无不孤独地哀泣着神圣的失落……

如果说浪漫主义和现代主义者对神圣世界的哀挽，还仅仅代表了"第一个实现现代文明"的西方世界的精英知识分子对人类生存状况的文学性表述，那么，伴随着 20 世纪西方现代化进程向非西方世界的推进，"精神荒芜"、"价值缺失"、"意义匮乏"这些字眼早已成为中国大众传媒津津乐道的话题。在叶舒

---

① *Song of Myself*, the 1891—1892 edition of *Leaves of Grass*, 32.

② Yeats, *the Second Coming*.

③ ［瑞士］赫尔曼·海塞：《荒原狼》，李世隆译，漓江出版社 1997 年版，第 24 页。

宪看来，在 20 世纪末，"异端与异教的群神之全面复兴已经成为西方人乃至全球文化精神生活领域中最引人注目的现象"。①的确，在社会层面，伴随着现代化进程中的"世俗化"，同时也产生了宗教的复兴。北美华人基督教学会主席王忠欣曾以欧洲、美国和中国这三个在当今世界最具影响力的地区（国家）文化为例，考察现代化进程中宗教与世俗化的关系。他指出：虽然欧洲在现代化进程中经历了基督教"非国教化"的过程，但个人性的宗教信仰在欧洲人的宗教生活中仍表现出相当程度的持续性。在美国，虽然现代化进程中也出现了思想层面的类似世俗化倾向，但美国基督教中的世俗化倾向在基督教内部得到了解决，信徒只是从一个派别转入另一个派别，基督徒的总人数并没有发生改变，不仅如此，多元化的东方宗教在美国也得到了很大发展。而在中国，虽然 19 世纪末开始了作为国学的儒家思想的世俗化过程，但 20 世纪末期的儒家在中国又出现了明显的复兴征兆。②王忠欣的考察从社会学层面表明了现代社会神圣言说的两面性：与现代社会神圣的失落相伴随的，是人们无法摆脱的关于神圣的恒久记忆。

在世界各文明关于人类起源的神话和宗教经典中，人的产生常常伴随着某种神迹，人也常以某种方式分享神的实体，对神圣的确认，构成了人类生命存在的本源或原初状态。在苏美尔文明解释人类起源的两个版本故事中，人或是被一位女神赠予心脏、并由此被赋予生命，或是从两个被杀死的神的血液中

---

① 叶舒宪：《人类学想象与新神话主义》，载王宁主编《文学理论前沿》，第二辑，北京大学出版社 2005 年版，第 87 页。

② 王忠欣：《宗教与世俗化——中美欧现代化历程中宗教的发展与变化》，赵林、邓守成主编：《启蒙与世俗化：东西方现代化历程》，武汉大学出版社 2008 年版，第 262—278 页。

形成。① 在古埃及传说中，众神的起源以及宇宙的创造都是一个神的思想和语言创造的结果，人类是从太阳神瑞的眼泪中诞生的。② 而整部《圣经》实际上是向我们讲述了一个人类怎样重新获得神性的过程：神按照自己的形象造人，人类的始祖像他的造物主一样住在天堂里，管理海里的鱼、空中的鸟和地上各样行动的活物，唯有人才能见神的面，并生活在与神的相交中，原罪使人遗失了神所赋予自身的神性，于是人沉湎于人性的低微与琐碎，堕落使人一次次背叛神，但神却一次次以各种方式唤醒人内在的神的形象，直至重新恢复那个自己最初创造的、神与人相交的天堂世界。在伊斯兰教经典《古兰经》中，神最初用泥土造人，并将自己的精神吹在他的身体中，以使他健全。（叩头7—9）而《古兰经》中以神降示先知的方式许诺天上的乐园时，不断提到这乐园中的赏赐是人以前已经"受过的"。在中国著名的女娲造人神话中，两种不同社会地位的人是女神以不同方式造成的，富贵者是女娲起初以黄土抟造，贫贱者则是由女神以藤蔓深入泥中鞭打而成。

实际上，神圣从未真正从人类的生命存在中隐退过，即使是对于拒绝神圣的现代人来讲，神圣仍然以各种方式、或隐或现地隐藏在每个人的日常生活中。在宗教思想家伊利亚德看来，现代人永远无法消灭自己的历史，永远无法彻底清除祖先关于神圣的记忆。③ 现代人仍然保存有许多经过伪装的神话、宗教行为和退化了的神圣仪式，无处不在的"显圣物"的存在，从外在表征

---

① 〔美〕米尔恰·伊利亚德：《宗教思想史》，晏可佳等译，上海社会科学院出版社2004年版，第53—54页。

② 同上书，第79页。

③ 〔罗马尼亚〕米尔恰·伊利亚德：《神圣与世俗》，王建光译，华夏出版社2002年版，第120—121页。

上说明了神圣在现代生活中并没有隐退。

　　举例来讲，我们欢度新年或者乔迁之喜，这些仪式尽管看起来似乎已经世俗化了，但其中仍显示出它们所具有的一种原始的"万象更新"的仪式结构。① 以"入会式"为例，在前现代时期各种文化的"入会式"仪式中，待入会者都总是会经历一定形式的磨难——或是让要入会的人与他的家庭分离，并在灌木丛中隐居一段时间，或是要入会者被象征性地埋葬在一个新开挖的墓穴中，或是将他们身上盖满树枝，一动不动地像死人那样躺着，甚至是对入会者身体的残害（如割礼）等，来实现死亡与再生的象征意义。磨难意味着象征意义上的死亡，而死亡则是任何神秘再生的预备状态，通过经历磨难的入会仪式，入会者的精神由此走向再生和成熟。② 在现代社会中，生存竞争、阻碍职业和生涯的"磨难"和"困难"，在某种程度上是对入会式磨难的重复。③ 另外，现代社会出现的裸体主义或彻底的性自由风尚，其中蕴涵着对伊甸园的怀恋（nostalgia for Eden）和对重建堕落前天堂状态的渴望，在那时，罪恶并不存在，在肉体的享乐和良心之间并不存在任何冲突。④

　　事实上，对于一个真实且富有意义的世界的认识，是与对神圣的发现密不可分的。通过体验神圣，人类的头脑觉察到那些看似"混乱无序地流动、偶然且无意义地出现和消失"的事物显现出"真实、有力、丰富以及富有意义"的品质，甚至可以说，

---

① ［罗马尼亚］米尔恰·伊利亚德：《神圣与世俗》，王建光译，华夏出版社2002年版，第120页。

② 同上书，第109—111页。

③ 同上书，第122页。

④ 同上书，第121页。

神圣是人类意识结构中的一种元素,[①] 人之为人,就在于他能通过构想和发现,赋予周围世界以"意义"。乔治·弗兰克尔精辟地描述了神圣对人类生命存在的建构意义:

> 即使科学和理性已把神逼退到了银河系之外,而天堂也只不过是被阳光照耀的氧气和臭氧而已——这是不适合众神居住的——神还是在理性所不能接受之处统治着,他还居住在人类心灵的潜意识领域。人类不能理性地感知到神的存在时,便失去了神圣的天父所提供的可靠的参照点,于是他们焦虑、不安、有负罪感。[②]

"神圣"给人的生命存在提供价值支撑,它是人存在的生命之源。前现代时期的人们因相信神圣而体验到自身生命的归属感和意义感。生活在历史中的现代人无法摆脱久远的神圣记忆,神圣感作为人类特有的精神品质,仿如生命中隐在的神奇潜流,永远驱使着人们将目光投向超越现世的彼岸世界,只有在对"永恒"的信仰中,人才能逾越有限生命的虚浮,寻觅到恒久的精神家园。

在法国思想家托克维尔看来,人之爱好永生和喜欢不死,并不是后天的,它们的基础深深地扎在人性之中,而有信仰才是人生存的常态,一旦打破了这一常态,一个一心追求现世幸福的人会永远处于焦急、恐惧、不安的精神状态中,因为他们唯恐死神来临,寻求、抓取和享用有限的快乐时光,就成了他们时时刻刻

---

① 〔美〕米尔恰·伊利亚德:《宗教思想史》,晏可佳等译,上海社会科学院出版社 2004 年版,第 3 页。

② 〔英〕乔治·弗兰克尔:《文明:乌托邦与悲剧》,褚振飞译,国际文化出版公司 2006 年版,第 222 页。

想望的一切。① 别尔嘉耶夫断言：一旦不存在高于人的东西，不存在神性的秘密和神性的无限，随之而来的是"非存在"的烦恼。一旦人灵魂中的原初形象消失，灵魂中不再有上帝，人的形象也就分崩离析了。② 神圣感的缺失，会使生命飘浮而无所归依。米兰·昆德拉在其名著《不能承受的生命之轻》中对神圣缺失的现代人的精神危机做了深刻描摹：

> 当负担完全消失，人就会变得比空气还轻，就会飘起来，就会远离大地和地上的生命，人也就只是一个半真的存在，其运动也会变得自由而没有意义。③

早在 2000 年前，西塞罗以古人特有的虔诚和智慧坚持着神圣对人类生命存在的价值，他的话在今天的我们读来仍有警示意义：

> 简言之，如果这些不朽的存在对人的事物没有任何影响，那么，我们为什么还要敬仰它们、向它们祈祷呢？虔诚也像其他美德一样，要想长期维系不能仅仅依靠习俗和矫饰。一旦虔诚消失，宗教和神圣也将随之消失。这些东西一消失，我们的生活方式就会出现一片混乱。我确实不知道，如果失去对诸神的敬畏，我们是否还能看到善良的信念、人

---

① ［法］托克维尔：《论美国的民主》，董果良译，下卷，商务印书馆 2004 年版，第 668 页。

② 汪建钊编选：《别尔嘉耶夫集：一个贵族的回忆和思索》，上海远东出版社 2004 年版，第 267 页。

③ ［捷克］米兰·昆德拉：《不能承受的生命之轻》，许钧译，上海译文出版社 2003 年版，第 1 页。

类之间的兄弟情谊，甚至连正义本身也将随之消失，而正义是一切美德之基石。①

如果神圣构成了人类生命存在的意义之源，那么，在一个失落了神圣的时代，人凭借什么感受到自身存在的价值与意义？于是，"神圣何以存在"与"神圣是否存在"一起，构成了现代世界的另一个核心言说主题，也共同构成了现代文化"神秘的存在"。从来没有哪个时代像现代这样，有如此众多的思想者以巨大的热情和自信去言说"神圣"，并且以他们对神圣的言说，渗透以至影响到我们的文学、哲学、历史学、政治、艺术、心理学等文化的方方面面，事实上，这些围绕"神圣"展开的种种言说，几乎触及了现代思想的每一个领域。②

就是在这样的情境下，纪伯伦以其自身生命存在和艺术创作中独特的"神圣"言说，触及了现代社会最隐秘的灵魂深处，也由此构成了纪伯伦"存在"的意义。

初看起来，纪伯伦是一个充满了神秘感的人物，人们眼中的纪伯伦形象似乎总是相差甚远：少年时代的他给波士顿的先锋艺术家们留下的最深刻印象，是那双忧郁的大眼睛和非同一般的神授气质，他的绘画天赋和民族身份更让宠爱他的那些西方人断言他是一位来自《圣经》所述之地的先知，这一印象随着后来极具"东方"神秘色彩的《先知》在美国大众读者中的广泛流传而成为纪伯伦在西方世界的经典形象。20世纪80年代，生活在美国的第二代阿拉伯移民视纪伯伦为早期移民的成功典范，他渴

---

① ［古罗马］西塞罗：《论神性》，石敏敏译，上海三联书店2007年版，第4页。

② ［美］包尔丹：《宗教的七种理论》，陶飞亚等译，上海古籍出版社2005年版，第10页。

望得到西方世界的认同、具有强烈的成功欲望和坚强的奋斗意志，试图融入西方主流文化的他自尊、敏感而又易受到伤害。在中国，纪伯伦是一位智慧的长者，他和泰戈尔一起，被人们当作"东方人的骄傲"……

　　然而事实上，一个伟大的精神存在，却往往意味着简单与纯粹。在纪伯伦看似神秘的多重面孔下，很少有人能像他那样单纯到只用一个词就能恰如其分地概括他的"存在"，这个词就是"神圣"。"存在"不仅仅指纪伯伦的创作，也包括了纪伯伦的生命印记，他的人生和创作以惊人的一致印证着这个现代社会的关键词，由此也构成了纪伯伦"存在"的意义。

第二节　与纪伯伦文学创作相关的　　　文学背景描述

一　19 世纪 90 年代至 20 世纪最初 10 年的美国波士顿文学和东方想象

　　自 1896 年 12 月经人介绍与戴伊认识，并由此得以接触波士顿先锋派艺术圈①直至 1911 年迁居纽约，这一时期的纪伯伦主要受到波士顿先锋艺术圈的文化熏陶，我们可以从纪伯伦的早期阿拉伯语创作中找到波士顿生活的烙印，可以说，早期波士顿生活是纪伯伦文学创作的摇篮和起点。因此，研究纪伯伦的文学创作，必须首先了解 19 世纪 90 年代到 20 世纪最初 10 年的美国波

---

　　①　在美国批评界，先锋派一般来说是现代主义的同义词。（详见［美］马泰·卡林内斯库《现代性的五副面孔：现代主义、先锋派、颓废、媚俗艺术、后现代主义》，顾爱彬、李瑞华译，商务印书馆 2003 年版，第 127—129 页。）由于本文的研究对象是美国文学，因此本文中美国文学的"先锋派"与美国现代主义同义，只是称谓上有所不同，以区分后文提到的以纽约和芝加哥为中心的美国现代主义运动。

士顿文学及文化背景。

对现代美国文学来说，19 世纪 90 年代—20 世纪最初 10 年是新旧两个时期之间的衔接点。标志着美国现代诗歌起点的新诗运动开始于 20 世纪 10 年代以后,① 而 19 世纪 90 年代标志着一个时期的结束，同时也预示着文学新时期的即将开始，从某种意义上说，20 世纪的美国文学开始于此。② 这个时期的波士顿，面对大商业中心纽约和芝加哥的崛起，在力图革新的年轻人心目中，虽然似乎已成为文化上陈旧、保守的象征，但作为曾在半个多世纪以来占据美国文学领先地位的"新英格兰文化"的中心，波士顿仍然是美国最重要的文学中心。③

这一时期的波士顿文化对纪伯伦的早期阿拉伯语文学创作产生深刻影响的是特定语境中的"东方想象"。④ 本书认为，这一东方想象的形成主要有两点原因。其一是欧洲文学尤其是英国文学的影响；其二是美国边疆的消失。这两点特质从影响和接受机制两方面促进了美国文学的东方想象，即把"东方"想象为抵抗美国现代性困境的救赎之地。

在《1890 年代的美国——迷惘的一代人的岁月》一书中，作者拉泽尔·齐夫对 19 世纪 90 年代到 20 世纪最初 10 年的美国文学作了经典述评。他认为，这一代作家是一种绝无仅有的例

---

① 赵毅衡认为美国新诗运动所造成的"划代"非常分明，并将新诗运动的开始时间准确界定在 1912 年（详见赵毅衡：《诗神远游——中国如何改变了美国现代诗》，上海译文出版社 2003 年版，第 14 页）。

② Pattee, Fred Lewis, *The New American Literature*, *1890—1930*, NewYork: Cooper Square Publiehers, 1968, p.3.

③ Ibid., p.25.

④ 本章只对纪伯伦早期阿拉伯语文学创作的文化背景进行分析，至于这一东方想象如何影响了纪伯伦的文学创作，以及纪伯伦为何接受这一东方想象，将在第二章第二节结合纪伯伦的早年经历具体进行解析。

子，这些人因为在他们的时机到来之前就开始了事业，所以时机还没有成熟就中途夭折了。以美国文学史的发展规律来说，即"在伟大的时代周期之间夹着一些平庸的时期"。① 的确，这一时期的美国本土作家正因种种原因处于蛰伏期，但与此同时，美国却也在进行着一场文学的革命，只是这革命来自欧洲，更准确地说，是来自英国伦敦：②

> 1890 年代到 20 世纪最初 10 年的伦敦，首先是将国际性和地方性的思想和形式融为一体的城市，它是英语现代主义活动的一个明显的中心。此间，它产生了一系列重要的实验性运动。③

霍尔布鲁克·杰克逊曾这样描述 1890 年代的伦敦：

> 实验生活在纷乱的吵嚷和论证中继续着。各种观点都在流传。事物已不是它们从前看上去的那样了，人们充满了幻想。19 世纪 90 年代是出现千百个"运动"的十年。人们说这是"过渡时期"，他们相信自己不仅是在由一种社会制度

---

① ［美］拉泽尔·齐夫：《1890 年代的美国—迷惘的一代人的岁月》，夏平等译，上海外语教育出版社 1988 年版，第 3 页及中译本序言。

② 19 世纪末期到 20 世纪初期的欧洲文学主要以伦敦和巴黎两座城市为中心，自 19 世纪 80 年代起，这两座城市就已经建立了明显的相辅相成的关系。但总的来讲，直至 20 世纪 20 年代，伦敦作为欧洲文学的中心地位才丧失，之后巴黎成为文学中心。（见［英］马尔科姆·布雷德伯里《伦敦（1890—1920）》，载［英］马·布雷德伯里、詹·麦克法兰编《现代主义》，胡家峦等译，上海外语教育出版社 1992 年版，第 151—154 页）。

③ ［英］马尔科姆·布雷德伯里：《伦敦（1890—1920）》，载［英］马·布雷德伯里、詹·麦克法兰编《现代主义》，胡家峦等译，上海外语教育出版社 1992 年版，第 148 页。

向另一种社会制度转变，也是在由一种道德观念向另一种道德观念、由一种文化向另一种文化转变……①

但是，所留下的文字记载表明，这一时期的伦敦同时也是最死气沉沉的都市之一，它没有真正的艺术团体、没有真正的中心、没有艺术家的小圈子、没有咖啡馆，它习惯于浓厚的商业气息和岛国的中产阶级生活方式，对新的艺术要么漠不关心，要么抱着毫不宽容的敌视态度。它以冷落和摒弃实验性作家及作品闻名于世：1895 年对王尔德的审判、托马斯·哈代在《无名的裘德》之后拒绝小说创作等事件，都说明英国读者所固有的庸俗气味和维多利亚时代陈腐伪善的道德标准，说明艺术在英国没有受到认真的对待。②

就是在这样的情况下，本土作家处于蛰伏期的美国，成为在英国遭到排斥的实验文学的黄金之地。尽管美国并不保护外国作家的版权，但外国作家在美国出版作品的报酬丰厚，美国总是以可观的美元欢迎英国文坛的新生事物，这无形中给予了英国文学的"反叛者"大量的物质"奖励"，可以说，19 世纪 90 年代的美国是欧洲文学革命的一部分，它自己却并没有产生革命者。③从 19 世纪 80 年代开始，奥斯卡·王尔德、叶芝、梅特林克的作品被相继介绍到美国，而由于少年时期与戴伊的密切交往，纪伯伦自小就受到 19 世纪末期欧洲文学影响下的波士顿独特的文化

---

① ［英］马尔科姆·布雷德伯里：《伦敦（1890—1920）》，［英］马·布雷德伯里、詹·麦克法兰编：《现代主义》，胡家峦等译，上海外语教育出版社 1992 年版，第 160 页。

② 同上书，第 148、150 页。

③ Pattee, Fred Lewis, *The New American Literature*, *1890—1930*, NewYork：Cooper Square Publiehers, 1968. p. 14.

氛围的熏陶。

戴伊在 19 世纪末期英美文学之间的交流活动中功不可没。作为一位成功的出版商，他在王尔德、叶芝、梅特林克等作家的作品向波士顿的引介过程中，起到了非常重要的作用。戴伊经常给少年纪伯伦阅读自己喜爱的文学作品，通过戴伊的引导，少年纪伯伦接触了梅特林克和一些欧洲先锋派作家的作品。① 那么，当时影响波士顿的欧洲，具有什么样的文化氛围呢？也就是说，是什么样的欧洲文化氛围，经由波士顿先锋艺术圈，又进而影响了青少年时期的纪伯伦呢？

马尔科姆·布雷德伯里曾对 1890—1920 年代伦敦的艺术状况作了较为细致的分析。他认为，从 19 世纪 90 年代到一战以前，伦敦文化的特征是层出不穷的先锋派活动，先是印象派、颓废派和象征主义，随后是意象主义、后印象主义、野兽派等等。② 那么，这些形形色色的"先锋派"活动向我们传递出什么样的文化意蕴呢？

"先锋"（avant-garde）在法语中有着悠久历史，作为一个战争术语，它可以上溯至中世纪，至少是早在文艺复兴时期它已经发展出一种比喻意义。同样它也可以运用在政治、文学艺术、宗教等领域，在 19 世纪 70 年代中期产生于法国的先锋派运动之前，它的内涵并不固定。③ 19 世纪末期到 20 世纪上半期，先锋派这个术语和概念发展到英语国家和德国，它作为一个历史范

---

① Gibran, Jean and Gibran, Kahlil, *Kahlil Gibran, His Life and World*, NewYork：interlink Books, 1998, pp. 56 – 8.

② ［英］马尔科姆·布雷德伯里：《伦敦（1890—1920）》，选自 ［英］马·布雷德伯里、詹·麦克法兰编《现代主义》，胡家峦等译，上海外语教育出版社 1992 年版，第 160 页。

③ ［美］马泰·卡林内斯库：《现代性的五副面孔：现代主义、先锋派、颓废、媚俗艺术、后现代主义》，顾爱彬、李瑞华译，商务印书馆 2003 年版，第 105 页。

畴，具有以下被学界普遍公认的文化内涵：先锋派的出现同一个特定的阶段有着历史的联系，在此阶段，某些同社会相"疏离"的艺术家感到，必须瓦解并彻底推翻整个资产阶级价值观念体系，以及它所有的关于自己具有普遍性的谎言。① 也就是说，先锋派是对"资产阶级"价值观念体系的反动。在此种意义上，先锋派与现代主义运动在价值理念上是相通的，其相通之处在于它们都是对资产阶级价值观念体系的反抗，这一"观念体系"的核心是体现了资产阶级现代性的关于"进步"的学说、相信科学技术造福人类的可能性、对可测度的时间的关切。②

　　20 世纪西方对自身现代性"进步"神话的反思态度，导致了西方文化的一个趋向：发展在历史时期被压抑并被改变为"别的"东西，并把它重新结合到自身的存在中去。③ 因此，在西方文化中，20 世纪是对"他性"事物重新利用的世纪，同时在某种意义上也是"重构"他性文化的世纪。如所周知，西方20 世纪文化的一条核心线索，是重新发掘理性主义文化传统中被贬抑的"非理性"存在，这些"非理性"存在作为一支反叛本土文化的进步和批判的力量，被赋予全新的价值。丹尼尔·贝尔在《资本主义文化矛盾》中切入肯綮地分析了现代主义运动

---

　　① ［美］马泰·卡林内斯库：《现代性的五副面孔：现代主义、先锋派、颓废、媚俗艺术、后现代主义》，顾爱彬、李瑞华译，商务印书馆 2003 年版，第 127—129 页。

　　② 马泰·卡林内斯库曾区分了两种"现代性"概念，即资产阶级现代性和美学的现代性，后者是对前者的反动（马泰·卡林内斯库：《现代性的五副面孔：现代主义、先锋派、颓废、媚俗艺术、后现代主义》，顾爱彬、李瑞华译，商务印书馆 2003 年版，第 47—48 页）。此处美学上的现代性实际上即现代主义。社会学家鲍曼也认为，现代主义是一场文化或思想运动，是对资产阶级现代性的反观和重新认识。（见周宪《20 世纪西方美学》，南京大学出版社 1999 年版，第 28 页脚注）。

　　③ ［美］史蒂芬·罗：《再看西方》，林泽铨、刘景联译，上海译文出版社 1998 年版，第 46 页。

的核心精神：

> 西方意识里一直存在着理性与非理性、理智与意志、理智与本能之间的冲突，这些都是人的驱动力。不论其具体特征是什么，理性判断一直被认为是思维的高级形式，而且这种理性至上的秩序统治了西方文化将近两千年。
>
> 现代主义打乱了这一秩序。它是昂扬精神的胜利，是意志的胜利。①

而西方现代主义艺术中的"东方"，实际上是作为西方自我意识的对立面、作为异于西方理性主义传统的对立面想象和构建出来的。

萨义德曾在《东方主义》一书中写道："欧洲通过亚洲获得新生"是一个影响深远的浪漫主义观念。在一些西方人看来，东方文化作为西方文化的对立面，可以挫败西方文化的物质主义和机械主义，从这一挫败中将复活、再生出一个新的欧洲。② 也就是说，东方这一"他性"文化是解救西方现代性危机的灵丹妙药。因此，从欧洲舶来、经由波士顿先锋文化圈传递给纪伯伦的文化氛围，是作为西方现代性困境之想象的东方，这一东方作为西方的异质"他者"，是西方现代性危机的救赎之地。

另一方面，从接受机制上来说，美国文化对欧洲先锋派艺术"东方想象"的接受，还在于它在特定历史时期构建新的"边疆神话"的内在需要。

---

① ［美］丹尼尔·贝尔：《资本主义文化矛盾》，赵一凡等译，生活·读书·新知三联书店1989年版，第97页。

② ［美］爱德华·W.萨义德：《东方学》，王宇根译，生活·读书·新知三联书店1999年版，第149页。

　　19 世纪 90 年代出现的影响美国文学的一个重要背景，是美国边疆的消失。1893 年，弗雷德里克·杰克逊·特纳（Frederick Jackson Turner）在芝加哥的美国历史学会会议上宣读论文《论边疆在美国历史上的意义》（*The Significance of the Frontier in American History*），该论文是 19 世纪关于西部研究的最有影响的文献之一，特纳在这篇论文中提出的"边疆学说"彻底改变了美国的编史工作，其影响波及经济学、社会学、文学评论及政治等领域。①

　　特纳认为，边疆是"野蛮与文明之间的汇合点"（the meeting point between savagery and civilization）、是一片"自由土地"（free land），在边疆地带，每当文明与野蛮相接触，自由土地总是不断向人类及其社会施加再生、更新、恢复活力的影响。在特纳看来，边疆的自由土地是"一眼神奇的青春之泉，美国始终沐浴于其中，并不断恢复活力"。②但 19 世纪 90 年代向美国人宣告了边疆的结束。1890 年，美国人口调查局宣布："现在未开发的土地大多已被各个独自为政的定居者所占领，所以不能说有边境地带（frontier line）了。"③

　　在美国文化中，"边疆"（frontier）是一个富有独特内涵的概念，边疆的消失意味着美国人"西部想象"的结束。在美国人心目中，边疆代表了未受文明侵蚀的大自然，是自由和个人主义的象征，是一片未被开发的"处女地"，人们在此寻求冒险、

---

　　①　［美］亨利·纳什·史密斯：《处女地：作为象征和神话的美国西部》，薛藩康、费翰章译，上海外语教育出版社 1991 年版，第 256 页。

　　②　Turner, Frederick Jackson: *The Significance of the Frontier in American History* 载潘绍中编著《美国文化与文学选集（1607—1914）》，商务印书馆 1998 年版，第 505—507 页。并参见亨利·纳什·史密斯《处女地：作为象征和神话的美国西部》，薛藩康、费翰章译，上海外语教育出版社 1991 年版，第 259—260 页。

　　③　同上书，第 505 页。

逃避、或者反抗。① 因此，19 世纪 90 年代的美国文学出现了制造"新边疆"的现象。弗雷德·刘易斯·帕提（Fred Lewis Pattee）在分析这一时期的文学现象时写道：伴随着边疆的消失，杰克·伦敦和这个时代的其他作家试图在阿拉斯加，甚至是太平洋的所罗门岛制造一个新的边疆。② 同样可以作出设想的是，边疆的消失也无形中给美国先锋派或现代主义文学将视线投向异域东方提供了契机，也为美国接受欧洲先锋派文学中的"东方想象"提供了契机。

二　美国现代主义运动和"小杂志"

对于西方现代主义文学的界定和历史时期，学界众说不一。众多学者对现代主义文学的界定，各自从不同视角出发，各有千秋。本书倾向于《哥伦比亚现代文学文化词典》和迈克尔·贝尔在《现代主义形而上学》一文中的定义，将现代主义看做一场发端于英美的世界性文学艺术运动，时间介于 1890—1945 年之间，鼎盛期在 1910—1925 年间。③ 而在众多现代主义的相关论述中，有两种论述值得注意。其一，是在《现代性社会理论绪论》一书中，刘小枫明确将现代主义界定为"知识和感受之理念体系的变调和重构"，以区别于现代学领域另外两个既相互关联，又有所区别的论域——现代性和现代化。在这里，现代主

①　Pattee, Fred Lewis, *The New American Literature*, 1890—1930, NewYork: Cooper Square Publishers, 1968, p. 4.

②　Ibid. , p. 4.

③　Childers, Joseph and Hentzi, Gary, *The Columbia Dictionary of Modern Literary and Cultural Criticism*, NewYork: Columbia University Press, 1995, pp. 191 – 192, Levenson, Michael, *Modernism*, 上海外语教育出版社 2000 年版，第 9 页。

义话语是"现代性冲动的肯定性或否定性论述"。① 另外一种论述是社会学家鲍曼的论述，他认为现代主义运动是对现代性反观和重新认识的过程。② 本书认为，这两种论述对现代主义精神的把握是有内在相通之处的，它们都抓住了现代主义精神的核心——对现代性的反思。

作为一种世界性文学艺术运动的现代主义，它所创办或发行的刊物，对其发展是相当重要的，"小杂志"（Little Magazine）便是与现代主义运动息息相关的一种刊物。现代主义研究专家马尔科姆·布雷德伯里和詹姆斯·麦克法兰分析道：作为"主义"的潮流，现代主义带有一定共通的心理学、社会学和形式特征，表现出美学、文化和政治分化的强烈基调。就像一切宗教式政治派别那样——"主义"倾向于分裂和宗派主义。所以它们顺理成章地要招聚门徒，举办展览，在公众面前表现自己。因而它们所发表的宣言，所创办或发行的刊物，对它们的历史来说是相当重要的。"小杂志"作为私人化的出版刊物，以庄重、严肃、侃侃而谈的大型刊物的对立面的形象出现，与现代主义运动息息相关。恰恰主要靠这种刊物，现代主义演变中的作品才完成了它们的传播，找到了它们的读者。③

"小杂志"的出现被称为美国 20 世纪出版史上最引人注目的事件。它出现于 19 世纪末期美国文学的商业化背景下。19 世纪末期，随着照相制版方法的发展及由此导致的杂志成本的降

---

① 刘小枫：《现代性社会理论绪论——现代性与现代中国》，上海三联书店 1998 年版，第 3—4 页。

② Bauman, Z., *Modernity and Ambivalence*，转引自周宪《20 世纪西方美学》，南京大学出版社 1999 年版，第 28 页。

③ ［英］马尔科姆·布雷德伯里、詹姆斯·麦克法兰：《运动、期刊和宣言：对自然主义的继承》，载［英］马·布雷德伯里、詹·麦克法兰编：《现代主义》，胡家峦等译，上海外语教育出版社 1992 年版，第 178 页。

低，美国的杂志业发生革命性转变。新兴的商业性廉价杂志大量出现，这些杂志价格低廉，往往靠读者众多而不是靠杂志的艺术水平取胜，主要面对的读者对象是人数较多但文化水准较低的读者。在这种情况下，文学的商业化状况非常严重："个性和个人见解已经消失殆尽，剩下的只是千篇一律、不会得罪任何人的消闲之作"，"小杂志"就是在对商业化杂志和文学的反拨中产生的。①

一般来讲，"小杂志"由个人或小团体建立，通常资金量很小，资金来源不稳定，因此存在的时间大多数比较短。"小杂志"成立的目的，是为了出版那些不被大型商业性出版机构接受的新作家或新兴文学流派的文学作品。因此，很多创作出美国经典文学作品的作家，成名前都受益于"小杂志"的鼓励和支持。例如，由玛格丽特·安德森（Margaret Anderson）创立的《小评论》（little Review，1914—1929），曾出版了很多被商业性出版商拒绝的作家的作品，其中包括后来影响美国文学史的T. S. 艾略特（T. S. Eliot）、詹姆斯·乔伊斯（James Joyce）等。另外，小杂志直接参与了美国现代诗歌史中的"新诗运动"，新诗运动是以小杂志为阵地发起的一场反体制运动，小杂志有意识、充分自觉地表明其反"大杂志诗"的立场。虽然小杂志的发行量往往还不到几千份，但伴随着新诗运动的胜利，却迫使大杂志节节后退、不得不紧跟小杂志的步伐，开始发表新诗。② 在纽约现代主义运动中，由哈丽亚特·门罗（Harriet Monroe）创立的《诗刊》（Poetry）杂志、从芝加哥迁到纽约的《日晷》和

① ［美］拉泽尔·齐夫：《1890年代的美国——迷惘的一代人的岁月》，夏平等译，上海外语教育出版社1988年版，第6章。

② 赵毅衡：《诗神远游——中国如何改变了美国现代诗》，上海译文出版社2003年版，第188—190页。

《小评论》，以及《七艺》、《群众》（*Masses*）等小杂志形成了 20 世纪初到 20 年代文学繁荣的基础。

纪伯伦的英语文学创作生涯与美国现代主义运动及"小杂志"有密切关系。美国的现代主义运动以芝加哥和纽约两个城市为中心，分别形成了两种不同形式。芝加哥和纽约在地理和历史上的不同之处，表明两个城市在文化上的重大差异。与芝加哥这个新兴的西部中心城市广大的面积、廉价的土地，以及现代主义文学创作上主要表现为思想、风俗和道德上的解放不同，纽约现代主义表现为强烈的实验主义精神，尤其是技巧上的实验。①

1911 年，28 岁的纪伯伦离开波士顿迁居纽约，因为在此时的他看来，波士顿没有"艺术生命"，而纽约却是一座"伟大的城市"②。纪伯伦从此在纽约度过了 20 年的余生，他的全部英语文学作品在这里发表或出版。纪伯伦所入住的第 10 街工作室（The Tenth Street Studio），作为美国艺术家的聚居地已逾 50 年之久，③ 自此，纪伯伦开始与众多美国或访美的世界文化名人接触。而纪伯伦英语文学作品的发表或出版，与两位"小杂志"类型的出版商有密切关系。

第一位出版商是詹姆斯·奥培姆（James Oppenheim）。1916 年，纪伯伦经人介绍，认识了奥培姆，奥培姆最初被纪伯伦《疯人》手稿中大胆的想象力所吸引。1916 年，奥培姆在好友伯垂斯·辛克尔（Bertrice Hinkle）的鼓励下，由一位富有的庇护

---

① ［英］埃里克·杭伯格：《芝加哥和纽约：美国现代主义的两种形式》，［英］马·布雷德伯里、詹·麦克法兰编：《现代主义》，胡家峦等译，上海外语教育出版社 1992 年版，第 129—133 页。

② Gibran, Jean and Gibran, Kahlil, *Kahlil Gibran, His Life and World*, NewYork: interlink Books, 1998, p. 205.

③ Ibid., p. 218.

人兰金夫人（Mrs. A. K. Rankin）资助，协同评论家范·威克·布鲁克斯（Van Wyck Brooks）和瓦多·弗兰克（Waldo Frank）创办了《七艺》（*The Seven Arts*，1916.11—1917.10）杂志。《七艺》是美国 20 世纪初期著名的"小杂志"之一，美国文学史上一批著名的作家和评论家尤金·奥尼尔（Eugene O'Neill）、劳伦斯（D. H. Lawrence）、舍伍德·安德森（Sherwood Anderson）、德莱塞（Theodore Dreiser）、门肯（H. L. Mencken）都曾在上面发表作品。纪伯伦担任了《七艺》杂志的顾问，1916 年 11 月，在《七艺》的创刊号上，他发表了后来收入《疯人》的《夜与疯人》（*Night and the Madman*）一文，随后，又陆续发表其中的篇目《更辽阔的海》（*The Greater Sea*）、《天文学家》（*The Astronomer*）和《给予和索取》（*On Giving and Taking*）。对纪伯伦来说，在《七艺》杂志上发表作品，是他的英语文学引起美国现代主义文学界注意的开端。①

　　第二位出版商阿尔弗雷德·A. 克诺夫（Alfred A. Knopf）是美国 20 世纪初期现代主义文学运动中著名的出版商。克诺夫在 1915 年创立了著名的以俄国狼狗（Borzoi）为标志的克诺夫出版社，1918 年 5 月，32 岁的克诺夫与纪伯伦认识时，其声名正吸引越来越多不同寻常的有才华作家。此时纪伯伦的《疯人》已被两家出版社拒绝，却被克诺夫看中，并于 1918 年 11 月出版。《疯人》的出版得到美国现代主义文学界的广泛关注，纪伯伦自此叩开了纽约先锋文学界的大门。纪伯伦的其他几部英文作品《先行者》、《先知》、《人子耶稣》、《沙与沫》、《流浪者》最初都由克诺夫出版社出版，直至今日，克诺夫出版社仍然是出版纪

---

① Gibran, Jean and Gibran, Kahlil, *Kahlil Gibran, His Life and World*, NewYork：interlink Books, 1998, pp. 296－298.

伯伦作品版本最多的出版商。

三　阿拉伯现代文学与纪伯伦的文学创作

纪伯伦虽身处美国，但他的创作与阿拉伯现代文学的发展有密切联系。他的早期阿拉伯语创作主要由美国的阿拉伯移民杂志及出版社出版，这些作品不仅在美国的阿拉伯移民中享有声誉，而且受到阿拉伯本土的关注。双语创作时期的阿拉伯语作品更是直指阿拉伯本土现实，具有很强的现实性。总体上讲，纪伯伦的文学创作不仅与阿拉伯本土文学的发展密切相关，而且还是阿拉伯现代文学转型进程中不可分割的一部分，这主要表现在纪伯伦文学创作的社会批判功能、创作内容和文体形式上。

首先，从文学的社会功能上讲，纪伯伦的文学创作表现出对阿拉伯社会现实的强烈关注，批判统治者、同情受压迫者是纪伯伦阿拉伯语文学作品的鲜明特点。他的早期阿拉伯语作品呈现出"弱小者"的群像：受欺压的穷人、被凌辱的女子、寂寥一生的诗人……这些"类型化"的人物构成了早期作品关注的焦点。同时，纪伯伦在作品中对阿拉伯社会统治者的抨击言辞犀利、一针见血：

> 在黎巴嫩——这一富于太阳之光、贫于知识之光的山国，贵族和教士联合起来对付贫弱者，贫弱者耕耘土地，从中获得收成，为的是保护自身免受前一个的刀剑和后一个的咒骂。①

---

① ［黎］纪伯伦：《叛教徒哈利勒》，伊宏主编：《纪伯伦全集》，上册，甘肃人民出版社 1998 年版，第 118 页。

在中篇小说名作《折断的翅膀》中，纪伯伦将批判的矛头直指阿拉伯世界的宗教领袖：

> 东方的宗教领袖们并不满足于他们自身获得的荣誉和权力，他们还竭力使自己的子嗣出人头地，成为奴役人民、榨取人民资财的人上人……就这样，基督教的大主教、伊斯兰教的教长、婆罗门教的祭司，都像海中的巨蟒，伸出无数爪子攫取猎物，张开许多大嘴，吮吸它们的鲜血。①

双语文学创作时期的代表作《暴风集》除了与这一时期的战争背景有密切关联以外，对软弱无能的"现实东方"的批判和对富有革命反抗精神的"理想东方"的建构，成为这一时期创作的主要特征。

总之，对阿拉伯社会现实的关注，构成了纪伯伦阿拉伯语文学作品的主要基调，这与阿拉伯现代文学转型的现实主义倾向是一致的。20 世纪 20 年代，阿拉伯文学开始强调文学与现实的联系，认为文学越接近生活，其功用越大，影响越深②。这与传统阿拉伯—伊斯兰文学作为上层统治者附庸的地位形成了鲜明对照。

诗歌是传统阿拉伯—伊斯兰文学中最重要的文学类别，而诗歌的作用自古就与统治者的利益密切相关。自贾希里亚时期始，诗歌就被视作部落的财富，诗歌是炫耀自己部落、贬低敌对部落的有效手段；伊斯兰教产生以后，诗人们创作最优美的诗歌来颂

---

① ［黎］纪伯伦：《折断的翅膀》，伊宏主编：《纪伯伦全集》，上册，甘肃人民出版社 1998 年版，第 174 页。

② 林丰民：《文化转型中的阿拉伯现代文学》，北京大学出版社 2007 年版，第 18 页。

扬真主、穆罕默德和伊斯兰教，为统治者的传教起到了积极作用；在倭马亚时期和阿拔斯时期，诗人们为了得到哈里发的宠幸，纷纷用充斥着溢美之词的诗歌歌颂他们的功绩，从而使诗歌成为一种谋生工具。① 在英国伊斯兰艺术研究者罗伯特·欧文看来，专门的同伴和绅士阶层的出现是伊斯兰文学艺术的一个重要特点。② 文学艺术只有在哈里发和达官贵人的庇护下才能发展，因而当时的大多数诗人和艺术家成了点缀宫殿和高门大院的装饰品，颂诗成为诗歌的主要门类。③ 12 世纪问世的波斯文化名著《四类英才》将诗人和文秘大臣、天文学家、医生一起，并称为英明君主离不开的四类英才，认为国王要声名永存，离不开优秀的诗人，诗人要通过种种训练，使自己名扬天下，从所颂扬的人手中获取报酬，也以自己的诗集使国王名垂后世。④ 由此可见阿拉伯—伊斯兰文化传统中诗人在达官显贵中的附庸地位。这种倾向一直发展到近代，文学家们仍然为了王公贵族的需要进行文学创作。⑤

由于文学社会功能的改变，纪伯伦及阿拉伯现代文学超越了传统阿拉伯文学重形式不重内容的倾向，这与阿拉伯现代文学在创作内容上的转型也表现出一致性。阿拉伯—伊斯兰传统文学的特征是重形式修辞而不重内容。早在蒙昧时期的诗歌

---

① 陈杰：《阿拉伯古代诗歌批评发展历程及重要批评问题》，博士学位论文，上海外国语大学 2005 年版，第 83 页。

② ［英］罗伯特·欧文：《伊斯兰世界的艺术》，刘运同译，广西师范大学出版社 2005 年版，第 140 页。

③ ［埃及］艾哈迈德·艾敏：《阿拉伯—伊斯兰文化史》，朱凯、史希同译，第二册，商务印书馆 1990 年版，第 123—124 页。

④ ［伊朗］内扎米·阿鲁兹依·撒马尔罕迪：《四类英才》，张鸿年译，商务印书馆 2005 年版，第 55—60 页。

⑤ ［埃及］艾哈迈德·艾敏：《阿拉伯—伊斯兰文化史》，史希同等译，第八册，商务印书馆 2007 年版，第 186 页。

中，阿拉伯人就表现出对"雕饰文辞和推敲字句"的热衷，远远超出了"创造题材及充实意义"的能力，这种文学风格一直保留到倭马亚时代。① 自阿拔斯王朝开始，由于诗人对于统治者的附庸地位，文学的形式化倾向尤为严重。在 11 世纪时，文学家注重韵脚、对偶及其他修辞方式，以此装饰自己的文学，片面追求音韵、华而不实的陋习影响了后代几个世纪的阿拉伯文学。② 直至 19 世纪下半叶，阿拉伯—伊斯兰诗歌仍然因循守旧，艺术手法上往往是"矫揉造作、堆砌辞藻、华而不实"③。艾哈迈德·艾敏精辟地分析了阿拉伯—伊斯兰文学自 13 世纪直至近代讲究骈俪、矫饰、韵脚的骈文写作风格及其原因：

> 其原因在于文学家们创作文学的目的是王公贵族。王公贵族们在物质上追求的是装饰华美、嵌满珍珠的工艺品，那么他们追求的文学也必然如此，于是藻饰取代了修辞，矫饰取代了韵文。人民大众既无钱财，也无价值，不值得文学家们为他们创作。如果文学家们是为人民大众创作，那文学就会是浅显平实而无修饰的。④

但纪伯伦及阿拉伯现代文学表现出对传统阿拉伯文学形式主义倾向的反拨。20 世纪上半叶的阿拉伯文学，尤其是小说经历

---

① ［埃及］艾哈迈德·艾敏：《阿拉伯—伊斯兰文化史》，纳忠译，第一册，商务印书馆 1982 年版，第 62、143 页。

② ［埃及］艾哈迈德·艾敏：《阿拉伯—伊斯兰文化史》，赵军利译，第六册，商务印书馆 1999 年版，第 87—91 页。

③ 仲跻昆：《阿拉伯现代文学史》，昆仑出版社 2004 年版，第 69 页。

④ ［埃及］艾哈迈德·艾敏：《阿拉伯—伊斯兰文化史》，史希同等译，第八册，商务印书馆 2007 年版，第 186—187 页。

了由浪漫主义到现实主义的发展进程,① 无论是浪漫主义重感情的抒发、还是现实主义文学为社会、为人生的创作理念,都与传统阿拉伯文学迥然而异。在纪伯伦的文学创作中,早期阿拉伯语小说中大段抒情式的内心独白和对抗现代城市文明的自然观、双语文学创作时期阿拉伯语作品中对现实的强烈关注,都与阿拉伯现代文学的发展具有内在契合之处。

　　从创作文体上来讲,纪伯伦的文学创作表现出与阿拉伯现代文学文体转型的一致性。在纪伯伦的文学作品中,既有作为传统阿拉伯文学缺类文体的小说和戏剧文学,也有打破阿拉伯诗歌传统格律的自由体诗,这些诗作或抒情、或叙事、或言理,在阿拉伯现代诗歌的转型进程中具有开创性价值。另一方面,纪伯伦对阿拉伯—伊斯兰文学中的传统文体谚语、格言的采用,也体现了身处西方语境中的纪伯伦,试图在文学创作中融构阿拉伯—伊斯兰传统文学与西方现代文学的文体尝试。

---

　　① 林丰民:《文化转型中的阿拉伯现代文学》,北京大学出版社 2007 年版,第16—18 页。

第二章

纪伯伦文学创作的"精神三变"

> 我为你们陈述精神的三种变迁：精神如何变成骆驼，骆
> 驼如何化为狮子，狮子怎样终于变为婴孩。
>
> ——尼采：《查拉图斯特拉如是说》

尼采在他的《查拉图斯特拉如是说》（*Thus Spake Zarathus-tra*）中讲述了精神的三次变形：精神怎样变为骆驼，骆驼怎样变为狮子，狮子怎样变为孩童。骆驼代表"坚强、负重的精神（strong load-bearing spirit）"；狮子代表冲破"你应该（Thou-shalt）"的旧价值锁链，大胆创造新价值的"我要（I will）"精神；而孩童是"对生命自身意愿的神圣肯定（a holy Yea unto life：its own will）"，是"一种纯真、遗忘，一个新的开始，一场游戏，一个自转的圆轮，一次最初的运动，一个神圣的肯定"。①在《解读尼采》一书中，德勒兹曾以精神的这三次变形来分析尼采的生活和创作。他这样写道：

---

① Nietzsche, Friedrich, *Thus Spake Zarathustra*, translated by Thomas Common, Bei-jing: China Social Sciences Publishing House, 1999, pp. 43 – 45.

　　骆驼是驮东西的动物：它驮着既成价值的重荷，驮着教育、道德和文化的重荷。它在沙漠中驮着这些重荷，并且在沙漠中变成狮子；狮子打碎偶像，践踏重荷，对所有的既成价值进行批判。于是，狮子的使命就是变成孩子，即变成"游戏"和新的开端，变成新的价值和新的价值判断原理的创造者。①

　　从某种意义上说，德勒兹对精神三变的解读，同样可以用来诠释纪伯伦文学的精神轨迹。

　　总的来讲，纪伯伦的文学创作经过了三个阶段：早期阿拉伯语文学创作、双语文学创作和英语文学创作时期，这三个阶段的精神发展历程经过了"骆驼—狮子—婴孩"的转变。在早期阿拉伯语文学作品中，暗含着"强与弱"这一二元对立模式，作者着力刻画的是众多弱小者的群像。这一群像表达了一个共同的主题：以负重求救赎。这种负重精神就如同尼采"精神三变"中的骆驼："驮着既成价值的重荷，驮着教育、道德和文化的重荷。"而双语文学创作时期的阿拉伯语和英语创作具有内在一致性。在阿拉伯语代表作《暴风集》和第一部英语作品《疯人》中，个体与社会二元对立模式中个体的革命精神是作品突出的重点，这种革命精神就如同尼采笔下精神三变中的狮子："打碎偶像，践踏重荷，对所有的既成价值进行批判。"在后期英语文学创作中，作者在"爱、美与生命"的核心理念中建构"新的价值"。这是一次"新的开始"，生命的神圣性由此彰显，前两个

————————

① ［法］吉尔·德勒兹：《解读尼采》，张唤民译，百花文艺出版社2000年版，第1—2页。

创作阶段中紧张的二元对立关系不复存在，"融通"成了这新的价值理念的精髓：灵魂与肉体、西方与东方在纪伯伦的文学创作中不分彼此、水乳交融，塑成一个"新的开端"。

那么，纪伯伦的文学创作如何经历了这精神的三变？又映照了他怎样的人生？从某种意义上讲，本章是全书的序曲，它揭示了纪伯伦在文学创作中如何经过骆驼的负重和狮子的狂暴，最终走入生命的充盈和圆融，成为"新的价值和价值判断原理的创造者"。而在这个转变过程中，"东方书写"是一个重要的参照点，它集中体现了三个创作阶段的本质差异：在早期阿拉伯语文学中，"东方"占有重要地位，现实东方是众多弱小者群像的一员，体现了"以负重求救赎"的骆驼精神；在双语文学创作时期，"东方书写"是区分该时期两种语言创作的重要参照，它作为一个临界点，集中体现了该时期创作精神的转变：作品中理想的东方形象是"狮子"精神的变形；在英语文学创作中，"东方"从纪伯伦笔下消失了，"爱、美与生命"建构起了生命"新的神圣"，宛如初诞的婴孩，实现了生命轮回中新的起始。

第一节　纪伯伦的生活历程和文学创作

纪伯伦的一生，是在苦痛中"蝶变"的一生。早期波士顿生活构成了他创作的起点，这一时期积淀了他生命中全部重大的精神体验，为他创作的蜕变积蓄了全部能量，至 1911 年迁居纽约，他已经清楚地知道自己生命的使命并有能力坚决有效地付诸行动；随后的 10 年是他事业的初创期，他实现了初到纽约时"征服纽约"的雄心，不仅在阿拉伯文学界，也在纽约先锋艺术界获得了初步成功；在生命历程的最后 10 年，纪伯伦完成了生命的"蝶变"，他积蓄的能量在这一时期迸发，同时也燃尽了生命的全部激情。

一 积淀期：早期阿拉伯语文学创作（1905—1911）

早期阿拉伯语文学创作时期指纪伯伦 1911 年以前的创作，这是纪伯伦文学创作的积淀期。后期创作的成熟思想虽然在这一时期的作品中初见端倪，但总体而言，这一时期的作品欠缺纪伯伦成熟作品中表现出的含蓄、简洁、神秘和哲理性强的典型特征。例如，该时期的创作以叙事作品为主，作品的故事情节简单，甚至时有雷同，常借用作品中主人公的大段独白式的话语或内心活动直抒胸臆。显然，这已显露出纪伯伦作品擅长说理、抒情而非叙事的特征，但纪伯伦成熟作品的含蓄、神秘和哲理性强的特征并不明显，突出的是纪伯伦激进的政治思想和对奥斯曼土耳其帝国教会和封建势力的批判力量，也正是由于这种思想上的激进和批判力量，纪伯伦的作品在美国的阿拉伯移民社团和阿拉伯世界开始享有一定声誉。

从生活经历来讲，纪伯伦生命中的"重大事件"基本上都发生在这一时期：他完成了一生中最重要的三次迁移（这种迁移既是指生活上的，也是指精神上的）；经历了连续失去三位至亲的痛苦、却先后遇到了戴伊、约瑟芬和玛丽这三位对他的一生有着至关重要影响的美国人……仿佛一切生命体验和选择都在纪伯伦的童年、少年和青年时期完成，至 1911 年 28 岁的他决定迁居纽约，他已经清楚地知道自己生命的使命并有能力坚决有效地付诸行动。

纪伯伦的全名是纪伯伦·哈利勒·纪伯伦，1883 年 1 月 6 日出生于奥斯曼土耳其帝国叙利亚行省的黎巴嫩北部小山村贝什里（Besharri）。贝什里是马龙派基督徒的聚居区，马龙派基督教产生于叙利亚的基督教化时代，6 世纪初因与另一基督教派雅各派发生冲突，马龙派教徒移居今天的黎巴嫩北部地区并逐渐演变为该地区最具影响力的基督教社团。① 在 12 岁移居美国以前，纪伯伦的童年生活在黎巴嫩北部山区度过，在他的早期阿拉伯语作品中，这里被描述成一个"富于太阳之光、贫于知识之光"的地方——人们精神的愚昧无知和如"圣地"般美丽神奇的山川河谷混合在一起，形成了纪伯伦鲜明的"故乡记忆"，这一记忆或许可以从纪伯伦独特的童年经历中找到最初的踪迹。

纪伯伦的父亲是一名税收官，游手好闲、好赌善饮。其母卡米拉·拉姆（Kamila Rahme）来自当地的一个马龙派神父家族——拉姆家族，早年曾与堂兄结婚并生有一子，丈夫到巴西开拓事业并患病死去。后来她嫁给哈利勒·纪伯伦，婚后相继生下纪伯伦以及两个女儿玛丽安娜（Marianna）和桑塔娜（Sultana）。卡米拉自尊坚强，天生一副好歌喉，纪伯伦与其兄妹从小就与父亲疏远，与母亲关系密切。显而易见的是，纪伯伦的童年生活缺少一个孩子最需要的爱和稳定的氛围，加之天性的孤独，更容易使他在黎巴嫩北部山区美丽的雪松和山峦中得到慰藉。纪伯伦 8 岁时，其父因涉嫌小镇上的一宗欺诈案被捕，纪伯伦家被查抄，为了摆脱这种不光彩和贫穷的境地，卡米拉像当时许多通过移民脱离困境的叙利亚人一样，于 1895 年 6 月携子女远赴美国，随后定居在位于波士顿种族混杂的南街区（South End）边上的叙利亚移民区奥利佛（Oliver Place），纪伯伦一家生活艰难，靠着卡米拉沿街兜售商品维生，一年后他们开了一家小干货店维持生计。

随家人从故乡移民到波士顿，是纪伯伦生命中的第一次迁

---

① 王新刚：《中东国家通史：叙利亚和黎巴嫩卷》，商务印书馆 2003 年版，第 70 页。

移。这一迁移给纪伯伦留下的最深刻的生命印记，是来自童年时期的故乡记忆，虽然任何一种记忆事实上都是在想象中补偿着现实的虚空，但这一记忆却伴随了纪伯伦的一生，即使这记忆在他作品中的表现形式截然不同——在创作的早期，他在阿拉伯语作品中追溯着这一记忆，在创作的晚期，他却刻意地远离着这一记忆，然而在他生命行将结束的时候，他仍然选择永远回到故乡——他生命的起点。

第一次迁移给纪伯伦的人生带来了种种可能性。但如果不是他"生逢其时"而且富有天分，纪伯伦的人生或许与其他处于社会底层的移民孩子没有什么不同——或许有一天他也会像自己的家人一样，靠小干货店维生，或是走上街头沿街叫卖以补贴家用。

美国的少数族裔移民有其鲜明的特点，不同的少数民族可能来自原先各个社会的特定地区、阶级和亚群体。例如，美国的印度裔移民，可能来自原籍社会的上层精英，早期移居美国的华人和日本人，大多出身于贫苦农民。[1] 而 19 世纪 80 年代到一战前"第一次移民浪潮"中的阿拉伯移民，主要是来自"大叙利亚"[2]（the Greater Syria）地区的基督徒，他们大多来自原籍社会的中下层。最初来到美国赚钱的阿拉伯人往往以赚钱后返乡为目的，因而他们常沿街兜售商品，随着大多数人返乡愿望的落空，这些阿拉伯人开始作出长期居留美国的打算，从事干货店或进工厂做工的长期职业，并且让自己的孩子接受教育以谋得更高

---

① ［美］塞缪尔·亨廷顿、劳伦斯·哈里森主编：《文化的重要作用——价值观如何影响人类进步》，程克雄译，新华出版社 2002 年版，第 328 页。

② 二战前未分成民族国家的"叙利亚"是一个地区的概念，它涵盖了现在的叙利亚、黎巴嫩、巴勒斯坦、约旦等民族国家。

的社会地位。①

　　身处美国社会底层的阿拉伯移民与来自东欧、南欧和中国的移民在纽约、波士顿等都市逐渐形成一个个相对隔绝、种族混杂的移民聚居区，一系列的社会问题随之而来，这使美国政府和一些社会团体不得不开始关注这个看似格格不入的城市“角落”。其中，帮助移民孩子获取知识、改变命运的诸多举措无疑对整个美国社会意义深远。这些举措包括：在各移民区附近建立公立学校、慈善团体或个人向移民孩子派送书籍，资助和引荐移民孩子等等，这些举措给予一些有天赋的移民孩子改变命运的机会，纪伯伦就是其中的一员。

　　1895 年 9 月，12 岁的纪伯伦进入奥利佛附近的一所移民学校奎西中学（Quincy School）学习，在这里他接触了西方文化，他的名字也被“美国化”为更简略的哈利勒·纪伯伦（Kahlil Gibran）。在校期间，纪伯伦表现出的绘画天赋受到弗劳伦斯·皮尔斯（Florence Peirce）的注意，在她的推荐下，纪伯伦被“孩童资助社团”（Children's Aid Society）的社会工作者杰西·弗莱蒙·比尔（Jessie Fremont Beale）介绍给波士顿先锋派艺术的支持者、照相艺术家、出版商弗雷德·霍兰德·戴伊（Fred Holland Day）。在 1896 年 11 月 25 日比尔小姐写给戴伊的推荐信中，我们可以看到少年纪伯伦的生活窘境，以及这次引荐在纪伯伦人生中的重要意义：

　　　　这叙利亚小男孩儿纪伯伦……表现出的才能，使皮尔斯

---

　　① Abu-Laban, Baha &Suleiman, Michael W., *Arab Americans*: *Continuity and Change*, Massachusetts: Association of Arab-American University Graduates, Inc, 1989, pp. 1 - 3.

小姐相信，如果有人愿意帮助他获得艺术教育，有一天他有能力以更好的方式谋生，而不是在大街上卖火柴盒或报纸。①

两周后，在比尔小姐的引荐下，纪伯伦见到了对他一生产生重要影响的第一位美国人弗雷德·霍兰德·戴伊。戴伊在当今的美国文学史上早已寂然无名，但在19世纪末期的波士顿先锋艺术圈，他却是一位相当活跃的人物。他家境富有，自幼受到良好教育，虽然文采平平，却具备相当高的文艺鉴赏力，是推动了20世纪美国文学发展的著名的"小杂志"的早期创办者，创立"库珀兰和戴伊"（Copeland and Day）出版社，曾引介了奥斯卡·王尔德、威廉·叶芝、梅特林克等在当时有争议的欧洲作家的作品，在欧洲文学向美国引介的过程中功不可没。纪伯伦被介绍给戴伊时，戴伊正沉迷于彩色照相艺术中，他寻找黑人、白人、黄种人等不同肤色、种族的人作模特，以创造出"最奇异、不寻常和具有震撼力"的艺术效果。在这种情况下，拥有一双忧郁的黑眼睛和橄榄色皮肤的"叙利亚小男孩儿"纪伯伦，自然会得到戴伊的青睐。

在纪伯伦的艺术生涯中，戴伊是最初的"庇护者"和"领路人"。在他的引导下，纪伯伦接触到了梅特林克、威廉·布莱克、比尔兹利等欧洲作家的作品。直到纪伯伦中后期的英语文学创作，我们仍可以从中寻觅到早年生活经历中欧洲象征主义文学的神秘主义特征和"应和"（correspondence）手法的痕迹。而更为重要的是，这一时期波士顿独特的文化氛围对纪伯伦"先知"

---

①　Gibran, Jean and Gibran, Kahlil, *Kahlil Gibran, His Life and World*, New York: interlink Books, 1998, p. 7.

意识的形成和他最终选择"神圣"的生活方式，产生了根本性的影响。①

　　1898 年 9 月—1902 年 4 月，纪伯伦返回黎巴嫩的贝鲁特学习民族语言文化知识，这一阶段对纪伯伦人生的独特影响，是他母语写作能力的锻炼和独立自信品质的形成。1898 年，纪伯伦进入马龙教会学院学习，此时的他虽然具有一定的阿拉伯语阅读和口语表达能力，却完全不能运用阿拉伯语进行写作。初进学院的纪伯伦，在课程选择上表现出了极强的独立性和自信心，当校方要求他像爬梯子一样循序渐进地完成阿拉伯语言的各项基础训练时，他毫不犹豫地答道："但是鸟儿，不借助梯子也能飞翔。"② 在纪伯伦的坚持下，他按照自己的需要完成了艰苦的阿拉伯语言文化训练。最后一年他与同学合作开办文学杂志，并且获得"校园诗人"的称号。这些荣誉充分证明了纪伯伦通过这一时期的训练，已经具备较强的阿拉伯语书面写作能力，也体现了纪伯伦在不同于同龄人的特殊生活经历中形成的独立自信的精神品质。

　　但总体来讲，返回故乡并未给纪伯伦的精神发展带来实质性的改变。这一阶段的经历只是延续了纪伯伦在童年时期形成的"故乡记忆"——故乡的贫穷愚昧和自然风光的美丽在这一时期的生活和游历中得到进一步验证，与美国女诗人约瑟芬·皮勃迪（Josephine Peabody）的通信也无形中加深着在波士顿先锋艺术圈形成的关于黎巴嫩圣地的东方想象。早期阿拉伯语创作的素材

---

　　①　在本章第二节"早期阿拉伯语文学创作中东方书写的原因解析"和第五章第一节"早期波士顿生活：先知'理想自我'的形成"中，将对这一问题进行进一步的深入研究。

　　②　Gibran, Jean and Gibran, Kahlil, *Kahlil Gibran, His Life and World*, New York: interlink Books, 1998, p. 76.

显然直接受益于这一时期的生活经历。

1902 年 4 月，纪伯伦返回波士顿，此后的 6 年时光记载了纪伯伦生命历程中刻骨铭心的痛苦，同时也见证了他在痛苦中发生的蜕变。1902 年返美途中，小妹桑塔娜死于肺病，1903 年 3 月和 6 月，纪伯伦同母异父的哥哥彼特和母亲相继因病去世。3 位至亲的患病离逝，却从未使纪伯伦停止艺术求索的脚步，此间他继续出入于约瑟芬的晚间艺术沙龙，并开始在夜间用阿拉伯语和英语信手写下一些凌乱的思想。1903—1908 年，纪伯伦以每周 2 美元的报酬在纽约阿拉伯文报纸《侨民报》(*The Emigrant*) 上陆续发表一系列的短篇散文[1]，这些文章不仅给生活困顿的纪伯伦带来了实际的物质帮助，而且使他开始在美国的阿拉伯移民读者中赢得声誉。1905 年《音乐短章》的出版和 1906 年短篇小说集《草原新娘》[2] 的出版，进一步扩大了纪伯伦在美国阿拉伯移民读者中的影响。

这一时期的纪伯伦在波士顿艺术界也开始崭露头角。他的画作先后两次被展出并得到批评界好评，但这并不意味着他的创作真正得到波士顿艺术界的承认。此时的批评界和纪伯伦的早期庇护者戴伊、约瑟芬一样，看重纪伯伦这位来自叙利亚的少年天才画家的作品质朴的"原创性"。[3] 但他的画作却吸引了一位对纪伯伦的人生和艺术道路产生最重要影响的人物——玛丽·哈斯凯尔 (Mary Haskell)。玛丽是第一位打破纪伯伦的"天才"幻象，给纪伯伦以客观实际的指导和帮助的美国人。

---

[1] 这些文章后来收录于纪伯伦的散文集《泪与笑》(英译 *A Tear and A Smile*)。

[2] 最初这部阿拉伯语作品被英译为 *Brides of the Prairie* (《草原新娘》)，后又被译为 *Nymphs of the Valley* (《山谷少女》)，国内中译本一般译作《草原新娘》。

[3] Bushrui, Suheil and Jenkins, Joe, *Kahlil Gibran*, *Man and Poet*, Boston: Oneworld Publications, 1998, pp. 66 – 67.

　　1908 年 7 月 1 日，在玛丽的资助下，纪伯伦前往巴黎学习绘画艺术（1908.7—1910.10）。当时的巴黎是西方现代艺术的中心，各种各样的"先锋"艺术层出不穷，产生和吸引了众多世界级的艺术家。纪伯伦曾居住在巴黎著名的先锋派艺术家聚居地蒙特马高地（Montparnasse），亲身感受了先锋艺术狂放自由的精神。两年的正规绘画训练也使他摆脱了少年"天才"的幻象，开始在技巧上磨炼自己并形成独特的艺术风格。不仅如此，纪伯伦从威廉·布莱克、尼采、卢梭、伏尔泰的作品中汲取营养，为后期的文学创作进行了思想储备。其中尤为重要的是布莱克和尼采的影响，在读了布莱克的作品后，纪伯伦感到他找到了"自己灵魂的姐妹"。① 而在纪伯伦看来，尼采的《查拉图斯特拉如是说》是"所有时代中最伟大的作品之一"。②在纪伯伦的后期成熟作品中，我们不难找到这两位"先知"式预言家的踪迹——威廉·布莱克作品深沉的宗教感，人、神与自然相融一体的梦幻想象，尼采作品如孩童般的激情，其形式所传达出的天启般的"神谕"效果……

　　可以说，巴黎的学习生活实现了纪伯伦生命和精神历程中的第二次迁移。它使纪伯伦摆脱了艺术求索上的停滞局面和亲人逝去的精神困境，在艺术和生活上达到了新境界。无论是在绘画还是文学创作上，他都在比照学习欧洲文化精粹的基础上，开始探索并形成自己的风格。这一时期他继续与美国的阿拉伯文学界保持密切联系。第二部短篇小说集《叛逆的灵魂》的批判色彩更为浓厚，该作的出版"激起了整整一代阿拉伯作

---

　　① Bushrui, Suheil and Jenkins, Joe, *Kahlil Gibran*, *Man and Poet*, Boston: Oneworld Publications, 1998, p. 89.

　　② Ibid., p. 95.

家的创作灵感"①,并进一步巩固了纪伯伦在美国阿拉伯移民作家中的地位。巴黎的自由欢快氛围也使纪伯伦走出了失去亲人的低迷状态。他广结友人,游历巴黎和伦敦的名胜古迹,充分享受着"艺术之都"的浪漫和激情。此时他开始进行一个延续一生的"有趣工程"——给著名艺术家画像,此举使他得以结识众多国际文化名人。值得一提的是,纪伯伦与年长他7岁的艾敏·雷哈尼(Ameen Rihani)相识并成为好友,这两位经常被后来的研究者并称为"阿拉伯裔美国文学奠基者"的作家,在生活经历和文学创作上也有诸多相似之处:他们都出生于黎巴嫩北部的马龙派基督教家庭,都是12岁随家人移居美国,移民后都一度生活在美国社会的底层。更有趣的是,他们早期进入艺术界,所凭借的都是"表演"——纪伯伦以其阿拉伯人的体貌特征,成为戴伊的照相模特,雷哈尼则以其流利的口才成为一个旅行戏剧社团的演员。而雷哈尼在创作中沟通基督教和伊斯兰教的创作理念、用阿拉伯语和英语进行双语创作的方式,都预示了纪伯伦后来的创作模式。

1910年10月,纪伯伦回到波士顿,在经过了与玛丽的情感纠葛,并共同决定放弃婚姻以后,两人自此成为一生的恋人和挚友。1911年5月,纪伯伦出于事业发展的考虑,迁居当时美国的新兴文化中心纽约,并居住在纽约的艺术家聚居区格林威治村。这意味着纪伯伦完成了生命历程中的最后一次迁移。这年冬天,他的阿拉伯语小说代表作《折断的翅膀》出版,并被誉为"阿拉伯文学新运动的开端",② 这部作品也标志着纪伯伦的文学

---

① Bushrui, Suheil and Jenkins, Joe, *Kahlil Gibran*, *Man and Poet*, Boston: Oneworld Publications, 1998, p. 88.

② Ibid., p. 126.

创作完成了最初的积淀和历练，开始步入精神和创作上的成熟期。

二 初创期：双语文学创作（1911—1921）

1911—1921 年是纪伯伦用阿拉伯语和英语进行双语创作的时期。这一阶段的纪伯伦在纽约获得初步成功，他游走在两个不同的世界、调和着两种精神状态、变换着两种创作方式，在双重世界的磨合中为自己精神发展和艺术创作的"蝶变"做着最后准备。他在纽约这个现代新兴都市中接触到最前沿的思想，同时也参与了黎巴嫩民族国家的解放运动；他在纽约的喧嚣中结识众多国际文化名人，同时又刻意地远离人群，在孤独中品尝着自我的真实；他以绘画叩响了纽约艺术界的大门，同时在文学创作方面也成绩斐然；他以阿拉伯语文学创作延续着永远的故乡之梦，同时也以英语创作在美国先锋艺术界占有一席之地……

这一时期纪伯伦的阿拉伯语文学创作与一战及叙利亚民族国家的解放运动这一现实背景密不可分。纪伯伦凭借自己在美国阿拉伯语文学界的影响力，身体力行地参与到叙利亚的解放运动中。从创作形式上来讲，该时期的创作放弃了早期的小说文体，改用更简洁明了的散文诗、抒情诗的形式，纪伯伦在作品中往往大声疾呼、直击时弊，表现出摧枯拉朽的革命意识。

一战爆发后，被卷入战争的奥斯曼帝国对内实行政治上的高压恐怖政策，无数穆斯林和基督教徒遭到迫害，叙利亚地区深受战争之苦。同时又发生罕见的饥荒，疾病蔓延，10 万余人在此期间死于非命。纪伯伦为叙利亚人民的深重灾难忧心如焚并积极行动。1916 年，他任"叙利亚—黎巴嫩高地救助委员会"（Syrian-Lebanon Mount Relief Committee）书记，并为处于灾难中的祖国人民积极筹款、声援。同时，纪伯伦将自己的艺术创作当作为祖国战斗的"最好形式"，参与和组织了一系列具有政治色彩的文学活动。

1913 年 4 月，由纳西布·阿里达（Nasib Aridah）创办的纽约第一份阿拉伯语文艺期刊杂志《艺术》（The Arts）创刊。纪伯伦在这份杂志的运作中起到很大作用，杂志的设计、插图和文章，在很大程度上体现了纪伯伦的审美趣味和文艺鉴赏品位。[①] 1920 年 4 月，著名的"笔会"创作群体成立，纪伯伦任会长，努埃曼任书记。"笔会"主要以美国的阿拉伯移民报纸《旅行者》为发表作品的阵地，致力于发展阿拉伯文学，使阿拉伯文学走出停滞不前和模仿守旧的困境，为阿拉伯文学注入新的生命活力。"笔会"的成立标志着阿拉伯世界新文学时期的开始，其创作对现代阿拉伯文学产生了深远影响。[②] 这一时期，纪伯伦主要出版了《行列》和《暴风集》两部阿拉伯语作品。前者出版于 1919 年 3 月，是纪伯伦唯一一部运用阿拉伯传统格律进行创作的作品。后者出版于 1920 年，是纪伯伦 1912—1918 年之间发表的散文诗的结集，表现出较强的现实性和革命精神，是该时期阿拉伯语创作的代表作。

在纽约艺术界，纪伯伦实现了自己迁居纽约时"征服纽约"的雄心，在绘画和英语文学创作领域都取得了引人注目的成功。纪伯伦在纽约文艺界受到注意并获得成功，首先是因为他绘画艺术的成功。1914 年 12 月 14 日，纪伯伦的画展在第五大街的蒙特洛斯画廊（the Montross Gallery）举办，这次画展得到广泛关

---

① Gibran, Jean and Gibran, Kahlil, *Kahlil Gibran*, *His Life and World*, NewYork：interlink books, 1998, p. 250.

② Bushrui, Suheil and Jenkins, Joe, *Kahlil Gibran*, *Man and Poet*, Boston：Oneworld Publications, 1998, pp. 190–191.

注，由此也使纪伯伦叩响了纽约艺术界的大门。1917 年 1 月 29 日，纪伯伦再次举办个人画展，这次画展获得纽约艺术界权威人物的好评，给纪伯伦的艺术生涯带来突破性进展。

在英语文学创作方面，这一时期主要出版了两部英文作品《疯人》（*The Madman*）和《先行者》（*The forerunner*）。纪伯伦称《疯人》是他第一次用英语思想和创作的，而不是将阿拉伯语译成英语的作品。① 1918 年 11 月《疯人》一书的出版，使纪伯伦在美国先锋艺术界声名鹊起。纽约《呼喊报》（*Call*）、《邮报晚报》（*The Evening Post*）、《太阳报》（*Sun*）、《诗刊》（*Poetry*）杂志纷纷撰文评论，有评论者甚至认为纪伯伦是比泰戈尔更伟大的东方诗人。② 而开始创作于 1919 年 8 月、出版于 1920 年 10 月的《先行者》随后也在美国先锋文学界获得成功。

1921 年，纪伯伦出版了他最后一部重要的阿拉伯语作品《伊拉姆，高柱之城》，这标志着他双语文学创作时期的结束。此后，纪伯伦开始主要运用英语进行文学创作，同时也进入了他文学创作的高潮期。

三　高潮期：英语文学创作（1921—1931）

与大多数作家不同，纪伯伦的文学创作没有经历"盛极而衰"的过程，在生命历程的最后 10 年，纪伯伦完成了生命的"蝶变"，他积蓄的能量在这一时期迸发，同时也燃尽了生命的全部激情。英语名作《先知》（*the Prophet*）、《沙与沫》（*Sand and Foam*）、《人子耶稣》（*Jesus, the Son of Man*）、《大地之神》

---

① Gibran, Jean and Gibran, Kahlil, *Kahlil Gibran, His Life and World*, NewYork: interlink books, 1998, p. 284.

② Ibid., pp. 326 – 328.

（the Earth Gods）、《流浪者》（the Wanderer）都完成于这一时期，无论是在创作内容还是文体上，这一时期的创作都标志着成熟的"纪伯伦风格"的形成——重建生命神圣的主题、寓言、比喻和谚语的文体形式、简约含蓄的叙述风格和神秘主义特征。然而，精神的"蝶变"和"永恒"的实现，却往往以忽视个体生命的痛苦、乃至死亡为前提……

《先知》的出版标志着纪伯伦文学创作高潮期的到来。1922年12月，纪伯伦与玛丽共同挑选了《先知》的插图，并再次重新阅读了手稿，随后，在1923年新年的前两天，纪伯伦与玛丽单独度过了他们在一起的最后日子，[①] 之后，玛丽与一位远亲结婚，定居美国南部农场，这意味着玛丽不再直接参与纪伯伦英语文学作品的修改，从某种意义上说，也意味着纪伯伦英语文学创作的真正独立与成熟。

1923年9月底，克诺夫出版社出版《先知》，收到复印本的玛丽第一个预见到了这本书跨越时空的价值。在她看来，《先知》将会成为英语文学的经典之一，一代又一代的人将会从这本书中汲取营养。[②]《先知》迅速赢得了广泛的读者群，纪伯伦收到大量读者来信，《先知》中的篇目由纪伯伦本人或演员公开朗诵，第一版的1300本在1个月内被全部售空，至1957年，《先知》售出了100万本，并被翻译成20种语言，成为20世纪读者最多的书籍之一。[③]《先知》标志着纪伯伦的文学创作在思想和艺术实践上进入成熟期。作品中表达的生命神圣思想和

---

① Gibran, Jean and Gibran, Kahlil, *Kahlil Gibran*, *His Life and World*, New York: interlink books, 1998, p. 222.

② Bushrui, Suheil and Jenkins, Joe, *Kahlil Gibran*: *Man and Poet*, Boston: Oneworld Publications, 1998, p. 223.

③ Ibid., pp. 224 - 225.

"圣经文体"的采用，成为纪伯伦文学作品的典型标志。与此同时，纪伯伦的绘画艺术也日臻成熟，《先知》中的 12 幅插图标志着他的插图艺术已达到了顶峰，这些绘画表达了与文学创作相近的艺术创作理念：艺术不仅仅是对自然的模仿，它是"从自然走向永恒的阶梯"，揭示了自然的本质。①

《先知》的成功在使纪伯伦拥有大量读者的同时，也给他带来了极大声誉。美国记者和崇拜者们对纪伯伦身世的好奇，无形中促成了"纪伯伦神话"的流传：他生于东方富裕的家庭，在爱和美的环境中长大，而他弥漫着"东方"韵味的工作室，更使拜访者认为他是一位富有神秘色彩的"隐士"。②1925 年，纪伯伦应邀出任纽约著名的《新东方》（*The New Orient*）杂志的编委，该杂志具有国际化特点，致力于"沟通东西方文化，使它们各自的灵感和渴望都服务于不可分割的人类共同利益"。它吸收了很多来自不同文化的著名作家、思想家和东方学家为编委，奉行"不抵抗主义"的甘地就是其中的一员。该杂志这样介绍纪伯伦："今天，没有比纪伯伦更真诚、权威或富有天才的东方人，在西方起着如此大的作用。"③ 这再次表明《先知》的出版给纪伯伦带来的极大声誉。在纪伯伦的设想中，《先知》只是"三部曲"中的第一部，他还要创作《先知园》（*The Garden of the Prophet*）以探讨人与自然的关系、《先知之死》（*The Death of the Prophet*）探讨人与上帝的关系。生前他已经开始创作《先知

---

① Bushrui, Suheil and Jenkins, Joe, *Kahlil Gibran: Man and Poet*, Boston: Oneworld Publications, 1998, p. 235.

② Gibran, Jean and Gibran, Kahlil, *Kahlil Gibran, His Life and World*, New York: interlink Books, 1998, pp. 241 – 242.

③ Ibid., p. 382.

园》，但最终没有完成，1933 年，该书由其私人秘书芭芭拉·杨（Barbara Young）续写并出版。

1925 年，纪伯伦与其崇拜者、笔名为芭芭拉·杨的美国女作家相识，随后杨成为纪伯伦的私人秘书，协助病中的纪伯伦处理工作。1926 年，在沉寂了 3 年以后，纪伯伦将创作的谚语或格言（一部分已用阿拉伯语或英语发表）汇编成英文作品集《沙与沫》，由克诺夫出版社出版，该书在美国批评界的反响不佳。

1926 年 11 月，纪伯伦开始着手实现自己早年的心愿，创作一部关于耶稣的作品。1928 年 5 月，纪伯伦在身体的病痛和波士顿幽居中完成他篇幅最长的作品《人子耶稣》，与其他英文作品一样，已经远嫁他乡的玛丽是他作品的第一位读者和建议者。10 月，该书出版并获得批评界的普遍好评。[①]

与此同时，纪伯伦的身体每况愈下。1929 年 1 月底，46 岁的他在医院检查出肝脏上有一个威胁生命的肿瘤，但他拒绝住院进行进一步治疗，而是返回工作室继续进行创作。1929 年 5 月，纪伯伦将《大地之神》的手抄本寄给玛丽进行最后修订，1931 年 3 月，《大地之神》出版，在他生命的最后三周，纪伯伦仍然在对《流浪者》进行最后的修订工作。1931 年 4 月 10 日夜间 10 点 50 分，在被送入工作室附近的一家医院 12 个小时后，纪伯伦病逝。

1931 年 8 月 21 日，星期五，在伊斯兰教的"主麻日"，纪伯伦的遗体被运至黎巴嫩，后被葬在他的出生地贝什里……

[①] Gibran, Jean and Gibran, Kahlil, *Kahlil Gibran, His Life and World*, New York: interlink Books, 1998, p. 390.

第二节　负重的骆驼：早期阿拉伯语文学
创作中的"东方书写"

纪伯伦的早期阿拉伯语文学创作主要指 1911 年他迁居纽约以前的作品，包括散文诗《音乐短章》、短篇小说集《草原新娘》和《叛逆的灵魂》、中篇小说《折断的翅膀》以及文集《泪与笑》。这一时期是纪伯伦文学创作的积淀期，体裁上以叙事文学为主，后期成熟作品的含蓄、神秘和哲理性强的典型特征在这一时期的作品中表现得并不明显，作品突出的是纪伯伦激进的政治思想和对奥斯曼土耳其帝国教会和封建势力的批判性。这使纪伯伦的文学创作开始在美国的阿拉伯移民社团和阿拉伯世界享有一定声誉。

在纪伯伦的早期阿拉伯语文学作品中，"东方"占有重要地位：这些作品中的素材大部分取自 19 世纪末 20 世纪初的黎巴嫩或"大叙利亚"地区，文中也不时穿插了作者对"东方"的直接议论和评判。虽然作品中关于东方的称谓不尽相同：包括"东方"、"叙利亚"、"黎巴嫩"、"祖国"，等等，但在这些作品中，展现出一个作为整体的"东方"形象。这一作为整体的"东方"所表现出的深刻内涵，使作品中的"东方"超越了形象的表层呈现，进而成为一种"书写"——作为独特个体的纪伯伦在特定文化语境影响下的"书写"。

那么，纪伯伦给我们描绘了一个什么样的"东方"呢？

一　负重的东方

在纪伯伦的早期阿拉伯语文学作品中，"东方"首先以被压抑、受损害的弱小者形象出现。

在《世纪的灰和永恒的火》中，现代黎巴嫩呈现出伤痕累累、遭到破坏的荒凉之景：

> 众神远离了这个国度，一位狂暴女神代替了他们的位置。她以破坏为乐，用毁灭开心。她摧毁了太阳城一座座宏伟的神庙，推倒了城中一座座美丽的宫殿，使城中葱茏翠绿的花园凋零破败，使丰腴的土地变为不毛之地，在这个地方留下的只有颓垣断壁，一片荒凉。①

在《疯癫的约翰》中，作者向我们描绘了一个封闭的黎巴嫩北方乡村图景。在这里，愚信的群众受教会的奴役而不自知，以《圣经》教义揭露修士们的虚伪和无耻的约翰，反而被人们视作"疯癫"！

在纪伯伦的早期阿拉伯语文学创作中，《折断的翅膀》是一部对东方形象着墨最多的作品。该作的故事情节并不复杂，一位孤独忧伤的黎巴嫩青年"我"偶遇已故父亲的挚友法里斯·克拉玛并爱恋上了老人的女儿萨勒玛·克拉玛，但由于萨勒玛是老人万贯家财的唯一继承人，她被迫与大主教的侄子结婚，无爱和不幸的婚姻导致了萨勒玛的死亡和"我"的一生痛苦。作品充斥着叙述者"我"长篇累牍的内心独白，体现了早期阿拉伯语作品重说理和抒情的典型特征。但《折断的翅膀》的意义并不仅仅在于它讲述了一个爱情悲剧，而在于作品很强的象征意味。正如文中所言：女主人公萨勒玛·克拉玛不仅是"未来东方妇

---

① ［黎］纪伯伦：《世纪的灰和永恒的火》，伊宏、杨孝柏译，伊宏主编：《纪伯伦全集》上，甘肃人民出版社 1995 年版，第 21 页。

女的象征"，还是"受凌辱民族的象征"。①因此，从某种程度上说，萨勒玛·克拉玛的悲惨命运，同时也象征了东方民族的不幸，纪伯伦在萨勒玛·克拉玛身上寄托了对东方民族的爱、悲伤与思考。

在《折断的翅膀》中，无论是萨勒玛·克拉玛的相貌、言谈、举止、还是她的经历，都始终笼罩在一种沉重、忧伤的氛围里。这种氛围通过"我"的追忆勾画出来——

萨勒玛·克拉玛的美，孤独而忧郁："伴随着萨勒玛的禀性和气质的，是深深的忧愁。这忧愁给她增添了奇异的美丽和高贵。"她的美，"富有如诗般的意境，但诗人都是一些不幸者，因为不管他们的精神如何高尚，可那精神却始终蒙着一层泪水"。萨勒玛·克拉玛的微笑，是一种"混杂着悲伤的快乐"，每当"我"忆起与她在一起的岁月，那回忆"就像许多无形的翅膀，在我周围盘旋，使我的内心深处充满忧伤，引起我珠泪涟涟"。

凝聚在萨勒玛·克拉玛身上的沉重和忧伤，随着"我"思绪的流淌，与"东方民族"联系起来："那个弱女子不正是受凌辱民族的象征吗？那个苦苦追求爱情、身体却被牢牢禁锢住的女子，不正像那个受尽统治者和祭司们折磨的民族吗？"这里，萨勒玛·克拉玛成了象征"东方民族"的符码，东方——与萨勒玛一样，沉重而忧伤。作者在向我们诉说萨勒玛的沉重生命时，也向我们展现了一个命运多舛的东方形象。

那么，对于这一被损害、受压抑的东方，作者给它安排了什

---

① *The Broken Wings*, translated by Anthony R. Ferris, NewYork: The Citadel Press, 1957, pp. 84, pp. 87；同时参照《折断的翅膀》，郭黎译，伊宏主编：《纪伯伦全集》上，甘肃人民出版社 1995 年版。以下《折断的翅膀》中的引文都同时参照英译本和中译本，不再另外说明。

么样的归宿呢？也就是说，在作者看来，命运多舛的东方应该何去何从？

当深入研读纪伯伦的早期阿拉伯语作品，我们会发现：在这些作品中，实际上存在着一个弱小者的"群像"：受欺压的穷人、被凌辱的女子、寂寥一生的诗人……这些"类型化"的人物构成了作者早期作品关注的焦点，而作为弱小者的东方，只是这一"群像"中的一员。作者对东方命运的思考，通过这一"群像"在不幸命运中的相同选择得到了深刻表达。这一选择便是负重——以隐忍的精神承受苦难！

在《玛尔塔·巴妮娅》中，乡村少女玛尔塔在城市贵族诱骗下沦为妓女，却因自己是"一朵被蹂躏的鲜花"、不是"作践花朵的兽蹄"而"聊以自慰"，最终平静地死去①。在《疯癫的约翰》中，被众人视作疯癫的约翰，也只是默默祈望自己这"羊"的血迹终有一天会"染红山谷的卵石"，将"狼"的罪行"暴露在光天化日之下"。

这一"群像"的负重精神，在作品中通过一个核心意象的表现达到了极致——死亡。

人终有一死，这是尽人皆知的浅显事实。然而，只要仍没有亲临死亡的威胁，我们就不能真正体会死。当一个人真正面临自己的死亡，死也就不再是一个外在和公开的事实，而成了自身存在的一种内在可能性。因而，"人死"与"我将要死"是截然不同的两种事实，前者只是众人皆知的外在事实，后者却是一个人自身存在的内在可能性，而且是所有可能性中最涉及个人、最触及内心的一种，因为这必须由"我"来承担，没有任何人能够

———————

① 伊宏主编：《纪伯伦全集》上，甘肃人民出版社1995年版，第38页。以下纪伯伦早期小说作品中的引文均出自该书，不再另作说明。

代替。①　因此，死亡是个体生命所能承受的极限，一个真正面对死亡的人，经受的是心灵"负重"的极致考验。

在《玛尔塔·巴妮娅》中，受尽折磨的玛尔塔"平静"地死去；《新婚的床》中自杀殉情的女子以死"砸烂了镣铐枷锁"、"启程奔向太阳"；《诗人的死就是生》中，诗人对"美丽的死神"早已"心驰神往"；而在《死之美》中，死者眼中有"上帝的影像"，耳畔有"天国永恒的乐曲"。

在《折断的翅膀》中，女主人公萨勒玛作为东方形象的象征，最后选择了如"殉教士"般地死去，她的这一选择表现了作者对东方命运的思考。这里，通过萨勒玛对死亡的抉择，暗示了东方在不幸命运中的选择——以负重的精神承受苦难、安然赴死。萨勒玛一家作为受到迫害的弱小者，死亡面前的他们表现出超然的安详，全无凄凉之感。萨勒玛的父亲法里斯·克拉玛临终前，嘴边含着笑，说道："夜过去了……清晨来了……"当萨勒玛面对自己刚出生就夭折的孩子时，"高兴地微笑起来，脸上容光焕发"。

由此，我们不禁要问：通过这些弱小者的安然赴死，作者究竟想要告诉我们什么？

二　"爱与美"的救赎

在纪伯伦极富象征意味的作品《折断的翅膀》中，第8部分"在阿什塔鲁特和耶稣之间"描绘了一个小神殿的场景：被无爱的婚姻窒息的萨勒玛·克拉玛与"我"每月在一个年代久远、被人遗忘的小神殿里相会一次。这个小神殿墙上的壁画映照

---

① ［美］威廉·巴雷特：《非理性的人——存在主义哲学研究》，杨照明、艾平译，商务印书馆1995年版，第221—222页。

了叙利亚宗教历史的变迁：一面墙上镌刻着阿什塔鲁特——叙利亚人崇信的爱与美的女神；另一面墙上刻画着一幅年代较近、图像较为清晰的作品——钉在十字架上的耶稣。作者在细致地描绘这一场景之后，论述了宗教对人生存的意义：这小小的神殿"默默地泄露着神灵的隐秘"，述说着人们"从信奉一种宗教到信奉另一种宗教的历程"，它吸引诗人超尘出世，它说服哲人相信，人能感受到肉眼看不见的事物，能想象出感官并未触及的领域；人能通过种种艺术形式"表达自己生前最神圣的感情和死后最美好的愿望"。

极富宗教意味的场景和随后对宗教的议论，实际上表明了作者从创作早期就已有的宗教关怀，只是这一宗教关怀在这一时期具体化为基督教信仰。阿什塔鲁特隐喻了纪伯伦作品中初露端倪的"爱与美"理念，耶稣则隐喻了基督教的救赎观。联系这一时期作品中的死亡意象和弱小者的群像，我们更可以感受到该时期作品浓厚的基督教色彩。

"救赎"是基督教文化的核心理念之一。而基督教中的救赎，是经由死亡这一生命负载的极限达成的。通过"道成肉身"的耶稣的死，基督教向人们昭示了上帝的慈悲：上帝之子耶稣的牺牲，是为了救赎芸芸众生的罪。在此种意义上，死亡事实上是以负重的极致，体现了一种敢于担当的内在力量。

不仅如此，"救赎"理念更昭示了作为终极价值的"信念"的力量。因为死亡是个体生命所能承受的极限，人的生命意志本身无时不在抗拒着死亡。只有某种永恒信念的存在，死亡才具有了凌驾现世价值之上的超越性。那么，在这些作品中，死亡昭示了什么样的信念呢？

在纪伯伦的早期阿拉伯语文学作品中，"爱与美"意象已经表现得相当明显，但它们还未像后期作品一样，抽象为具有系统性、哲理性的"爱、美与生命"的核心理念，而更多地以具象方式表现出来。它们是彰显生命力的极致体现，爱的实现的同时伴随着一幅美的图景，美之中也往往浸透着爱的和谐。爱与美，融合一体，无法分离。而死亡是实现"爱与美"——这一超越性存在的救赎之途。

在《世纪的灰和永恒的火》中，因死亡阻隔了的爱情，跨越时空的界限，联结另一对青年男女。这种爱同时浸染着自然万物的谐调之美：当他们漫步在柳林间，"羊儿跟在他们身后，吃着花草的嫩尖，小鸟从四面八方飞来欢迎他俩，唱着神奇的歌"；这时，太阳升起，"给山丘披上金色的霞光"，岩石的"石影中躲藏着紫罗兰"……《玛尔塔·巴妮娅》中的玛尔塔，短暂的一生受尽侮辱，在死亡之际得到"我"深挚的同情，得到了怜爱的她显现出最后的美丽：那"苍黄的脸色因感到宽慰而闪出了光芒，恰似夕阳柔美的光线染红了云朵一样"。《新婚的床》中，一对恋人的殉情揭示了"爱情"与"生命"的秘密，正如文中所言："生命比死亡软弱，死亡比爱情软弱"，他们以死摆脱世俗、求得纯洁的爱情……

在这一时期的集大成之作《折断的翅膀》中，现实生活中夭折的"爱与美"，在死亡中得以实现。萨勒玛坚信她与"我"的爱能在死亡中得到重生："如果这种生活杀死我们，死亡会将我们联结在一起。"萨勒玛的父亲法里斯·克拉玛临终前看到了"云外"那个美丽的世界、看到了自己深爱却早逝的妻子。当萨勒玛面对自己刚出生就夭折的孩子时，"仿佛知道了一件过去不知道的事"。她平静地说："你是来带我一道去的，孩子。你是来为我指引一条通向彼岸的路的。我在这儿，孩子，在我面前走吧，我们一起从这黑暗的洞穴里出去。"在此，萨勒玛通过选择安然赴死，实现了"爱与美"这一超越时空的"永恒"："无限的爱"只要求"爱的本身"、"在太极的怀抱中产生、随同夜的奥秘一起降临的爱，只有求得永恒和无限才能满足，只在神明面前肃然而立……"

通过以上文本分析，我们得出纪伯伦早期阿拉伯语文学创作的信念所在——爱与美。"爱与美"作为超越了死亡的永恒存在，跨越了时空的界限，成为作者心目中的绝对理念和终极价值。而当我们进一步深入作品中"东方"的世界，我们会发现：作品中除了展现了一个负重的东方，还存在着另外一个截然相反的东方形象。这个东方是"爱与美"的化身，它或者停留在久远的过去，或者远离城市的喧嚣，是作者内心深处永恒的救赎之地。

三 "爱与美"的化身：作为救赎之地的东方

在《世纪的灰和永恒的火》中，文章一开始就向我们描绘了一个具有沉静、安详与和谐之美的古代黎巴嫩形象：

> 清夜寂寂，生命沉睡于太阳城中。橄榄树和月桂树丛中的宏伟神殿的周围，散落着所所民宅，灯火已经熄灭。月亮出来了，银色的月光倾泻在大理石柱上，那石柱巨人般矗立着，在静夜中守卫着诸神的祭坛，带着迷惘和惊奇凝望着坐落在远方崎岖不平的山坡上的黎巴嫩座座城堡。

在《疯癫的约翰》中，作者向我们描绘封闭愚昧的黎巴嫩北方乡村时，仍不惜笔墨，着力渲染东方黎巴嫩乡村的自然造化之美。在《叛逆的灵魂》中，现代东方被斥为"黑暗中找光明、顽石中等流水、荆棘中寻玫瑰的可悲民族"。但即使如此，作品仍不乏对黎巴嫩乡间之美的细致描摹，作者常常在严酷的现实中突然领略到自然之美，城市之外的田野"宁静"而令人"心旷神怡"，被染上超脱尘世的梦幻色彩："田野披上了静寂、安逸的薄纱，鸟儿在唱着黄昏的赞歌"。

在《折断的翅膀》中，女主人公萨勒玛·克拉玛作为象征"东方民族"的符码，不仅以死亡的抉择向我们展现了一个负重的东方形象，同时，她的形象也隐喻了一个作为"爱与美"化身的东方。

作者开篇以充满激情的语言写道："萨勒玛·克拉玛以她自身的美启示了我，使我崇尚美。而她的爱情（affection）则向我揭示了爱的秘密（the secret of love）。"她具有非同一般的、梦幻般的美丽，作品中这样写道："她的美像梦幻，无论是画家的画笔、还是雕塑家的大理石都无法描摹。"这种神秘的、无法描摹的美，不正是作者要向我们传达的东方之神韵吗？

在《折断的翅膀》中，东方之美不仅通过萨勒玛的美传达出来，作者更饱含深情地直接抒写东方黎巴嫩过去的辉煌与神秘，将古代黎巴嫩比作隐去的"伊甸园"：

> 在西方诗人的眼里，黎巴嫩是个梦幻般的地方。随着大卫、所罗门以及众先知们的离去，黎巴嫩被遗忘了，正如亚当和夏娃降入尘世后，伊甸园就隐去了一样。黎巴嫩，这是个诗一般的字眼，它使人联想到一幅幅的图景：有清香袭人的杉树林，有用铜和大理石盖成的显示荣耀、伟业的高塔，还有在废墟间和山谷间奔驰的羚羊群。

由上可知，纪伯伦在早期阿拉伯语文学作品中描绘了两种截然不同的东方形象。一种是作为弱小者的东方，贯穿这一东方形象的，是"负重"的命运抉择，通过"负重"的东方形象，作者表现了基督教的救赎观，而作为"爱与美"化身的东方，同时也是他理想中的救赎之地。那么，是什么样的特定语境，使作为独特个体的纪伯伦，"书写"出这样的东方呢？

四　早期阿拉伯语文学创作中"东方书写"的原因解析

纪伯伦早期阿拉伯语文学创作中救赎观的形成，主要基于个体和文化两方面的原因。首先在个体方面，纪伯伦的基督教家庭背景和他青年时代三位至亲的接连逝去，使他很容易接受基督教的救赎理念。正是在 1902—1903 年亲人故去的痛苦时期，纪伯伦开始在夜间用英语和阿拉伯语信手写下自己的思想，在这些信手写下的文字中，纪伯伦表达了自己的救赎观。他认为濒临死亡的哥哥彼特会在死后进入永恒的彼岸世界：

> 我听到一个没有形体的人发出的声音，我觉得自己被神的灵感动（felt inspired），我知道了一个事实，那就是我哥哥彼特的灵魂将在 5 天后抵达上帝和永恒的造物主。①

在 1909 年 6 月 23 日给挚友玛丽·哈斯凯尔的信中，纪伯伦再次表达了他的救赎观："他们（故去的亲人——作者注）是在一个无名之地吗？他们是彼此生活在一起吗？他们还追寻着对那已蜷曲于他们的殓衣中的昔日的回忆吗？他们是在离我们这个世界很近的地方，还是很远的地方？我知道……他们仍然活着，过着那种由一种崇高庄严的美统摄的永续不绝的生活。他们比我们

---

① Gibran, Jean and Gibran, Kahlil, *Kahlil Gibran, His Life and World*, New York: interlink Books, 1998, p. 108.

更接近于上帝。"①

　　而纪伯伦将东方视为救赎的观点，则体现了早期阿拉伯语文
学创作时期的他对美国文化语境中"东方想象"的认同。

　　纪伯伦的早期阿拉伯语文学作品，大部分创作于1911年他
迁居纽约之前，这一时期他大部分时间在波士顿度过，1908—
1910年到巴黎留学，虽然其间的1898—1902年，他返回黎巴嫩
学习阿拉伯语言和传统文化，但总的来讲，纪伯伦的少年和青年
时期，是在西方文化氛围中度过的，他周围"西方人"的东方
想象极大地影响了纪伯伦的成长和创作。而如前所述，在这些西
方人眼中，纪伯伦是一位具有艺术天赋、来自东方的先知。纪伯
伦的第一位美国庇护者戴伊是最早称纪伯伦为"先知"的人，
他把纪伯伦当作一位具有"神授气质"的天才。而美国女作家
约瑟芬·普林斯顿·皮勃迪则毫不怀疑地认为：纪伯伦是一位来
自东方的先知。②

　　在西方基督教文化传统中，先知代表了上帝对人的恩典，一
个有先知的时代，是处于危难中的时代，也是受到上帝眷顾的时
代，"先知"这一称谓传递出拯救、救赎人类的文化内涵。在
《圣经》中，当处于危难之中的以色列人向上帝呼求，上帝就会
为他们兴起一位拯救者（士师记3：9，15；6：7）。各"先知
书"总要在开篇或者文中讲明该先知书降示的时代或情境，这
表明先知的意义就在于他的历史性，永恒的神借特定时代的先
知，去救助这个时代的以色列人，神恩才能在某个特定的情境下
降临人世。而一个看不到主的荣光、受到蒙蔽的时代，实际上是

---

　　①　伊宏主编：《纪伯伦全集》下，甘肃人民出版社1995年版，第8页。

　　②　Gibran, Jean and Gibran, Kahlil, *Kahlil Gibran, His Life and World*, New York：interlink Books, 1998, pp. 78 – 79.

没有先知的时代："因为耶和华将沉睡的灵浇灌你们，封闭你们的眼，蒙盖你们的头。你们的眼就是先知，你们的头就是先见（seers）。"（以赛亚书29：10）

那么，在这个需要被救赎的时代，纪伯伦为什么会被周围的西方人看做"东方的先知"？这显然不仅仅是因为他自少年时期就表现出的神授气质和绘画天赋，更为重要的，是美国特定语境中的"东方想象"决定了这些身处其中的"西方人"的观念，同时也无形中影响了纪伯伦。

在第一章"1890年代—20世纪最初10年的美国波士顿文学和东方想象"中，本书初步分析了青少年时期的纪伯伦身处的波士顿文学、文化语境，并得出这样的结论：将"东方"作为物质化西方之救赎的东方想象，实际上是纪伯伦身处的外部文化氛围，而纪伯伦接受这一东方想象，还在于他个人独特的波士顿生活经历。

纪伯伦12岁随家人来到波士顿，并定居在叙利亚移民聚居区以后，靠母亲卡米拉沿街叫卖维持生计，生活相当困顿。然而不同于大多数早期阿拉伯移民，少年纪伯伦却进入了另一个截然不同的世界，这个世界远离生活的贫困和精神的匮乏，给他的精神世界带来了极大的想象空间。

改变纪伯伦生活命运的契机，首先是由于他的"东方"身份。纪伯伦之所以能够成为戴伊的照相模特，是因为他阿拉伯人的体貌特征符合戴伊的模特标准——找到"最具有震撼力、最不普通、最奇异、别致的模特类型——黑人、白人和黄种人"。[1]

---

[1]　Gibran, Jean and Gibran, Kahlil, *Kahlil Gibran*, *His Life and World*, New York：interlink Books, 1998, p. 53.

显然，纪伯伦阿拉伯人的形象和体貌特征，是他成为戴伊模特的主要原因之一。这成为改变纪伯伦人生境遇的转折点，使他能够自少年时代起就轻松出入波士顿文化圈。而在纪伯伦的创作生涯中，他的艺术作品最初之所以受到美国文学界的关注，也常常得益于他作品中体现出的所谓"东方"特质。

1898 年纽约文学和艺术周刊《批评》杂志对纪伯伦早年完成的封面设计的评价，很能代表纪伯伦最初受到波士顿艺术家关注的原因："在这些书的封面中，具有最令人震撼的东方式设计……这其中只有一幅是美国化的，相比较而言，这是最不成功的一个。现在我很奇怪，纽约那么多的叙利亚人、土耳其人和其他东方人，为什么从未尝试过这样的工作呢？"①

"东方想象"使纪伯伦得以走入另一个截然不同的世界。这个世界远离生活的贫困和精神的匮乏，给他的精神世界带来了极大的想象空间。对于纪伯伦来说，客观现实的真实或许并不重要，重要的是，这一"东方想象"是他在痛苦现实中找寻到的唯一心灵出口。因而，在早期阿拉伯语文学作品中，纪伯伦在"书写"着两种不同东方形象的同时，也在"书写"着自己生命的沉重与无奈，以及在东方"爱与美"的彼岸世界中找寻到的精神慰藉。

第三节　革命的狮子：双语文学创作中的"东方书写"

1915 年，纪伯伦结束了早期只用阿拉伯语进行创作的状态，

---

① Gibran, Jean and Gibran, Kahlil, *Kahlil Gibran*, *His Life and World*, New York: interlink Books, 1998, p. 65.

开始用英语进行写作，从而开始了他文学创作的第二阶段：双语文学创作时期。这一时期的英语文学作品主要包括《疯人》（1916—1918）和《先行者》（1919—1920），阿拉伯语文学的代表作主要是《暴风集》（1915—1920）及"笔会"时期创作的阿拉伯语文学作品。

第一次世界大战爆发后，叙利亚地区卷入战争，深受战争之苦，同时又发生罕见的蝗灾，引发疾病蔓延。纪伯伦为叙利亚人民的深重灾难忧心如焚并积极行动。1916年，美国阿拉伯侨民杂志《艺术》复刊，从这时起，纪伯伦和其他旅居美国的阿拉伯作家开始在发表的作品后面缀上"笔会"的标记，这一时期纪伯伦的阿拉伯语文学创作后来大部分收入《暴风集》中。[①] 1920年4月，旅居美国的阿拉伯作家正式成立"笔会"创作群体，从1920—1924年，纪伯伦写了一系列有关阿拉伯社会、民族和政治的作品，此时的他已经转变了早期参与民族解放运动的愿望，认识到自己"最好的战斗形式是绘画和写诗"。[②] 到1925年，"笔会"实际上已经不能保留它原有的创立目的，除了形式化的机构以外，纪伯伦在其中的地位已经几乎完全是社会性的，他的兴趣更多地转向英语写作，与美国文艺界的交往也更为频繁。[③]

在双语文学创作时期，纪伯伦不仅继续在阿拉伯语文学界享有声誉，同时也凭借第一部英语文学作品《疯人》引起美国先锋文学界的注意。总的来讲，该时期阿拉伯语和英语文学作品的外在差异主要表现在"东方书写"上：以阿拉伯语文学的代表

---

① Gibran, Jean and Gibran, Kahlil, *Kahlil Gibran*, *His Life and World*, New York: interlink Books, 1998, p. 292.

② Ibid., p. 369.

③ Ibid., p. 379.

作《暴风集》为例，在31篇文章中，直接评论东方或取材于东方的篇目共14篇，而在同时期的英语文学《疯人》和《先行者》中，我们不能从字里行间找到任何"东方"的痕迹。因此，"东方书写"成为区分该时期两种语言创作的重要参照体，它作为一个临界点，引领我们进一步深入思考该时期两种语言创作的深层文化底蕴。另外，该时期阿拉伯语作品中的东方书写也与早期阿语作品中的东方书写明显不同。因此，本节从两个参照视角展开研究：首先，在共时的维度，参照该时期的英语文学创作，对阿语创作中的"东方书写"进行研究；另外，从历时的维度，与早期阿语文学创作中的东方书写进行比较研究。在两个维度的参照比较基础上，透视这一时期阿拉伯语文学创作中的东方书写，并进一步探索纪伯伦在双语文学创作时期的思想发展轨迹。

下面，本文以双语文学创作时期阿拉伯语文学的代表作品《暴风集》为例，研究这一时期阿语创作中的东方书写。《暴风集》这一题目的本身就暗示了该时期创作的重要现实背景——战争，而理解战争这一重要的创作背景和作者对待战争的态度，也成为研究这一时期纪伯伦文学中"东方书写"的必要的切入点。

一 "暴风雨"的隐喻

文如其名。正如《暴风集》这一标题所显示的，"暴风雨"在文中作为一个核心意象贯穿始终，并成为度量个体行为的一个重要尺度和背景。

在首篇《掘墓人》中，"疯狂"的掘墓人宣称，"死人在风暴面前战栗；活人则与风暴同行，他奔驰向前，除非风暴平息，他决不会在中途停步"，并要让那些"只在风暴面前战栗而不与它一同前进的活物和死物全部灭绝"；① 在《十字架上的耶稣》中，作者形容人类是一个女孩子，她"害怕面迎巨大风暴，因为风暴折断枯枝，荡涤污泥浊水"。在《暴风》中，暴风雨作为一条贯穿始终的线索，成为推动故事发展的契机："我"与隐士法赫里的结识缘于暴风雨，他们的谈话围绕暴风雨展开。而对人品质的衡量，也取决于他对待暴风雨的态度："但愿人能具备鸟的某些本性。但愿暴风能折断人的翅膀，打破人的脑袋。可是，人天生胆小怯懦，一看到暴风乍起，便纷纷躲到地洞石窟里去。"

那么，是什么样的品格使"暴风雨"成为衡量个体行为的重要参照呢？

暴风雨是"力"的化身："乍起便可折摧一切弯曲的翅膀"（《十字架上的耶稣》）；它是一种革命："连根刨掉世代人让其安坐的偶像的风暴"（《节日之夜》）。它同时还隐喻了战争：在《亲人之死》中，作者把战场称为"将绿干枯枝一道摧折"的"风暴"，将亲人们战死沙场比喻为"夭折在风暴之中"。

这里，我们可以感受到"暴风雨"在文中相互关联的隐喻意义——它代表了战争、革命、力量……

纪伯伦这一时期的作品大多创作于第一次世界大战前后，而作品对战争的关注是和强烈的国家民族主义情绪交织在一起的。正如《世界文明史》一书中所分析的：民族主义从现代最初几个世纪里的一种模糊情绪发展成为一种真正的信仰。对于千百万民众来说，它变为一种比宗教更为强大的力量，在唤起人们的感

---

① ［黎］纪伯伦：《暴风集》，李唯中、仲跻昆、伊宏译，伊宏主编：《纪伯伦全集》，甘肃人民出版社1995年版，第407—408页，以下《暴风集》中的引文均出自该书，不再加脚注。

情和为神圣事业奉献精神的号召力方面胜过了基督教。① 而第一次世界大战前后，自中欧到东欧多民族大帝国的崩溃和1917—1918年间的社会革命，使国家民族主义达到了最高峰。② 从这一时期纪伯伦的阿拉伯语文学作品中，我们可以感受到他强烈的黎巴嫩国家意识。文中经常饱含深情地称呼黎巴嫩人为自己的"亲人"、"同胞"。在《亲人之死》中，作者以饱蘸血泪的深情描写自己对黎巴嫩亲人的爱，并因自己无法从行动上直接帮助灾难深重的黎巴嫩倍感痛苦：

　　远方避难的人能为饥馑的亲人作些什么？

　　但愿我能知道，诗人的痛苦哀号究竟有何用？

　　倘若我是生长在祖国大地上的一个麦穗儿，那么，饥饿的儿童可以将我采摘，用我将死神之手推开。

　　倘若我是祖国果园中的一颗成熟之果，那么，饥饿的男子可将我生擒，用我的躯体驱散他身上的坟茔。

　　但是，事不遂心，我既不是叙利亚平原上的麦穗，也不是黎巴嫩山谷中的熟果。这就是我的不幸，这就是我的无声灾难，它使我在自己的灵魂里变得渺小，在黑夜的阴影中变得卑贱。

　　这是一幕凄凉的悲剧，令我张口结舌，束手无策，失去理想，无所事事。

　　第一次世界大战前夕，纪伯伦在写给玛丽的信中说道："我

---

　　① ［美］爱德华·麦·伯恩斯、菲利普·李·拉尔夫：《世界文明史》第三卷，罗经国等译，商务印书馆1987年版，第137页。

　　② ［英］埃里克·霍布斯鲍姆：《民族与民族主义》，李金梅译，上海世纪出版集团2006年版，第128页。

的心为叙利亚而燃。命运对她太残酷了……她的神死了，她的孩子们离开她到远方的土地上求生……然而她却还活着——这是一件最令人痛苦的事。"① 玛丽的日记忠实记录了这一时期纪伯伦的精神状态："他的忧虑太多了。他想着叙利亚，这使他在床榻上辗转反侧，不能成眠。"②

出于国家民族主义情绪，纪伯伦对战争采取了策略性的赞许态度，他希望借战争打击奥斯曼土耳其帝国，从而实现叙利亚地区乃至黎巴嫩的民族国家独立。早在 1912 年 5 月 16 日，在巴尔干战争爆发以前，纪伯伦就曾针对"巴尔干同盟"③ 向玛丽坦露了自己对战争的态度：

在欢快人们的乐观中，有一种冷酷。富有和幸福的人们反对年轻的巴尔干政体，因为他们担心那会"打破世界和平"——那么为什么就不应该打破虚伪的世界和平呢？他们已经在单方面的和平中承受了太多的苦难，我祈求上帝，这次战争会带来土耳其帝国的解体，以使近东可怜的、四分五裂的国家能够重新生存④。

早在第一次世界大战爆发以前，对于叙利亚民族主义者希望

---

① Gibran, Jean and Gibran, Kahlil, *Kahlil Gibran*, *His Life and World*, New York：interlink Books, 1998, p. 289.
② 伊宏主编：《纪伯伦全集》下，甘肃人民出版社 1995 年版，第 194 页。
③ 巴尔干战争爆发于 1912 年 10 月，东欧的塞尔维亚、保加利亚、门的内哥罗和希腊在俄国的支持下，为了征服土耳其省份马其顿，组成了一个巴尔干同盟，两个月后土耳其战败。这里，纪伯伦显然出于民族主义情绪，希望战争能带来土耳其政府的解体。
④ Gibran, Jean and Gibran, Kahlil *Kahlil Gibran*, *His Life and World*, NewYork：interlink Books, 1998, pp. 288 - 289.

通过与英、法大国的外交斡旋获得民族自治的政策，纪伯伦采取了不赞成的态度，纪伯伦称叙利亚民族主义者的"稳妥"和"耐心"为"东方毒药"，认为不能依赖欧洲的军事力量，而要靠自身革命获得独立和自治。①这种对战争的赞许和依靠革命取得国家独立的态度，显然与"暴风雨"的隐喻内涵是一致的，也充分表现在《暴风集》的整体意蕴中。因此，这一时期与早期阿拉伯语文学中的东方形象表现出迥然不同的特质。下面，本节首先在与早期阿语作品中的东方书写比较的基础上，解读《暴风集》中的东方书写，并进而从共时维度分析双语文学创作时期东方书写蕴涵的深层文化内涵。

二　与早期阿拉伯语作品中"东方书写"的比较研究

与早期阿拉伯语文学作品相比，双语时期作品中东方书写的差异主要体现在两方面：从表层形象上来说，这一时期的东方形象与《暴风集》中所要表达的革命的整体思想相一致，从而也赋予这一时期的东方截然不同的形象特征。从深层结构上看，这一时期东方书写中蕴涵的二元对立结构发生了内在转换。下面分述之：

（一）现实与理想："暴风雨"中的东方

与早期阿拉伯语作品中的东方形象相似的是，《暴风集》中也展现了两个维度的"东方"：其一是"现实"中的东方，其二是"我"心目中理想的东方形象。但与早期阿语作品不同的是，这两种东方形象由于战争的独特现实背景，被赋予截然不同的特点。

---

① Bushrui, Suheil and Jenkins, Joe, *Kahlil Gibran, Man and Poet*, Boston：Oneworld Publications, 1998, pp. 134 – 135.

如果说在早期阿拉伯语文学作品中，纪伯伦把"现代东方"看做被欺凌、受侮辱的弱小者，现代东方的命运是"忍辱负重"，作者对待现代东方的态度主要是"悲"。那么在《暴风集》中，现代东方则因为它在战争面前的软弱成了作者痛恨的对象，现代东方的"忍辱"不再是为了"负重"，而作为一种软弱的恶习成为作者猛烈抨击的对象，作者对待现实东方的态度由"悲"转"怒"。在《致同胞》中，通过对比手法，作者表达了自己这一时期对待现实东方的态度转变：

同胞们！我曾爱过你们。这种爱损害了我，却无益于你们。如今，我恨你们了。这种恨像洪水，它只会冲走枯枝败叶，摧毁那摇摇欲坠的茅屋。

同胞们！对于你们的软弱，我曾怜悯过。但这种怜悯却使弱者有增无减，使他们更加消极、懒散，而对人生毫无益处。如今，我看到你们的软弱，我只是感到可憎，可恶，可鄙，可耻。

在《暴风集》中，作者主要通过两种方式表现现实中的东方形象。

一种方式是直抒胸臆，直接指出现实东方的诟病。在《麻醉剂与解剖刀》中，纪伯伦称"东方是一个病夫"，并犀利地指出："东方人仍然生活在昔日的舞台上，他们倾心于开心解闷的消极事务，讨厌那些激励他们、使他们从酣梦中警醒的简单明了的积极原则和教诲"，当"软弱的被征服者受到强大的征服者的蹂躏"，东方人遵循的却是"不作声"的原则！在《亲人之死》中，作者痛恨"我的亲人既非死于反抗，也非捐躯沙场……而是惨死在屈辱之中"！在《龋齿》中，叙利亚民族的口中被认为

"生着肮脏发黑的龋齿、散发着恶臭",要想治愈,必须要"连根拔掉"!

另一种方式是讽喻法。通过一些取材于叙利亚的小故事,讽刺东方叙利亚的封闭自大和不思进取,这与早期阿语作品中作者对弱小东方流露出的同情态度具有明显差异。《暴风集》中讽刺性的典型篇目是《逻辑哲学或自知之明》和《金玉其外》两文。这两篇文章的开头都体现了明显的东方地域色彩,前者开头以"贝鲁特"三字独立成段,标明其地域性;后者讲述的三个故事,每篇开头都以叙利亚人名独立成段:"赛勒曼先生"、"艾迪布先生"和"法里德贝克",表明故事主人公的叙利亚身份。

在《逻辑哲学或自知之明》中,长着一张丑陋面孔、衣衫褴褛的赛里姆在深夜思考着"自知之明"这一哲学问题:拿破仑的小个子、苏格拉底的窄额头、莎士比亚的秃头、尼采和使徒保罗的眼疾……这种种身体缺陷,反而被赛里姆认为是古今伟大特质集于己一身。在《金玉其外》中,三位阿拉伯人被戏称为"镀银粪团":赛勒曼先生"衣着华丽,身材苗条,皮鞋锃亮,脚穿丝袜,蓄有两撇弯胡,常抽高级香烟",常出入"显贵名流光顾聚会的场所",靠与富孀结婚得以挥霍钱财;艾迪布先生满身污秽、外观丑陋,因为他"整日忙于思考精神世界、疑难问题和神学题目",在旧书故纸堆中打发时日!法里德贝克平日无所事事,只是不时"扎扎人堆,历数家庭光荣史,宣扬一下自己的高贵血统"。这两篇文章虽然篇幅短小,但明显富有东方地域色彩的人物的自大、肤浅和无知,与残酷的战争背景形成鲜明对照,轻松的讽刺笔调反而使现实东方在战争中的软弱无能显露无遗!

在作者以直接或间接讽喻的方式,抨击现实东方在战争中的软弱无能时,作品中隐含的理想东方形象,也在战争背景中清晰地向我们展现出来。在《亲人之死》中，作者以两个假设句道出他理想中的东方形象：

> 假如我国人民因起来反抗他们的暴虐君王，而全部壮烈牺牲，那么我会说，为自由而死，胜过屈辱而生；握剑而死，死得光荣。
>
> 假若我的民族参加了战争，而且全部战死在沙场上，那么我会说，那是风暴，将绿干枯枝一道摧折。夭折在风暴之中，比寿终正寝更加高贵可敬。

由此，我们可以看出，作者理想中的东方形象，是在战争面前勇于战斗的革命者形象，作者极力凸显的，是如"暴风雨"般的反抗精神！

在早期阿拉伯语文学中，作者凸显的是现实中东方的负重精神，这种负重精神就如同尼采"精神三变"中的骆驼："驮着既成价值的重荷，驮着教育、道德和文化的重荷。"① 现代东方只是众多弱小者群像中的一员，这一群像突出的是一个共同的主题：以负重求救赎。但在《暴风集》中，理想东方形象的反抗精神是作者深入刻画的精髓所在，从这一点来说，作品中的核心意象"暴风雨"同时也代表了勇于反抗和革命的品质，这种革命精神如同尼采笔下精神三变中的狮子："打碎偶像，践踏重荷，对所有的既成价值进行批判！"② 东方理想形象只是作品中众多代表了"狮子"精神的反抗者中的一员。从某种意义上说，

---

① ［法］吉尔·德勒兹：《解读尼采》，张唤民译，百花文艺出版社2000年版，第1—2页。

② 同上。

《暴风集》是一篇"狮子"精神的宣言。它摧毁世代"你当"的陈词滥调，喊出"我要"的"唯一真理"："除了自己，不要信仰别的；除了自己，不要尊重别的；除了自己的所爱，不要爱好别的；除了自己的永恒，不要希冀别的"。

当进一步深入研读作品，我们会发现：在这两种东方形象的深层，蕴涵着一个二元对立模式。但与早期阿拉伯语作品相比，这一模式的对立主体已经发生了改变，下面，本书将进一步对作品中的二元对立模式进行文化层面的解析。

（二）从"东方/西方"到"个体/社会"：二元对立模式的内在转换

在早期阿拉伯语作品中，两种东方形象的深层都隐含着一个"东方/西方"的二元对立模式，也就是说，东方是作为西方的对立面出现的。对于弱小的现代东方来说，它是强大西方压迫和欺凌的对象；对于理想中的东方来说，它是自然的象征，是现代物质化西方的救赎之地。但在《暴风集》中，东西方之间的二元对立模式已经完全消失了。

在《奴隶主义》一文中，对于奴隶主义，作者清晰地强调其存在具有超越东西方的普遍性：

> 我周游过世界的东方和西方，我领略过生活的光明和黑暗，我看到民族和人民的队伍步出洞穴，走向宫殿。但是，至今我所看到的人们，个个被沉重负担压弯脖子，人人手脚被镣铐束缚，跪在偶像面前。

在《苏尔班》一文中，贝鲁特特立独行的音乐家苏尔班被周围人看做一个"讲究西方道德观念的人"、"是个疯子"，作者在字里行间赞许苏尔班的行为时，也借文中两个人物海里勒和优素福之间的辩论，表达了西方与东方文化之间虽然具有差异性、但却并非截然对立的观念：一方面，（东方的）社会现实与（西方社会的）自由不合拍。但"一个古老国家，倘若不吸收新兴国家的成果，必将导致道德上的灭亡，精神上的崩溃"。

虽然《暴风集》中"东方/西方"的二元对立模式已经消失，但两种东方形象仍然在不同层面上分别构成二元对立模式：其一是"我"与现实东方的对立；其二是理想东方与战争这一社会背景之间的对立。

在《暴风集》中，"我"作为现实东方的对立面出现。在《麻醉剂和解剖刀》中，"我"是个"极端分子，甚至近于疯狂"，要"连根拔除人类的风俗习惯、信仰传统"。现实东方是作者要改变的对象，因为"东方是一个病夫"，东方人"仍然生活在昔日的舞台上，他们倾心于开心解闷的消极事物，讨厌那些激励他们、使他们从酣梦中警醒的简单明了的积极原则和教海"。

在《黑夜与黎明之间》，"我"与祖国的关系也始终处于一种难以沟通的隔绝状态。当我的"思想船"空无一物、外表华美地归来，祖国的人们欢呼雀跃，却"并无一人进入船内"；而当我的思想船载满了奇珍异宝，却因它外表破旧，遭到乡亲们的唾弃！

正如上文所分析的，《暴风集》中的理想东方形象，是具有"狮子"精神的革命者形象，因此，它与社会现实之间的关系，显然也呈现出二元对立模式。这样，与早期阿拉伯语文学中"东方/西方"的二元对立模式不同，《暴风集》中呈现出两对二元对立关系："我/现实东方"和"理想东方/社会现实"。当深入研究这两对对立结构，我们会发现，这两种二元对立结构实际上构成了内在同构关系：它们都体现了"个体/社会"的二元对立模式。前者体现了作为个体的"我"与"现实东方"这一"我"所属的现实文化之间的对立关系；后者将理想东方视作个体性的存在，体现了它在社会现实中的反抗精神。

那么，《暴风集》中为什么表现出个体/社会的二元对立模式？这一模式具有什么样的深层文化内涵呢？

三　"个体/社会"模式的文化解析：兼与同时期英语文学的比较研究

事实上，在双语文学创作时期，个体/社会的二元对立模式是纪伯伦作品中贯穿始终的核心命题，这使该时期的阿拉伯语文学和英语文学具有内在统一性：一方面，出于强烈的民族主义情绪，纪伯伦极力凸显理想东方形象的反抗精神，另一方面，《暴风集》中东方形象蕴涵的二元结构，体现了个体/社会的二元对立模式，狮子般的反抗精神影射了个体与社会之间的紧张状态。因而，无论是在阿拉伯语还是英语文学创作中，狮子般的革命精神都是作品表达的中心。

个体与社会之间的关系是双语创作时期的两部英文作品《疯人》和《先行者》关注的核心问题，① 这同时也是西方现代社会关注的重要问题。丹尼尔·贝尔认为，19 世纪末期以来的现代主义精神导致了现代人"自我无限精神的狂妄自大"。② 与社会隔绝、对立的孤独者形象是现代主义文学的经典形象，现代主义艺术是"孤独的和绝望的生活的典型写照，这样的生活根

---

① 详见第三章第一、二节内容。
② ［美］丹尼尔·贝尔：《资本主义文化矛盾》，赵一凡等译，生活·读书·新知三联书店 1989 年版，第 96 页。

本找不到通往他人甚至是通往其自我意识的桥梁"。①

因此,《暴风集》中的东方书写,实际上体现了这一时期的纪伯伦对西方现代主义艺术"个体/社会"之间紧张关系的思索。在《暴风集》中,作者在理想东方形象身上所寄托的反抗精神,通过"我"、"疯人"、"掘墓人"、"巨人"、"耶稣"等具有相同意蕴的"意象群"体现出来。他们都是与社会、"他人"处于对立状态的个体形象。这一个体形象如《疯人》中的疯人:"剥去了七重面具",而这面具,是"传统"、是"世俗",是一切社会道德规范。

《暴风集》中的《被囚禁的君王》描绘了这样一个"奇怪的世间"、一个"欲望争斗的战场":灵魂在那里厮杀,但不用宝剑;灵魂在那里相咬,但不用犬齿。那是充满恐怖的森林,林中栖息着一种动物,外貌温驯,尾巴散香,头角光亮,其法律变得更残酷,其传统变得更奸诈……

《奴隶主义》中,纪伯伦将一切人间命名的社会道德规范称为"奴隶主义",并以犀利的语言将之消解:

　　我发现奴隶主义阔步于各地的祭悼队伍之中,人们尊之为神灵。人们将美酒、香水洒在奴隶主义的脚下,呼之为国王。人们在奴隶主义偶像前焚香,称之为圣哲。人们在奴隶主义面前顶礼膜拜,尊之为法规。人们为奴隶主义拼搏,誉之为爱国主义。人们向奴隶主义屈膝投降,命之为上帝的影子。人们照奴隶主义的意志,烧掉房舍,摧毁建筑,称之为友谊、平等。人们为奴隶主义辛勤奔波,称之为金钱、生

---

① [德] 霍克海默:《现代艺术和大众文化》,曹卫东编选:《霍克海默集——文明批判》,渠东、付德根等译,上海远东出版社 2004 年版,第 217 页。

意……总而言之，奴隶主义名字繁多，本义无异；表现种
种，实质一个。其实，奴隶主义是一个永恒的灾难，给人间
带来了无数意外和创伤……

在《暴风》中，作者借隐士优素福·法赫里之口颠覆了所
谓的"文明"，他认为"虚假便是文明，文明及其所包含的一切
全是虚假的"，至于"被人们称为知识和艺术的哑谜，则是金质
镣铐和锁链"，而"人们的工作是虚假的，一切意图、目标、志
向、愿望都是虚假的。世界上的一切都是虚假的"。

在颠覆虚假的社会、习俗、文明的同时，纪伯伦却在重建
"个体"的法则，狮子般的革命精神就是这种法则的形象体现。
在《暴风集》中，狮子精神无处不在，赋形于不同的人物、变
形以不同的意象：《掘墓人》中，它赋形于掘墓人，这掘墓人自
称"魔鬼的主人"，不作"上帝的奴仆"：早晨，他亵渎太阳；
中午，诅咒人类；傍晚，嘲笑自然；夜间，膜拜自己。在《夜
啊》中，它藏身于夜里的巨人，这巨人"傲岸太阳，戏弄白天；
蔑视那跪在偶像前熬夜的信徒，责怪那身卧锦缎的君主"。在
《梦幻》里，狮子精神变形以用"仿佛海涛咆哮的声音"说话的
影子："生活没有反叛，好似四季缺了春天；反叛而无真理，则
像春天降临在干旱不毛的沙漠里……生活、反叛与真理，这是不
可分离，也不能变更的三位一体。"在《节日之夜》中，它寄身
于一位四处游荡、无家可归的"疯人"，这疯人是"打倒那些将
各民族变得安分守己的势力的革命"，是"连根刨掉世代人让其
安坐的偶像的风暴"，他的到来"是为了会见大地上的刀剑，而
不是和平"。《暴风》中，狮子精神通过一位幽居山林的隐士折
射出来，这隐士"远离众人，逃避他们的法律、训诫、传统、
思想和他们的喧闹和哭号"……

第四节 纯真的孩童：英语文学创作的 超越性关怀

1921 年以后，纪伯伦转向以英语为主的后期创作，这一时期作品的一个显著特点，是早期和双语创作时期作为整体的"东方"意象的消失，我们不再能够从语言层面寻觅到"东方"的任何踪迹。这意味着什么呢？

事实上，"东方"的消失，标志着纪伯伦的文学创作进入了一个"新的开端"。如果说早期作品中的"东方"体现了初接触西方先锋艺术圈的纪伯伦，对周围西方人的"东方想象"的认同。双语创作时期的纪伯伦则以作品中狮子般的现代东方形象，体现了他对制度化的社会神圣体系的颠覆。虽然这一时期的纪伯伦也对社会神圣体系消解后，个体凌驾于社会道德体系之上的价值真空状态进行了反思，但总体而言，纪伯伦的主流态度是消解性、而非建构性的。但后期英语文学作品中的纪伯伦却持"建构性"的态度。无论是主题还是形式，这一时期的创作都如同一个初诞的孩童，意味着新的价值判断——"东方"的消失标志着纪伯伦文学创作的主题发生了转变——由早期的"东方书写"转向成熟期的"生命书写"。与这一主题相适应，纪伯伦有意识地采用了"圣经文体"（the Bible style），这同时也标志着纪伯伦在后期英语文学创作中实现了他成熟稳定的主题关怀和风格特征。

在创作过程中，纪伯伦曾与玛丽探讨自己英语写作的形式与内容问题："我不是一个思想者，而是一个形式的创造者……存在着一种绝对的语言（absolute language），就像有绝对的形式（absolute form）……我总是在语言中寻求绝对（the absolute in language），我会找到它的。"①

这段话进一步验证了纪伯伦后期英文创作中主题和文体的转变：他希望在写作的形式中寻求"绝对"——不再局限于某种特定文化，而是具有超越性的"绝对"。这种超越性关怀使纪伯伦英语文学创作的主题发生了转变：从探讨限于特定文化的"东方书写"转向具有超越意义的"生命书写"。

在双语文学创作时期，纪伯伦已经意识到：西方的境遇也会是东方的境遇，东西方之间并无本质差异。在《暴风集》的《暴风》一篇，他写道：

> 这个民族与所有的民族并没有什么不同。人的本性是一样的，他们相互不同的只有那微不足道的外形和仪表。东方民族的苦难正是世界的苦难。被认为是上升的西方的东西，只是一种空虚自负的魔影……西方人并不比东方人高贵，东方人也不比西方人低贱……我细心观察过，发现种种社会现象背后有一种原始的、公正的法规，它将灾难、盲从、愚昧平均分配给各个民族，决不厚此薄彼。

在该时期收入《疯人》的《夜与疯人》（*Night and the Madman*）一文中，有"夜"与"疯人"的这样一段对话：

> "噢！夜啊！我就像你，狂野而可怕，因为我的耳畔激荡着被征服民族的哭喊和被遗忘了的土地的叹息。"
>
> "噢！不！疯人，你不像我！因为你仍将你的小我（little-

_____

① Gibran, Jean and Gibran, Kahlil, *Kahlil Gibran*, *His Life and World*, NewYork: interlink Books, 1998, p. 313.

self）视为同伴，却不能与你的大我（monster-self）为友。"

此处，疯人因为"耳畔激荡着被征服民族的哭喊和被遗忘了的土地的叹息"，被"夜"称为将"小我"视为同伴、却不能与"大我"为友。

在纪伯伦的文学作品中，"小我"和"大我"是一对经常出现的概念。纪伯伦文学作品中的"大我"，并非一个恒定的具体形象，它体现了自我的动态发展过程，标示了自我尚未实现的更高境界。因此，在创作的不同时期，纪伯伦文学作品中的"大我"包含了各自不同的内涵。

在《先行者》的首篇《先行者》中，"大我"是 Giant-self，在《大自我》中是 Greater self。这一时期的"大我"，与《疯人》和《先行者》中对个体与社会神圣体系的思索一致，是一个去除身份、名利、地位、伦理规范等虚假的社会神圣体系的"个体的人"。在《人子耶稣》的《西庇太之子约翰：论耶稣的不同称呼》一文中，"大我"（Greater self）一词富有强烈的宗教意味，指超越人类肉身的灵性。在《夜与疯人》中，"大我"是可怖的（monster-self），体现了这一时期纪伯伦的矛盾心态，显露出作者开始超越狭隘的民族情绪、希望融构母体文化和西方文化的自觉意识。在 1920 年 4 月 21 日玛丽的日记中，我们可以看到纪伯伦的这样一段话：

> 国家缺少几百个医治灵魂的医生，他们不应坚持于民族主义或国家主义理论。而应成为另一高度的人，应是世界和宇宙意识占上风的人，以便能使人们的目光转向一个新的方向。[1]

---

[1]　伊宏主编：《纪伯伦全集》下，甘肃人民出版社 1995 年版，第 215 页。

　　这里，我们可以看到纪伯伦对自己早期民族主义思想的超越。显然，纪伯伦在文学创作中寻找的"绝对"，是从超越东西方文化、对人类存在具有普适性这一点来说的。

　　在纪伯伦的英语文学作品中，"生命书写"是贯穿始终的主线。双语创作时期的两部英文作品《疯人》和《先行者》对个体生命与社会神圣体系的关系问题进行了寓言式的解答：通过揭示逾越社会道德体系的个体形象和超越理性界定的生命存在状态，纪伯伦在《疯人》中颠覆了制度化的社会神圣体系；《先行者》则对凌驾于社会神圣体系之上的个体自由进行了反思：社会神圣体系赋予人的存在以秩序感和意义，是人赖以存在的生命之源。无视社会规范的现代自由，只能陷入自大和狂妄。1922年出版的《先知》标志着纪伯伦文学创作成熟期的开始，这部作品是纪伯伦精心建构的一部"圣化文本"，从主题到形式都体现了纪伯伦文学创作成熟期的典型特征：对个体生命神圣性的关注和"圣经文体"的采用。随后出版的《人子耶稣》和《大地之神》以不同形式重述了关于"生命神圣性"的主题关怀：《人子耶稣》以多角度叙事的方式，向我们展现了一个"爱与美"的耶稣形象，这一形象是生命神圣性的集中体现。长篇对话体诗《大地之神》通过三位大地之神关于生命问题的对话，层层深入地揭示了"神圣"体验对人生命存在的建构意义，同时明确将生命的神圣性架构在"爱与美"上。

　　从创作文体上来讲，纪伯伦有意识地采纳了圣经文体的形式，这从创作形式上呼应了生命"神圣"主题。那么，什么是圣经文体？它在纪伯伦的文学创作中有什么样的具体表现呢？

一　"圣经文体"与纪伯伦的文学创作

20世纪中期以来，西方学者开始从神话、意识形态、女性批评等多元文化视角，对《圣经》这部宗教经典的叙事艺术、意象体系等方面进行文学性的系统研究和阐释。[①] 最近十多年来，中国学界也开始了对《圣经》的文学性阐释和研究。值得一提的是河南大学的《圣经》文学研究所，近几年在圣经文学研究领域作出了一定成绩。例如，《圣经叙事研究》是国内系统研究《圣经》叙事的第一部著作，[②]《圣经叙事艺术探索》运用当代叙事学理论，对《圣经》中一批脍炙人口的叙事作品进行较深入的探索。[③] 而《西方圣经批评引论》则对西方圣经批评和文学批评、西方文学理论与圣经研究的关系进行了全面梳理，具有相当高的史料价值。[④] 圣经文体，就是以文学研究的视野介入《圣经》，从文学文体的语言、体裁、结构、风格等形式层面来把握《圣经》。[⑤] 纪伯伦对圣经文体的采纳，主要表现在体裁、结构形式、叙述风格和神秘主义特征四个方面。

---

① 刘意青：《圣经的文学阐释——理论与实践》，北京大学出版社2004年版，第1页，第81—89页。

② 梁工：《圣经叙事艺术研究》，商务印书馆2005年版。

③ 程小娟：《圣经叙事艺术探索》，宗教文化出版社2009年版。

④ 梁工主编：《西方圣经批评引论》，商务印书馆2005年版。

⑤ 值得一提的是，本书的"文体"和"形式"这两个词语，也并不完全排除"内容"的层面，因为在严格意义上，形式和内容是不能截然分开的。例如，现代叙述家托多罗夫在《文学与意义》一书中写道："意义在被发现和被表达出来之前是不存在的，如果表达方式不同，两句话不可能有同样的意义。"实际上，本文的文体讨论中，关于智慧文学、叙述风格、神秘主义特征，都在各自独特的形式特征中隐含着相应的内容层面的意味。（参见申丹：《叙述学与小说文体学研究》，北京大学出版社1998年版，第26页）。

下面，本节逐一进行分析①：

（一）采纳了智慧文学和先知书中的体裁形式

智慧文学和先知书是《圣经》的重要文学类型，而智慧文学中的寓言和比喻，谚语和格言等文学体裁，也是纪伯伦英语文学作品中的重要体裁形式。同时，纪伯伦的文学作品还表现出先知书的"天启体"形式。

智慧文学（Wisdom Literature, exemplum）作为一种文学类型，并非《圣经》的专利，世界各民族都有智慧文学。从文本内部功能（Intratextual functions）上讲，它充当抽象的、道德的、哲理的或教义训诫的形象例证（example or illustration）。从文本外部功能（Extratextual Functions）来讲，它包括了训诫、幽默和讽刺功能。② 从涵盖的类别上来讲，智慧文学主要包括了以下几种形式：寓言③和比喻（the Parable）、谚语或格言（the Prover-

---

① 杨慧林先生在《西方圣经批评引论》中的短序很有启发性。他写道，基督教"释经"包含着一个特别值得注意的事实，即：基督教是关于耶稣基督的信仰，但是其经典从来不是用耶稣的母语写成。因此基督教的信仰和《圣经》本身，使"经"先天地带有一种"释"的味道。其中的"可翻译性"正是圣经与其他宗教经典的最大不同。（梁工主编：《西方圣经批评引论》，商务印书馆 2005 年版）因而，《圣经》的"可翻译性"使《圣经》在各种不同文化中的译文具有相对独立的价值，这也为本文通过现代英美两国教会使用的英语圣经版本来界定英语"圣经文体"、并在此基础上研究纪伯伦的文学创作提供了理论依据。完整的英语圣经有多个版本，从 14 世纪的威克利夫（Wycliffe）译本开始，涵盖了众多英语译本及现代版本。众多现代版本《圣经》在体裁、结构、叙述风格等方面具有一定的共通性和内在一致性。因此，本文将使用目前新教教会通用的《新标准修订版圣经》（New Revised Standard Version, 1989）进行解读，NRSV 是 1989 年在英美两国教会的通用版本《标准修订版圣经》（RSV）基础上修订而成的。

② Kaufmann, Wanda Ostrowska, *The Anthropology of Wisdom literature*, Connecticut London: Bergin& Garvey, 1996, pp. 119 – 123.

③ 在 *The Anthropology of Wisdom Literature*（Connecticut London: Bergin& Garvey, 1996）一书中，作者从内容形式等方面详细区分了 fable、apologue、moral tale 的差别，本文将三者统称为寓言，指以动物或人为主人公，所虚构出的具有讽刺、劝诫等功能的智慧文学。而另外三种智慧文学形式谚语、轶事、比喻与之相对应，具有非虚构性（Nonfictional），来自日常生活。

bial Exemplum）。

智慧文学是圣经的主要文学形式之一。《旧约》和《新约》中都有寓言和比喻，例如在《旧约》中，拿丹指责大卫夺人之妻时讲的羊的故事（撒母尔下 12：1—15）；约坦讲的树木选国王的故事（士师记 9：7—15）。寓言和比喻在《新约》中非常普遍，马太福音中耶稣引用先知的预言，来告诉门徒自己用比喻讲道的缘由：

> 我要开口用比喻，
>
> 把创世以来所隐藏的事发明（proclaim）出来。（马太 13：34）

并接连用"芥菜种"、"面酵"、"田间种子"、"藏宝"、"寻珠"和"撒网"来比喻天国。而《箴言》（Proverbs）全部由智言（Sayings of the wise）、格言形式的短句或短诗汇编而成。

在纪伯伦的阿拉伯语文学作品中，并没有出现特点鲜明的智慧文学。早期阿拉伯语作品的体裁以叙事作品为主，《音乐短章》、《泪与笑》和《暴风集》虽由诸多短文组成，但其中各短篇的文体相当散乱，有短篇散文、小故事、抒情散文等，大多针砭时弊，很少抽象出哲理内涵。例如，早期阿拉伯语文学中西方/东方、富/贫等强弱对比的二元对立模式以及《暴风集》中鲜明的战争背景。但从第一部英语文学作品《疯人》开始，纪伯伦开始采用智慧文学的形式进行创作。在《疯人》、《先行者》和《流浪者》这三部英文作品中，寓言占了绝大多数：35 篇《疯人》中有 33 篇寓言或比喻，25 篇《先行者》中有 22 篇寓言或比喻，而在 52 篇《流浪者》中，除首尾两篇外，其余 50 篇均采用了寓言或比喻的形式。这些寓言和比喻以动植物、人或神为主人公，以幽默或讽刺的轻松方式表达深刻的哲理。1926 年出版的《沙与沫》，充满了思想的"沙粒"和灵魂的"泡沫"，全文由片段式的语句组成，其中不乏引人深思的格言和谚语，例如，"思想对于诗往往是一块绊脚石"，"最可怜的人是把他的梦想变成金银的人"，"自然界的竞争不过是混乱渴望着秩序"，等等。

另外，《先知》暗含着《圣经》"先知书"的重要体裁形式"天启体"。"天启体"是"先知书"所采用的典型的体裁形式。由于先知的身份是代神预言、传达神谕，因而先知书要首先表明这些言论来自"神"。所以先知书的共同特点，是在卷首开门见山地宣称自己是在直接记述上帝从天上传来的启示，或以得神"默示"开头，或直言神的话"临到"某先知（the word of the Lord came to …），或写明某先知"得异象（vision）"、"得到神谕（oracle）"等等。

《先知》暗含着先知书的"天启体"这一形式。作为先知预言者的阿尔穆斯塔法（Almustafa）在离开阿法利斯城时，城中的女预言者爱尔美差（Almitra）代表民众，请求他向人们宣讲生命的秘密：

> 请向我们揭示我们的自我，并告诉我们显现在你面前的关于生与死的一切。
>
> Now therefore disclose us to ourselves and tell us all that has been shown you of that which is between birth and death.

"向你显示的"（that has been shown you）表明，下文中阿尔穆斯塔法所讲的生命的秘密，是在代神宣讲、传达神谕。在《先知》26 个论题的主体部分，"阿法利斯的民众啊"、"你们"

这样的称谓，也表明了阿尔穆斯塔法是作为一位中介者，在自上而下地传达神谕。在文章的结尾，当爱尔美差代表民众对阿尔穆斯塔法表达感激之情，阿尔穆斯塔法的回答再次表明了他代神预言的先知身份：

　　　　说话的人是我吗？我不也是一个倾听者吗？

（二）模仿福音书的结构形式

　　纪伯伦在文学创作中模仿了福音书（Gospel）的结构形式。总体而言，《新约》中的四大福音书是一种综合性传记文学，基本构成单位是流行于初期教会中的有关耶稣的片段传说，这些传说可分为耶稣的事迹和耶稣的言论两大类。[①] 在纪伯伦的英语文学作品中，从内容到形式都可以看到模仿福音书的痕迹。

　　从内容上说，1928 年出版的《人子耶稣：由认识他的人讲述和记录的他的言与行》（*Jesus the son of man：His words and his deeds as told and recorded by those who knew him*）是一部记述耶稣言与行的书，它从耶稣的家人、门徒、信众、敌人以及见过耶稣、听过耶稣言论的普通人、祭司等形形色色人物的视角出发，对耶稣从幼年到青年的成长经历、耶稣传道中的言论与行为，作了多角度的描述。该作出版以后，曾有评论者称这是一次"独特而大胆的实验"，仿佛是"耶稣的同代人"在写"另一部不同的福音书"。[②]

　　从形式上说，《先知》在整体结构上模仿了四卷福音书中

---

① 梁工：《基督教文学》，宗教文化出版社 2001 年版，第 24—27 页。

② Bushrui, Suheil and Jenkins, Joe, *Kahlil Gibran*, *Man and Poet*, Boston：Oneworld Publications, 1998, p. 268.

《马太福音》的"登山训众"（Beatitudes，5－7）。两部作品的近似首先表现在人物的对应关系上。在"登山训众"中，一共出现了三组人物：耶稣、信众和耶稣的门徒。耶稣向大众传道，并且医好了众人的疾病，于是有很多人跟随着他。"登山训众"的第一节写道：

> 耶稣看见这许多人（crowds），就上了山，既已坐下，门徒到他跟前来。他就开口教训他们，说……

在《先知》中，也出现了相对应的三组人物：先知阿尔穆斯塔法、城中的百姓和女预言者爱尔美差。女预言者爱尔美差是在先知"第一天进城的时候，就最早寻求和信任他的人"，当阿尔穆斯塔法离开阿法利斯城时，爱尔美差代表民众，请求他向人们宣讲生命的秘密。而城中的百姓如同信众追随耶稣一样，信赖阿尔穆斯塔法并且跟随着他，首篇《船的到来》（*The Coming of the Ship*）中两处写道：

> 当他行走时，他看见远处有许多男女（men and women）离开田园，急速向城门赶来。

第二处是：

> 他进城的时候，所有人（all the people）都来迎接，并齐声向他呼唤。

由此我们可以看出，先知阿尔穆斯塔法和耶稣、请求讲道的女预言者爱尔美差和耶稣的门徒、城中的百姓和信众分别构成了对应关系，与"登山训众"相近的人物关系，使《先知》产生了如福音书般的神圣感和权威感。

《先知》与"登山训众"的近似还表现在二者的整体谋篇布局上。《马太福音》中的"登山训众"一共可以分为 25 个部分，第一部分交代缘起，中间分为 23 个论题，分别记述耶稣训诫的内容。例如，"论福"（Blessed）、"论律法和先知"（The Law and the Prophets）、论离婚（Concerning Divorce）等等，最后一部分"听者与行者"（Hearers and Doers）写耶稣训诫在民众中引起的反响。而《先知》则共由 28 篇文章组成，首尾两篇《船的到来》和《告别》（The Farewell）写先知言论的缘起和效果，中间 26 篇短文，每篇围绕一个论题进行阐发，例如，"爱"（Love）、"婚姻"（Marriage）、"工作"（Work）等等。

（三）简约、含蓄的叙述风格

在叙述风格方面，纪伯伦的英语文学作品具有《圣经》叙事的简约、含蓄特点。赫尔巴赫是西方首位对《圣经》的文学性进行系统研究的学者。他通过对比《荷马史诗》和《旧约》在文体上的巨大差异，探讨了《圣经》的叙述风格及其形成的内在原因。他认为，《圣经》采取了简约、含蓄的叙述方式。譬如亚伯拉罕听到上帝的呼唤，他赶忙答应"我在这里"，却省略了亚伯拉罕的姿态和心理活动，以及对背景和环境的描述。通过这种简约的叙述方式，承载了道德和宗教内涵，突出了亚伯拉罕对上帝一呼即应的绝对忠贞和服从。另一方面，《圣经》的叙述看上去干巴、简短，甚至常常没有对人物和景物的描绘，很难看到形容、修饰成分。这是由于《圣经》作为基督教宗教经文，它的首要目的是使读者相信所讲的一切都是真实不虚的，也就是所谓的"真理认同"（the truth claim）。它的叙述并不浅显明白，而需要读者去阐释、解读、挖掘其中无尽的内涵。《圣经》叙述的简约、含蓄给读者提供了多种理解的可能，使读者能从貌似简单的故事中感受到丰富内涵。①

纪伯伦英语文学作品中的叙述风格同样是简约、含蓄的，玛丽曾这样界定这种风格：一种通用英语（universal English）——简单的结构，"纯线式"英语（the simple structer，"pure line" English）。② 的确，简约、含蓄的叙述风格非常鲜明地表现在纪伯伦的英语文学创作中。作为纪伯伦英语文学作品的重要文学类型之一，智慧文学的本质特点，实际上是以简约、具象的方式表达深刻的哲理或道德内涵，其叙述风格显然是简约、含蓄的。而在另一部英文著作《人子耶稣》中，简约、含蓄的叙述风格也表现得非常明显。下面试举一例：

在《被称作彼得的西门：当他和他的兄弟被召唤的时候》（*Simon Who Was Called Peter When He and His Brother were Called*）一文中，没有长篇大论彼得为什么会受到耶稣的召唤、出于什么样的理由跟随他。却频繁使用让人感觉突兀、毫无过渡的副词或连词，仿佛彼得自见到耶稣的一刹那，就受到某种神秘力量的驱使而跟随着他。当彼得见到耶稣时，用了"突然"（suddenly）一词，而耶稣未加询问就直接称呼他们的名字。此时彼得看着耶稣的脸，"网从手中滑落"，因为"一股火焰在体内点燃"。当耶稣召唤彼得和他的兄弟时，他们的反应不加犹豫，非常直接：

> 于是（And）耶稣回答说："跟随我到更大的海的岸边去吧，我将让你们成为人类的捕鱼者。你们的网将决不会再

---

① 刘意青：《圣经的文学阐释——理论与实践》，北京大学出版社 2004 年版，第 81—89 页，这是该书作者对《圣经》研究专家赫尔巴赫观点的转述。

② Gibran, Jean and Gibran, Kahlil, *Kahlil Gibran*, *His Life and World*, New York: interlink Books, 1998, p. 313.

是空的了。"

　　于是（And）我们抛弃了我们的船和我们的网随他（Him）走了。

　　这里，通过彼得在初次见到耶稣时毫不犹豫的跟随，表明了他们对耶稣召唤的绝对顺从，也凸显了笼罩在耶稣身上的"神性"光芒。

（四）神秘主义特征

　　何谓神秘主义？在通常意义上，神秘主义指人从有意愿的附着物处摆脱出来，"有意愿的附着物"可以是现象世界中的杂多事物、自我、贪欲、操心等等，当人摆脱了这些"想摆脱之物"，他要么能直接体验到神或者最终的实在，要么在对神或最终实在的观审、沉思并与之在智慧中合而为一。① 也就是说，神秘主义消融了人与神、现象世界与彼岸世界之间的界限，表现在文学文本层面，神秘主义既指作品内容中表现出的人神合一思想，也指作品为了传达神秘主义思想表现出的独特的风格特征。

　　《圣经》中的神秘主义主要表现为人与神的直接沟通。在神

---

　　① 在《自我中心性与神秘主义——一项人类学研究》一书中，恩斯特·图根德哈特对神秘主义的研究较为精深，与通常的神秘主义界定相比，他有两个突出贡献：其一，在通常界定的神人关系中，他指出这种神人关系可以分为两种，一种类似于西方的宗教神秘主义，人直接体验到神或者最终的实在；一种对应于印度和远东的神秘主义形式，指对神或最终实在的观审、沉思或与之在智慧中合而为一。其二，他认为通常的界定从第三人称出发，没有涵盖全部的神秘主义，比如佛的沉思和道教神秘主义。而涵盖了一切神秘主义形式的界定，应从第一人称出发，指从有意愿的附着物处摆脱出来。在笔者看来，这两种界定方式只是出发点不同，实际上仍是相通的，佛的沉思和道教神秘主义，最终也实现了人与实在的合一。（［德］恩斯特·图根德哈特：《自我中心性与神秘主义——一项人类学研究》，郑辟瑞译，上海译文出版社 2007 年版，第 102—103 页。）

秘主义特征最为明显的"先知书"和"启示录"中，常以神奇的超感性的神迹、类似于梦境和幻觉的异象，来象征和暗示先知或文士们所体验和预言的彼岸世界。通过异象或神迹，作为普通人的先知感受到了与神的直接沟通。例如"先知书"中，先知以赛亚预言，当耶和华来临并除灭罪人时，会出现大自然的异象："天上的众星群宿都不发光，日头一出，就变黑暗，月亮也不放光"，而耶和华的愤怒，必使"天震动，使地摇撼，离其本位"（赛13：9—13）。在"启示录"中，以"7角7眼"的羔羊象征神的7灵，每揭开一印，都伴随着一系列富有象征性的异象。

纪伯伦文学创作中的核心理念"爱、美与生命"集中彰显了作品的神秘主义特征。它们既是赋有神性的，又是具体感性的存在。而宇宙万物的生命存在不仅充盈着感性生命的流动，而且闪烁着灵性的光芒。《大地之神》中欢舞的姑娘"如跳动的波浪"和"胴体的外衣"、歌唱的青年"燃烧的咽喉"，既以具象化的描述隐喻着具体感性的生命存在，又通过这一对男女爱的激情和美的跃动，彰显了"爱、美与生命"的神圣，因为这闪耀着万物和谐之美的爱，是"灵魂"的相遇（24），交织缠绕在一起的"爱、美和生命"寓于灵魂的"居所"（27），平凡感性的生命存在被赋予灵性的光芒。我们在自然万物的感性存在中体验到生命的激情和"爱、美与生命"的神性：鲜花和火焰（17）、猩红和银白的网、放纵的星（20）、月光、草原和大海（24）、火焰映照火焰（27）。

《先知》是神秘主义特点表现得最为鲜明的一部作品。阿尔穆斯塔法的先知身份表明他是在代神宣讲、传达神谕。这首先就给这部作品披上了一层神秘主义的外衣：通过先知阿尔穆斯塔法，《先知》向人们传达的思想来自那个常人不可见的神圣世界。

从创作手法上来讲，纪伯伦文学作品的神秘主义思想主要通过象征主义的"应和"（Correspondances）手法传达出来。在法国象征主义代表人物波德莱尔看来，世界具有整体性和相似性，自然界的万物之间、自然与人之间、人与人之间、人的各种感官之间、各种艺术形式之间有着隐秘的、内在的、应和的关系。彼此联系成一个统一体的宇宙万物互为象征，组成了一座象征的森林，并向人发出模糊的、不可解的信息。① 事实上，"应和"论的关键所在，是通过这个富有隐秘信息的"象征的森林"，来向人们传达一个向神的世界敞开的宇宙，人和自然万物由此构成了一个在神意笼罩下的只能体悟、不可言传的超验世界。同样，以彼此"应和"的自然宇宙万物来象征不可见的神的世界，是纪伯伦文学创作的鲜明特点，由此也使他的作品表现出强烈的神秘主义特征。

在《先知》这部神秘主义色彩最为浓厚的作品中，自然万物的一切——动物、植物、人和人的不同感官之间互相交感应和，犹如一个"象征的森林"，传达出一个人和宇宙万物相互应和的神性的世界。先知阿尔穆斯塔法被称为他那个时代的"曙光"（a dawn onto his own day），而"长着翅膀的心灵"（a winged heart），"白翼的死亡"（white wings of death），"灵魂的沙岸"（The shores of your souls），"生命之手"（the hand of life），"生命的肉体"（the body of life），"长着翅膀的自我"（winged self）这样的词语俯首皆是。它们将可以感受体验到的自然万象（曙光、翅膀、白翼、沙岸、手、肉体）与抽象的、不可感的人类生命存在（先知、心灵、死亡、灵魂、生命、自我）直接联结

———————

① ［法］夏尔·波德莱尔：《恶之花》，郭宏安译，广西师范大学出版社2002年版，第99—101页。

成词语，营造了神秘主义的艺术效果，引人遐想。而纪伯伦在描述抽象的理念或思想时，常与自然万物交互类比，无限与有限、超验与具象浑融一体。例如，关于人如何认识上帝，《先知》中的《宗教》（*Religion*）一文这样写道：

> 假如你要认识上帝，就不要作一个解谜的人。
> 不如举目四望，你就会看到他与你的孩子们嬉戏。
> 观望太空，你就会看到他在云中漫步，在光中伸臂，在雨中降临。
> 你会看到他在花中微笑，在树中挥动着手。

这里，认识上帝不是"解谜"般的推理论证，而仅仅是一种融于孩子的嬉戏、云、光、雨、花、树中的心灵体验，神、人与自然水乳交融，构成一个整体。同样，《先知》中以蜜蜂的给予和花儿的接受来喻指发自天然的欢愉（《论愉悦》），以树根的吸取和果实的奉献来类比循乎天性的善恶（《论善恶》）。这样，宇宙万物与人之间构成了一个相互应和的"象征的森林"，超验性和具体性、神的世界和人的世界、自然的世界巧妙地融为一体，给读者强烈的神秘主义体验。

二　"英语写的叙利亚文学"：文化间性视野中的"圣经文体"

文学文体作为文学作品的语言存在体，大致可以被区分为三个层次：作为一种不同于其他文体的语言模式、作为作品的体裁和作家的风格以及作为一种文化存在方式。也就是说，文学文体不仅表现在单纯的语言学意义上，而且更体现在文化、哲学的意义上，作为一种特殊语言存在体的文学文体，以其对生存的独特把握而独立地成为一种文化存在方式。① 因此，对文学文体的选择，既表现了极富作家个性化主观因素的作品风格，同时也体现了作家所处时代的文化整体的制约。纪伯伦在英语文学创作中有意识地采用了"圣经文体"的形式，使其作品在体裁形式、叙述语言和整体风格上都与圣经文学表现出相近之处，这不仅与其作品的"生命神圣"主题相适应，表现了纪伯伦的超越性关怀，而且也体现了纪伯伦面对 20 世纪初期东西方文化的碰撞，在创作中融构两种文化的尝试。

纪伯伦曾向玛丽这样谈起他采用"圣经文体"的原因："《圣经》是用英语写的叙利亚文学，它是一种联姻的结晶，没有任何一种语言能与英语《圣经》相匹敌。"②

"用英语写的叙利亚文学"表现了纪伯伦在英语文学创作中融构东西方文化的自觉意识。在文化层面，"圣经文体"体现了西方文化与阿拉伯—伊斯兰文化所具有的天然的血脉联系。《圣经》不仅被西方文化奉为文化元典，同时也与"东方"有着天然的相融性。《圣经》中讲述的地方包括了今天的叙利亚、黎巴嫩和巴勒斯坦地区，《圣经》中的大多数文学形式在当时的中近东地区都很常见，我们从"圣经文体"中可以发现圣经文学与阿拉伯—伊斯兰文学的内在相通之处。

圣经文体中的智慧文学是阿拉伯—伊斯兰文学所擅长的传统文学样式。阿拉伯—伊斯兰文学传统的一个重要特点，是善于运用精练的格言和譬喻，也善于运用浅显易懂的小故事来说明道理。

---

① 张毅：《文学文体学概说》，中国人民大学出版社 1993 年版，第 1、20、43 页。

② Gibran, Jean and Gibran, Kahlil, *Kahlil Gibran, His Life and World*, New York: interlink Books, 1998, p. 313.

比喻是《古兰经》中常见的艺术手法。经文说"真主的确不嫌以蚊子或更小的事物设任何譬喻","他以譬喻使许多人入迷途,也以譬喻使许多人上正路"(黄牛 26)。① 在中世纪波斯文化名著《卡布斯教诲录》中,格言和譬喻随处可见,仅短短的"绪言"部分就出现一处格言和四处譬喻。在表明自己要尽父辈之责传授教诲时,作者以流传在民间的格言来说明:

> 正如人们常言所说的:"作为演说家,就要滔滔不绝,口若悬河。即使听众表情冷漠,自己的情绪也不能低落。"②

其余的比喻还有四处:"君子之品德美如雄狮,小人之恶习丑似野犬"、"谁若想真心敬拜并顺从至尊的主,就必须像柴火一样"、"决不能像水那样"。③ 而作品以分章形式论述信仰、伦理、个人生活时,常穿插小故事来进行解释,全书 44 章,有 23 章穿插了小故事,其中有的章节甚至用两三个小故事说明道理。

与《卡布斯教诲录》并称波斯"书中之母"的中世纪文化名著《四类英才》,除了不时以比喻说明事实、讲清道理以外,在具体论述文翰之士、诗人、天文学家和医生四类英才时,均以诸多文人学者的生平轶事等小故事来表明这四类人应具备的才能和修养。④ 而苏非文学的标志性特点,即是充满暗示性的隐喻和

---

① 《古兰经》,马坚译,中国社会科学出版社 1996 年版,第 3 页。

② [波斯] 昂苏尔·玛阿里:《卡布斯教诲录》,张晖译,商务印书馆 2003 年版,第 2 页。

③ 同上书,第 3 页。

④ [伊朗] 内扎米·阿鲁兹依·撒马尔罕迪:《四类英才》,张鸿年译,商务印书馆 2005 年版。

象征。总之，善于运用譬喻、格言、小故事等智慧文学的形式，是包括苏非文学在内的阿拉伯—伊斯兰文学的鲜明特征。艾哈迈德·爱敏敏锐地意识到了阿拉伯文学的这一特点：

> 所以阿拉伯的文学，充满了玲珑简短的格言，深刻隽永的譬喻。阿拉伯的文学家，对于这方面，其艺术水平之高，不能言喻……每一个句子，都包含着许多意思，好像许多意义含蓄在一颗米粒之中；又如分散的蒸气，凝结成为一滴水珠。①

而《圣经》的含蓄、简约风格与阿拉伯—伊斯兰文化的审美取向有内在相通之处。阿拉伯—伊斯兰文化崇尚简明、质朴、单纯之美，这种审美观念来自久远的蒙昧时期。早在蒙昧时期，阿拉伯民族的生活环境和生活方式决定了其独特的审美观。他们生活在草原和沙漠之中，单调、简单、质朴，既是他们生活的基本特征，又是他们思想观念的根本特点。沙漠中单一的色调和简单的形式，使蒙昧时期的阿拉伯人崇尚自然而然的事物本相，喜爱天然质朴的原色美，喜欢率直地表达真诚的情感和思想。沙漠的自然环境直接影响了阿拉伯文学简单、质朴的艺术风格和审美取向：

> 沙漠里有一种自然的音乐——单调而凄愁、雄壮而威严的音乐。沙漠里的人，常听这种单调不变的声音，凄凉悲惨的情调，心里面便常常蕴蓄着无限凄婉的情绪；无怪乎诗人

---

① ［埃及］艾哈迈德·爱敏：《阿拉伯—伊斯兰文化史》第一册，纳忠译，商务印书馆1982年版，第47页。

们发出来的言语，自然成为单调不变的诗歌。因为在沙漠中，他们内心所感触的只是一种声音，因而就吟咏出一种声调单一的诗歌。①

蒙昧时期简单、质朴的审美取向也深刻影响了伊斯兰教产生以后的阿拉伯—伊斯兰文化。《古兰经》中一再提到，真主将世上一切佳衣美食赐予人们，但真主不喜爱"过分者"。这种审美取向直接影响了阿拉伯—伊斯兰文学，使其语言的特点是"简明扼要"，在文学上，表现为"语言简练"。②

从风格上来讲，神秘主义不仅是圣经文学的显著特点，也是阿拉伯—伊斯兰文化中的重要神秘主义思想"苏非"的典型特征。苏非产生于公元 8 世纪，通过"潜心拜主，寂灭于主，弃绝尘世，禁欲苦行，舍弃一切世人趋之若鹜的享乐、金钱和名望，隐居独修拜主"的方式，来达到人主合一的境界。伴随着苏非思想产生的苏非文学，从苏非思想产生起，延续在阿拉伯—伊斯兰文化的各个时代，是阿拉伯—伊斯兰文学的重要组成部分。苏非文学的神秘主义特点非常明显，它常运用含混的语言和极富象征意味的想象，以感悟的方式表达高度的精神性和深刻的心理内涵，从而追求"寂灭于主"的至高境界。③

由上可知，智慧文学的体裁形式、简约含蓄的叙述风格和神秘主义特征，不仅是作为西方文化经典的《圣经》的典型的文

---

① ［埃及］艾哈迈德·爱敏：《阿拉伯—伊斯兰文化史》第一册，纳忠译，商务印书馆 1982 年版，第 48—49 页。

② ［黎巴嫩］汉纳·法胡里：《阿拉伯文学史》，郅傅浩译，人民文学出版社 1990 年版，第 32 页。

③ ［埃及］艾哈迈德·爱敏：《阿拉伯—伊斯兰文化史》，第八册，史希同等译，商务印书馆 2007 年版，第 165—167 页。

体特征，也与阿拉伯—伊斯兰文学有相通之处，因而纪伯伦称
《圣经》是"用英语写的叙利亚文学"。而从接受反应的角度看，
正是"圣经文体"所表现出的"东方特质"促进了纪伯伦英文
作品在美国的接受，并使纪伯伦英文作品在美国的读者群经历了
由先锋文学圈到大众读者的转变，这一转变典型地反映了现代主
义艺术中作者与读者之间的关系。从而也从另一个维度表明了纪
伯伦文学创作与美国先锋文学圈的内在联系。

三　"圣经文体"与纪伯伦英语文学作品在美国的接受

纪伯伦最早的两部英文作品《疯人》和《先行者》一出版，
就得到美国先锋文学界的广泛瞩目和好评。究其原因，主要是由
于作品中"圣经文体"所表现出的所谓"东方特质"与当时美
国先锋派文学的审美取向一致。

第一，由短小的谚语、寓言和比喻等智慧文学的体裁形式构
成的圣经文体，在整体结构上呈现出的"碎片化"特征，与西
方现代主义艺术的审美诉求相一致。丹尼尔·贝尔曾这样描述现
代主义美学的"碎片化"特征：

> 由于批判了历史连续性而又相信未来即在现在，人们
> 丧失了传统的整体感和完整感。碎片或部分代替了整体。
> 人们发现新的美学存在于残损的躯干、断离的手臂、原始
> 人的微笑和被方框切割的形象之中，而不在界线明确的整
> 体中。①

---

① ［美］丹尼尔·贝尔：《资本主义文化矛盾》，赵一凡等译，生活·读书·新
知三联书店1989年版，第95页。

　　第二，"圣经文体"含蓄简约的叙事风格与美国新诗运动的审美取向相吻合。新诗运动作为美国现代诗歌的起点，开始于1912年，退潮于20年代中期以后新批评派的形成，① 而《疯人》和《先行者》均创作或出版于这一时期。新诗运动的口号是反浪漫主义，确切地说，是反对英国19世纪的维多利亚浪漫主义、20世纪初美国诗人所效仿的维多利亚末流以及英国"乔治时代诗人"的浪漫主义余风，其特点是"夸饰型"的、"有一分讲成十分，作感伤性的发泄"，用庞德的话说，是"滥情主义"、"装腔作势"的。因此，美国新诗运动借鉴了中国诗"有十分只讲一分"、"隐而不露"的"克制陈述"（understatement），追求含蓄简约的风格。② 即庞德所说"不用冗词，不用不能揭示任何东西的形容词"。③这与纪伯伦在英语文学创作的风格探索中形成的简约、含蓄、朴素的叙述风格具有内在相通之处。

　　第三，"圣经文体"所表现出的神秘主义特征与19世纪下半叶在美国兴起的唯灵主义氛围相符合。一直隐在于西方文化、作为理性主义传统陪衬者存在的神秘主义思想，在浪漫主义以后的文化氛围中得到了强而有力的复兴，④ 自19世纪80年代，神秘主义的出版物在世纪末的西方城市中普及到随手可得的程度，

---

　　① 赵毅衡：《诗神远游——中国如何改变了美国现代诗》，上海译文出版社2003年版，第14页，第271—272页。

　　② 同上书，第194—196页。

　　③ ［英］纳坦·扎赫：《意象主义和漩涡派》，［英］马·布雷德伯里、詹·麦克法兰编：《现代主义》，胡家峦等译，上海外语教育出版社1992年版，第206页。

　　④ 梁工主编的《圣经批评引论》一书中对西方神秘主义传统的灵知主义（又译作诺斯替主义，Gnosticism）和浪漫主义精神的暗合做了精彩论述（商务印书馆2005年版）。

"神秘的"东方哲学以前所未有的规模被过滤后大批量地贩卖到西方文明中，显然，浓厚的神秘主义氛围也使美国读者倾心于纪伯伦作品的神秘主义风格。

而"圣经文体"在体裁形式、叙述风格和神秘主义特征中表现出的与阿拉伯—伊斯兰文学的相通之处，很容易使西方人关注其中蕴涵的"东方特质"，这也暗合了美国新诗运动中的"东方风"（Orientalism）。"东方风"是自欧洲 19 世纪的浪漫主义直至美国的新诗运动一直保持的特点，虽然 19 世纪欧洲浪漫主义和美国新诗运动中所关注的东方不尽相同，并且两种东方风的审美取向也有本质不同，① 但可以肯定的是，西方对东方的兴趣经久不衰。从美国批评界对纪伯伦英语文学作品的评论中，我们可以清楚地感受到这一点——这些作品的"东方特质"始终是美国评论界关注的焦点。

1918 年《疯人》出版以后，《太阳报》（Sun）发表评论，认为纪伯伦的作品"所给予我们西方世界的"，"几乎不能在我们自己诗人的作品中发现"。而《邮报晚报》（The Evening Post）则将《疯人》的评论与当时盛极一时的中国译诗放在一起发表。②

然而，纪伯伦英文作品的读者群却经历了一个由先锋文学圈到大众读者的转变过程，从第三部英文作品《先知》开始，纪伯伦的作品开始在美国普通读者中广泛流传，与之形成反差的却是批评界的冷淡。

----

① 浪漫主义的东方主要指从埃及到印度的整个西亚中亚地区，新诗运动中，中国和日本等远东地区开始受到注意。参见赵毅衡《诗神远游——中国如何改变了美国现代诗》，上海译文出版社 2003 年版，第 172—183 页。

② Gibran, Jean and Gibran, Kahlil, *Kahlil Gibran*, *His Life and World*, NewYork：interlink Books, 1998, p. 326.

《时代》（Times）杂志对《先知》没有发表任何评论，《诗刊》作了轻描淡写的评论，认为《先知》带有一点"叙利亚哲学"、"异于我们的文化"，但同时却认为《先知》"不能满足西方灵魂强烈的饥渴"，是"我们"西方人的一种"点缀"，就仿佛挂在墙上的一幅画，永远不能成为房子的一部分。① 美国先锋艺术界对纪伯伦文学创作的冷淡，还表现在纪伯伦随后出版的《沙与沫》中，评论界认为该作品混杂着"尖刻的观察、不合逻辑（的语句）和无意义的神秘主义"。②

那么，既然纪伯伦的英文作品都采用了相近的文体——圣经文体，为何《疯人》和《先行者》在美国评论界受到瞩目，之后的作品却遭到冷遇呢？

1922 年，艾略特的《荒原》在《日晷》杂志上刊出。这被认为是新诗运动结束的标志。事实上，从 20 世纪 20 年代中后期，美国诗坛的审美取向发生了转变，以"巧智"（wit）、和"玄思奇想"（conceit）为核心的玄学派诗歌（metaphysical poems）被奉为英语诗（包括美国诗）的正宗。③ 而新诗运动中倡导的简约含蓄风格被认为过于简单、不够复杂。厄尔·迈纳对新诗的批评很能说明 20 年代以后美国诗坛审美价值取向的转变：

---

① Gibran, Jean and Gibran, Kahlil, *Kahlil Gibran, His Life and World*, New York：interlink Books, 1998, p. 372.

② Bushrui, Suheil and Jenkins, Joe, *Kahlil Gibran, Man and Poet*, Boston：Oneworld Publications, 1998, p. 247.

③ 赵毅衡：《诗神远游——中国如何改变了美国现代诗》，上海译文出版社2003 年版，第 271—272 页。关于玄学派诗歌的特点参见麦永雄《巧智奇想与诗歌张力：玄学派诗人与英美新批评》，载麦永雄《文学领域的思想游牧：文学理论与批评实践》，中国社会科学出版社 2002 年版，第 118 页。

（东方诗的）遗产使他们（新诗运动诗人）发展了一种清晰、明确、意象化诗歌的现代传统。且不论诗才，这些诗人，其中包括埃兹拉·庞德，经常只是致全力写出清晰明朗的诗，尤其是以视觉形象或"画面"构成的诗，因此他们无法用动人的语言写诗。反对晚期维多利亚诗歌的繁言赘语和含混不清是有必要的，但这场革命走得太远，使他们自己的诗缺乏文采……缺乏了作为英国诗典型肌质的智力与道德坚韧性的纤维。[①]

显然，《先知》简约含蓄的叙述语言、自由诗体裁、浓厚的神秘主义和由此表现出的"东方特质"与形式主义倾向较浓、采用格律诗的玄学派诗大相径庭，这是《先知》在批评界遭到冷遇的重要因素。但与此形成鲜明对照的是，《先知》在普通大众读者中的销售量却非常大，在 1 个月之内，第一版的 1300 册全部售空，到 1937 年 12 月底，该书销量达到 129233 册。[②]《先知》标志着纪伯伦英语文学作品的读者群由先锋派艺术界向大众读者的转变，不仅如此，这一转变也深刻体现了纪伯伦英语文学创作与美国现代主义运动的内在联系——它事实上反映了现代主义艺术中作者与读者之间的关系。

从作者和读者之间的关系上来说，现代主义艺术的作者占据了文化的统治地位，迅速地造就着观众和市场。

正如丹尼尔·贝尔在《资本主义文化矛盾》一书中所分析的，"开头费解是现代主义的标志"，在某种现代主义艺术诞生

---

① Miner, Earl, op. cit, 转引自赵毅衡《诗神远游——中国如何改变了美国现代诗》，上海译文出版社 2003 年版，第 273 页。

② Bushrui, Suheiland Jenkins, Joe, *Kahlil Gibran*: *Man and Poet*, Boston: Oneworld Publications, 1998, p. 225.

的初期，先锋派艺术家常把弃绝与自由视同一物，并借助他们同观众的紧张关系来申扬自己的作品。但常常是在不过3年、5年的极短时间内，先前只在先锋派艺术家小圈子里得到认可的作品，已经左右了大众鉴赏趣味，被众多中产阶级读者广泛接受。① 因此，同一风格的现代主义艺术作品常常在引起先锋派艺术群体的小范围注意以后，迅即引领大众审美趣味，被大众读者普遍认可。

这样，创作风格前后变化不大的现代主义艺术家的读者群经常会经历相似的变化：由早期小范围的先锋派艺术家，在短时间内迅速转变为数量众多的大众读者。其中原因何在呢？

欧文·豪认为，要为现代主义下定义，必须用否定性的术语，把它当作一个"包蕴一切的否定词"。他写道：现代主义"存在于对流行方式的反叛之中，它是对正统秩序的永不减退的愤怒攻击"。② 霍克海默在《现代艺术和大众文化》一文中，也强调现代主义艺术的"纯粹"性。他认为，纯粹的美感是独立主体的个人反应，是不受流行的社会标准制约的个体所作的判断。③ 也就是说，现代主义艺术的本质特点是"敌对性"，即对现存流行文化和正统秩序的反抗。因此，当某种现代主义艺术一旦被大众读者接受，它也就失去了自己的反抗特性，并会被新的现代主义艺术弃绝。

因而，拥有同一风格的现代主义作家及其作品，最初常常

---

① ［美］丹尼尔·贝尔：《资本主义文化矛盾》，赵一凡等译，生活·读书·新知三联书店1989年版，第84—85页。

② 欧文·豪：《文学和艺术中的现代思想》，转引自［美］丹尼尔·贝尔《资本主义文化矛盾》，赵一凡等译，生活·读书·新知三联书店1989年版，第93页。

③ 曹卫东编选：《霍克海默集》，渠东、付德根等译，上海远东出版社2004年版，第212页。

在小范围的先锋派艺术家中受到瞩目，但在几年之后，同一风格的作品却在大众读者中广受赞誉。但对此时的先锋派艺术圈来说，这些作品被大众读者的接受，却同时也意味着它已成了不再"先锋"的落伍之作，从而被排除出新的现代主义艺术行列。

第三章

"神圣"的精神探索:从《疯人》
到《人子耶稣》

在双语文学创作时期,纪伯伦的阿拉伯语和英语创作表现出内在一致性:在狮子般的反抗精神中,蕴涵着个体与社会的二元对立模式,而个体与社会之间的关系,实际上也是人与"神圣"体系之间的关系。在一个有神圣体验的人看来,世界并非一个没有任何目的和意义的毫无生机的存在,宇宙生命构成了一个"伟大的存在之链",诸神通过宇宙生命向人类展示着自身,人类的生命是向整个世界开放的,他与世间万物一起构成了神圣宇宙链条中的一环,人类也在自己身上发现了他在宇宙中认识到的同样的神圣性,这赋予人类和宇宙万物的生命存在以意义。因而,"神圣"体系代表了对个体行为的规定性。人正是由于生活于这样一个"伟大的存在之链"上,其行为才被赋予秩序感和意义感。然而,当我们以狮子般的革命精神重建"个体"的法则并对所有既成价值进行批判,事实上已经对规范个体行为的神圣体系提出了颠覆性的质疑:神圣体系是否还对个体行为提供规定性?"神圣"是个体生命赖以存在的必然法则吗?在最早的两部英文著作《疯人》和《先行者》中,纪伯伦对这一问题进行了寓言式的解答。

　　《疯人》和《先行者》在整体结构上非常近似。首先，两部作品的主体都由寓言和比喻构成。35 篇《疯人》有 33 篇寓言或比喻，25 篇《先行者》有 22 篇寓言或比喻。另外，每部作品的开头和结尾，都采用了自由诗的形式，或以叙事方式交代整部作品的来龙去脉，或直抒胸臆以点出整部作品的主旨。

　　这样一种结构形式，使《疯人》和《先行者》具有两个特点：其一，作品由看似相互独立的短文组成，因此呈现出"散"的特征，有时一部作品甚至有多个线索。但深入地看，各篇短文相互联系，并且其中有一个贯穿始终的中心。其二，寓言和比喻作为智慧文学的一种形式，其本质特征是在浅显的形式中，包蕴深刻的哲理内涵，因此，它们在思想上具有极强的隐喻性和暗示性。在这种情况下，位于这两部作品首尾部分、联系整部作品的自由诗，便对作品的深入理解具有重要意义。因此，对位于首尾部分的自由诗的分析，常常成为解读整部作品的一把钥匙。

第一节　《疯人》：颠覆制度化的"神圣"体系

　　在首篇《我怎样成为疯人》中，"我"细致地描绘了自己变成疯人的经过。这一经过事实上涵盖了《疯人》这部作品的主旨。

　　一天早上，"我"从沉睡中醒来，发现自己发生了"奇妙"的改变：

　　　　我从沉睡中醒来，发现我所有的面具都被偷走——我在七生戴过的七个面具……

　　"七生戴过的七个面具"富有隐喻意义。在纪伯伦的文学作品中，数字"7"具有宗教文化内涵，它常常象征着过程的圆满和完成，预示着新的开始。① 因而"我"失去了"七生戴过的七个面具"，意味着一个全新的"我"的诞生。但这个全新的"我"，却为世人所不容，当"我"裸露着不戴面具的脸从市场走过：

> 男人们和女人们都在笑我，一些人因为惧怕我而躲入屋中。
>
> 当我跑到市场，一个青年站在屋顶上高喊："这是个疯人！"

这里展示了"我"成为疯人的直接原因：人们的嘲笑、惧怕和躲避。而疯人的称呼得自"他人"——一个陌生人的命名。文化精神分析学派的代表人物凯伦·霍尼（Karen Horney，也译作卡伦·荷妮）曾分析文化与精神病态的关系。她认为，人们关于"正常"的观念，是通过认可在一特定团体之内的某种行为和情感标准而获得的。这个特定团体把这些标准加诸其成员身上，但这些标准因时代、文化、阶级和性别的不同而大异其趣。② 也就是说，正常抑或反常、疯或者不疯，取决于文化的界定。《疯人》中《明智的国王》这篇具有讽刺意味的寓言形象地说明了这个道理：女巫在一个城中的水里滴入致疯的魔液，居民饮水之后都成了疯人，于是没饮这水的国王和侍从长反而被认为精神不正常！

---

① 关于数字"7"的宗教内涵及在纪伯伦作品中的隐喻意义，本文在本章第三节中将进行详细解读。

② ［美］卡伦·荷妮：《我们时代的病态人格》，陈收译，国际文化出版公司2001年版，第5页。

显然,《疯人》的开篇首先影射了一个在"我"之外群体或者众人的存在,因为疯人之所以成为疯人,得自这一群体的命名,在于他与众人不同:他裸露着脸,没有戴面具。"面具"与"疯人"在纪伯伦的文学作品中是意义相互关联的两个意象。在另一部英文作品《人子耶稣》中,路加谈及耶稣对伪君子的鄙视和完全摒斥,称伪君子"脸上戴着面具"(whose face is masked),而"疯人"则是作为伪君子的对立面出现的,意指除掉面具、与世人不同的人。早期阿拉伯语短篇小说《疯癫的约翰》中的疯人约翰、《人子耶稣》中被大主教亚拿称为"疯人中的疯人"的耶稣,被称作"疯人"的希腊牧羊老人等等,都是摆脱了"面具"、与"众人"或"群体"的世界不相容的个体形象。

《疯人》的末篇《"完美的世界"》描述了一个与个体相对立的"众人"或者"群体"的世界:

> 这里,人们有完善的法律,纯正的制度,他们的思想有条不紊,他们的梦幻井然有序,他们的观点注册登记。
>
> 他们的美德,噢,神主!合乎标准;他们的罪行,也足以测度;就是那些既非德行亦非恶行,在朦胧中掠过的数不清的琐事,也须记录在案。
>
> ……
>
> 所有这一切,噢,神主!都是因谋划而确立,经决定而降生,均受到悉心照料,且为各种规则所制约,由各种理念所指导,然后,被毁灭被埋葬于受控的秩序中。甚至那些人类灵魂深处寥寂的坟墓,也都被标上记号,点清数目。①

---

① [黎] 纪伯伦:《疯人》,伊静译,伊宏主编:《纪伯伦全集》,甘肃人民出版社1995年版,第55—56页。

《"完美的世界"》和首篇《我怎样成为疯人》构成了相互呼应关系。疯人之疯，在于他逾越了这样一个"完美世界"的行为规范，这个看似"完美"的世界，实际上是制度化的社会神圣体系。

"神圣"的生活方式表明了人与宇宙万物之间的一种天然联系和原初关系，但随着时间的推移，这种自然的、原初的关系被庞大的、官僚性的拯救机器所取代，信仰变得制度化，"祭司、文士、释经者和律师捍卫传统，垄断对神圣的经文、崇拜、教义、布道和宗教法律的控制"。① 于是，这构成了一系列打着维护"神圣"旗号的虚假的社会神圣体系，使个体生命远离了人和宇宙万物的原初联系。

个体与社会神圣体系之间的关系，事实上首先关涉的是道德层面，也就是说，是个体意识与具有社会道德规范意义的集体意识之间的关系。在传统社会中，社会道德体系是人们行为的参照，它常常代表了超越个人之上的普遍原则，这一体系具有神圣性，是不证自明的。但在《疯人》中，道德与价值、善与恶、法律与正义、宗教与教义——这种种本应彰显"神圣"原则的价值体系都以一种近乎荒诞的面貌出现，它常常与人类的生命存在无关，甚至对人的生存产生恶劣影响。

《施予与索取》一文中，母亲向一个拥有满山谷针的人索取一枚针，来缝补自己儿子破烂的衣衫，这人却不合时宜地进行了一番关于施予与索取的演说！由此，我们看到了蕴涵于道德价值的所谓"神圣"体系的虚妄，它仅仅是一套规范化的概念体系，

---

① ［英］唐·库比特：《后现代神秘主义》，王志成、郑斌译，中国人民大学出版社2005年版，第3页。

实际上与我们的生命存在无关！

在《善神与恶神》（*The Good God and the Evil God*）中，善神与恶神因为总被人们混淆而苦恼，由此解构了社会道德体系中"善"的神圣以及善与恶的绝对二分。在《战争》中，偷盗的贼因误入织工店内，眼珠被机杼剜掉，根据判决，织工要被剜去一只眼睛，但由于织工申辩眼睛对自己织布必不可少，所以就把邻居补鞋匠的眼睛剜掉了，因为他的行当无须双目俱全！该文以一句独立成段的话结尾："正义因此得到伸张。"这里，得到伸张的"正义"恰恰反证了正义、法律的荒谬！在《神赐福的城市》（*The Blessed City*）一文中，一座城市的人们遵循《圣经》的教义生活，人人独眼独手，原因是教义规定人们要割舍致使自己犯错的肢体。此处，教义作为规范人们行为的"神圣法则"，对个体的残害血淋淋地展示出来！而《两位学者》（*Two Learned Men*）中，两个观点截然相反的学者，在互相辩论以后，居然彼此丢弃原有观点，信奉了对方的观点。由此，所谓"学说"的虚妄不证自明！

《疯人》对制度化的社会神圣体系的颠覆，实际上反映了现代社会中个体欲望的扩张和集体意识规定性的丧失。社会学家雷曼（Lehmann）认为："现代社会之所以区别于传统社会，就在于现代社会所包含的不是一个实体或一种人格，而是两种人格：即集体人格与个体人格相互共存。"[1] 查尔斯·泰勒深刻地意识到，现代个体的自由，在于人类打破了古老神圣世界的"宇宙秩序"、那个"伟大的存在之链"：

---

[1] Lehmann1995，转引自渠敬东《缺席与断裂：有关失范的社会学研究》，上海人民出版社 1999 年版，第 27 页。

　　我们从较古老的道德视野中挣脱出来才赢得现代自由。人们过去常常把自己看成一个较大秩序的一部分。在某种情况下，这是一个宇宙秩序，一个"伟大的存在之链"，人类在自己的位置上与天使、天体和我们的世人同侪共舞。宇宙中的这种等级秩序曾反映在人类社会的等级结构中。人们过去总是被锢锁在给定的地方，一个正好属于他们的、几乎无法想象可以偏离的角色和处所。借助于怀疑这些自由，现代自由得以产生。①

　　但从某种程度上说，即使是制度化的社会神圣体系，也给个体行为提供某种规定性，一旦这一体系消解，原有的集体意识不再对个体发生作用，那么，必然会使社会陷入道德真空状态，个体意识从而凌驾于集体意识之上，导致个体欲望的无限扩张。②人不再是符合社会道德规范的"社会人"，而仅仅因为个体的存在而存在，社会神圣体系也失去了对个体的约束力量。这样，是否具有不可重复的个性，个别是否突破了普遍的统治，是否冲决日常习俗的统治，也就成为社会的中心话题。

　　在此意义上，疯人的疯狂意味着脱出日常生活，意味着不同于虚假的神圣秩序规范下的生命存在。"人"本身就是生物学和社会学意义上的结合，人与社会的关系，并不能成为衡量个体的唯一标准，因为人性有自己的发展规律和潜力。人们习惯上认为，大多数人共同具有某些思想或感觉，就可以说明这些思想或感觉的真实性，就可以说明这些大多数人是适应社会的"正常人"，实

---

① ［加］查尔斯·泰勒：《现代性之隐忧》，程炼译，中央编译出版社 2001 年版，第 3 页。

② 渠敬东：《缺席与断裂：有关失范的社会学研究》，上海人民出版社 1999 年版，第 27—35 页。

际上并非如此。① 疯狂以一种人类生存状态的"反常态",提示我们:当剥掉由虚假的社会规范铸成的"七重面具",仅仅作为我们自身,究竟想要什么? 究竟想过什么样的生活?

相对于作品中展示的虚假的社会神圣体系,《疯人》却在描述一个脱离了这一体系的"个体"的世界,在这个世界中,人不再是社会普遍法则规范下的人,仅仅作为个体性的生命而存在。

在《主》(God)中,"我"的个体性达到了极致,"我"不再是主的奴隶、造物或者儿子,而与至高无上的主合为一体:

> 我主,我的终极(aim),我的归宿(fulfillment);我是你的昨天,你是我的明天。我是你生在大地上的根,你是我开在空中的花,我们一起在太阳的注视下生长。

在这一常被认为包含有苏非思想的段落中,"我"与至高无上的主合而为一,主的神圣性无形中被消解,原有的社会神圣体系被完全独立于其中的个体所代替。这形象地表现了现代社会个体意识对集体意识的逾越和对制度化的、虚假的社会神圣体系的质疑,这是纪伯伦英语文学作品的核心内容之一,也表现在他英语作品的集大成之作《先知》中。《先知》对"罪与罚"、"善与恶"等道德价值体系以及对"悲哀"等非理性情感状态的探讨,都延续了《疯人》中的观点。例如,在《罪与罚》(Crime and Punishment)里,纪伯伦写道:

> 你们不能把公平与不公分开,也不能把善与恶分开;

---

① [美]埃利希·弗洛姆:《健全的社会》,欧阳谦译,中国文联出版公司 1988 年版,第 13 页。

　　因为它们一起站在太阳面前，如同交织在一起的黑线和白线。

　　这里，作者质疑了人们在"习惯上"认可的道德评价体系，将"善与恶"、"公平与不公"比作"交织在一起的黑线与白线"，它们并非截然对立。接着，作者以日常生活中的事例，进一步颠覆了善恶二分观念：

　　你们中如果有人要审判一个不忠实的妻子，让他也拿天平来称一称她丈夫的心，拿尺来量一量他的灵魂。
　　让鞭挞扰人者的人，先察一察那被扰者的灵魂。

　　纪伯伦作品中超越社会评判体系的个体形象与西方现代主义文学中的个体形象有相通之处。与社会隔绝、对立的"孤独者"是现代主义文学的经典形象，现代主义艺术是"孤独的和绝望的生活的典型写照，这样的生活根本找不到通往他人甚至是通往其自我意识的桥梁"。① 但纪伯伦创作的独特性，并不在于他与西方现代主义艺术精神上的相通，而在于他在作品中对现代西方个体自由的反思态度，这种态度在他的第二部英文著作《先行者》中初露端倪。

第二节　《先行者》：颠覆之后的反思

　　制度化的社会神圣体系在限制人们的同时，也赋予世界和社

---

　　① 　[德]霍克海默：《现代艺术和大众文化》，曹卫东编选：《霍克海默集——文明批判》，上海远东出版社 2004 年版，第 217 页。

会生活的行为以意义。因为社会的礼仪和规范并不仅限于工具性的意义,对这些秩序的怀疑被称为世界的"去幻"(disenchantment),有了去幻,事物就失去了自己的一些幻想。[①] 正如美国当代宗教社会学家贝格尔所分析的,人的一个基本特征,是对秩序的渴求。人类对秩序本身的信仰与人对实在的基本信赖有密切关系,这种信仰不仅在社会史和文明史中被体验到,而且也在每个人的生活中被体验到。任何历史上的社会都是一种秩序,一种面对混乱而建立起来的意义的保护结构,群体的生命与个体的生命在这个秩序之内才有意义,丧失了这个秩序,群体和个体都会感受到混乱。[②] 因此,个体凌驾于社会道德体系的结果,必然是个体的生命存在丧失秩序感,从而也丧失了在秩序之中建立起来的意义保护结构。别尔嘉耶夫对"去圣化"的生命存在提出质疑:

> 倘若没有上帝,没有世界,没有高于人和低于人的存在,屹立于存在之中心,在世界生活中起巨大作用的人,不可能拥有生命的积极内涵。人不可能是单一的、孤独的、自在的,他不可能仅从自我中汲取生命之源。当人独自面临"非存在"的无底深渊,他就会被吞噬,逐渐在自己内心感到这深渊。倘若仅仅只有人和他自己孤独的存在状态,那也意味着人并不存在,什么都不存在。[③]

---

① [加] 查尔斯·泰勒:《现代性之隐忧》,程炼译,中央编译出版社 2001 年版,第 3—4 页。

② [美] 贝格尔:《天使的传言——现代社会与超自然再发现》,高师宁译,中国人民大学出版社 2003 年版,第 60—61 页。

③ [俄] 别尔嘉耶夫:《上帝,人和神人》,汪建钊编选:《别尔嘉耶夫集:一个贵族的回忆和思索》,上海远东出版社 2004 年版,第 270 页。

西方现代主义将个体凌驾于社会神圣体系之上的思想，实际上是在孤立的个体之中寻找生命的神圣性，这必然导致自我精神的无限扩张，进而致使人类拒绝承认个体的有限性。丹尼尔·贝尔对此作了精辟的论述，在他看来，宗教的衰败，尤其是灵魂不朽信念（生命神圣感）的丧失，使人们放弃了人神不可互通的千年传统观念，其结果就是人的个体性获得了一种神圣力量和至上地位。因此，现代人拒不承认有限性，坚持不断的扩张。①

在第二部英文著作《先行者》中，纪伯伦对超越社会神圣体系的个体性进行了深入反思，从某种意义上说，《先行者》是一部探索自我的作品。在首篇《先行者》中，作者写道：

> 你是你自身的先行者，你建造的塔只是你"大我"（gi-ant-self）的根基，你的"大我"又将成为新的根基。

显然，此处的"大我"代表了不断发展中的自我未实现的目标或者境界，这也预示了整部《先行者》的主旨：探索自我的发展。在《先行者》中，标示自我发展的目标或境界的词，除了首篇的"大我"以外，共出现了四处。

在《超越我的孤独》（Beyond my Solitude）一文中，出现"自由的自我"（freer self），相对于受羁的自我（burdened self），"自由的自我"代表了打破内心羁绊的更高的自我：

> 在这受羁的自我（burdened self）之外，住着我自由的自我（freer self）；对他来说，我的梦是在昏暗中的搏杀，

---

① ［美］丹尼尔·贝尔：《资本主义文化矛盾》，赵一凡等译，生活·读书·新知三联书店 1989 年版，第 96 页。

我的欲望只是骨骼嘎嘎的裂声。

我太年轻也太易怒,以致实现不了自由的自我。

不杀死受羁的自我,或者所有人都得到自由,我如何成为自由人呢?

在《大自我》(*The Greater self*)中,"大自我"是国王在富有魔幻色彩的镜中看到的另一个赤身裸体的自己,他是剥除名利、地位等一切人类生命存在外在之物的自我,从某种意义上说,也是更高状态的自我。

在《爱》中,相对于"软弱之我"(The weaker self),出现"强悍和坚定之我"(the strong in me and the constant)。在《自我心深处》(*Out of my Deeper Heart*)一文中,"大自我"用"larger self"表示,文中这样写道:

> 噢,我的信仰,我难以驯服的知识(untamed knowledge),我怎样才能飞到你的高度,与你同看画在空中的人的"大我"?

伴随着自我探索的疑问和困惑,《先行者》对《疯人》中凌驾于集体意识之上的个体进行了深刻反思。作品通过反讽的手法告诉我们:在颠覆了社会神圣体系后,处于完全隔绝状态的个体必然处于可笑的自大、狂妄和无知之中。在《上帝的小丑》(*God's Fool*)中,一个梦想家来到一座语言不通的城市,在他带了梦幻色彩的眼光中,饭店被当作殿堂,审判被当作面见国王,游街示众被当作殊荣。作品通过描写这个梦想家看似引人发笑的经历,讽刺了不顾社会环境、一味沉湎于自我的存在方式。《另外的海洋》则通过讽刺自己不能在岸上生活便断定岸上没有生物的鱼,表达了个体有限性的思想。在《白纸如是说》（*Said A Sheet of Snow-white Paper*）中，希望永葆纯洁的白纸，因为没有墨水的"玷污"，也失去了它原本的存在意义，虽然洁白纯净，却空空如也。

事实上，早在《疯人》中，作者已经开始关注个体存在的有限性问题。在《智犬》（*the Wise Dog*）中，一只智犬嘲笑祈祷天上掉老鼠的猫，却肯定天上一定会掉下肉骨头。在《三只蚂蚁》（*the Three Ants*）中，三只趴在一位男子鼻尖的蚂蚁，正赞叹着这巨大的处所，却被男子轻轻一挠而捻得粉碎。这两篇寓言都讽刺了个体往往囿于自身局限却不自知的狂妄自大。

《先行者》的末篇《最后的守望》（*The Last Watch*）是作者超越现代个体自由的隐喻之作。不同于《疯人》中超越社会神圣体系的个体形象，《最后的守望》中出现了一位大声对人们宣讲内心感受的主人公形象，这一形象成为纪伯伦后来英文创作中经典的个体形象，在《先行者》以后的作品中，纪伯伦作品中如《疯人》中展现的凌驾于社会群体的个体形象消失了。《先知》中的先知阿尔穆斯塔法对人们宣讲上帝的神谕，作品中宣讲的每一个论题针对的都是众人的请求。《人子耶稣》则采取了多角度叙事的方式来描写耶稣，通过耶稣的亲人、信众乃至敌人对耶稣的描述，实际上向我们展示的是一个"他人"眼中的耶稣。这些与群体息息相关的个体形象，也标志着纪伯伦对凌驾于社会神圣体系之上的"现代自由"所作出的最终解答：个体不能凌驾于社会神圣体系之上，凌驾于集体意识之上的个体自由，仅仅是一种虚妄。

因而，从主题上来讲，双语文学创作时期的《疯人》和《先行者》两部作品具有整体性和连贯性，两部作品所关注的核心问题，都是个体与社会神圣体系的关系问题，同时也体现了纪伯伦对个体生命神圣性的思考：一方面，制度化的、虚假的社会神圣体系是个体要打破的枷锁,另一方面,冲破制度化的社会神圣体系的个体,并不是无限的、狂妄的个体,它仍然生活在神圣体系之中。那么,这就向我们进一步提出了这样一个问题:如果说社会神圣体系给个体存在提供秩序感和意义感,那么,当颠覆了制度化的社会神圣体系,新的神圣体系建立在什么样的基础上?也就是说,我们还应该"相信"什么?什么能成为判断我们行为的准则和规范?在后期英语文学创作中,纪伯伦对这一问题进行了深入的探析。

第三节 追溯生命的神圣:《人子耶稣》中耶稣形象的隐喻意义

不同于同时期西方现代主义文学在神圣失落后的迷惘与无助,纪伯伦却在创作中坚决地捍卫着那个永恒的神圣世界。"重建生命的神圣"是其作品的核心观点,这构成了纪伯伦文学创作中的生命观与西方现代生命观的根本差异。出版于1928年的《人子耶稣》中的耶稣形象具有强烈的隐喻意义,寄托了作者重建生命神圣的核心理念。正如纪伯伦1909年写给挚友玛丽·哈斯凯尔的信中所言:"除了在耶稣的人格中,我的生命再也不能找到一处更好的休憩之地。"[1]

1928年由克诺夫出版社首次出版的《人子耶稣:由认识他的人讲述和记录的他的言谈与行为》(*Jesus*, *the Son of Man*: *His Words and Deeds As Told and Recorded by Those Who Knew Him*,简称《人子耶稣》)共由79篇短文组成全书,这些篇目从耶稣的

---

① Gibran, Jean and Gibran Kahlil, *Kahlil Gibran*, *his life and world*, NewYork: interlink Books, 1998, p. 384.

信众、亲人、邻居、敌人以及见过耶稣其人、听过耶稣其言的人物的视角出发，向我们展现了一个多维视野中的耶稣形象。而在这些篇目中，末篇《一个黎巴嫩人：19 个世纪以后》（*A man from Lebanon：Nineteen Centuries Afterward*）是理解全书的关键所在，该文实际上是全书核心理念的浓缩和总结。下面，本节以该篇为切入点，对作品中耶稣形象的隐喻意义进行深入剖析。

《一个黎巴嫩人：19 个世纪以后》是一首短诗，这首诗作隐含着关于数字"7"的隐喻。首先，从整体结构上看，全诗共分为 14 小节，以 7 节为一个意义上相对独立的整体，构成两大部分，前 7 节为上半部分，第 8—14 节为下半部分。另外，从内涵上看，诗作两个部分之间又构成了 3 组一一对应关系，每一组相应表达一定的含义。以图表方式表达这一对应关系如下：

对应关系	第 1 部分	第 2 部分
第一组	第 1 节	第 8 节
第二组	第 2—4 节	第 9 节
第三组	第 5—7 节	第 10—14 节

那么，这三组对应关系向我们暗示了什么呢？

一　数字"7"的隐喻

在两大部分的起首——第 1 节和第 8 节，分别暗示了以"7"为一个过程的圆满：

第 1 节写道：

> 自从你最后一次仓促的来访和我们短暂的迎接以来，
> 我七次出生，七次死去。

你看我又活在人世,

正记起山中的一天一夜,

你的来临曾使我们振奋 (lifted us up)。

文中的"我"显然被赋予特殊的意义,他不仅是该文的叙述主体,而且是耶稣神迹的见证者。"我"的民族身份——19个世纪以后的黎巴嫩人——也暗示了"我"的独特身份。因为从历史文化的角度看,黎巴嫩是《圣经》中讲述的神秘东方,是曾经产生先知的神奇土地。因此,"我"是神迹的见证者、神谕的传达者——"正记起山中的一日一夜,你(耶稣)的来临曾使我们振奋"。在第8节,经历了七生七死之后,"我"作为神迹的见证者,又"看见了你(耶稣)":

我七次出生,七次死去,

现在我又活在人间,而且看见了你。

在犹太—基督教—伊斯兰文化传统中,"7"是一个富有神秘色彩和启示意味的数字。《创世纪》中,上帝在第7日将天地万物造齐,歇了工,并赐福给第7日,定为圣日,也就是安息日(Sabbath Day,创2:1—3)。在《启示录》中,耶稣基督启示门徒约翰,写信给亚细亚的7个教会,耶稣站在7个金灯台中间,右手拿着7星,象征神的7灵(seven spirits of God)的羔羊,有7角7眼,羔羊将书卷的7印逐一揭开,各种灾难降临于世。羔羊揭开第7印时,神面前出现7位天使,有7支号赐给他们,7号依次吹响,灾难再次降临。第7号来临之前,7雷发声,天使预言:"在第7位天使吹号发声的时候,神的奥秘就成全了,正如神向他的仆人先知宣告(神谕)。"(启示录10:7)7位天使掌管最后的灾，7个金碗盛满了永远活着的神的大怒。这样，分别经历了揭开7印、吹响7号、倾倒7个金碗的过程，巴比伦覆灭，撒旦最终失败，末日审判开始，新天新地来临，新耶路撒冷从天而降，基督再临。而在《古兰经》中，真主以追溯口吻告诉先知，他在大地上创造了一切以后，又安排天，使"七层天"井然有序（黄牛29）。①

显然，在犹太—基督教—伊斯兰文化传统中，数字"7"象征着过程的圆满和完成，预示着新的开始。纪伯伦的文学作品也沿用了"7"的这一隐喻意义。例如，在《疯人》的首篇《我怎样变为疯人》中，疯人摘掉他在"七生戴过的7个面具"，成为全新的人。《先行者》的《暴行》一篇，守护着海边"7个洞穴"的母龙预言，自己被杀死后新世界将在暴行中诞生。在《沙与沫》中，我曾经7次"鄙视了自己的灵魂"，"在每扇关起的门后，都有一个用7道封皮封起的秘密"，而700年前有7只白鸽，有7个人看到了鸽子飞翔……

那么，"我"作为神谕的传达者，经过象征过程的圆满与完成的"七生七死"，向人们宣告了什么呢？

二   作为神圣时间的历史循环

在第2—4节，耶稣的家人、朋友和敌人都生活在19个世纪以后的今天，相同的历史场景重现了：

---

① 据笔者所看到的两个汉译《古兰经》版本，这一节的译法有描述视角上的差异，马坚先生的译本用了先知的转述口吻："他已为你们创造大地上的一切事物，复经营诸天，完成了七层天。他对于万物是全知的。"而在林松先生的韵译本中，该节则是真主直接降示的口吻："我为你们在大地上创造了一切，又安排天，使七层天井然有序。"孰是孰非，在此提出以向方家请教！

　　你的朋友们仍和我们在一起，寻求安慰和支持。

　　你的敌人们也在，寻求力量和自信（strength and assurance）。
　　　　　　　　　　　　　　　　　　　　　　　　　　（2）

　　这里，相近的历史场景，隐喻着历史的循环。"历史循环"的思想来源于人类久远年代的神话思维模式，它把时间视为两端之间的某种"摆动"或循环更替。[①] 从本质上讲，历史循环中的时间是一种神圣时间。神圣时间不同于普通持续的世俗时间，它借助于宗教仪式，能够在时间的循环中无限制地重新获得永恒。[②] 而在基督教文化中，上帝的道成肉身，使上帝显现出一种带有特定历史条件的人类存在，所以历史获得了被圣化的可能。因此，在第二部分的第9节，与第一部分历史场景的重现构成对应关系，作为圣灵的显现者，如耶稣一样的人重生了：

　　　在摇篮和灵柩之间，我到处都能遇见你沉默的兄弟，

　　　未被拘囿的自由的人们（The free men, unshackled），

　　　……

　　　他们过着和你一样的生活，和你有一样的思想，

　　　且回应着你的歌声。
　　　　　　　　　　　　　　　　　　　　　　　　　　（9）

　　历史循环思想是纪伯伦文学中贯穿始终的历史观。早期阿拉伯语文学已经显露出历史循环观。在 1913 年出版的文集《泪与笑》的《时世与民族》一文中，叙利亚以一位忧伤的牧羊女形

---

　　① ［苏联］叶·莫·梅列金斯基：《神话的诗学》，魏庆征译，商务印书馆 1990 年版，第 195 页。

　　② ［罗马尼亚］米尔恰·伊利亚德：《神圣与世俗》，王建光译，华夏出版社 2002 年版，第 32—33 页。

象出现，在她正因自己命运的多舛而垂泪时，时世老人对她讲
道：

> 你所说的衰落，我把它称之为必要的沉睡，随之而来的
> 将是朝气蓬勃，充满活力。因为花儿只有枯死才会有重生，
> 爱情只有离别后才会变得更加炽烈。①

在历史的循环中，超越世俗时间的神圣和永恒，被无限地重
复展现。作为神谕的传达者，"我"实际上在宣告着神圣时间的
重现，而这一重现通过耶稣（像耶稣一样的人）的复临体现出
来。

事实上，基督教的耶稣形象体现的是历史的神学，因为上帝
对历史的介入，尤其是历史中的耶稣基督的道成肉身，首先是为
了救世。② 也就是说，耶稣的复临，事实上暗示着他所处时代
"神圣"的缺失。在诗作的第 9 节，在 19 个世纪以后，耶稣
（像耶稣一样的人）复临，但他们生活的世界却已发生了改变：

> 但他们一无所获（empty-handed），
> 他们没有像耶稣受难一样，被钉于十字架上
> （not crucified with the great crucifixion），
> 这就是他们的痛苦所在，
> 这世界每天把他们钉于十字架上，
> （The world crucifies them every day）

---

① ［黎］纪伯伦：《泪与笑》，仲跻昆译，伊宏主编：《纪伯伦全集》，上，甘
肃人民出版社 1995 年版，第 264 页。

② ［罗马尼亚］米尔恰·伊利亚德：《神圣与世俗》，王建光译，华夏出版社
2002 年版，第 32—33 页。

不过仅仅是用琐碎的方式（little ways）。

天空没有震动，

大地没有因为他们的死而感到阵痛。

他们受折磨，却没有人见证他们的苦难。

他们转脸四顾

却找不到一个人在他的王国中给他们一个位置。

此处，我们看到 19 个世纪以后历史境遇的不同：这些像耶稣一样的人们，却没有像他一样，被钉上十字架而死去。耶稣之死一直是基督教会阐释耶稣形象的核心所在，对上帝成人的信仰不仅产生于耶稣的死之后，更是在耶稣的死之中获得了证明。[①]例如，在《启示录》中，象征耶稣的羔羊揭开书卷，众圣徒唱道：

你配拿书卷，

配揭开七印，

因为你曾被杀，

用自己的血从各族、各方、各民、各国中买了人来，

叫他们归于神 　　　　　　　　　　（启示录5：9）

在基督教文化中，耶稣的受难，是以死亡确证上帝的道成肉身，相信死亡的超越意义，也就等同于相信神圣和永恒。在《人子耶稣》中，不同的人在耶稣的死中感受和理解了信仰的力量。耶稣的一个追随者大卫直到耶稣"离开我们的时候"，"才

---

① ［德］E. 云格尔：《死论》，林克译，生活·读书·新知三联书店 1995 年版，第 92 页。

明白了他的讲话和他的寓言的含义";① 在马太对耶稣山上训诫的记录中，耶稣相信自己临近的死亡是为了"去完成另一部律法，启示一部新的契约";② 在亚利马太的约瑟的记述中，耶稣曾对他们说过"在我的死中，你们定将发现生命，你们定将自由";③ 而在信徒抹大拉的玛丽亚看来，耶稣"用死亡征服了死亡，一种精神和力量从坟墓中升起"。④

但在 19 个世纪以后，人们不再相信死亡的超越性，神圣失落了。如耶稣一样的人们，无法通过死亡确证神圣或永恒。

在纪伯伦另一部著作《疯人》的《钉于十字架》（crucified）中，"疯人"自愿被钉于十字架，这一行为除了引起围观人们的嘲笑和讽刺以外，并没有产生任何效果。该文实际上表现了和 19 个世纪以后人们同样的境遇：神圣的缺失。

正如雅斯贝尔斯所言，人在世界中神圣感的失落，是现代社会独具特色的失落。⑤ 在克尔凯郭尔笔下，现代人"神圣"的缺失是一种"有限的绝望"——因为缺乏"无限"的神圣感而导致的绝望，它使人既不能死，又似乎没有生的希望，是"活着去经历死亡"。⑥

但在这样一个神圣缺失的时代，"如耶稣一样的人们"却以自己的方式确证着神圣，第 9 节接着写道：

---

① 追随者大卫：实践者耶稣，*David One of His Followers*：*Jesus the Practical*。

② 马太：登山训众，*Matthew*：*the Sermon on the Mount*。

③ 阿里马太的约瑟：耶稣的最初目的，*Joseph of Arimathea*：*On the Primal Aims of Jesus*。

④ 抹大拉的玛利亚：30 年以后，*Mary Magdalen*：*Thirty Years Later*。

⑤ ［德］卡尔·雅斯贝尔斯：《现时代的人》，周晓亮、宋祖良译，社会科学文献出版社 1992 年版，第 14 页。

⑥ ［丹麦］索伦·克尔凯郭尔：《致死的疾病》，张祥龙、王建军译，中国工人出版社 1997 年版，第 28 页。

> 然而他们愿意一次又一次被钉于十字架,
>
> 你的上帝(God)也是他们的上帝(God),
>
> 你的父(Father)也是他们的父(Father)。

此处事实上点明了耶稣形象的隐喻意义:在神圣历史的重现中,像耶稣一样的人们的降临,将向神圣缺失的现代人,重新确证神圣。

三 生命的神圣:耶稣形象的隐喻意义

耶稣形象的意义,首先在于他沟通了有限的人与神圣的无限和永恒(上帝),他以自己的受难和死亡,向人们宣告了恒久不变的神圣之存在,无论人类处于怎样恶劣的境地,作为上帝体现者的救主耶稣基督,终归会来临。

耶稣形象对人类生命的意义,在帕斯卡尔对自我精神状态的细致描述中被刻画得淋漓尽致:

> 我伸开双臂迎接我的救主,四千年来一直都有他的预告,他是来大地受苦,并为我赴死的,他到来的时辰和情形都有过预告。因为有了神恩,我在平静中等死,希望能够永恒地与他联结在一起。但我活着的时候充满欢乐,无论是在令他开心的我的繁盛中,还是在他为了我好而呈现出来的逆境中,他以身作则,教我忍受苦难。①

这一段文字所处的章节,题目是"耶稣基督的证明","证明"的本身已经意味着怀疑的前提,但耶稣基督的实在性即使

---

① [法]帕斯卡尔:《思想录》,李斯译,北京出版社 2004 年版,第 227 页。

不是不证自明的真理，耶稣形象对人们生命存在所提供的"意义"却是不容置疑的：通过耶稣这一替人受难的超越性形象，人们相信生命的神圣，在对"无限"的渴求和信仰中，人们的生命变得有意义，变得不再飘浮而没有居所。

在第一部分的5、6节，首先展现了一个建构起人类生命存在"意义"的耶稣：

> 为了护卫你的名字，人们建起圣庙，
> 在每一个高度，他们举起你的十字架，
> 一个符号和一个象征（A sign and a symbol），去引导他们行走的步履。　　　　　　　　　　　　　　　　　（5）
> ……
> 他们称你为王，
> 他们要进入你的圣殿。
> 他们宣称你是弥赛亚（Messiah），
> 他们要亲自接受圣油的膏礼（be anointed with the holy oil）。
> 是的，他们要依靠你的生命存活下去。　　　　　　　　（6）

这里，我们看到了一个建构起神圣生命的耶稣，他是"一个符号和一个象征"，人们要"依靠他的生命"存活下去！但在叙述者"我"看来，这个建构起人类生命意义的耶稣，只存在于"他们"的想象中，并非真实的耶稣。在此，通过"我"的叙述，实际上平行展开了两个维度的耶稣——"他们"的耶稣和"我"的耶稣。

从文中的叙述看，"他们"泛指普通的人类存在。总体而言，整部《人子耶稣》向我们展现的是"他们"——大多数人眼中的耶稣，无论是耶稣的信徒、亲人、邻居乃至偶尔见过耶稣的人，都从不同侧面向我们传达出一个具有神性的耶稣形象。在耶稣的信徒心中，耶稣以未可名的神性唤醒她（他）们蕴于生命的激情，并使她（他）们获得新生。当妓女抹大拉的玛丽亚第一次见到耶稣时，她变成了新的自己：

当他那黎明的眼睛看透了我的双眼，我夜晚所有的星辰都退却了，我成了米利暗，仅仅是米利暗，一个从她所熟识的大地上消失、又在新的地方发现了自己的女人。

——抹大拉的玛丽亚：第一次遇见耶稣

（Mary Magdalen：On Meeting Jesus for the First Time）

被众人羞辱的希律管家之妻约拿却得到耶稣的宽容，自那以后，"整个食之无味的生命之果对我的嘴巴来说，都变成甘甜的了，所有没有香味的花朵都吐着芳香进入我的鼻孔。我变成了一个没有污点的女人，我是自由的，我的头不再被压得低下来"。①

当被称作彼得的西门第一次见到耶稣时，他被"一种看不见的，与他一同前行的力量牵引着"，"屏息静气"、"充满惊奇"。而他年幼的女儿则被耶稣神奇的力量吸引，在《被称作西门的彼得：当他和兄弟被召唤的时候》（Simon Who Was Called Peter：When He and His Brother were Called）这篇篇幅不长的文章中，耶稣在一个夜间短暂停留在彼得的家中，其间竟有四处描写西门女儿第一次见到耶稣时的情景：

我仅仅12岁的女儿就站在他的身旁，抓住他的衣服，仿佛生怕他会离开我们，重新回到外面的黑夜中。她紧紧地

---

① 希律管家之妻约拿：关于孩子，Joanna the Wife of Herod's Steward：On Children。

靠着他，仿佛一只被牧人刚刚找到的丢失的羊。

……

我年幼无知的女儿彼得罗拉，一直注视着他的面庞，跟随着他的手的动作。我看到眼泪已经模糊了她的双眼。

……

我的女儿才不过 12 岁，就坐在他的脚旁，紧紧地依偎着他。

……

我的女儿最后一个离开他，可她的眼睛总望着他，直到我关上了门。

在基督教文化中，婴孩有天赋的能力，能领会聪明通达之人不能领会的隐秘。据《路加福音》（Luke）记载，耶稣因被圣灵感动而欢乐，并且言道："父啊，天地的主，我感谢你！因为你将这些事向聪明通达的人藏起来，向婴孩就显出来。"（路 10：21）此处，无知单纯的幼童对耶稣的迷恋，不仅映衬出耶稣与生俱来的神圣，而且在文化意蕴上暗示了耶稣的神性。在《迦拿的新娘拉夫卡》（*Rafca the Bride of Cana*）中，当迦拿的新娘拉夫卡听到耶稣的话，感到"一阵狂风穿过身体"，"就像置身于一个遥远而未知的土地"，而耶稣的声音使婚宴上的人着迷，以致人们望着他，就仿佛看见了幻景，竟忘记了婚宴上的杯盘……

如所周知，"福音书"中记载的耶稣是不被家乡的人认可的。拿撒勒人不相信耶稣：一个木匠的儿子，大家不都熟知他的兄弟姐妹吗？他哪里来的智慧和异能呢？（马太 13：53—58，马可 6：1—6，路 4：16—30）但在《人子耶稣》中，耶稣的神性是从他孕育、出生到成长过程中一直被周围的亲人和邻居感受到的。玛利亚怀孕时，甚至是在她的母亲看来，女儿与众不同并且难以理解：

> 玛丽亚看着她的初生儿好像不是那么十分愉快，总是充满着惊异的神情。
>
> 她久久地注视着她的婴儿，接着把她的脸转向窗口，凝视着远方的天空，就好像她看见了什么幻象似的。
>
> 于是在她的心和我们的心之间产生了鸿沟。
>
> ——玛丽的母亲安娜：关于耶稣的出生
> (Anna the Mother of Mary：On the Birth of Jesus)

在玛丽亚的邻居眼中，耶稣的孕育和成长都充满惊奇，幼年的耶稣一举一动洋溢着"上帝之子"的爱与美……

《人子耶稣》通过各种不同视角的叙述，实际上首先向我们展现了作为神圣体现者的耶稣给人的精神提供的巨大支撑，书中借大马士革的一位波斯哲人点明了这一点，在他看来，人们会按自己的模样塑造神（deity），然后崇拜那个反映自己形象的神。而人们对神的祈祷代表了"自身深切的渴望"① ……

然而，在《人子耶稣》末篇中的"我"——一位 19 个世纪以后的黎巴嫩人看来，"他们"并不了解真实的耶稣。诗中写道："他们愿意对自己并不了解的人顶礼膜拜（5）"、"他们不了解他（Him, 5）"。那么，作为神谕的传达者和神迹的见证者，"我"宣示了什么样的耶稣形象呢？

在第 1、5（第 6 节为第 5 节的扩展）、7 和第 10、11 节，分别以"我"对耶稣的赞美为开头，5 句的格式相同，一共用了 3

---

① 大马士革的一位波斯哲人：关于古老的神和新的神，*A Persian Philosopher in Damascus：Of Ancient Gods and New*。

种称谓：

> 主人，主歌者（诗人，情人）
> Master, Master singer（poet, lover）

"我"对耶稣的称谓耐人寻味。通常情况下，一个人对另一个人的称谓暗示了两人之间的情感、身份、地位等种种关系。首先，"我"称耶稣为 Master，这种对耶稣的称呼并不普遍，无论是在词典还是记载耶稣言与行的经典文献"四大福音书"中，master 都不是专指耶稣的称谓。在英语词典中，"master"当作指代人的名词时，通常有两种含义，一种是指对某人或某事具有控制力或负有责任的人，或者是指在某个群体中最有影响和最重要的人物，常译作"主人"、"统治者"、"控制者"等；另一种含义是指在某项工作或活动中拥有熟练技能的人，常译作"师傅"、"大师"、"名家"、"专家"等。[①] 此处的 Master 显然取第一种含义，指耶稣是"歌者、诗人和情人"的主人。而在"四大福音书"的英语"新修订标准版本"中，"主人"这一称谓也并不普遍。"马太"和"马可"福音中没有搜寻到对耶稣"主人"的称呼，在路加福音中，才时见耶稣的门徒及随行的人用"主人"来称呼耶稣。因而，此处"我"用主人称呼耶稣，首先暗示了耶稣与"我"的主从关系——"我"是耶稣的追随者，是神迹的见证者和神谕的传达者。

另一方面，"主人"的称谓也表现了"我"心目中的耶稣形象与大多数人不同——他不是神圣的体现者，而是一个"人"，一个"歌者、诗人和情人"的主人。"主人"这一称谓所表现出

---

① 在英国，master 还指旧式男中学老师。

的耶稣的人性特征,可以联系四大福音书中对耶稣的称谓所传递出的"人性"或"神性"信息来说明。

四大福音书记述了人们在耶稣的生命中见证的"好消息"(福音),它首先是一种历史性的呈现。作为历史事件,"福音"发生在一个信仰产生危机的犹太背景中,在这样的背景中,耶稣首先是一位诲人不倦的教师形象,在日常生活中,人们通常称耶稣为"夫子"(teacher)或"拉比"(Rabbi),① 这是对耶稣最中性的称谓,并不包含有强烈的启示或信仰意味。福音书中耶稣作为犹太教教师的身份是很明显的,例如,他常用传统拉比讲道"问和答"的方式进行传道,提问者会是"不信"的法利赛人或撒都该人、处于信仰犹疑状态的普通人,也可能是他的门徒。显而易见的是,在犹太背景的历史性呈现中,耶稣首先是一位有血有肉的"人"的形象。但更为重要的是,四部福音著作的旨归在于揭示耶稣作为救主的神圣性。因而,显示耶稣的神性,是四大福音书的共同特征,这也集中体现在作品对耶稣的称谓上。

在对耶稣人性的彰显尤为明显的三大对观(Synoptic)福音书中,对耶稣神性的描述并不直白,著作多以门徒和求耶稣治病的老百姓称耶稣为"主"(Lord)来突出信徒的虔诚和耶稣的神性,也偶见"救世主"(Messiah)和"神子"(son of God)这样凸显耶稣神性的称谓。例如,三部对观福音都记述了门徒彼得认耶稣为神的事迹,马太福音中,彼得称耶稣是救世主和永生的神的儿子(the son of the living God),马可和路加福音中,彼得认耶稣为"救世主"。(马太 16:13—16,马可 8:27—30,路加 9:18—21)而在问世稍晚,作为对观福音的补充著作的约翰福音中,耶稣的神性表现得更为直接,因而,约翰福音中比较多

---

① "拉比"和"夫子"的意思接近,指犹太教教师。

地出现了"神之（独生）子（（only）son of God）"、"神的羔羊"（the lamb of God）、"救世主"、"神的圣者"（the holy one of God）和"耶稣基督"（Jesus the Christ）等称谓来体现耶稣的神性。

显然，"主人"与"夫子"或"拉比"一样，侧重的是耶稣的人性，但与之不同的是，主人的称谓更凸显了耶稣与"我"的主从关系。这一称谓也淡化了耶稣的神性色彩，揭示了一个仅仅作为"人"的生命存在的耶稣形象——在"我"看来，耶稣是诗人、歌者和情人的主人，而诗人、歌者和情人在纪伯伦作品中具有很强的隐喻意义。

纪伯伦曾对玛丽说："世界上可以分为两类人，一类是生活的寻求者（the Life Seeker），一类是真理的寻求者（the Truth Seeker）——一类倾向于生活，一类倾向于理解——诗人（你知道我的意思并不仅仅是指写诗的人）和学者。"[1] 在纪伯伦的另一部英文作品《先行者》的《学者和诗人》（*The scholar and the poet*）中，蛇隐喻了探索人类奥秘的学者，它拥有罕见的智慧，可以探得大地深处的秘密。然而隐喻了诗人的云雀却始终重复这样一句话来回应蛇自夸的智慧：

可惜——你不会歌唱（飞翔）。
Pity thou canst not sing（fly）.

显然，诗人代表了一种生命态度，相对于学者旁观式的思考，它如云雀般享受生命的欢快，是生活的介入者。

---

[1]　Gibran, Jean and Gibran, Kahlil, *Kahlil Gibran*, *His Life and World*, New York: interlink Books, 1998, p. 335.

在《行列》中,当饱经世事的老人发出愤世的悲叹,森林少年一直在重复着一句话:

给我芦笛,让我们歌唱吧!
Give to me the reed and sing thou !

森林少年这一歌者的形象,与《学者和诗人》中的诗人一样,同看透世事的哲人形象构成强烈反差,代表了一种介入生活的生存态度。

"情人"是基督教神秘主义思想中耶稣的典型形象。《雅歌》的寓言化解读"表现了神圣心灵的最深的欲望",中世纪基督教神秘主义者称耶稣为"心灵的情人(伴侣)"或"灵魂的新郎",代表了"与终极实在合一的直接经验"。[①]纪伯伦作品中的"情人"表现出与基督教神秘主义相近的内涵,包含了具有情欲色彩的直接身体感受,代表了内在于女性信仰者的、最直接的身体和精神需求:公主在馨香的卧房中等待着他,已婚却精神被桎梏的女人[②]在婚姻的牢笼中等待着他,还有在留着她耻辱的街道上求生的妓女和修道院中没有丈夫的修女,而那没有子女的女人收养了他,并以此感到安慰。(10)

因此,在《人子耶稣》中,通过"他们"和"我"的不同视角,实际上展现了作为神和人二性存在的耶稣,在第12小节,

<hr>

① [美]帕利坎:《历代耶稣形象》,杨德友译,上海三联书店1999年版,第151—156页。

② 原文用了married unmarried woman这一看似矛盾的表达方式,本文认为,联系纪伯伦的其他作品,此处"已婚的"应指按照"世俗法律"结婚的女性,而在人性的自然法律意义上,有世俗法律婚姻关系却没有获得真正爱情的女子,又是"未婚的"。探讨婚姻和女性命运的早期阿拉伯语文学作品《叛逆的灵魂》(《瓦尔黛·哈尼》、《新婚的床》)和《被折断的翅膀》都涉及这个问题。

诗作清晰地点明了作为神人二性体现的耶稣形象:

> 一位太软弱和不坚定做不了神的人,
> 一位太人性不能引起人们崇畏的神。
> A man too weak and infirm to be God,
> A God too much man to call forth adoration. (12)

事实上,这个神人二性的耶稣形象,即是整部著作的标题——"人子耶稣"所要表述的真实内涵。著作中有一篇从门徒约翰的视角写的"关于耶稣的不同称谓",该文从约翰的视角解释了"基督"(Christ)、"道"(Word)、"拿撒勒人"和"人子"这些称谓,而他的解释是具有权威性的,因为文章起首即宣称他是"以赋予自己身上的灵光"来解释这些称谓。文中的所有称谓都显示了永恒的神性与历史性的结合,永恒存在的基督是"至大和至高的"(the innermost and the height),但他"与人同行,直到永远";蕴于太初之时的"基督"和"道",是让我们过更充实生活(fuller life)的"精神"(spirit);而"象我们一样出生成长"的拿撒勒人耶稣,同时也是基督的使者和代言人。在文章的结尾,约翰给出了耶稣之所以被称为"人子"的答案:

> 人子就是仁慈的基督,他与我们所有的人同在。
> ——西比太之子约翰:论耶稣的各种称谓
> (John the son of Zebedee, on the Various Apellations of Jesus)

因而,"人子"充分体现了神人二性的耶稣形象,这一意味

与经典文献"四福音书"中"人子"的含义是一致的。虽然
"人子"在新约之后的基督教用法中,逐渐与"神子"相对应,
通常用来指耶稣的人性,[①] 但福音书经典中的"人子"称谓却具
有神性和人性的双重内涵。在福音书著作中,耶稣频繁地自称
"人子",不仅是在日常生活中,同时也在富有启示意味的文字
中。因而,"人子"的称谓不仅指代了耶稣生命的人性,同时也
因被赋予强烈的启示意味而具有神性内涵。例如,在《马太福
音》中,耶稣预言人子的降临:

> 那时,人子的兆头要显在天上,地上的万族都要哀哭。
> 他们要看见人子有能力,有大荣耀,驾着天上的云降临。
> (马太 24∶30)

在西方文化史中,对耶稣形象的理解标志着一个时代的特
质,每个时代都从最早的福音书记载中抽离出自己的耶稣形象,
在耶稣那里找到自己的思想,依照自己的性格来描绘耶稣。[②] 但
关于耶稣的神性和人性,一直是基督教神学的中心问题,也就是
说,基督作为神,如何与一神论观点相调和?在某种意义上,西
方文化史中一部耶稣形象的历史,也是神性与人性不断消长、权
衡、碰撞的历史。

纪伯伦笔下的耶稣形象,集中体现了他的全部理想形象。首
先,耶稣是现存社会制度的反抗者,这与他作品中的"疯人"
形象相吻合。在罗马大祭司该亚法看来,耶稣是一位"亵渎者"

---

① [美]帕利坎:《历代耶稣形象》,杨德友译,上海三联书店 1999 年版,第
87 页。

② 同上书,第 2—3 页。

(difiler) 和 "腐化者" (corrupter);① 对逻辑学家以摩当来讲，耶稣是一个 "目无法纪、一意孤行的人"，他是 "反对一切财产的乞丐"、"一个只会同无赖和流浪汉寻欢作乐的醉鬼"② ……在迦百农城一位年轻的祭司眼中，耶稣是一位 "魔术师" 和 "巫师"，是一个 "用魔力和巫术使淳朴的人受迷惑的人"，他 "用先知的话和我们祖先神圣的权力玩花招"。③ 另一方面，耶稣也是 "爱、美与生命" 的终极体现。在 "大多数人" 眼中，耶稣被赋予神圣的光芒，给人的生命存在提供 "意义" 支撑和 "神圣" 慰藉；而在 "我" ——一个现代先知般的黎巴嫩人看来，耶稣是 "诗人、歌者和情人的主人"，是生命的体验者。

神人二性的耶稣形象，实际上沟通了神圣的上帝和有限的人类存在，体现了基督教作为历史神学的救世功能。上帝的神圣在具体的生命存在中体现，人与世界在上帝的信仰中不断更新和神圣化，经由耶稣这一神人二性的形象，生命的神圣 "不仅完成于天空，也在大地中映现"。④

在 19 世纪和 20 世纪之交的西方文学中，纪伯伦笔下的耶稣形象具有独特性。在 19 世纪的浪漫主义者看来，耶稣是 "属灵诗人" 的形象，他沟通了自然与超自然、经验与信仰之间的对立，借由这一形象，浪漫主义者反抗了 18 世纪启蒙运动对理性的偏执和由此带来的平庸。而在整个 19、20 世纪中，耶稣则是

① 大祭司该亚法，*Caiaphas The High Priest*。
② 逻辑学家以摩当：流浪者耶稣，*Elmadam the Logician*：*Jesus the Outcas*。
③ 迦百农一位年轻的祭司：魔术师耶稣，*A Young Priest of Capernaum*：*of Jesus the Magician*。
④ 汪建钊编选：《别尔嘉耶夫集：一个贵族的回忆和思索》，上海远东出版社2004 年版，第 261—269 页。

一位向每一种社会制度提出挑战的反抗者和解放者形象。① 这里,从纪伯伦作品中耶稣的反抗者形象、具有灵性的诗人和歌者形象,我们可以看到纪伯伦所受的时代影响。但总体而言,纪伯伦笔下的耶稣形象所承载的意义,远不止这些,作为"爱、美与生命"的化身,其"神圣性"是纪伯伦文学中耶稣形象的核心和特质所在,从此种意义上说,纪伯伦作品中的耶稣形象是对福音书经典文献中耶稣形象的追溯,这与同时期西方文化史中耶稣的"人性化"倾向形成了强烈反差。

关于耶稣的人性与神性,古今学者的解释一般有三种:一、耶稣是兼有神人二性的上帝之子,是世人的救主,这是基督教的正统教义。二、耶稣既非神也非人,而是福音书作者——一些凝聚了初期基督徒普遍愿望的文化人——有意无意塑造出的神话形象。三、耶稣不是神,是人,是在历史上确曾存在过的真实人物。② 而在 19 世纪和 20 世纪之交视"教士即仇敌"的自由主义时代,勒南的《耶稣的一生》成为读者们"如饥似渴的案头读物",《耶稣的一生》是耶稣人性论的早期代表作,这部著作中的耶稣是个毫无神性的普通人,从未经历过神话式的降生、复活、升天等,这部著作在 19 世纪下半叶到 20 世纪初期被 6 次译为英语,带来了一场前所未有的评判风暴。③ 可见,在 19 世纪和 20 世纪之交的西方语境下,作为人性的耶稣形象已广为流传,这与纪伯伦笔下那个建构起人类生命存在神圣性的耶稣形象表现出明显差异。

---

① [美]帕利坎:《历代耶稣形象》,杨德友译,上海三联书店 1999 年版,第 16 章,第 17 章。
② [法]欧内斯特·勒南:《耶稣的一生》,梁工译,商务印书馆 1999 年版,中译者序,第 2 页。
③ 同上书,第 1—2 页。

　　如果说"四大福音书"中的作者以无限的敬仰和谨慎记录下了那位他们撇下一切去跟随的耶稣的言与行，他们富有创意地组织和重写资料，以满足他们时代的读者的需要，那么，纪伯伦则通过重新追溯那位"不仅完成于天空，也在大地中映现"的人子耶稣，使"神圣"在一个消解了神圣的时空重新绽放！

第四章

建构新的"神圣"：爱、美与生命

第一节 《大地之神》中的爱、美与生命

1931 年出版的长篇对话体诗《大地之神》堪称纪伯伦文学创作的精神探索寓言。它通过三位"大地之神"围绕生命问题展开的对话，层层深入地揭示了对生命之神圣性"质疑—探询—回答"的全过程。

一 死亡与神圣

大地之神"诞生于大地"，是掌管生命的泰坦（the Master Titans of life)，三位大地之神的对话也始终围绕着"生命"这一论题展开，然而，《大地之神》这部探讨生命的作品，却恰恰以死亡开始。

诗作起首，由西方吹来一阵风，风中夹杂着死物的气味。面对死亡，第一和第二位神对待生命的态度在对话中展现出来。

在第一位神看来，死亡的气息无法避免，它沉郁地悬滞于空中，因而人短暂的生命如微弱的火焰，面对死亡的沉重，唯有躲避：

我将脸转向南方，

因为这风使我的鼻中充满了死物的腐味。

I would turn my face to the south,

For the wind crowds my nostrils with the odors of dead

things.   (2)①

而在第二位神看来，死亡的气息恰恰彰显了生命的厚重，它是燃烧着忧思的生命的芬芳，在死亡之中蕴涵着"不死"的叹息，诸神由此健壮。面对死亡昭示的永恒，愉悦发自神的内心：

这是燃烧的肉体的香味，甜美而丰淳，

我愿把它呼吸。

It is the scent of burnt flesh, sweet and bountiful.

I would breathe it.   (3)

死亡在纪伯伦文学中占有重要地位。早期阿拉伯语文学中的死亡，表现出基督教的救赎内涵。这一时期的作品塑造了一系列弱小者的"群像"：受欺压的穷人、被凌辱的女子、寂寥一生的诗人……这些"类型化"的人物构成了作者早期作品关注的焦点，而这一"群像"的最终归宿，往往是以"死亡"求得精神的救赎。在《玛尔塔·巴妮娅》中，受尽折磨的玛尔塔"平静"地死去；《新婚的床》中自杀殉情的女子以死

---

① 鉴于《大地之神》一般不为国内读者了解，本节对作品中的引文采取汉英对照的方式，以便读者了解作品的原貌。

"砸烂了镣铐枷锁"、"启程奔向太阳"；《诗人的死就是生》中，诗人对"美丽的死神"早已"心驰神往"；而在《死之美》中，死者眼中有"上帝的影像"，耳畔有"天国永恒的乐曲"。

在后期英语文学作品中，死亡仍然占有至关重要的地位，它常常是一部作品的缘起或结束——《人子耶稣》的末篇《一个黎巴嫩人：19 个世纪以后》作为理解全书的关键，诗中的"我"经过了"七生七死"的轮回；《先知》中，在先知阿尔穆斯塔法向阿法利斯城中的人们展现的关于生和死的奥秘中，死亡是先知向人们传达的最后一个生命的秘密，而死亡之中隐藏着"永生之门"，主体部分的 26 个论题以"爱"开始，以"死亡"结尾，死亡昭示了永恒，它与生命同一，是在"风中裸立，日下消融"，是"无碍地寻求上帝"。显然，后期英语文学作品承袭和发展了早期创作中的死亡观——它如基督教的救赎观一样，是实现永生的途径，但它不像基督教中以隐忍之血求得救赎，却是人生命的一部分，与生命同一，在自然的生命循环中走向永恒，因而，死亡昭示的是生命的永恒与神圣。

事实上，《大地之神》中第一和第二位神对待死亡的不同态度，引出了关于生命的核心问题：人类生命的神圣性是否存在？也就是说，无限、永恒等超验范畴是否对生命存在构成意义？因为对死亡的认识决定了人们关于神圣的观念。对神圣世界的确信，来自人们对于死亡的基本认识：死亡并非生命的绝对终止，却是生命达到更高状态的必经途径。因而对死亡超验意义的确信，构成了一切信仰的起点。

在原始人类的思想中，死亡意味着新生的开始，是实现神性生命最完美的"入会仪式"。通过世俗世界中的死亡，人类存在才能从不完美、未成熟的状态转变到一个完美、成熟的状态，才能重新出生于神圣的世界，即诸神的世界中。① 早在中石器和新石器时代的农耕文化时期，人们便将人类乃至宇宙的生命存在与植物生命的节律同化起来，植物生命节律中出生、死亡以及再生的奥秘激发了人们的宗教思想、神话和仪式。在农耕社会的人们看来，植物的"死亡"是确保另一个新生的奥秘，而这一新生则更为神奇，因为它伴随着惊人的繁殖。"出生、死亡、再生"这一农耕文化时代的宗教概念成为主宰东方和地中海地区达 2000 年之久的宇宙起源论、末世论以及弥赛亚信念的源头。②

在古埃及人看来，人死之后，灵魂飞向天空的星辰，分享它们的永恒，天空被想象成母神，因此，死亡也就等于是一次新生，换言之，是在星空世界里的再生。而作为神之化身、神性体现的法老是不朽的，他的死亡只是意味着他转到了天上，人们相信死亡并没有中断生命的延续性，对不朽的确信使人们相信法老神性保障下的宇宙秩序。③

在印度的吠陀时代，通过献祭或"回到母体"的仪式性"死亡"，重生为一个更高层次的生命。由于人要参加许多次典礼，他会在一生中象征性地"死亡"很多次，而在每一次典礼中都会"再生"一次。从某种意义上说，"牺牲的死亡"就等同于"生命的孕育"。④ 而在古印度，死亡不是生命的结束，当躯体死亡时，其中的灵魂便进入另一个躯体，因而，人不应因死亡

① ［罗马尼亚］米尔恰·伊利亚德：《神圣与世俗》，王建光译，华夏出版社 2002 年版，第 104—115 页。

② ［美］米尔恰·伊利亚德：《宗教思想史》，晏可佳等译，上海社会科学院出版社 2004 年版，第 38—40 页。

③ 同上书，第 76 页。

④ 同上书，第 188 页。

而悲伤。①

在佛教思想中,成佛的最高境界涅槃即"断绝渴爱",是通过禅定和冥想才能达到的"解脱苦"的境界,它是任何有限世界的彻底断灭,也是超越了生死轮回的绝对性。② 在基督教思想中,耶稣的死构成了基督宗教的核心事件,正是由于上帝之子耶稣以自己的血为献祭,赎了人在前约之时所犯的罪过,才使众人在死后得拯救,可以复活和永生,可以回到上帝最初创造的那个天堂。

然而,当一个人不再确信死亡的超验性,死亡于他也就成了一种只存在于当下的纯粹经验事实,死亡的沉重被消解——"经由死亡达成神性"的信念就变得毫无意义,死于是不再表现为某种生命意义的必然实现、不再预示着神性生命的新生。而因为死亡本身的不可体验性,于是,对死亡的漠视便成为人们的生存方式,并导致人们只关注当下体验和经验现实。正如伊壁鸠鲁著名的辩词:"我何以要怕死呢? 当我活着时,死尚未到来;当死到来时,我已不在。"当对死亡的漠视成为一种具有普遍性的时代现象,乃至成为人们抗拒死亡恐惧的一种生活方式,这个时代必然是一个消解了神圣的、世俗的时代、是一个缺乏精神信仰的时代。所以中国魏晋时代的畅情纵欲首先表现为对"死后名"的轻蔑:"死则腐骨,腐骨一矣,孰知其异? 且趣当生,奚遑死后?"③

因而,两位神对待死亡的不同态度,首先以隐喻的方式揭示了现代人对生命神圣性的质疑。现代人与死的关系决定了现代文

---

① [印度]维亚萨:《薄伽梵歌》,嘉娜娃译,陕西师范大学出版社 2007 年版,第 43 页。

② 同上书,第 524—532 页。

③ 曹顺庆:《跨越异质文化》,山东友谊出版社 2007 年版,第 265 页。

明中永生和不朽之信仰的跌落，对现代人来讲，工作和营利成为最重要的生存要素，世界不再是温暖的"家园"，不再是爱和冥思的有机体，而变成了计算和工作进取的冰冷对象。无限制的工作和营利冲动不仅完全排除了现代人对上帝和世界的任何沉思和享受，而且也使现代人对死亡观念麻木不仁，死之出现不再显现为某种生命意义的必然实现，他们不再相信永生，不再相信一种在永生中对死的克服。① 于是，以第一和第二位神对待死亡的不同态度为开端，《大地之神》开始了三位神围绕"神圣"展开的对话。

二　围绕"神圣"展开的对话

按照三位神各自不同的言论，《大地之神》可以分为 36 节，每一节都冠以"第……位神"的标题，以标明这出自哪一位神的言论。从第 1—26 节，文章的核心是第一和第二位神的对话，以他们对待死亡的不同态度为起点，引出"生命是否具有神圣性"这一论题。

大地之神对人类生命存在的探讨——这一事实本身就首先排除了人类生命的"神圣"维度。因为如果假设人的生命存在是神圣的，那么这神圣也只能来自神的赋予。从赋予人类神圣的"神"的角度来看"人"，人永远是有限的存在。因此，虽然前两位神对待生命存在的态度迥然而异，但对于人类生命存在的有限性这一点上，他们的观点是一致的。

在第一位神看来，人类的生命存在微不足道，他们是"众神的食物"：

---

① ［德］舍勒：《死·永生·上帝》，孙周兴译，中国人民大学出版社 2003 年版，第 7—31 页。

看哪,这就是人类!

因饥饿而繁衍的生物,成为饥饿众神的食物。

Behold this is man!

A creature bred on hunger and made food for hungry gods.

(12)

第二位神认为,人生来要被神奴役,没有"神"的存在,"人"将会一无所是:

人类的荣光始于

他无目的的呼吸被神神圣的嘴唇吮吸。

人类将一无所是,当他总是人类的。

And the glory of man begins

When his aimless breath is sucked by god's hallowed lips.

All that is human counts for naught if human it remain;

(11)

……

人类生来要被奴役,

在被奴役中有荣耀与报偿。

在人类中,我们寻找代言人,

在他的生命中,我们成就自己。

Man is born to bondage,

And in bondage is his honor and his reward.

In man we seek a mouthpiece,

And in his life our self fulfillment.

(14)

就其内在原因来讲，同样都认识到人类生命存在的有限性，两位神却有本质差异。第二位神认为自己拥有"绝对"的神性，由此他藐视人：

因此，我们将支配人类直到时间的尽头，
掌握他的呼吸，从他母亲的尖叫开始，
到他孩子的哀号结束。
Thus shall we rule man unto the end of time,
Governing the breath that began with his mother crying,
And ends with the lamentation of his children. 　　　（8）

第一位神却是因为看到自身"神圣"的虚无：

噢！昨天！死去的昨天！
我被锁着的神性的母亲！
……
我不祝福你，也不诅咒你；
因为你虽让我背负生命的重荷
但我也如此对待人类。
我，不死的，将人造成过路的幻影；
而你，正逝的，将我构成不死的。
O yesterday, dead yesterday,
Mother of my chained divinity.
……
I bless you not, yet I would not curse you;
For even as you have burdened me with life
So I have burdened man

But less cruel have I been.

I, immortal, made man a passing shadow；

And you，dying，conceived me deathless. （16）

　　原文用了斜体，这意味深长——文章由此处发生了隐喻性的置换：众神不再是从俯视角度看待人类的生命存在，他们对自身生命存在的追问，实际上也隐喻了作者对人类生命存在的思考。因为"昨天"母亲和众神的关系，正如同众神和人类的关系：人类和诸神，都处于神性创造者的"无限"和造物的"有限"之间。由此，第一位神对自身存在的绝对神性产生怀疑：作为诸神的我们创作了人类，凌驾于人类之上，被人类看做具有不朽的"神性"，但在我们之上，还存在着高于我们的"昨天"，她创造了我们，是她赋予我们神性。如果人类是微不足道的、虚空的存在，那么我们诸神也同样如此！因此，在诗作的第一部分，第一位神认识到自己的生命存在是虚空的、无意义的：

厌倦是我的全部心境，

我不愿动手去创造一个世界

也不愿去毁灭一个世界。

……

假如我可以死亡，我不愿意生存，

因为世代的重负压于我身。

Weary is my spirit of all there is.

I would not move a hand to create a world

Nor to erase one.

……

I would not live could I but die,

For the weight of aeons is upon me.　　　　　　　　(6)

第一位神的厌倦，基于对生命神圣性的质疑，因而，他的绝望实际上也隐喻了现代人在"去圣化"世界中的精神困境。

但"神圣"的精神体验是人类内心深处无法摆脱的恒久记忆。

生活在历史中的现代人无法摆脱内心深处久远的神圣体验。因为每个人都由他有意识的理性活动和非理性的体验构成，一个纯粹理性的人是一个抽象化的人，在现实生活中绝不会存在，源自人类存在深处的"无意识"地带隐藏着他久远时代的神圣体验，只是这种体验以各种曲折的、隐晦的方式表现出来。① 神圣感作为人类特有的精神品质，犹如生命中隐在的神奇潜流，永远驱使着人们将目光投向超越现世的彼岸世界，只有在对"永恒"的信仰中，人们才能逾越生命自身的虚浮和琐碎，寻找到恒久的精神家园。神圣感的缺失，会使生命飘浮而找不到归依之所。在米兰·昆德拉的现代精神困惑的隐喻之作《不能承受的生命之轻》中，将一切看似"美好的"、"对生命的绝对认同"视为"媚俗"的萨宾娜，却又无法拒绝"媚俗"的诱惑：

　　　　在她（萨宾娜——引者注）心灵最深处，在不能承受的生命之轻中，不时奏响那首荒谬但感伤的歌曲，向人诉说，在两扇闪亮的窗户后，生活着一个幸福的人家。②

————————

① ［罗马尼亚］米尔恰·伊利亚德：《神圣与世俗》，王建光译，华夏出版社2002年版，第122—123页。

② ［捷克］米兰·昆德拉：《不能承受的生命之轻》，许钧译，上海译文出版社2003年版，第305页。

在"不能承受的生命之轻"中不时奏响的"那首荒谬但感伤的歌曲",是现代人想摆脱,却永远摆脱不掉的"神圣"记忆。因此,试图抹去生命"神圣"记忆的萨宾娜,她的生命注定要在虚无中飘浮,正如《大地之神》中第一位神虚无的绝望。这绝望的实质,在于他内心深处无法忘却关于"神圣"的记忆,却寻觅不到神圣的依托,他只有希求于"未被踩踏的土地"、"未成形的永恒":

> 不,我要将我的手交给未成形的永恒,
> 将我的双足奉献给未被踩踏的土地。
> Nay, unto eternity unmoulded I would give my hands,
> And to untrodden fields assign my feet. (19)

因此,第一部分以第一位神处于极端绝望的呼号结束:

> 如果我是人,一个盲目的碎片,
> 我定能坚忍地面对这一切。
> 或者我若是至高的神,
> 那填补人和诸神空虚的至高之神,
> 我定会感到满足。
> 但你我既不是人
> 也不是高于我们之上的神。
> 我们只是曙光或薄暮,永远升起或消失
> 在地平线与地平线之间。
> 我们只是诸神,支撑世界又被世界支撑,
> Were I man, a blind fragment,

I could have met it with patience.

Or if I were the Supreme Godhead,

Who fills the emptiness of man and of gods.

I would be fulfilled.

But you and I are neither human,

Nor the Supreme above us.

We are but twilights ever rising and ever fading

Between horizon and horizon.

We are but gods holding a world and held by it,   (26)

　　此处，"人"、"至高之神"和"诸神"影射了生命存在的三个层次。第一位神眼中的"人"隐喻了完全脱离了神性的有限存在，"至高之神"隐喻了具有绝对神性的永恒，而第一位神所属的"诸神"则介于两者之间，是"曙光或薄暮"（twi-lights）——"支撑世界又被世界支撑"。第一位神的绝望在于他自知介于两者之间：既是至高之神创造的有限存在，又忘不了内心深处久远的记忆——至高之神向自己注入的神性，这又何尝不是不再服从于绝对的"神圣"、徘徊于人性的琐碎与神性的无限之间的现代人的绝望！在纪伯伦的集大成之作《先知》的《罪与罚》中，人的自我被明确分为三个层次："神性的自我"（god-self）、"人性的自我"（man）和"侏儒的"或曰"还未发展成人性的自我"（pigmy-self）：

　　　　但你们的存在并非只是独居着神性的自我。

　　　　在你们里面，有些仍是人性的，有些还不成人性，

　　　　But your god-self does not dwell alone in your being.

　　　　Much in you is still man, and much in you is not yet man,

而介于神性自我和未成人性自我之间的"人性的自我",也被称为"曙光"(twilight)中的人——站在未成人性自我的黑夜和神性自我的白日之间(standing in twilight between the night of his pigmy-self and the day of his god-self)。这三个层次呼应了《大地之神》中生命存在的三个层次——未成人性的、人性的、神性的,而人介于无限与有限、世俗与神圣之间。

至此,在第一位神的极端绝望中,问题的症结显现出来:如果神圣是生命存在无法缺失的久远记忆,那么,在世俗化的世界中,神圣的依托何在?也就是说,现代人凭借什么感受到神圣?

在诗作的第一部分,我们很容易注意到这样一个事实:前两位神在交谈过程中,一直没有意识到第三位神也在说话。对话一直在第一和第二位神之间封闭地展开,第三位神始终被排除在外,两位神真正开始注意第三位神的言论,是在第一位神陷入极度绝望之时。从长诗的第 27 节开始,第三位神的话成为主导,也最终向我们揭示了神圣的依托何在。

在长诗的结尾,诸神隐退,"爱"成为新的"统治者":

> 对于我们(诸神),最适当、最明智之举是:
> 寻找一个浓荫遮蔽的角落,在我们大地的神性中睡去,
> 让爱,人类的和脆弱的,统治即将来到的日子。
> Better it is for us, and wiser,
> To seek a shadow nook and sleep in our earth divinity,
> And let love, human and frail, command the coming day.
>
> (36)

显然,此处点明了生命神圣性之所在——爱!

"爱"是众多文化思想的核心理念。佛教思想、儒家思想、伊斯兰教思想、基督教思想、古希腊哲学以及现代人本主义思想，无不把爱设定为一个意义论说的关键性理念。在纪伯伦的文学创作中，"爱"也同样是一个贯穿始终的核心范畴。在其早期阿拉伯语小说创作中，纪伯伦已经显露出对爱理念的关注；在《先知》中，先知向人们讲述生命的秘密时，首先即是讲"爱"；但《大地之神》是纪伯伦文学创作中"爱"理念集大成式的作品。在这部作品中，不仅通过三位神对生命神圣性的质疑与探询，最终揭示了"爱"作为神圣依托的超验性，而且对"什么是爱"这一问题作了思辨式的解答。

三　爱是生命：神性寄寓肉身

"爱"是基督教伦理的核心组成部分。在新约中，基督教"爱"的观念得以系统和具体的表现，上帝的爱以及上帝的爱体现于其中的一切形式的爱，基本是用希腊词汇 Agape 来表达的，这一表达在基督教神学论述中一直沿用至今。[①] Agape，汉译为"挚爱"或"圣爱"，按照当代基督教神学家巴特（Karl Barth）的界定，挚爱是爱者自由地、为了他者本身的缘故，放弃对自身的支配而倾注于他者，这爱是与信仰不可分割的基督教的生活行为。[②] 恪守基督教的基本原理，首先要遵守爱的律令：要"爱主你的上帝"，要"爱邻如己"。这条爱的律令的首要原则是"全心全意地爱上帝"——以全部的"心灵（heart）、灵魂（soul）、意念（mind）"来爱主，是"诫命中第一且最大的"（马太22：

---

① 王涛：《圣爱与欲爱——保罗·蒂利希的爱观》，宗教文化出版社 2009 年版，第 16 页。

② 同上书，第 3 页。

37；马可 12：30），这首先表明了基督教之爱的神圣性和超越性。

但在 20 世纪的现代西方社会，爱被"去神圣化"了，它首先表现为对"爱上帝胜过爱一切"的律令的反抗。在舍勒看来，这种爱把"不可见的精神部分、灵魂及其神圣"撇在一边，看重人的肉身和感观幸福。① 也就是说，现代爱观的一个重要表现是欲爱（eros）的复兴。

就西方思想史来说，爱理念最重要的古代形态是希腊的欲爱和基督教的挚爱。与挚爱相对应，欲爱在本质上是一种征服性、索取性、占有性的爱，它源自于自我主张并指向自我实现。② 欲爱的动机结构是欲求，它以人的自我为基点；挚爱的动机结构是给予，它以神恩的充溢为基点。在西方思想史中，欲爱和挚爱之间的冲突与融构，从未停止过，发展到现代，欲爱和挚爱之间的冲突尤为明显。这主要表现在两个方面：一方面是古希腊的欲爱观一再强而有力的复兴，坚决抵抗基督教的挚爱观；另一方面，则是基督教思想对欲爱观的顽强抵制。③ 舍勒这样评价中古时代和现代爱观的差异：中古时代是欲望的禁欲，以便把目光投向神性世界；现时代是精神的禁欲，以便把目光"投在人之本性中最低下、最具动物性的方面"。④

---

① ［德］舍勒：《基督教的爱理念与当今世界》，李伯杰译，刘小枫选编：《舍勒选集》，上海三联书店 1999 年版，第 803—812 页。

② 王涛：《圣爱与欲爱——保罗·蒂利希的爱观》，宗教文化出版社 2009 年版，第 3 页。

③ 刘小枫：《挚爱与欲爱》，刘小枫：《个体信仰与文化理论》，四川人民出版社 1997 年版，第 457、465、467 页。其中关于挚爱和欲爱的定义是刘小枫参引薛耕南的解释。

④ ［德］施皮茨莱编：《亲吻神学——中世纪修道院情书选》，李承言译，生活·读书·新知三联书店 1998 年版，刘小枫"中译本导言"，第 5 页。

然而，在《大地之神》中，我们可以看到作者试图融构欲爱与挚爱的努力。第三位神这样描述爱：

> 它不是肉体恣肆的衰竭，
> 亦非欲望和自我搏斗时
> 欲望的溃败；
> 它也不是拿起武器与灵魂抗争的肉体。
> It is not a wanton decay of the flesh,
> Nor the crumbling of desire
> When desire and self are wrestling;
> Nor is it flesh that takes arms against the spirit.　　(33)

这里，纪伯伦借第三位神之口，明确而鲜明地否定了欲爱或挚爱这两种"非此即彼"的爱观。首先它不是欲爱："拿起武器与灵魂抗争"，耽于"肉体恣肆的衰竭"；它也不是满足于纯粹精神的挚爱：在"欲望与自我搏斗时"，欲望屈从于灵魂而"溃败"。

那么，这样一种既非欲爱也非挚爱的爱，是一种什么样的爱呢？

挚爱与欲爱的冲突，实际上代表了基督教神学一直无法解决的难题：精神法则与肉身法则的冲突。刘小枫曾分析基督性的挚爱在人的体验——行为结构中与人的欲爱自性的冲突：

> 人之生存的在体结构是欲爱性的，否则，上帝在十字架上之死，以己身示爱就成了多此一举。基督性的爱是一种纯粹精神的法则，人之生存的在体结构依循的是纯粹肉身的法则。精神法则与肉身法则之间的冲突，是基督教挚爱观中一

个不可规避其解决的冲突。①

　　也就是说，基督教文化中欲爱与挚爱的冲突，实际上体现了人自身生命存在中肉身法则与精神法则的冲突。国内研究者往往注意到纪伯伦文学中"爱"与"美"的密切联系，认识到爱和美是"纪伯伦毕生的追求"，构成了纪伯伦文学这部交响乐的主旋律。② 却没有意识到，"生命"才是纪伯伦全部文学作品中关注的核心主题，无论是他作品中的"爱"理念、还是"美"理念，都与"生命"问题息息相关，并且融为一体。在《大地之神》中，爱正是通过"生命"这一既蕴涵于个体肉身性存在，又具有超越性精神内涵的概念体现出来，爱与生命交织在一起，以互证互释的方式，揭示了作者力图融构欲爱与挚爱、生命存在的肉身法则与精神法则的努力。通过第三位神的言论，"爱"与"生命"的秘密得以呈现。

　　看似疏离于前两位神的第三位神的言论，具有相对独立的连续性和整体性。在前两位神辩论关于"神圣"的话题时，第三位神从一开始仅仅注意到了一个男人和女人的生命存在——山谷中歌唱的青年和花丛中跳舞的姑娘（7，10）。在一种神秘力量的驱使下，姑娘寻觅歌唱的青年。从第 20 节青年和少女相遇到诗的结尾，穿插于两位神的对话之间，第三位神一共说出 6 段话（20，24，27，30，33，36），在这 6 段话中，爱与生命存在浑然一体，互相阐释和印证。首先，正如诗歌的结尾所描述的，爱是"人类的和脆弱的"（Human and frail）——它蕴于生命原初

---

　　①　刘小枫：《挚爱与欲爱》，刘小枫：《个体信仰与文化理论》，四川人民出版社 1997 年版，第 468 页。

　　②　［黎］纪伯伦：《纪伯伦全集·前言》第一集，李唯中译，百花洲文艺出版社 2007 年版，第 6 页。

的激情和有限存在之中。

　　第20节，少女循着歌声找到了青年。此时他们的爱充盈于
"狂喜的面庞"、"迈着灵巧的步子"、"热切的呼唤"和"凝望"
这些个体生命鲜活的存在和行为中：

> 她看着他狂喜的面庞。
> 像山豹一般，她迈着轻灵的步子
> 穿行于葡萄藤和羊齿草之间。
> 现在，他在热切的呼唤中
> 凝望着她。
> She sees his raptured face.
> Panther-like she slips with subtle steps
> Through rustling vine and fern.
> And now amid his ardent cries
> He gazes full on her.　　　　　　　　　　　　　(20)

　　这里，姑娘寻找爱人的急迫，比之以山豹的轻捷，突出了源
于原初生命的激情！在第27节，一切都在生命的激情中被抹去
了：

> 所有这一切均被抹去
> 在一个男子和一个少女的激情中。
> This and all is wiped away
> In the passion of a man and a maid.

　　但在这生命激情的有限存在中，纪伯伦寻找的是灵性的神圣
和精神的超越！

在第 24 节中, 爱被形容为"灵魂"的"相遇", 因为相爱着的两个"灵魂"的相遇, 平凡的生命存在被赋予灵性的光芒——沉默中似乎蕴涵着歌唱和舞蹈的韵律:

他们相遇了, 两个星般跃动的灵魂在空中相遇了!
在沉默中他们彼此凝视
他不再歌唱,
但烈日点燃的喉咙仍随着歌曲而颤动,
欢乐的舞在她的四肢中沉寂了
但并未睡去。

They meet, two star-bound spirits in the sky encountering.

In silence they gaze the one upon the other.

He sings no more,

And yet his sunburnt throat throbs with the song;

And in her limbs the happy dance is stayed

But not asleep.

在第 27 节, 第三位神找到了爱和生命"灵魂"的居所:

我们的灵魂, 甚至生命的灵魂, 你们的和我的灵魂,
居于今夜那燃烧的咽喉,
和如跳动的波浪般(欢舞的)姑娘胴体的外衣。

Our soul, even the soul of life, your soul and mine,

Dwells this night in a throat enflamed,

And garments the body of a girl with a beating waves.

(27)

　　显然，"燃烧的咽喉"、"如跳动的波浪般（欢舞的）姑娘胴体的外衣"，指代了歌唱与舞蹈这两种行为。在纪伯伦的文学创作中，歌唱和舞蹈是具有象征意义的意象，它们常常象征生命存在本身。①

　　歌唱、飞翔、舞蹈……这些具体的行为，象征了人的生命存在——仅仅是作为体验、发生、过程的生命存在。这里，爱的神圣寓于原初的生命激情，生命的灵性寄寓生命自身的有限存在之中。事实上，第三位神从未真正疏离过另外两位神的对话，从一开始他就在描绘人类作为有限生命存在的真实状态。在两位神注意到他的言论（27）之前，每次他总以邀请两位神"倾听"或"观看"的姿态作开场白。在诗歌的前半部分，第三位神共讲了7段话，这一开场白也随之出现了7次：

　　　　请听！我的兄弟！我古老的兄弟！　　　　　　　（7）

　　　　Listen my brothers, my ancient brothers.

　　　　兄弟们！我尊贵的兄弟们！　　　　　　　　　　（10）

　　　　Brothers, my august brothers,

　　　　兄弟们！我可畏的兄弟们！　　　　　　　　　　（13）

　　　　Brothers, my dreaded brothers,

　　　　兄弟们！我强有力的兄弟们！　　　　　　　　　（15）

　　　　Brothers, my mighty brothers,

　　　　兄弟们！我圣洁的兄弟们！　　　　　　　　　　（17）

　　　　Brothers, my sacred brothers,

　　　　兄弟们！我庄严的兄弟们！　　　　　　　　　　（20）

　　　　Brothers, my solemn brothers,

―――――――――――

① 详细论述见第三章第3节相关论述。

兄弟们！看啊，我的兄弟们！　　　　　　　（24）

Brothers，behold，my brothers，

　　这里，第三位神对前两位神的称谓，先后用了"古老"、"尊贵"、"可畏"、"强有力"、"圣洁"、"庄严"，这事实上是以反语的方式质疑前两位神对人类生命存在的居高临下和"漫不经心"（unheeding，27）。同时，也借此向我们描绘了人类生命存在的真实状态——与第三位神对前两位神的称谓截然相反，如果用词语进行描绘，应该是"年轻"、"卑微"、"可亲"、"脆弱"、"平凡"、"普通"——这实际上也是寄寓肉身的"爱"的真实状态：人类的和脆弱的，它同时也揭示了纪伯伦爱观和生命观的实质所在：爱与生命的神性寓于有限的肉身存在中！

　　纪伯伦的集大成之作《先知》也表达了同样的生命观。作品的 26 个论题关乎人生命存在的方方面面——《爱》与《美》（Beauty）、《死亡》与《宗教》、《施予》（Giving）与《买卖》（Buying and Selling）、《饮食》（Eating and Drinking）与《工作》（Work）、《衣服》（Clothes）与《居室》（Houses）、《法律》（Laws）与《罪罚》（Crime and Punishment）、《婚姻》（Marriage）与《孩子》（Children）、《欢乐与忧伤》（Joy and Sorrow）、《理性与激情》（Reason and Passion）、《痛苦》（Pain）与《逸乐》（Pleasure）、《祈祷》（Prayer）、《友谊》（Friendship）与《谈话》（Talking）、《自由》（Freedom）与《自知》（Self-knowledge）……而在《宗教》一文中，当一位神甫请先知阿尔穆斯塔法宣讲宗教时，先知言道：

　　这一天中我曾谈过别的么？

宗教岂不是一切的行为和思考，

以及那既不是行为，也不是思考，而是在凿石或织布时灵魂中涌溢的一缕叹异和惊奇吗？

……

谁又能将他的信仰与行动分开，将信念与行为分开呢？

……

你的日常生活，就是你的殿宇，你的宗教。

Have I spoken this day of aught else?

Is not religion all deeds and all reflection,

And that which is neither deed nor reflection, but a wonder and a surprise ever springing in the soul, even while the hands hew the stone or tend the loom?

……

Who can separate his faith from his actions, or his belief from his occupations?

……

Your daily life is your temple and your religion.

这里，阿尔穆斯塔法借谈论宗教揭示了《先知》与《大地之神》相一致的生命观：生命存在的一切形式——行为、思考、叹异与惊奇，都具有宗教性，它们是神圣的。

四　爱是美：神性奇寓感性

值得注意的是，第一和第二位神最终被爱征服，是因为他们首先注意到了爱之"美"。在诗歌的第 28 节，歌唱的青年和欢舞的少女，构成了一幅生机勃勃的生命图景，而他们的爱，与歌唱和欢舞的生命交织在一起，传达出和谐之美。这美使第二位神

惊奇:

> 是啊，这男人和女人的爱究竟是什么？
> 看！东风与她欢舞的双足共舞，
> 西风和他的歌声一起歌唱。
> 看！我们神圣的意图正登上王位，
> 当一个歌唱的灵魂屈从于一个欢舞的身体时。
>
> Yea, what of this love of man and woman?
> See how the east wind dances with her dancing feet,
> And the west wind rises singing with his song.
> Behold our sacred purpose now enthroned,
> In the yielding of a spirit that sings to a body that dances.

这里，灵魂寄寓身体激情的欢舞，生命的神圣由此彰显。而爱表现出生命与自然的和谐之美：东风与之共舞、西风与之齐歌。

事实上，在诗歌的前半部分，当前两位神因为"神圣"而辩论，乃至绝望的时候，看似疏离于两位神的第三位神，始终陶醉在"美"中。也就是说，同前两位神一样，第三位神是从"美"中发现了爱和生命的奥秘。

诗歌一开始，当前两位神因为死亡的气息或振奋或厌倦时，第三位神出场了。在诗歌前半部分第三位神的言语中，无一不是在呈现"美"。而这美，通过两种方式表现出来，其一是用自然界的物体进行具象式的描摹，其二借助了通感手法。

法国诗人波德莱尔认为，我们身处的世界是一本"象形文字的字典"，它是一个"复杂而不可分隔的整体"，自然界的万物之间、自然与人之间、人与人之间、人的各种感观之间存在着隐秘的、内在的、应和的关系。① 他写道：

　　　　天是一个很伟大的人，一切——形式、运动、数、颜色、芳香，在精神上如同在自然上都是有意味的，相互的、交流的，应和的。②

　　在《大地之神》中，第三位神看到的美，是人的生命存在与自然万物交融的美。诗歌用"宝石"和"白银"来形容青年歌声的美（7），用发际间的"繁星"和足下的"飞翼"描绘姑娘欢舞之美。而他（她）们的美对自然产生了奇妙的影响：青年的歌声"震撼森林"（13），姑娘的舞蹈使"空气震颤"（15）。当他（她）们在爱中相遇，我们看到的是人与自然融为一体的"象征的森林"（波德莱尔）：鲜花和火焰（17）、猩红和银白的网、放纵的星（20）、月光、草原和大海（24）、火焰映照火焰（27）。

　　作者描摹这种美时，采用了通感的手法，人的各种感观之间相互应和，以神秘的方式体现了人与自然万物的和谐之美。第7节，形容青年的歌声"如宝石，似白银"，以视觉来表现听觉效果。而在第17、20和27节，当爱驱使两人相遇，这一激情的心理感受以强烈的视觉体验表现出来。

　　第17节，听到歌声后，姑娘在爱的喜悦中寻觅青年，她初尝激情的快乐代之以一幅绚丽的视觉图画：

---

　　① 郭宏安：《论恶之花》，［法］波德莱尔：《恶之花》，郭宏安译，广西师范大学出版社2002年版，第99—100页。
　　② ［法］波德莱尔：《波德莱尔全集》，引自郭宏安《论恶之花》，［法］波德莱尔《恶之花》，郭宏安译，广西师范大学出版社2002年版，第101页。

哪朵鲜花曾从天堂散落,

哪团火焰曾从地狱喷出,

惊动了这颗

因无声的喜悦和恐惧而沉默的心?

What flower has fallen from heaven.

What flame has risen from hell.

That startled the heart of silence

To this breathless joy and fear?

第20节,两人相遇,爱的激情如一张色彩绚烂的网铺展:

是哪位神,在激情驱使下,

织就了这猩红和银白的网?

Is it some other god in passion

Who has woven this web of scarlet and white?

第27节,男人和女人在爱的激情中交融,他们的爱达到了"狂喜"(ecstasy)的精神境界。"狂喜"在纪伯伦的文学作品中多次出现,具有宗教内涵,指精神上达到的至高境界。在《先知》的《逸乐》中,发自天性的欢愉是一种需要和狂喜;在《祈祷》中,祈祷是一种狂喜和甜蜜的联结;在《爱》中,完美的爱是一种爱的狂喜,而"美"则不是一种需要,却是一种狂喜。在《人子耶稣》中,安提阿的萨巴认为耶稣会让人们生活在"渴望与狂喜的时光中"……

在《大地之神》中,这一对青年男女相遇时狂喜的心灵体验,以"白炽"这一表示颜色的词语形容:

看哪！男人和女人，
火焰映照火焰，
在白炽的狂喜中交融！
Behold, man and woman,
Flame to flame,
In white ecstasy.

这里，作者不仅向我们展现了宇宙万物相互应和的和谐之美，而且寄寓具体生命存在中的美，上升到超越的范畴，与爱和生命融为一体，成为顶礼膜拜的"圣物"："美流连之所，正是万物所在之处。"（where beauty is, there are all things, 31）美，与爱和生命一起，成为人类生命存在的依托！在《先知》中，纪伯伦已经表达了与《大地之神》中相同的"美"的理念，在《美》一文中，美因人因时而异，是人多姿多彩的生命本身却又拥有神圣的"永恒"：它是那"揭开圣洁面容的生命"、是"在镜中凝视自己的永恒"，但人的生命本身就是生命和面纱，是永恒和镜子。

五　作为神圣生命体验的"爱、美与生命"

《大地之神》是纪伯伦文学创作的精神探索寓言，诗作通过三位大地之神的对话，层层深入地揭示了生命的神圣性及其依托：爱、美与生命。"爱、美与生命"是纪伯伦文学中贯穿始终的核心理念，它们互释互证、交织在一起，常通过宇宙万物具体感性的存在表现出来。在纪伯伦的早期阿拉伯语文学中，爱的超越性常常伴随着自然界万物的具象之美，爱、美与生命水乳交融、不可分割。在《泪与笑》的《爱情的生命》中，爱情的生命通过四季自然万物勃勃生机之美"具象式"地向我们"铺展"

开来。在题为《美》的散文诗中，作者宣称要把美当作宗教和神祇来崇拜，而美是爱的虔诚和生命的灵动——孩子的温顺、青年的活泼、壮年的气力、老人的智慧……

　　纪伯伦的代表作《先知》由 28 篇短文组成，首尾两篇各交代缘起和结果，中间的主体部分共 26 个论题。首篇《船的到来》交代这些论题的由来，它们是先知阿尔穆斯塔法在离开阿法利斯城时，在阿法利斯民众的要求下，讲述的"关于生和死之间"的奥秘。而主体部分的 26 个论题以"爱"开始，以"死"结束，这再次暗示了《先知》是一部讲述"生命"的作品。因为爱与死是人生命中最重要的现象，所有的人，哪怕他们不具备特异的才华，没有创造的热情，都拥有过爱的体验，并且必定会去体验死。① 从某种意义上说，爱与死植根于生命的最深处，就是生命本身。而全书对"福音书"中"登山训众"结构的模仿，则暗示这部作品与"登山训众"相近的内容，正如同耶稣在"登山训众"中启示民众进入天国的秘密，《先知》中的先知阿尔穆斯塔法则在神启下，告诉民众关于生命的奥秘："爱、美与生命"彰显了"神圣"的生命存在方式，当神圣成为人生命体验的一部分，人要以什么方式存在和生活。

　　《先知》虽然只有两篇分别以"爱"和"美"为题，我们却能从作品中的每一个论题感受到浑然一体的爱、美与生命，它们与自然万物融为一体，浸染着神性的光芒。可以说，《先知》是一部关于"爱、美与生命"的"神圣文本"。首先，作品中的"爱"是超验的和神圣的：

---

　　① ［俄］别尔嘉耶夫：《别尔嘉耶夫集：一个贵族的回忆和思索》，汪建钊译，上海远东出版社 2004 年版，第 191 页。

爱除自身外无施予，除自身外无所求。

爱不占有，也不被占有。

因为爱在爱中满足了。

而一个去爱的人，则如"流淌的小溪对夜晚吟唱着歌曲"，清夜、小溪、水声——以自然之景和天然之声比拟发乎天性的爱，这发乎天性的爱使人们懂得"心灵的秘密"，同时也使人们成为"生命心灵的一个碎片"（a fragment of life's heart），爱中充溢着自然之美和生命的秘密。在《美》中，美因人因时而异，融"永恒"与"生命"于一体：

阿法利斯的民众啊，美是生命，这生命揭开它圣洁的面容。

而你就是生命，就是那面纱。

美是镜中凝视自己的永恒。

而你就是永恒，就是那镜子。

在《宗教》中，蕴于个体生命存在的日常生活的神圣，是一幅神、人和自然和谐相融的图景。上帝"与孩子们嬉戏"，在"云中漫步，光中伸臂，雨中降临"，在"花中微笑"，在"树中举手挥动着"，神、人与自然构成了一个"爱与美"的神性世界……

在《人子耶稣》中，隐喻了生命神圣性的耶稣，同时也是"爱与美"的个体生命的具象化，蕴于耶稣生命存在的爱与美，常与自然万物的节律一致，使耶稣俨然一位集天地灵气于一身的"自然之子"。在亚利马太的约瑟看来，耶稣度过了三个先知的季节——歌唱的春天、狂喜的夏天和热情的秋天。而耶稣被见过他的人们形容为"在阳光下闪烁的白杨"、"孤寂群山中的一面湖"、"群山之巅的雪"、"路上之路"、"大地上一片可以降落大地使万象更新的云彩"……

"爱、美与生命"的神性寄寓具体、感性的生命存在，实际上表达的是"神圣"的生命体验。在一个有神圣体验的人看来，诸神创造了宇宙、自然以及人类。人类所有的器官和全部生命体验都是在生命开始时由诸神所确立，变化万千、神秘莫测的宇宙万物揭示了神圣的无限性和超验性。人并非凌驾于宇宙万物之上，他与宇宙万物同样被赋予神性。因而，"神圣"的生命体验表达的是人与宇宙万物节律同一、源自本然的生命存在方式，在这种存在方式中，人与万物和谐相通，共同彰显了神的力量。在《先知》中，纪伯伦以对衣食住行等人们日常生活方方面面的专题论述，向读者展示了"神圣"的生命体验，通过先知阿尔穆斯塔法的劝诫，纪伯伦告诉人们"应该"以源自本然、与宇宙万物节律同一的"神圣"方式去饮食、穿衣、居住、工作和施予……

《饮食》（*Eating and Drinking*）中，人要"依靠大地的香气而生存，如同空气中的植物，受着阳光的供养"。《衣服》（*Clothes*）中，先知告诫人们不要忘了"大地喜欢触摸你的光脚，风儿喜欢与你的头发嬉戏"，他希望人们"多用肌肤而少用衣服去迎接太阳和风"，因为"生命的气息在阳光中，生命之手在风中"。在《居室》（*Houses*）中，人们不应居住在那"死人为活人筑造的坟墓里"，因为人们的"渴望与秘密"是"无限的"，它"居住在天宫，以晨雾为门，以夜的静寂和歌曲为窗"。在《工作》（*Work*）中，工作与"大地和大地的精神保持同步"，一个惰逸的人，会成为"季节的陌生者"，会成为"生命行列的落伍者"，这行列庄严、高傲地向着永恒前进。在《施予》（*Giving*）中，没有痛苦、不寻求快乐也不有心为善的发自天性的施予，就如同"山谷中的桃金娘树，在空际散发它的香气"……

第二节　文化间性视野中的"爱、美与生命"

一　"纪伯伦风格"：一种"间性状态"

"爱、美与生命"理念及与之相关的风格特征，引起了评论界、研究者和大众读者心中或"确定"或"含混"的"纪伯伦风格"，也造就了中西方读者心目中既相似又有差异的"纪伯伦风格"。它散发出伊斯兰苏非思想的神秘气息，在中国，这种风格成了"东方智慧"的象征，在西方，它却代表了异域的、东方的、神秘的……

"纪伯伦风格"英文是 Gibranism，也译作"纪伯伦体"、"纪伯伦主义"，中英文研究资料表明，这一说法来自阿拉伯文学界。但究竟何谓"纪伯伦风格"，汉语和英语学界并没有统一或明确的认识。中国研究者林丰民援引阿拉伯文资料，称纪伯伦风格"在本世纪上半叶作为一种提法一再地为人们所提到"，但对于纪伯伦风格的所指，语焉不详，只称该风格"不落窠臼、独具一格"。① 在《东方冲击波——纪伯伦评传》中，伊宏先生通过解析代表作《先知》，对"纪伯伦风格"进行了专章介绍，大体来讲，他将纪伯伦风格归纳为纪伯伦作品中表现出的独特的宗教哲学观、人生观、抒情性艺术风格、新奇美妙的比喻，以及"圣经式的语言"等等。② 在独译出《纪伯伦全集》的李唯中先

---

① 林丰民：《文化转型中的阿拉伯现代文学》，北京大学出版社 2007 年版，第 91 页。
② 伊宏：《东方冲击波——纪伯伦评传》，海南出版社 1993 年版，第 107—113 页。

生看来，纪伯伦风格表现在纪伯伦作品的"独具风韵"，而对于纪伯伦风格的具体表现，李唯中先生的评析虽不乏灼见，却更多地是出于一位译者的体悟：

> 他的文笔轻柔、凝练、隽秀，宛如行云流水；语词清新、奇异、俏丽，色彩斑斓夺目；哲理寓意深邃，比喻别致生动，想象力无比丰富；意境堪称恬淡高逸，超凡脱俗，非同凡响；加上那富有神秘格调的天启预言式的语句，还有那铿锵有力的音乐节奏感、运动跳跃感，构成了世人公认的热烈、清秀、绚丽的独特风格，被世人誉之为"纪伯伦风格"。①

在当代英语纪伯伦传记研究代表作《哈利勒·纪伯伦：他的生活和世界》中，也曾出现过相关的记载。1925 年 4 月，纪伯伦对美国诗人威特·拜纳（Witter Bynner，1881—1968）谈道：

> 东方人说我已建立了一种文学流派……作家和批评家喜欢重复两个词：一个是"纪伯伦追随者"（Gibranite），意思是全新的或与众不同的人；另一个词是"纪伯伦风格"（Gibranism），意思是一切事物中的自由……②

显然，纪伯伦向拜纳转述的"东方人"所谓的"纪伯伦风

---

① ［黎］纪伯伦：《纪伯伦全集》第一集，李唯中译，百花洲文艺出版社 2007 年版，第 7 页。

② Gibran, Jean and Gibran, Kahlil, *Kahlil Gibran*, *His Life and World*, NewYork: interlink Books, 1998, p. 378.

格",更多的是指一种自由的精神。虽然这些关于"纪伯伦风格"的陈述语焉不详,或者所指不一,但可以肯定的是,"纪伯伦风格"指纪伯伦的文学作品在整体意蕴上传递出的独特的思想和艺术魅力。这种风格代表了纪伯伦文学作品的原创性,构成了中西方读者感知和评价纪伯伦文学作品的基点。那么,什么是"纪伯伦风格"呢?也就是说,是纪伯伦作品中的哪些特质,构成了所谓的"纪伯伦风格"?

本文认为,"纪伯伦风格"可以被界定为"间性"特征,它主要表现在两个层面。其一,表现在作品的思想和美学意蕴上。在作品的思想和美学意蕴上,它主要有三个外在表现:"爱、美与生命"理念的独特含义、泛神论思想和神秘主义特征。"爱、美与生命"理念的本质特征在于,它在具体感性的生命存在中寻找神性,爱是生命和美,寄寓肉身和感性。这种思想是泛神论的,而神与万物的同一,不仅体现了人、自然与神的和谐存在状态,同时也体现了神人界限消融的神秘主义思想。显然,这三种思想是交织在一起、不分彼此的。这三个外在表现交织缠绕在一起,形成了纪伯伦风格的典型特征:"间性的",或者"融合的、合一的"中间状态,而非"非此即彼"的、已完成的或实现的状态。

如果学术研究注定要在"纵深感"的挖掘中体现自己的"深度",那么,"风格"必定意味着文化溯源。在既往的研究中,"纪伯伦风格"的文化意味是多样的,它可以被认为是伊斯兰的、东方的、基督教的、现代西方的、东西方交汇的……

然而实际上,没有任何一种文化意味可以真正解释纪伯伦。他的作品体现了他在现代性思想背景下对神圣的追问,因而是现代性经典。但"现代性"是纪伯伦文学作品的思想关注点,却并不能从文化上详尽地阐释纪伯伦的文学作品。在文化视野中,阿拉伯—伊斯兰文化与西方现代文化之间的"共通性与共享性"、"互动性与沟通性"，构成了"纪伯伦风格"在文化层面的典型的间性特征，也构成了有关纪伯伦风格的文化阐释的种种可能性。

在关于纪伯伦风格的文化意味中，"苏非派"是最为普遍的"共识"。中西方研究者都注意到，纪伯伦文学作品中包含着苏非思想。例如，中国研究者李琛在其《阿拉伯现代文学与神秘主义》一书中，认为纪伯伦的生命同一性思想、"爱、美与智慧"理念和在"自然、静默与自知"中体现的神秘主义倾向，暗含着苏非思想。[①] 苏黑尔·布什雷认为纪伯伦的"存在一体观"（the unity of being）受苏非思想的影响。[②] 的确，纪伯伦文学创作中感性与超越性相结合的"爱与美"、蕴涵着神圣存在方式的泛神论思想和神秘主义特征，很容易使人联想到苏非。在苏非名作《苏莱曼和艾卜斯》中，我们可以感受到这一点。在这部作品中，以祈祷方式开始的"引言"用第二人称"你"来表明人与主之间心灵的直接沟通直至合一：

> 被爱者和爱者都是由于你，
> 美也不例外！不是凡间的美，
> 而是帷幕后面你所隐藏的，是自足的，
> ……
> 你潜伏在所有思想的形式下面，
> 在所有被创造物的形式下面；

---

① 李琛：《阿拉伯现代文学与神秘主义》，社会科学文献出版社 2000 年版，第 62—79 页。

② Bushrui, Suheil and Jenkins, Joe, *Kahlil Gibran, Man and Poet*, Boston：Oneworld Publications, 1999, p. 248.

……

在那里你反映你自身，

……

在我和你之间变得迷惑，噢，主啊！

如果是我——这启示我的精神从何而来？

如果是你——那这感觉的无能是怎么回事？①

　　这是一段典型的苏非式诗句——爱、美、世间万物皆来自主，"我"和"主"之间在冥想与祈祷中实现了合一——它既体现了"爱与美"的超越性地位，又表现了"主在万物之中，万物之中皆有主"的泛神论思想和"人神合一"、抛弃世间杂多、完全忘我的神秘主义境界。这样一种思想，的确与纪伯伦风格的"间性状态"有某种程度的接近：它一方面承认主至高无上的超验性，另一方面也并非因此而否认了具体的爱与美以及自然万物的存在。在苏莱曼和艾卜斯出逃后，虽然作者将此视作苏莱曼凡间的爱，认为那是苏莱曼要实现永恒的爱须超越的阶段，但书中对这一对"爱者与被爱者"逃离后的爱情一幕浓墨重彩的细节描写，还是不由得使人真切感受到爱者和被爱者的激情——他们与植物和动物和谐地生活在一起，"宛如灵魂和身体，他们成为了一个"。关键的是，他们之间的爱，不仅是这种具有泛神论意味的爱，而且是"凝视"、"独处"这样一种苏非式的爱。紧接着，作者借插入瓦米卡对一个从不了解"爱者的激情"的人的回答，细致地解释了爱与被爱的激情：

---

① ［波斯］鲁米：《苏莱曼和艾卜斯》，康有玺译，安萨里、贾米、鲁米：《苏非四书》，香港基石出版有限公司2007年版，第51—52页。

在那里永远的凝视我的爱人；凝视，在凝视之外凝视，直到我变成了我所凝视的她，再也无所谓她和我之分，而是成为一个混合的不可分割的一。

……

爱，只有当它超越它自身的时候，

才是完美的。

一个人和他所爱的，

在混合为一的不可分之中。①

而即使在他们的反对者的眼中，他们的爱也是有震撼力的：

看那一对爱人，

就像最早的那一对爱人，

在另一个天堂里

如此远离尘世的眼睛，②

"凝视"、"远离尘世的眼睛"、"混合的不可分割的一"是明显的苏非式"爱的语言"，苏非主义者常以爱的语言来表现对真主的神圣的爱——人从现象世界的杂多事物中摆脱出来，最终达到了"爱者—爱—被爱者"的合而为一。

在此，我们可以感受到与纪伯伦文学相近的"爱"——万物与"爱者—爱—被爱者"的合一表现出和谐美感的泛神论色彩和神秘主义特征，爱的超越性和对富有泛神论色彩的"爱"

---

① ［波斯］鲁米：《苏莱曼和艾卜斯》，康有玺译，安萨里、贾米、鲁米：《苏非四书》，香港基石出版有限公司2007年版，第69—70页。

② 同上书，第70页。

的具象式描摹。但这不过是一个表象式的推断，在很多时候，"共识"常常并不等于真理，有时它与真理面目相仿，实则大相径庭；有时它与真理失之毫厘，却谬之千里。据统计，鲁米的著作是在西方被翻译最多的苏非主义作品，① 那么，由此简单地推断纪伯伦文学创作中的"爱"是伊斯兰苏非的，就难免令人生疑，因为在纪伯伦的生活语境中，有一种"别样的"苏非，这一苏非不同于伊斯兰的苏非，在现代西方发展成了一种"语境化"的苏非。

二　现代西方"语境化"的苏非与纪伯伦的文学创作

"苏非"（sufi）一词最广为人知的词源学意义似乎就已经注定了它在现代"物质化"西方的疗救者地位。在阿拉伯语中，"苏非"的意思是"羊毛"，早期的苏非信徒②身穿粗羊毛织衣，

---

① Sedgwick, Mark, "The Reception of Sufi and Neo-Sufi Literature", Geaves, Ron, Dressler, Markus and Klinkhammer, Gritt, *Sufis in Western Society_ Global Networking and Locality*, London and NewYork: Routledge, p. 180.

② 关于"苏非"及其一系列概念，汉语和英语的表述有差异。在汉语中，很少单独用"苏非"这个词，从涵盖的范围上来讲，苏非、苏非主义和苏非派这三个词并没有明显不同。例如，在阿拉伯—伊斯兰文化研究的汉译经典《阿拉伯—伊斯兰文化史》第八册第四篇"苏非主义"的开篇，即言"苏非是一种主义"（第144页）。因而，在汉语表述中，"苏非主义"指苏非的一系列思想和行为实践体系，苏非信徒可以被称为"苏非主义者"，而一个人可以加入"苏非派"。但在英语表述中，苏非（sufi）较为常见，例如可以讲"西方社会中的苏非"，此处的苏非是一个概括统称性的概念；另外，也可以直接指苏非信徒，称"一个苏非"（a sufi）。英语中没有与汉语"苏非派"相对应的词，而是直接讲一个人加入苏非教团（order）或组织（group）。本文由于是在西方语境中探讨苏非，所以主要参考了英语表述方式，并在论述中细致区分了这些称谓。"苏非"是包含了思想和实践体系的概念总称，"苏非思想"指苏非的思想层面，"苏非实践"指苏非的行为实践层面。"苏非信徒"是指在思想和行为实践上信奉苏非、履行苏非之道的人。"苏非主义"指苏非传入西方现代语境后，某些特质被凸显、变形后的"语境化"的苏非。伊斯兰苏非指诞生于阿拉伯本土的原有的苏非。

以俭朴、禁欲和苦行著称。苏非产生于公元 8 世纪阿拉伯倭马亚王朝世俗享乐之风泛滥的时期,它最初代表了对奢华的物质世界的拒斥和通过苦行实践达到完美的精神境。①

有学者指出,当代西方世界涌现了众多新的宗教运动,其中有很多是从东方资源中汲取灵感。而苏非是这些灵感中最吸引人的,以至于当代西方出现了很多"苏非主义"(sufism)或"伪苏非主义"(pseudo-sufism),这些"伪苏非主义"无视苏非产生和发展的伊斯兰语境,仅仅突出其宗教神秘主义色彩。② 该学者虽意在阐明产生自阿拉伯本土的伊斯兰苏非与"伪苏非"之间的差异,但却无意中表明:作为阿拉伯—伊斯兰文化传统一部分的苏非,被西方人接受以后,已不再是阿拉伯本土语境中的苏非——正如同伊斯兰苏非在向外传播的过程中,与所到之地的文化结合成"印度的苏非"、"非洲的苏非"、"俄国的苏非"并被赋予各自不同的精神特质一样,"现代西方的苏非"在西方现代思想的发展过程中,也因为地域、时间的差异,原有伊斯兰苏非的不同精神内涵被选择性地凸显甚至变形,成为有地区和时间差异的多样的苏非(sufis)。每一种苏非都代表了它在某个特定语境中的独特内涵,但同时由于它们所处的共同的现代性语境,这些不同的苏非,在西方现代性语境中又表现出共通性,成为现代西方"语境化"(contextualized)的苏非。

苏非传入西方世界,其原因除了西方历史上的穆斯林传统以外(主要指中世纪被阿拉伯帝国占领的西班牙,奥斯曼土耳其统治时期的巴尔干,欧洲东南部的阿尔巴尼亚和波西尼亚,俄国

---

① [埃及]艾哈迈德·爱敏:《阿拉伯—伊斯兰文化史》,史希同等译,商务印书馆 2007 年版,第 145 页。

② MacEoin, Denis and Al-Shahi, Ahmed, *Islam in the Modern World*, London: Croom Helm, 1983, p. 49.

南部地区），另一个更为关键的原因，是 20 世纪以来大量穆斯林移民涌入西欧和北美。在西欧，这些穆斯林移民主要集中在所来自国家的原来的殖民宗主国法国和英国。目前，在欧洲出生、受欧式教育长大的第二代、第三代移民已逐渐成为欧洲穆斯林群体不可忽视的力量，他们致力于发展阿拉伯—伊斯兰文化的"欧洲化"。① 而在伊斯兰思想中，苏非思想对欧洲人有着特殊的吸引力，现代欧洲社会出现了很多苏非运动和组织，很多西方人更倾向于接受苏非而不是"正统的"伊斯兰教。②

　　现代西方的苏非运动开始于西方人对基督教信仰产生普遍质疑的 19 世纪末期。这是一个充满悖论的时代。一方面是对传统信念的全盘否定，那个时代的著作中反复出现的共同主题是：欧洲文明正在堕落和死亡，工业化已经窃走了人类的灵魂，疾病和死亡是人们所能期望的生活的全部。③ 然而，另一方面，却出现了对新的形式的宗教的渴望。这个时代的西方人热衷于从各种非基督教的宗教信仰中寻找他们新的精神支柱，越来越多的文化精英、杰出人物被色情主义、神秘主义、悲观主义以及含有外来的东方哲学因素的观点所吸引。④

　　就是在这样一个失落了神圣和重新寻求神圣的年代，作为众多宗教思想的其中之一，苏非被西方知识分子重新发现，改造成现代西方人的"新宗教"，并逐渐发展为影响了欧洲和北美的一种思想运动。而 20 世纪以来西方苏非运动的发展，与三位早期

---

　　① Westerlund，David，*Sufism in Europe and North America*，London and New York：Routledge Curzon，2004，pp. 13－14.

　　② 《第欧根尼》中文精选版编辑委员会编选：《圣言的无力》，商务印书馆 2007 年版，第 128 页。

　　③ ［美］理查德·诺尔：《荣格崇拜：一种有超凡魅力的运动的起源》，曾林译，上海译文出版社 2006 年版，第 22 页。

　　④ 同上书，第 24 页。

苏非运动的缔造者和推动者密不可分。

早在 19 世纪，西方知识界已经对作为一种历史现象的苏非有所了解，一些中世纪苏非文本已被译成法文和英文，但这些古典文本对西方宗教文化的影响微乎其微，19 世纪西方知识界更多从印度文本中汲取资源，而非苏非。① 虽然出现了戈杰夫（Georgii Gurdjieff）这样将苏非音乐和舞蹈表演介绍到西方的早期开拓者，② 但并未出现将苏非思想与西方语境相结合的苏非运动，这种现象一直持续到 19 世纪和 20 世纪之交瑞典画家伊万·阿戈利（Ivan Agueli）的出现。③

在将苏非"西方化"的过程中，阿戈利是起决定性影响的早期开拓者之一。他早年放弃正统基督教信仰，希望从其他宗教信仰中找到自己的政治和宗教理想。他在经过了多年的政治和宗教探索后，最终对伊斯兰教发生了浓厚的兴趣。他极富语言天赋，精通阿拉伯语，是较早在开罗爱资哈尔大学研读伊斯兰神学的西方人。1900 年，阿戈利正式皈依伊斯兰教，1907 年，阿戈利在埃及加入一个苏非神秘主义教团（order），不久被任命为导师（teacher）。1910 年他返回巴黎后，开始在勒内·盖农（Rene Guenon）主办的杂志上发表一些关于中世纪苏非思想的论文。他重点介绍了 13 世纪的苏非思想家伊本·阿拉比（Ibn Arabi）的神秘主义哲学，创造性地阐释了苏非思想，由此成为将苏非思想"西方化"的第一人。④

与阿戈利一样，《神秘》（La gnose）杂志的创办者、法国人

---

① Westerlund, David, *Sufism in Europe and North America*, London and NewYork：Routledge Curzon, 2004, p. 129.

② Ibid. , p. 20.

③ Ibid. , pp. 128 – 129.

④ Ibid. , pp. 129 – 131.

勒内·盖农也是在早年放弃了基督教正统信仰和经过多种宗教探索以后，逐渐转向了苏非。盖农的思想是建立在对现代西方文化的批判基础上的。在他看来，现代社会缺少精神根基，科学营造了一个物质的幻象，与现代性抗争的唯一选择是重返原初（primordial）传统。这一传统可以在世界主要的宗教体系中找到，而苏非主义，只是重返原初传统的众多方式中的一个。显然，盖农的苏非思想也已经远远偏离了阿拉伯—伊斯兰语境，是针对现代西方人的精神困境提出的一种"西方化"的苏非。他在1912年正式加入苏非教团，但却从未履行过正统的伊斯兰实践，并依然保留了去天主教堂的习惯。盖农一生著作等身，出版了17部有关世界宗教的著作，并撰写了一系列相关论文。20世纪20年代末，盖农移居开罗。① 他的思想在西方吸引了一批知识分子追随者，在20世纪60年代备受争议的苏非教团的建立者初安（Fritjof Schuon）就是其中之一。② 这些追随者被称为"盖农派的皈依者"，后世直至当代的盖农追随者发生了分裂，一派仍然保有盖农西方"语境化"的苏非思想，他们继续追随盖农及其著述，赋予其著作以教义经典的地位，几乎完全无视伊斯兰教教规和伊斯兰苏非的经典；另一派则对盖农的体系敬而远之，试图直接掌握原有伊斯兰苏非最重要的文本，并同东方的长老们有所联系。20世纪末期，由于在法国学习并发现了盖农的土耳其学术

---

① Westerlund, David, *Sufism in Europe and North America*, London and New York: Routledge Curzon, 2004, pp. 131 – 133.

② 初安早年接受盖农的思想，并发动苏非组织，有一定影响力。20世纪60年代中期以后，初安自称他在赤裸身体时，看到圣女玛利亚显形，并由此接受到了"神力"（baraka, divine force）。此后他的教团组织以赤裸身体接受他传递"神力"著称，他因有伤风化而被判有罪，并因此被西方的其他苏非教团孤立和拒斥。（Westerlund, David, *Sufism in Europe and North America*, London and New York: Routledge Curzon, 2004, p. 127, p. 133.）

界人士的努力,盖农学派又被移植到了土耳其。①

1900 年,当阿戈利皈依伊斯兰教时,哈兹拉特·伊那亚·克汗(Hazrat Inayat Khan,1882—1927)从东方印度来到西方。传闻中从童年时期就伴随着克汗的种种神秘事件,似乎赋予他沟通东西方的宗教使命。在他看来,每一种世界性的宗教,都有自己的外在形式和内在基质,虽然外在表现出来的教义、仪式和组织千差万别,但它们的内核是一致的。这内核是上帝的统一性和宗教共同的目的,宗教的目的是为了培养内心生活,并感知到主的临在和无处不在。克汗同时也是一位音乐家,1910 年,在一次印度音乐的小型演奏会上,他遇到了像他一样长期进行精神探索的女犹太人阿达·马汀(Ada Martin),后者成为他第一个弟子,并改为苏非女圣徒的名字拉比阿(Rabia)。两年后,拉比阿成为西方世界第一位女性苏非导师,这一事件在男性占主导的苏非社团中具有划时代的意义,从此以后,克汗的苏非教团中有很多女性居于高位。后来克汗由美国迁居伦敦,将自己的苏非组织进一步推广到欧洲,在法国、瑞士和其他国家建立分支机构。1914 年,他出版《精神自由的苏非讯息》(*A Sufi Message of Spiritual Liberty*),1915 年,创办《苏非信徒》(*A Sufi*)杂志,并在 1916 年正式建立苏非教团。1926 年,克汗返回印度,一年后逝世。他去世后,他在欧美创立的苏非教团发生分裂。虽然来自东方印度,但克汉的思想实质上也是一种西方"语境化"的苏非思想。②

---

① 《第欧根尼》中文精选版编辑委员会编选:《圣言的无力》,商务印书馆 2007 年版,第 126—134 页。

② Westerlund, David, *Sufism in Europe and North America*, London and New York: Routledge Curzon, 2004, pp. 134 – 136.

正如德勒兹的公式"他者＝一种可能的世界之表现"，① 西方"语境化"的苏非思想凸显了伊斯兰苏非的某些适合西方语境的精神特质，从而成为一种与西方现代语境密切相关的"新苏非"。它代表了西方现代知识分子对一种"可能的世界"的回归，这个世界区别于西方的现代、科学和理性，代表了前现代、非科学和非理性，成为新的"神圣"。

20 世纪末期以后，西方出现了苏非回归伊斯兰传统的趋向，不同于早期的西方皈依者，这些苏非主要存在于穆斯林的移民中，它们和经过约一个世纪西方"语境化"的苏非形成了显著差异。但回归伊斯兰传统的苏非不是本书讨论的重点，本书讨论的重点是：在纪伯伦生活的时代，在西方精英知识阶层形成"气候"的"语境化"的苏非，有什么主要特点，这些特点是否与纪伯伦的文学创作有共通之处？

苏非是一种富有包容性的思想和实践体系。首先，它诞生于阿拉伯本土的伊斯兰语境，是阿拉伯—伊斯兰文化传统的一部分。苏非的理论化和组织化，就是建立在一批苏非学者阐释苏非教义与伊斯兰正统信仰的一致性基础上的。② 19 世纪伊斯兰世界产生的新兴苏非教团，反对苦行、禁欲、遁世等传统，以主张积极参与社会和宗教改革而著称，也出现了与正统伊斯兰教相融合的趋向。③ 然而，苏非却与伊斯兰正统思想有诸多抵触，在伊斯兰历史上，两种思想的辩论和冲突屡见不鲜。苏非以《古兰经》为文本经典和阐释元典，但却持各种宗教内在统一的宗教宽容思

---

① 叶舒宪：《人类学想象与新神话主义》，王宁主编：《文学理论前沿》，北京大学出版社 2005 年版，第 98 页。

② 金宜久主编：《伊斯兰教史》，江苏人民出版社 2006 年版，第 204—205 页。

③ 吴云贵、周燮藩：《近现代伊斯兰教思潮与运动》，社会科学文献出版社 2007 年版，第 118—119 页。

想;它承认真主是万物的起始和终极,却又持"真主寓于万物之中,真主就是万物"的泛神论思想。在汉译中,苏非可以被称为一个派别,然而,汉译所谓的"苏非派"却与什叶派、逊尼派等伊斯兰教派有明显差异。什叶派和逊尼派的根本分歧,在于伊玛目问题,也就是说,阿里一族或圣门弟子谁更有资格担任哈里发。显然,什叶派和逊尼派作为宗教教派,最初都有很强的政治性,政治与宗教的合一是它们的鲜明特点。而苏非教团最初的宗旨就是反对任何"建立在政权基础上的制度化的宗教"(institutionalized religion based on authority),它通常与民间关系密切,并宣扬不依附于任何统治者的独立性。① 因而,确切地说,苏非不是一种派别,而是一种思想和行为实践体系。一个虔诚的什叶派或逊尼派信徒,同样可以信奉苏非。②

在笔者看来,苏非内在于阿拉伯—伊斯兰思想,又与阿拉伯—伊斯兰思想具有差异性或矛盾性——这构成了它的鲜明特质。美国研究者威廉·齐蒂克(William C. Chittick)也注意到了苏非的这一特点。在他看来,苏非试图平衡真主的"超验"和"内在于万物"之间的关系。因此,苏非思想常会出现看起来"似是而非"的言辞:主既是超验的又无处不在,他既近又远,既缺席又在场,既此又彼。③

在某种意义上,正是苏非的这一属性,给现代西方将苏非

---

① Abun-Nasr, Jamil M, *Muslim Communities of Grace_ The Sufi Brotherhoods in Islamic Religious Life*, NewYork: New York: Columbia University Press, 2007, p. 56.

② 在本文看来,汉语"苏非派"的译法,易使人误以为它是同什叶派和逊尼派一样的宗教派别,还不如借鉴英语表述方式,用苏非教团,不讲一个人加入了"苏非派",而是加入了"苏非教团",这样更清晰明了,并能与什叶派和逊尼派相区分。

③ Chittick, William C., *Sufism: A Short Introduction*, Boston: Oneworld Publications, 2000, p. 34.

"语境化"提供了条件。与现代阿拉伯—伊斯兰世界的苏非与正统伊斯兰教相融合的趋势相反，在西方语境中得到凸显的苏非特质，却恰恰是被正统伊斯兰教法学家排斥的苏非。也正是在这个意义上，现代西方的苏非主义者开发了"非伊斯兰"的、与现代伊斯兰苏非截然不同的、在他们看来是属于真正苏非特质的"新苏非"，这一新苏非对西方现代文化起到了某种意义上的补充作用。因而可以说，现代西方"语境化"的苏非取了"苏非"的"名"，却实际上是为了西方现代文化的"实"，是一种创造性的接受或误读。

"苏非"在阿拉伯、波斯和土耳其他最初的产生语境中，原本不仅指思想，也指涉了实践层面。苏非在发展过程中吸收了众多民间习俗和狂热的崇拜活动，"苏非圣徒崇拜"首先指一种"活"（living）的苏非，它与人们的生活息息相关。阿拉伯—伊斯兰历史上的苏非，一直对信奉者的日常生活发生着切实的影响。例如，埃及马木路克王朝时期，接连不断的战乱使民众生活困苦，统治者甚至通过修建道堂等手段，参与鼓励苏非活动，以使人们专心于信仰和宗教生活，不去考虑他们恶劣的生活状况，由此可见苏非对信奉者的影响不仅在于思想层面，而且在于日常生活方面。①

一般而言，要达到苏非所谓的完美境界，需要通过严格的心理和身体训练，并加入一定的苏非教团和组织，这也表明了苏非的实践性特点。苏非强调通过知识来认识安拉，这种知识是经过训练得到的，完成了训练，心灵便净化了，安拉便在其心灵里留下了印记。②"苏非之道"（tariqah）原意是指个人达到与真主合

---

① 金宜久主编：《伊斯兰教史》，江苏人民出版社 2006 年版，第 236—239 页。
② ［埃及］艾哈迈德·爱敏：《阿拉伯—伊斯兰文化史》第六册，赵军利译，商务印书馆 1999 年版，第 56 页。

一境界的方法、途径和手段，后来在发展过程中，专指为了实现完美境界要加入的各种苏非教团或组织。

但苏非在 20 世纪初传入西方世界以后，却出现了忽视实践而注重思想的趋势。"ism"是苏非传入西方后被西方人加上的后缀，它被赋予典型的西方内涵，变成了一种"主义"、一种"思想"。① 在苏非思想的欧洲接受者中，长期存在着一批精英知识阶层，一些苏非组织的发起者本人就是作家、诗人或哲学家，他们关注苏非的哲学、文学和艺术层面。从 20 世纪初期开始，这些苏非主义者就发表了大量苏非主义著作和其他出版物，在西方形成了苏非思想的潮流。这些知识阶层对苏非的阐释，很大程度上推动了现代西方"语境化"苏非的形成。这种思想层面的苏非，先天性地排斥或忽视了苏非的实践层面，代表了出于自身需求接受"苏非思想"的西方精英知识分子在宗教和文化方面的现代性诉求。

本书认为，现代西方"语境化"的苏非思想主要表现为两个鲜明特点：

第一，宗教统一性（the unity of religion, universal）思想。

伊斯兰苏非蕴涵着宗教宽容思想。苏非思想认为，宗教差异只是表面上的差异，其本质和核心都是为求主道，目的是一致的，只要爱主的目的一致，方法不同并不重要。很多伊斯兰苏非著作中表达了宗教宽容思想。例如："每种宗教，即使表面有所不同，但都揭示了真理的某个侧面，信士和异教徒没有本质上的区别，犹太教、基督教、拜火教以及拜物教，他们在崇拜一个神灵上是一致的。《古兰经》、《旧约》、《新约》都是沿着一种思

① Galin, Muge, *Between East and West: Sufism in the Novels of Doris Lessing*, New York: State University of New York Press, 1997, *preface*.

路编排的，即天启编排的思路。"① 苏非的宗教宽容思想实际上与正统伊斯兰教相抵触，这种类似于"诸教彼岸统一说"的思潮，被伊斯兰教的学者们明确界定为异端邪说。然而，苏非所包含的宗教统一性思想，却被西方现代学者借用并发展，成为现代西方苏非主义中最关键的内核。

现代西方知识界在诸多宗教形式中寻找"新上帝"的过程，包含着一种普遍的核心思想：宗教的实质是神圣的内在经验，而不是一系列教条和仪式。这些经验实质相同，无论人们选择追随何种传统——伊斯兰教、基督教和佛教等等——这些不过都是相同精神内核的不同外化形式。② 这一思想在现代西方的宗教观念中具有代表性，而且至今影响弥深，在很大程度上，它构成了一切宗教对话的思想前提。

将苏非思想进行创造性阐释的西方学者阿戈利、盖农和初安都持宗教"普泛化"的态度。他们忽略伊斯兰社会和东方语言的背景，更多地是从自身文化需求出发，仅仅是将苏非当作自己进入"神圣"内核的形式之一。在这些西方"皈依者"的影响下，苏非脱离了孕育它的阿拉伯—伊斯兰社会，变成了"真"伊斯兰教，但这一所谓的"真"伊斯兰教，实际上在阿拉伯—伊斯兰社会根本找不到相应的对应体。③ 正如盖农所宣称的："我不能放任流言说我'皈依伊斯兰教'，因为这种描述事物的方式是彻头彻尾错误的；意识到各种传统的本质统一性的

---

① ［埃及］艾哈迈德·爱敏：《阿拉伯—伊斯兰文化史》第八册，史希同等译，商务印书馆2007年版，第160页。

② Westerlund, David, *Sufism in Europe and North America*, London and New York：Routledge Curzon, 2004, p. 129.

③ 《第欧根尼》中文精选版编辑委员会编选：《圣言的无力》，商务印书馆2007年版，第131—132页.

任何一个人，是不可能皈依任何东西的……""但他可以根据环境，特别是根据秘传方面的理由，'寓于'——如果容许这样表述的话——这种或那种传统。"① 另外一个典型的例子是阿拉伯本土和西方学者对待伊本·阿拉比学说的态度。阿拉伯本土的伊斯兰学者一直对伊本·阿拉比的学说表示最大程度的保留，很多学者不赞成伊本·阿拉比对待伊斯兰教学说所采取的不可容忍的自由态度，因为这种自由态度威胁着正统信仰。但经过阿戈利和盖农等西方人的阐释，伊本·阿拉比的苏非思想将近一个世纪以来被无数的西方人"按他们自己的意图"述说②，并被他们描述为最杰出的苏非主义。③

第二，非理性主义。

苏非"相信直观、潜意识和感觉"，④ 重体验而不重理性。艾哈迈德·爱敏引述苏非信徒的话："能得真道的人，是那些以冥思苦修不断体验之人，体验比理性思维和逻辑论争更能纠差补偏。体验可至感悟，理性可至知识。以体验看世界之人和相信理性之人，二者的区别就像用眼睛看人和以言论信人之间的区别……哲学家依靠的是理智，而苏非派人依靠的则是心灵。"⑤可以说，与个体性相联系的体验性和想象性，是苏非思想的重要特点之一，这究其实质是一种感性特质，恰好与西方现代思想不

---

① 《第欧根尼》中文精选版编辑委员会编选：《圣言的无力》，商务印书馆2007年版，第125页。

② Chittick, William C., the Self-disclosure of God: Principles of Ibn al-Arabi s Cosmology, New York: State University of New York Press, 1998, Introduction.

③ 《第欧根尼》中文精选版编辑委员会编选：《圣言的无力》，商务印书馆2007年版，第131—132页。

④ ［埃及］艾哈迈德·爱敏：《阿拉伯—伊斯兰文化史》第六册，赵军利译，商务印书馆1999年版，第54页。

⑤ 同上书，第159页。

谋而合。

　　西方现代思想的一个核心线索是反抗理性主义文化传统。因而，感性、身体、女性、东方等长期以来被压抑的非理性主义文化的复兴，成为现代西方文化的一个重要标志。就是在这样的文化语境中，苏非思想中重直觉体验的感性特质被挖掘出来，成为一种可以弥补西方现代思想不足的差异性存在。因而有学者将苏非与解构思想进行比较研究，称它们同样都是"理性的对立"。①而不同于西方书写传统的苏非口头传统"秘传"是盖农派皈依者挖掘出的一个基本概念。② 更意味深长的是，一直到 20 世纪 90 年代，后来旅居法国的阿多尼斯在《苏非主义和超现实主义》一书中，仍然突出苏非思想不同于理性主义文化的经验性和感性特质。他写道：最初的苏非与隐秘和超验有关，苏非主义运动的产生，是由于理性、宗教正统和科学不能回答人们提出的问题。③ 他认为，之所以比较苏非主义和超现实主义，是因为建立在这两种思想基础之上的文学，分别是伊斯兰文化和西方文化的"异端"。④ 而他对苏非的"爱"的阐释，完全是西方现代主义式的——"不可界定的只能通过经验来理解"。⑤

　　由于苏非高度的心灵体验特点，使纤细敏感的女性特质与苏非思想具有天然的亲近感。苏非哲学中最早出现的就是女圣徒拉比阿·阿德维娅的"神爱论"。她对真主的爱发自内心的直接体

---

　　① Almond, Ian, *Sufism and Deconstruction*: *A Comparative Study of Derrida and Ibn Arabi*, London and New York: Routledge, 2004, p. 7.

　　② 《第欧根尼》中文精选版编辑委员会编选：《圣言的无力》，商务印书馆 2007 年版，第 126 页。

　　③ Adonis, Translated from the Arabic by Judith Cumberbatch, *Sufism and Surrealism*, London: SAQI, 2005, p. 8.

　　④ Ibid., p. 145.

　　⑤ Ibid., p. 79.

验，心有所想，便为之歌咏，在她之后，苏非的神爱说风行一时，并成为苏非思想的主要内容之一。① 但即使如此，受整体伊斯兰文化环境的影响，女性在伊斯兰苏非组织中的地位仍然很低。直至当代社会，伊斯兰国家的女性苏非组织一般是与男性分离的，伊斯兰苏非组织则明文规定其领导者不能是女性。但苏非被移植到现代西方以后，却与现代女性解放思想相结合，被赋予很强的现代性。女圣徒拉比阿的思想是最早被介绍到西方的苏非学说之一。1922 年，玛格丽特·史密斯（Margaret Smith）出版《拉比阿的神秘和她的伊斯兰圣徒》（*Rabia the Mystic and her Fellow-Saints in Islam*），这是西方苏非研究史上一部里程碑式的著作。② 仅仅是在现代欧美的苏非社团中，男女同堂赞念才成为一种普遍现象。1912 年，改名后的拉比阿·马汀被任命为苏非导师，这再次表明苏非与西方现代性的结合，已使它打破了传统伊斯兰教法中女性的从属地位。③

从哲学层面上来讲，西方近代哲学的主客、心物二分使对主体理性的倡导最终变成对主体理性的执著和迷信，以至于陷入二元论的困境而导致唯我论和怀疑论。④ 而苏非中"神人合一"的境界，成为一种打破主客二元对立模式的、可资借鉴的思想资源。在《苏非主义和超越：在 20 世纪末科学之光中的苏非思想》一书中，一位西方学者写道：苏非思想抵抗了"我们的"

① ［埃及］艾哈迈德·爱敏：《阿拉伯－伊斯兰文化史》第八册，史希同等译，商务印书馆 2007 年版，第 148—150 页。

② Abun-Nasr，Jamil M.，*Muslim Communities of Grace：the Sufi Brotherhoods in Islamix Religious Life*，NewYork：Columbia University Press，2007，p. 2.

③ Westerlund，David，*Sufism in Europe and North America*，London and New York：Routledge Curzon，2004，pp. 17 – 25.

④ 高鸿：《论数字化时代的主体间性》，博士学位论文，中国人民大学，2004 年，第 22 页。

生物进化观，同时，它是"非二元的"（non-dual），它使我们发现：在我们的精神（psyche）中，有一种天然的力量，驱使我们不断扩展一种最终的自由，这自由将使我们从"我"和"你"的二元对立模式中解放出来。①

在纪伯伦的文学作品中，表现出与现代西方"语境化"的苏非一致的特点。本书不能由此判定纪伯伦的文学创作包含了"语境化"的苏非因素，因为这些"语境化"的苏非，实际上已经脱离了伊斯兰本土，是"现代性"与苏非的结合，或者说，是现代西方思想者从苏非中挖掘出来的"现代性"，但通过展示纪伯伦文学作品中"语境化"的苏非因素，至少可以让我们由此推断纪伯伦文学作品在现代西方流行的部分原因。

纪伯伦文学作品中的宗教统一性思想，是通过他成熟作品中没有任何形式上的宗教的"无宗教"体现出来的。如果说创作早期的纪伯伦深受基督教的救赎观影响，创作中期的纪伯伦明确的以语言消解各种文化和宗教的本质差异，那么，在后期的成熟作品中，纪伯伦以"无宗教"表达了他的宗教统一性思想。建立在感性经验基础上的"爱、美与生命"，实质上是纪伯伦在文学中建立的"新宗教"——这个新宗教没有一般宗教形式的外壳，却包含了每一种宗教的实质——终极实在的超越性。

另外，纪伯伦的文学作品表现出明显的"感性特质"，这与西方现代主义，或者"语境化"的苏非主义表现出一致性。首先，表现被理性主义文化传统压抑的情感状态和生命存在状态，是纪伯伦作品的一个重要特点，这一特点鲜明地表现在英文作品《疯人》中。在《疯人》中，通过展现在理性主义文化传统中被

---

① Ansari, Ali, *Sufism and Beyond: Sufi Thought in the Light of Late* 20th *Century Science*, Ahmedabad: Mapin Publishing Pvt. Ltd., 1999, p. 12.

压抑的情感状态和生命存在状态,作者无形中质疑和颠覆了那个"习以为常"的理性体系。

在西方文化中,个体意识的张扬并非始自 19 世纪末期以来的现代,例如文艺复兴和宗教改革,都在日常现实的层面将人的个体性突出出来,个人的独立性、价值、情感和尊严都得到了重视。而早在中古时期,学院派社会哲学就以伦理的、形而上学的、法理的论据,论证了这样一个原理:即社会为个人而存在。① 但在西方传统文化中,个体性高举和张扬的实际上却是一种普遍的理性,从笛卡儿的"我思"一直发展到黑格尔的客观绝对精神。卡西尔认为,自苏格拉底以来西方思想史对"人是什么"这一问题的解答,虽然相继经历了形而上学、神学、数学和生物学的研究路线,但在某种意义上,最初苏格拉底对这一问题的回答,实际上标志着西方思想史上"人是什么"的经典答案:人是一个对理性问题能给予理性回答的存在物。也就是说,西方思想史中对"人是什么"的解答,始终遵循着理性主义传统。②

在西方理性主义文化传统中,受压制最深的是那些我们称之为"消极的"情绪或生存状态:痛苦、绝望、忧愁、死亡……一套"积极的"情感或存在体系,将我们划归"正常人"的生存轨迹和范围。逾越这个轨迹或范围,我们被视为"反常"或者疯狂。但又有谁没有体验过恐惧、痛苦、悲哀乃至绝望?正是在这些纯属"消极"的情感和生存状态中,人不得不面对真实的自我并且无可逃遁。它们揭示了作为个体性存在的人,在本性

---

① [比利时]伍尔夫:《中古哲学与文明》,彭庆泽译,华东师范大学出版社 2005 年版,第 128—136 页。

② [德]恩斯特·卡西尔:《人论》,甘阳译,上海译文出版社 2004 年版,第 9—10 页。

上是复杂的、微妙的、矛盾的和神秘的。

《七个自我》这篇寓言通过疯人 7 个自我的对话，形象地说明了人性的复杂：痛苦的自我、快乐的自我、热情的自我、破坏性的自我、慎思而创造的自我、终日劳苦的自我、无所事事的自我，都奇妙地集于一体。而在《疯人》中，"消极"的情感和生存状态作为一个"类"存在——疯狂、孤独、忧愁、冷漠、痛苦、隐秘……

在首篇《我怎样成为疯人》中，变成疯人的"我"在疯狂中体会到安宁：

> 在疯狂中，我发现了自由和安宁：孤独的自由和免于被理解带来的安宁，因为那些理解我们的人，在某些方面奴役我们。

在《挫折》中，挫折是"我的孤独与冷漠"，"我"从中品味到"被遗弃与被轻视的快乐"。而当"我"的忧愁降生时，"我"精心地培育她，用温柔的爱心照顾她。在《梦游者》（*The sleep-Walker*）中，白日相亲相爱的母女在梦游中互相憎恨。

另外，纪伯伦作品中表现出消融主客二分的"神人合一"思想。除了《疯人》中明显具有神人合一思想的《主》一篇的语言化表述，其中最能体现"神人合一"思想的，实际上是他作品中以"通感"或"应和"手法表现出的神秘主义或泛神论思想，在神、人和宇宙界限的消融中，纪伯伦打破了西方传统文化中的主客体二分和对立。而这种感性特质，或者说女性特质，使纪伯伦的文学作品具有鲜明的"现代性"，以特有的诗意和感性打动了无数现代读者。

值得一提的是，"女性特质"并不意味着纪伯伦的作品以处理女性题材为主,他早期作品中对女性的同情,并不能充分代表其作品的女性特质,早期作品中的女性,并不具有个性的鲜明性,她们更多的是一个"类"的存在,与该时期所着力表现的"受压抑者"的地位是近似的。到了后期创作的成熟期,纪伯伦的作品表现出"模糊性别"的特点,很少有独特个性的女性形象出现(爱尔美差是一位女预言者身份),这与他后期作品中"东方的消逝"是一致的,通过对人物性别和个性的模糊化,纪伯伦在作品中实现了他的超越性诉求——这些叙述指向一切生命的本然状态,它超越了东西方文化的界限,超越了男女性别界限,超越了个性差异,要探讨的是作为"类"的存在的人性。

现代西方"语境化"的苏非思想,实质上仍然是一种"现代性"思想,在西方现代思想界,并非只有纪伯伦一人选择苏非,我们还能开出一串长长的名单:萨迦德(A. K. Sajjad):艺术家、哲学家和诗人,在印度和巴基斯坦受基础教育,1950年移居欧洲,曾居住于罗马、伦敦和巴黎,研究语言、艺术、音乐、哲学、宗教和神秘主义。曾创作散文诗集《苏非:现代的古代智慧》,该书的介绍写道,著作凭借"古代先知和东方圣徒之光",挑战现代人的"物质化"。[1]阿多尼斯:叙利亚人,诗人、文学理论家、翻译家和画家,20世纪80年代移居欧洲,著有《苏非主义与超现实主义》一书。而有研究者专门研究多丽丝·莱辛小说中的苏非主义[2]……

"语境化"的苏非主义决定了纪伯伦文学的"现代性"元素,同时也在很大程度上影响了纪伯伦文学在西方世界的流行。

---

① Sajjad, A. K., *The Sufi*, *Hermit of the Rocks*: *Ancient Wisdom for Modern Times*, Islamabad: Modern Book Depot, 1987, *Introduction*.

② Galin, Muge, *Between East and West*: *Sufism in the Novels of Doris Lessing*, NewYork: State University of NewYork Press, 1997.

在一些西方人看来，伊斯兰教从来不是一种纯东方现象，它存在于西方文明的核心之中，而只有苏非主义是不同于西方现代文明的东方神秘主义宗教。① 从某种意义上说，经过异域的再认识，苏非思想的内涵得到进一步充实和扩大，已远非原有意义上的"苏非"。而经过西方世界改造和接受以后的苏非思想，无疑也会对生活在西方世界的现代阿拉伯—伊斯兰作家的创作产生意味无穷的深刻影响。如果我们发现一位生活在西方世界的阿拉伯—伊斯兰作家作品中流露出苏非思想，我们首先应该警醒也要提出疑问的是：这位作家作品中的苏非思想，是在某种文化变形下的苏非思想吗？他创作中的苏非思想影响了其作品在西方世界的接受吗？他作品中为什么会流露出苏非思想？当越来越多生活在西方世界的 20 世纪阿拉伯—伊斯兰作家作品中表现出苏非主义的痕迹，我们还可以简单地把这当作一种作家的个体性行为吗？

苏非思想在西方的"语境化"，反过来也影响了伊斯兰语境中的苏非，焕发了苏非思想新的生机。以苏非文学为例，以"高度的精神性、深刻的心理内涵、绝对服从强大的真主意志、丰富的想象以及语意含混和极富象征意义"为基本特色的苏非文学长期存在于阿拉伯—伊斯兰文学中，但却并没有得到阿拉伯—伊斯兰文学的足够重视，② 但由于在西方现代世界的流行③，在当代阿拉伯却产生了复兴的趋势。这种现象在阿拉伯—伊斯兰文化中具有普遍性。一些阿拉伯—伊斯兰文学"名著"甚至

---

① 《第欧根尼》中文精选版编辑委员会编选：《圣言的无力》，商务印书馆2007 年版，第 133—134 页。

② ［埃及］艾哈迈德·爱敏：《阿拉伯—伊斯兰文化史》第八册，史希同等译，商务印书馆 2007 年版，第 165—167 页。

③ Sedgwich, Mark, "the Reception of Sufi and Neo-Sufi Literature", Geaves, Ron, Dressler, Markus and Klinkhammer, Gritt, *Sufis in Western Society: Global Networking and Locality*, London and NewYork: Routledge, 2009, p. 180.

是由于西方人的认同和丰富而被经典化。例如，反映了新兴商人和市民阶层等普通民众精神需求的《一千零一夜》，由于它所表现出的市民趣味和大众化语言，使作品近代以前只能在民间流传，长期以来被排斥出阿拉伯正典文学之外，反而是作品在西方的流传和受到重视，才使阿拉伯文学界对《一千零一夜》的忽视有所改善。而在已定型成书的阿拉伯版本《一千零一夜》中，原本并不包括著名的《阿里巴巴与四十大盗》和《阿拉丁与神灯》两篇故事，这两篇故事在《一千零一夜》成书前或成书后的一段时间里流传在民间，后来被收进迦兰的译本中，在欧洲广为流传，被认为是《一千零一夜》故事的组成部分。由于欧洲对《一千零一夜》的重视，又反过来影响了阿拉伯世界，人们都认为这两篇故事属于《一千零一夜》。另外一部波斯文学名著《柔巴依集》（又译作《鲁拜集》）也有类似的情况，即使在作者欧玛尔·海亚姆的故乡，他的诗作也早已被人淡忘，但由于英国文人菲兹杰拉德对之发生兴趣，以极其自由的方式"译出"了一批英国式柔巴依并编成集子，这一集子不仅引起全世界对波斯原作的注意，其本身也成为英国诗歌中的精品并获得世界性声誉。[①] 在阿拉伯—伊斯兰文化史中，一种文学文本、思想流派在阿拉伯本土不被重视，却因为受到西方世界的追捧而被"经典化"，在"经典化"过程中所经历的过滤、误读和变形，倒是比较文学接受研究中一个有趣的话题！

通过以上的分析，我们看到了纪伯伦文学中表现出的"语境化"的苏非思想，同时，我们也不难发现，这些苏非思想，也是具有"现代性"的苏非思想，这也构成了纪伯伦文学的

---

① ［英］菲兹杰拉德：《柔巴依一百首》，黄杲炘译，中国对外翻译出版公司1998年版，第3页。

"现代"底蕴之一。但纪伯伦文学的独特性，在于他与身处的西方语境的差异性，这种差异性根本表现在作品"爱、美与生命"理念所体现的"神圣"主题上，由于作品贯穿始终的生命神圣理念，他创作中的生命观、泛神论思想与审美观和西方现代思想产生了根本差异。

从生命观上来说，纪伯伦作品中建立在具体感性基础上的生命观，与西方现代生命观有相通之处，但二者也有根本不同。西方现代生命观强调的是"身体"与"感性"，纪伯伦的生命观强调的则是神圣。因而，前者走向了波西米亚式的身体享受，后者却走向了追求灵性的禁欲，这为纪伯伦神圣生活方式的选择找到了文学上的注解。

纪伯伦文学的独特之处，表现在他的泛神论思想和与之相关的作品美学特征上。西方现代泛神论思想的核心特质，在于它不再相信万物生命存在的"理性体系"，却表达了一种"偶在的真实"。发现偶然性，使西方现代审美观由注重"审美的和谐"发展到注重"偶在的真实"——即使这真实充满了丑、暴力与不和谐，因而，西方现代审美是一种剥除了神圣内涵的审美观。但纪伯伦作品中的泛神论思想，却表现出神意统治下的宇宙万物的"普遍的和谐"，他作品中的"美"具有建立在普遍生命存在之上的绝对超越性，蕴涵着"神圣"的审美体验，这使他的作品与西方"语境化"的苏非主义分道扬镳，形成了既不同于西方现代思想，又区别于"语境化"的苏非主义的审美特质。

三　感性与神性：在现代西方生命之流中追溯神圣

纪伯伦文学作品中的"爱、美与生命"理念体现出的生命观与他所处的西方文化语境既有关联又有独特性。事实上，看似切断"神圣"纽带的现代人从未忘却心灵深处久远的神圣记忆。

鲁道夫·奥伊肯曾切入肯綮地将现代思想的特征概括为：为生活找到一种意义与价值，而这种意义和价值无须求助于另一个世界，不需要超越直接的生存范围，不需要假设一个在幕后的观念王国，也不需要到这个世界之外的任何地方去寻找。① 也就是说，现代思想的实质，是在直接的感观经验中寻找神圣和永恒。

别尔嘉耶夫的"爱"与"美"理念在现代思想中很有代表性。在他看来，体现了个性和人格主义的爱，既非生物学意义上的性爱，也非社会学意义上的婚姻和家庭，它不仅具有尘世的意义，还具有永恒的意义，使个体生命存在走向不朽。② 揭示生活真理的美，则使人们由此"奔向另一个比此岸世界更完善的世界"。③ 而在基督教神学史中一直伴随着的欲爱与挚爱相融构的倾向，在20世纪得到了进一步发展，现代神学家巴尔塔萨从性别和审美两方面来探讨上帝和人的关系。他认为，这一关系是在上帝的爱"圣爱"（挚爱）和人类之爱"欲爱"的相遇和维系下建立的，得到净化的欲爱，会与圣爱和谐共存。④ 因而，"爱、美与生命"理念在纪伯伦作品中本质相同的各种表现——欲爱与挚爱的融合、个体感性与绝对神性的融合、赋予现世以神性等等，都表明了纪伯伦和现代西方思想具有精神上的一致性。而在个体生命中寻找灵性的神圣，并非纪伯伦及西方现代精神的独创。

在文艺复兴时期，人文主义者在高举人性大旗的同时，心中

---

① ［德］鲁道夫·奥伊肯：《生活的意义与价值》，万以译，上海译文出版社1977年版，第17—18页。

② ［俄］别尔嘉耶夫：《别尔嘉耶夫集：一个贵族的回忆和思索》，汪建钊译，上海远东出版社2004年版，第190—191页。

③ 同上书，第203页。

④ 王涛：《圣爱与欲爱——保罗·蒂利希的爱观》，宗教文化出版社2009年版，第7—10页。

从未离开过神性的召唤。① 他们从人性来认识神，将神视作充满人性的神，并肯定神的至高无上。② 文德尔班指出：在文艺复兴时期，"神性被认为充分地、完全地包含在每一个有限的体现神性的具体现象中……每个个人（不仅是人），成为宇宙实体的一面镜子。每个个体，就其本质而言毫无例外，都是神性本身，但每个个体自行其是，与众不同"。③ 由此，我们看到文艺复兴时期的一种思想倾向：从现世生活的个体生命中寻觅灵魂的"最高经验"，这与纪伯伦及现代生命观在精神实质上是相通的。事实上，从此岸的感性存在中寻求生命的意义，也是希腊思想的一个固有要素，只是经过西方中古基督教发展出的制度化的、抑制感性欲求之正当性的生活形态，这一要素被压抑了。④

每个时代都认为自己是最独特的，但在历史之维的观照中，智慧却往往如此接近！或许，此在肉身的平凡和精神的超越，是人类生命存在永远无法逾越的本然状态。或许任何人在任何时候都同时具有两种截然相反的诉求，一种朝向上帝，一种朝向撒旦，朝向上帝的祈求，或灵性，是一种不断向上的渴望；朝向撒旦的祈求，或动物性，是一种在不断下降中的喜悦。⑤ 另一位文艺复兴时期的伟大学者帕斯卡尔敏感而深刻地描述了这种人类生命存在的两难性：

---

① 周春生：《文艺复兴时期人神对话》，华东师范大学出版社 2002 年版，第 15—17 页。该书作者在此结合西方的研究成果，以较为翔实的资料梳理了中国学界对文艺复兴时期"以人性反对神性"的普遍观点的偏颇之处。并提出自己的观点："人文主义者的心中处处有一个神。"（见该书第 3 页）

② 同上书，第 77 页。

③ ［德］文德尔班：《哲学史教程》，罗达仁译，商务印书馆 1993 年版，第 504 页。

④ 刘小枫：《现代性社会理论绪论》，上海三联书店 1998 年版，第 320—323 页。

⑤ ［美］斯坦利·罗迈·霍珀：《信仰的危机》，瞿旭彤译，宗教文化出版社 2006 年版，第 4 页。

我们在极大的一个球体里航行,总在不确定里漂泊,从一个终点走向另一个终点。当我们想到依附于某个点,并且固定下来的时候,那个点会波动起来,会离我们而去。如果我们跟随它,它会从我们的掌握中逃走,从我们身边滑过,永久性地消失掉。虚无与我们在一起。这就是我们的自然条件,然而却与我们的偏好完全相反。我们燃烧着找到一个踏实地面和一个终极的确切基础的欲望。希望在上面建起一座高塔,直接通达无限。①

但纪伯伦文学中"爱、美与生命"的核心理念与西方现代精神是有根本差异的。作为审美领域对现代性或资产阶级价值观念的反抗,西方现代主义话语在此岸世界中寻找生命的价值,是与西方话语传统中身体与观念、感性与理性的二元对抗模式分不开的。② 因此,西方现代主义所固持和强调的,是作为理性和精神对立一面的感性和身体。在纪伯伦文学的生命书写中,虽然也最终在具体感性的存在中寻找生命的意义,但他对生命存在的关注点却是"神圣",这构成了纪伯伦文学的"爱、美与生命"理念与西方现代生命观的根本差异。

四 偶在的真实与神性的和谐:"泛神论"思想与审美观探讨

"爱、美与生命"理念蕴涵的"神圣"生命存在方式,将神圣的力量赋予现实存在之中,沟通了神性的不朽与现实的殊异,这实际上表达的是"泛神论"中的生命同一性思想。泛神论思

---

① [法]帕斯卡尔:《思想录》,李斯译,北京出版社 2004 年版,第 36—37 页。
② 刘小枫:《现代性社会理论绪论》,上海三联书店 1998 年版,第 308 页。

想（pantheism）持续存在于东西方的古代和现代文化中，它表达了神与宇宙万物之间的关系，神寓于宇宙万物而与宇宙万物相同一，简而言之，神即宇宙，宇宙即神（God is all, All is God）。从哲学层面上讲，"泛神论"思想力图协调"一"与"多"、"无限"与"有限"这个永恒的哲学命题。17与18世纪之交的英国思想家约翰·托兰德的《泛神论要义——或一个著名协会的诵文》是简明扼要地表述泛神论思想的一个例证。在作品中，协会中的"主席"和"其余的人"唱和诵辞：

　　　主席：
　　　　世界上万物是一，
　　　　一是万物中的一切。
　　　其余的人：
　　　　万物中的一切者即是上帝，
　　　　永恒无限，
　　　　不生不灭。
　　　主席：
　　　　我们在上帝中生活、运动和存在。
　　　其余的人：
　　　　万物皆由上帝而来，
　　　　且将与上帝重新合而为一，
　　　　上帝是万物的开端和终极。[①]

　　颂辞不仅清晰点明了泛神论思想中神（上帝）与宇宙万物

---

　　① ［英］约翰·托兰德：《泛神论要义》，陈启伟译，商务印书馆1997年版，第33—34页。

的关系，也表明了与纪伯伦作品中相一致的生命观：神性寄寓感性的生命存在，任何生命存在既是殊异的、不同的，又是赋有神性的，即便是一只再普通不过的蜜蜂，都被"赋有一种神圣的能力和部分神圣的心灵"，原因是：

> 弥漫整个物质的上帝
> 遍在于大地、海洋和太空深处。
> 因此，人和牲畜，牧人和野兽
> 在出生时全都承受了有灵气的生命，
> 当其解体时则又返回上帝这里。没有死亡，一切都是不朽的，
> 一切都投向苍穹，驻留在自己专有的星座上。①

这种生命同一性思想必然表明了一种生活态度和生存方式。既然神与万物同一，人和自然万物都是神的体现，那么，神或人都没有凌驾于自然万物之上，它们之间是一种和谐共处的关系。事实上，与任何一种宏大的思想体系一样，泛神论思想在其发展过程中，甚至是在某位思想者的思想体系中，都包含有不同的倾向性甚至矛盾性。② 正因为如此，它也具有了很强的包孕性，在不同的时代和文化中，泛神论思想中不同侧面的思想内核被抽离

---

① ［英］约翰·托兰德：《泛神论要义》，陈启伟译，商务印书馆 1997 年版，第 38 页。

② 在《泛神论和印度哲学中的生命价值》一书中，作者细致区分了两种泛神论思想，一种倾向于神的无限与不朽，是"抽象的理想主义"（abstract idealism），另一种倾向于宇宙万物的有限与杂多，是自然主义（naturalism）的。这两种泛神论思想作为两种不同倾向出现在泛神论思想的发展过程中，同时也表现在不同的哲学家的思想体系中。(Urquhart, W. S, *Pantheism and the Value of Life in Indian Philosophy*, Ajay Book Service, 1982, pp. 25 – 29.)

和放大，映照了那个时代的思想和文学艺术。举例来讲，神与万物的同一，实际上是否定了神的超验性，这使泛神论思想具有了"无神论"倾向，这种无神论倾向奠定了中世纪神秘主义反经院哲学的思想基础。① 而在现代话语模式中，泛神论思想的无神论倾向被弱化了，凸显的是同作为神性的体现，人与自然万物都是"有灵的"，它们之间是平等的、和谐共处的关系。这与现代化进程中人的自我的无限扩张形成了明显对抗，从而也构成了西方自浪漫主义到现代主义的一条隐在的思想线索。梯利简练精辟地总结了谢林（1775—1854）自然哲学中蕴涵的泛神论思想与浪漫派之间内在的精神联系：

> 谢林以自然为可见的精神，精神为不可见的自然，这种思想促进了浪漫派的想象，鼓舞新诗人赋予世界以生命和精神、用爱慕的同情心来看待世界，这是他们在呆滞的机器面前所不能感受的。②

借助于"精神化"的自然，浪漫主义者体验到了一个与充斥了"呆滞的机器"截然相反的世界。这种以语言的魔力重新营造一个与现代机械世界完全陌生化的"自然"，是自浪漫主义到现代主义的共同特点。同样，在现代主义文学的"陌生化"（defamiliarization）形式中，反抗机械性的"自动化"（automation）是其主要诉求。如果说浪漫主义的泛神论思想主要体现在"自然"这一空间性概念上，那么，现代主义的泛神论思想则主

---

① ［美］梯利：《西方哲学史》，葛力译，商务印书馆 1995 年版，第 224—225 页。

② 同上书，第 493 页。

要体现在"原始"(primitive)这一时间性概念上,在现代主义者看来,"原始主义"(primitivism)是一种全新的世界观,它迥异于现代性的体验,具有与"我们的感觉"完全不同的空间和时间感,它是"非科学的"(unscientific)、"前现代的"(pre-modernism),是反叛现代文化的一支进步和批判的力量。因而,现代主义者常借助于引进神话结构,来表达不同于现代性体验的"永恒"或"超越历史"(transhistorical)精神。①

在被赋予灵性的"自然"中、在遥远的"原始"和"神话"想象中,浪漫主义和现代主义者寻觅到了一种蕴涵着泛神论思想的生命存在方式:神或人不再不可一世地决定自然万物的命运,人与自然之中蕴藏着神意。但神意不可测,因而,在神面前同样谦卑的人与自然,只能是偶然的存在,生命的意义或永恒性,即在于变动不居的偶在和具体性。20世纪初期俄罗斯存在主义思想家别尔嘉耶夫敏锐地觉察到了现代生命观的独特性:

> 精神不是抽象的理念,不是共相。不仅是每一个人,而且是每一只狗、每一只猫、每一条昆虫,都比抽象的理念、比普遍的共相具有更多的生存价值。精神拯救不是向抽象的转移,而是向具体的转移。②

赋予偶然性以意义,是现代思想的基本特征。西方传统中并不乏生命同一性思想,但这种同一性建立在神的"善"基础之上,因而万物的存在是有规律的、理性的,并不是偶然的。早在

---

① Levenson, Michael, *Modernism*,《现代主义研究》,上海外语教育出版社 2000 年版,第 15—21 页。

② [俄]别尔嘉耶夫:《别尔嘉耶夫集:一个贵族的回忆和思索》,汪建钊译,上海远东出版社 2004 年版,第 250 页。

公元前 5 世纪的恩培多克勒就持有"泛神论"色彩的万物统一性观点。在他看来,"四根"(火、气、土、水四种元素)是万物生长的根本,是不朽和普遍的力量,由于"四根"的不同结合形成了宇宙万物,因而植物、动物、人和诸神在本性上是同类的,"万物都拥有智慧,分享着思想"。① 而世间万物生命的理想存在状态是在友爱的原则下融为一体,也就是说,是诸元素精确地混合在一起,牢固地保持着和谐。② 之后的斯多葛学派将人看做在上帝统治下的和谐宇宙体系的一部分,人是一个小宇宙,他的本性同万有的本性同一,而宇宙是有组织、有理性的体系,是一个美好而井井有条的整体。因此,人遵从自然而生活,就是人的行为符合理性、符合逻各斯。③

显然,西方现代泛神论思想的特点,在于它打破了万物生命存在的"理性体系",认为生命存在是偶然的、个体的、不可预测的,确切地说,现代泛神论思想表达的不是一种符合理性秩序的和谐,而是一种"个体性的和谐"。在这一点上,它与纪伯伦文学创作中的泛神论思想产生了根本差异,纪伯伦文学作品中所表现的,是一种"普遍的和谐"——源自生命本然状态的和谐。

与泛神论思想相对应,现代西方形成了独特的审美观——展示偶在的真实和差异性,而不是打上神性慈悲的美好与理性。

西方现代审美观认为艺术在于揭示生活"最为沉重而痛苦的真理",艺术中的"畸形、恐怖与痛苦"可以引发人们的审美

---

① [古希腊]恩培多克勒:《残篇》,转引自[英]泰勒主编《从开端到柏拉图》,韩东晖等译,中国人民大学出版社 2003 年版,第 230 页。
② [英]泰勒主编:《从开端到柏拉图》,韩东晖等译,中国人民大学出版社 2003 年版,第 232 页。
③ [美]梯利:《西方哲学史》,葛力译,商务印书馆 1995 年版,第 119 页。

激情，因而也是"美"。① 现代主义艺术的一个重要美学转变，即破除了以和谐和美为目标的形式构造法则，把不完满、不和谐的"丑"引入形式率中。阿多诺认为，古典形式观念，尤其是"丑"从属于"美"的观念在现代主义艺术中已趋于破产，展露矛盾和不和谐的"丑"的范畴，成为支配现代主义艺术形式的第一规律。② 的确，现代艺术与其说是以美为目标进行创作，而"毋宁说是以丑、以恶、以力、以变态、以刺激情欲等等为目的进行创作"。③

现代艺术的"美"是一种消解了神圣的审美理念。在现代世界中，神圣的消解使人们不再能够感受到纷乱物象之下的精神意义，剥离了神圣精神内核的现代艺术，遵从的是"否定式"的美学，它不再像传统艺术那样，展示和谐的、普遍的美，而是在不和谐的丑中展示个别的、特殊的美。

但纪伯伦作品中的审美观，构成了与西方现代审美观的根本差异。与西方在不和谐的丑中展示个别的、特殊的美不同，通过运用"通感"或"应和"手法，纪伯伦在文学创作中表现了人、自然与神之间相互应和的和谐之美、普遍之美。这种审美观实际上蕴含着"神圣"的审美体验，与纪伯伦文学的生命神圣主题构成了呼应。"美"的产生源自人们对"神圣"的体验和认识。古希腊舞蹈、音乐、诗歌、建筑、雕塑等艺术形式，无一不建立

---

① ［俄］别尔嘉耶夫：《别尔嘉耶夫集：一个贵族的回忆和思索》，汪建钊译，上海远东出版社 2004 年版，第 203 页。

② 赵宪章主编：《西方形式主义美学——关于形式的美学的研究》，上海人民出版社 1996 年版，第 432—433 页。

③ ［日］今道友信：《卡罗诺罗伽》，载［日］今道友信主编：《美学的方法》，李心峰等译，文化艺术出版社 1990 年版，第 323 页。

在对神的感受、赞颂或膜拜之上。① 例如，前苏格拉底时期的和谐之美，与对宇宙神圣秩序的心灵体验密不可分。毕达哥拉斯认为，他之所以能听到并理解"天体音乐"，在于他能使用"一种秘密的、莫测高深的神圣方法，全神贯注于他的听觉和心灵，使他自己沉浸在流动的宇宙谐音之中"。② 对神圣的信仰，使人们相信自己与宇宙万物一样，为诸神所造，在人和宇宙万物的神圣中，人们感受到的是人、自然与神之间和谐之美。

---

① 方珊：《美学的开端：走进古希腊罗马美学》，上海人民出版社 2001 年版，第 19—26 页。

② 吴琼：《西方美学史》，上海人民出版社 2000 年版，第 16 页。

第五章

生命的证词:"神圣"作为
生命存在方式

　　我生来是要写一本书——仅仅是一本小书——我生来是要活着、忍受痛苦,并去说一个有生命的长着翅膀的词,只要生活还没有从我唇间发出那个词,我就要保持沉默。

　　献给不眨眼皮盯着太阳看,用不颤抖的手捕捉火,从盲者的喧哗和呼喊中倾听"绝对"精神之歌的人。

——纪伯伦

　　在西方文化传统中,一个有智慧的人看待事物应该不偏不倚。哲学家宣称是所有时间和存在的旁观者,这是一种超然于生活之外的智者形象,用柏拉图的话说,是"所有时代和所有存在的观察者"。在这种情况下,当一个哲学家创造出一套完整的抽象价值体系,而他自己却以一种完全与其哲学理念无关的方式存在,"一个人的价值可能完全只是写在纸上,而其真实的生活却继续进行，仿佛伦理并不存在"。①

　　但人生命的意义并不仅仅存在于他的思想中，而是在生命过程中与之遭遇。纪伯伦生命历程中的个体选择，是他文学创作中生命理念的体现。他以自身的生命存在，验证了文学创作中的生命观：生命的神圣性在于生命存在本身。在《暴风集》中，纪伯伦曾借隐士优素福之口，道出了哲学与生活之间的紧密联系："相信是一回事，循而行之是另一回事。世上许多人说的话犹如大海，而他们的生活却近似于泥塘。许多人的头颅高昂过崇山峻岭之巅，而他们的心却静眠在黑暗地洞之中。"②的确，对纪伯伦来说，思想首先并不仅仅蕴涵于艺术创作，而是一种生活方式。在某种意义上，纪伯伦的生命历程，是他艺术创作中生命理念的证词。因而，纪伯伦的生活方式和艺术创作，共同构成了他的"存在"，这一"存在"以对"神圣"的坚守，提示"世俗化"的现代人，应该以何种心态看待自己和周围的世界。

　　在纪伯伦的生命历程中，他不同于"常人"的最独特事件，莫过于他选择了放弃婚姻的爱情生活和他对待死亡的态度。而生命存在中这两个"独特事件"的发生，与他早年波士顿生活中"先知"理想自我的形成密切相关。因此，对纪伯伦生命历程的探索，要从 1895 年 12 岁的纪伯伦来到美国波士顿开始，这里是他对生命"神圣"体认的开端。

---

　　① ［美］威廉·巴雷特：《非理性的人——存在主义哲学研究》，杨照明、艾平译，商务印书馆 2004 年版，第 76、163—164 页。
　　② ［黎］纪伯伦：《暴风集·暴风》，李唯中、仲跻昆、伊宏译，伊宏主编：《纪伯伦全集》下，甘肃人民出版社 1995 年版，第 494 页。

第一节　早期波士顿生活:"先知"
理想自我的形成

1895—1911 年,纪伯伦的青春岁月在美国波士顿度过。虽然其间他曾短暂地离开过这个城市,但从思想发展的角度来看,在黎巴嫩和巴黎的短暂时光只是纪伯伦波士顿生活的某种延续。而早期波士顿生活对于纪伯伦的生活和创作之所以重要,在于这一时期"先知"理想自我的形成,这一"理想自我"成为内化于纪伯伦精神体验和生活方式的核心要素,影响了他的一生。

在每个人的内心深处,都有一个鲜为人知的"理想自我"(idealized self),这个自我是个体在自己特殊的经验材料中、从早年的幻想、特殊的需求以及他天生的才能中建立起来的理想形象。[①]"理想自我"就像一粒种子,遇到合适的气候和土壤,就会长成参天大树,它的形成绝不仅仅存在于个体想象的空间,而是裹挟着个体生命存在的全部印记。波士顿生活,便是纪伯伦的"理想自我"——这颗孕育着生命力的种子——形成的时期。

那么,是什么原因促使了纪伯伦"先知"这一理想自我形象的形成呢?

一　"理想自我"形象的范型

纪伯伦"理想自我"的形成,与他过早接触波士顿艺术家和这些艺术家对待他的态度有密切关系,从某种意义上说,这些艺术家的想象为纪伯伦的"理想自我"形象提供了最初的范型。

---

① [美]卡伦·荷尼:《神经症与人的成长》,陈收等译,国际文化出版公司2002 年版,第 6 页。

那么，在这些艺术家心目中，纪伯伦是一种什么样的形象呢？

纪伯伦出生在奥斯曼土耳其帝国叙利亚行省的黎巴嫩北部小山村，对于当时的西方艺术家来说，"来自叙利亚"就已经赋予纪伯伦某种神秘色彩。

在 20 世纪 40 年代中期现代叙利亚国家建立之前，叙利亚（Syria）一词并非一个国家称谓，而是一个地区的概念，它包括了今天的叙利亚、黎巴嫩、以色列、巴勒斯坦、约旦等国家和地区。① 从历史文化的角度看，叙利亚涵盖了非常丰富的内涵：它是《圣经》中讲述的地方，是曾经产生"先知"的神奇土地。在犹太—基督教—伊斯兰教的先知文化传统中，"先知"一词具有特定的内涵。《圣经》中记载的先知，是上帝向人类传递信息的使者，也就是说，先知向人们宣讲的言论，并非出于他自己的创造，而是上帝经由他传达给人们。因此，先知的独特性首先在于，他的能力是神授的，并非经过后天训练。

在伊斯兰文化中，先知与普通智者的根本差异，在于他能"不学而知"，具有"非凡的天性"。②而早在古希腊时期，凭灵感做诗的诗人，就同占卜家和预言家一样，被认为拥有一种神授的禀赋。③ 因此，经上帝的灵（spirit）感动（possess）而向人们传达神谕的先知，在某种程度上与"具有艺术天赋的天才"有相似之处。对于纪伯伦遇到的那些波士顿艺术家来说，他们心目中"来自东方的先知"，常常与"具有神授气质的天才"混为一

---

① 王新刚：《中东国家通史——叙利亚和黎巴嫩卷》，商务印书馆 2003 年版，第 7 页。

② ［伊朗］内扎米·阿鲁兹依·撒马尔罕迪：《四类英才》，张鸿年译，商务印书馆 2005 年版，第 24 页。

③ 见柏拉图在《文艺对话集》"伊安篇"中对诗的灵感的论述。朱光潜：《朱光潜全集》，第 12 卷，安徽教育出版社 1991 年版，第 9 页。

谈。从纪伯伦的传记材料中,我们可以清楚地看到这一点:

在纪伯伦的波士顿生活中,有三位美国人对他产生了至关重要的影响:他的第一位庇护者戴伊、女诗人约瑟芬·普林斯顿·皮勃迪和一生挚友玛丽·哈斯凯尔。据成年后到巴黎留学的纪伯伦回忆:戴伊和他早年的其他朋友总是告诉他不要学习,以免他的个性、"天才"受到破坏。① 而约瑟芬则认为纪伯伦是一位"绝对赋有天才"的先知。② 对于玛丽来说,连纪伯伦出生的时间都表明他是上帝命定的天才,她说:"布莱克死于 1827 年,于是罗塞蒂生于 1828 年。而罗塞蒂死于 1882 年,纪伯伦生于 1883 年。"③

这些具有一定社会地位的"西方人"的看法,极大地影响了少年和青年时期的纪伯伦。虽然他们心目中的"东方先知"形象通常只是指"艺术上的天才",与逐渐转化为纪伯伦自我一部分的理想形象并不完全一致,但这些美国人的想象为纪伯伦的"理想自我"形象提供了范型。而纪伯伦之所以接受"东方先知"这一想象并进而逐渐转化为自我的一部分,还在于这一想象在特殊的现实情境中满足了纪伯伦的内在心理需求。

二 "理想自我"形成的现实契机

夜晚来临,花朵将瓣儿拢起,拥抱着她的渴慕睡去;清晨到来,她张开芳唇,接受太阳的亲吻。花的一生就是渴慕与结交,就是泪与笑。

---

① Gibran, Jean and Gibran, Kahlil, *Kahlil Gibran*, *His Life and World*, New York: interlink Books, 1998, p. 162.

② Ibid., p. 102.

③ Ibid., p. 204.

　　　海水挥发、蒸腾，聚积成云，飘在天空。那云朵在山山
　　水水之上飘摇，遇到清风，则哭泣着向田野纷纷而落，它汇
　　进江河之中，又回到大海——它故乡的怀抱。云的一生就是
　　分别与重逢，就是泪与笑。①

　　这是纪伯伦早年创作的阿拉伯语文学作品《泪与笑》的引
子。实际上，"泪与笑"贴切地反映了纪伯伦早年波士顿生活的
情感经历——欢笑与泪水、大喜与大悲——这种反差鲜明的感
情，几乎同时出现在纪伯伦的精神世界中。

　　1902 年 4 月，19 岁的纪伯伦结束了在祖国贝鲁特的学习
（1898 年 9 月至 1902 年 4 月），回到阔别三年的波士顿。然而刚
刚踏入家门的纪伯伦却不得不接受这样的现实：自己最疼爱的小
妹妹、14 岁的桑塔娜已在两周前死于肺结核。这只是刚刚成年
的纪伯伦痛苦的开始：一年后，他的哥哥彼特和母亲在长达半年
多的卧病之后，相继去世——彼特死于 1903 年 3 月，纪伯伦的
母亲死于 1903 年 6 月 28 日。

　　1902 年 11 月—1903 年 10 月，纪伯伦亲眼目睹了自己的两
位至亲如何被疾病和死亡慢慢逼近、吞噬，然而在这段时间里，
他也同时经历了一个人一生中最难以忘怀的初恋时光：他和女诗
人约瑟芬在短期内迅速成为"密友"，纪伯伦出入约瑟芬家中的
艺术沙龙、单独为约瑟芬画像、与她亲密交谈，他甚至拥有别人
没有的特权：阅读约瑟芬早年写下的日记……②

　　值得一提的是，纪伯伦短暂的初恋是建立在约瑟芬对他

---

　　① 这段文字采用了仲跻昆先生的译文。见伊宏主编《纪伯伦全集》上，甘肃
人民出版社 1995 年版，第 220 页。

　　② Gibran, Jean and Gibran, Kahlil, *Kahlil Gibran*, *His Life and World*, NewYork：
interlink Books, 1998, pp. 95 – 115.

"东方先知"的浪漫想象之上的。从约瑟芬这一时期的日记和通信中,我们可以看到:她经常称呼纪伯伦为"我(可怜)的先知"、"我的天才"……①在不得不面对至亲的疾病和死亡的艰难日子里,这一"东方先知"的想象极大地满足了纪伯伦的内在心理需求。

　　从某种意义上说,这段时期以大喜大悲的"极端化"形式浓缩了纪伯伦早期波士顿生活的精神世界:在一个世界中,纪伯伦面对的是贫穷、疾病、死亡;而在另一个世界,他被当作富有艺术天分的天才、来自东方的先知。究竟哪一个世界是真实的?的确,贫穷、疾病和死亡是纪伯伦面对的客观现实情境,东方的先知,乃至短暂的初恋也许只是基于西方"观赏者"对纪伯伦这个"有艺术天赋的叙利亚人"的神秘想象。但对于纪伯伦来说,客观现实的真实与否又有何重要呢?重要的是,"东方先知"的理想形象是他在痛苦现实中找寻到的唯一心灵出口——在此,年轻的纪伯伦找到了自己尊严栖息的场所。于是,东方的先知——这一"他人"目光中的理想形象逐渐被纪伯伦"概念化",并进而转化为他自我构成中不可缺少的一部分。

三　先知:"理想自我"形象的形成

　　1908 年 3 月 25 日,纪伯伦在给玛丽的一封信中记述了自己这样一段梦境:

　　　　今天我兴奋极了,因为昨晚我梦到了那赐予人类天国的他(Him who gave the Kingdom of heaven to man)……那是

---

　　①　Gibran, Jean and Gibran, Kahlil, *Kahlil Gibran*, *His Life and World*, NewYork: interlink Books, 1998, pp. 109 – 112.

如此自然、清晰，不存在使其他梦境模糊的暮霭。我坐在他
（Him）身旁与他（Him）谈话，就好像我们一直生活在一
起……①

纪伯伦对玛丽讲述的这段梦境具有重要意义。众所周知，在
《圣经》中，上帝常常通过梦境将自己的旨意晓谕先知。"先知"
一词的英文是 prophet，该词源自希腊语 prophetes，字面意思是
"代替另一个人，尤其是神说话的人（one who speaks for another,
especially for a deity）"。在《圣经》中，"先知"一词最早出现
在《创世纪》（Genesis）中，神对娶亚伯拉罕之妻的亚比米勒
（Abimelech）说："现在你把这人的妻子归还他，因为他是先知，
他会为你祷告，使你存活。"（创世纪 20：7）由此可知，先知是
被神恩典、可以替人向神求祈的中介者。

纪伯伦的梦境标志着他已经接受和认同了"他人"的想象，
将自己当作了一位来自东方的先知。这种认知一直延续在纪伯伦
的生命和艺术探索中，以至于他不断用或隐或显的"例证"来
验证它、充实它。

1915 年 6 月 30 日，玛丽的日记记述了纪伯伦对她讲的一段
童年经历。纪伯伦 10 岁时因与小伙伴玩耍，从高处摔下，跌伤
了肩膀。接着，纪伯伦强调说，自己肩膀的复原经过了 40 天。
在他看来，这一事件包含着某种神秘色彩，② 因为耶稣曾在旷野
禁食 40 昼夜以后受到撒旦的试探。而在纪伯伦给玛丽讲述的另
一段经历中，我们可以看到一位类似"预言者"的"疯人"曾

---

① Gibran, Jean and Gibran, Kahlil, *Kahlil Gibran*, *His Life and World*, New York:
interlink Books, 1998, p. 166.

② Ibid. , p. 18.

经预言了他神授的使命:在叙利亚时,一位他不认识的"疯人"突然向他大喊道:"哈利勒·纪伯伦! 去告诉(当时教会争端中的一个领袖人物的名字)……"①

我们无从考证以上事例的真实性,但这至少向我们表明:纪伯伦已经认同了"先知"这一理想自我形象。重要的是,当纪伯伦自觉地将"先知"作为自我的一部分,"先知"这一概念也就会超越"神授气质的天才"这一"他人"目光中的狭隘所指,被纪伯伦赋予更为丰富的内涵,而这一被"概念化"的内涵,将作为纪伯伦自我构成的一部分,深刻影响他的思想方式和生活选择。

第二节　生命的证词:"神圣"生活方式的选择

纪伯伦毕生过着一种近乎宗教式的灵性生活:放弃婚姻、独居、将生命的激情完全投注在艺术创作中。在他身处的环境中,这无疑是一种"不正常"的生活方式。无论是在他少年时期耳濡目染的波士顿艺术圈、青年时期留学的巴黎蒙特马高地,乃至28岁以后生活的纽约格林威治村,他都置身于激进的"先锋派"文化氛围中。而宽泛意义上的"先锋"一词是指对既有价值观念体系的反抗,它通常指极端的艺术实验,这种艺术实验常常通过破坏性或新颖性的修辞方式达到。因而先锋派艺术家常试图成为艺术上的革命者或颠覆者,他们常常采取"波希米亚"(Bohemian)式的生活方式,这种生活方式彰显了一种态度,即通过生活方式或艺术的方式,拒斥中产阶级社会的艺术、政治、功利

---

① Gibran, Jean and Gibran, Kahlil, *Kahlil Gibran*, *His Life and World*, New York: interlink Books, 1998, p. 260.

主义和性关系等流行的价值观念。① 马尔科姆·考利（Malcolm Cowley）曾对格林威治村这种"波希米亚"式的生活理念进行了系统的描述，其中写到对感性"身体"的膜拜和"瞬时观"，文中称这种生活理念为"异教徒的观念"，这种观念视"身体"为圣殿和顶礼膜拜之所，而这种生活理念也包含着"瞬时观"（The idea of living for the moment），人们宁肯以将来的痛苦为代价，也要牢牢抓住"现在"的欢愉和享乐。②

　　因而，先锋派艺术家"波希米亚"式的生活理念常常意味着自由、放纵、崇尚享乐和"身体"感受，这与纪伯伦近乎宗教式的灵性生活形成了鲜明对照。事实上，纪伯伦文学中也流露出波希米亚生活理念的深刻影响：《行列》中对生活充满激情的"森林少年"、《大地之神》中歌唱青年与欢舞少女发自天性的爱情、《先知》中对原初生命的热爱……那么，处身于这种环境，写出这些作品的纪伯伦，为什么却选择了一种截然不同的灵性生活方式呢？

　　一个人最终选择某种生活方式，常常不是一蹴而就的，通常有内在、外在等诸多因素，但这种选择无疑是他生命积淀的结果。纪伯伦对灵性生活的选择，经历了一个从无奈到主动选择的过程。

　　在纪伯伦的生活经历中，至少经历了三次有望踏入婚姻的恋爱机会。第一次是与女作家约瑟芬·普林斯顿·皮勃迪短暂的炽热恋情。第二次是与中学女校校长玛丽·哈斯凯尔由相知、相恋到精神上相伴一生的深挚情谊。第三次是与旅居埃及的黎巴嫩著

---

① Grana, Cesar and Grana, Marigay, *On Bohemia: the Code of the Self-Exiled*, New Jersey: Transaction Publishers, 1990, xv.

② Ibid., p. 135.

名女作家梅娅·齐雅黛（May Ziadeh）[①] 在长期通信中建立起来
的精神恋爱。

　1902 年 11 月—1903 年 10 月，纪伯伦经历了在美国的第一
段爱情。这段感情发生在他和女作家约瑟芬·普林斯顿·皮勃迪
之间。

　约瑟芬生于 1874 年，年长纪伯伦 9 岁。父母具有良好的文
化素养，自小她和另外两个姐妹一起，在文学和戏剧的艺术熏陶
中长大。她 14 岁就开始发表诗作，而且才貌双全，具有卓尔不
群的个性。22 岁时，她居住的地方一度成为青年才俊们相聚的
沙龙，她也迅速进入活跃于波士顿作家团体和诗社的女作家群
体。[②]

　纪伯伦与约瑟芬的相识，开始于 1897 年冬天戴伊举办的一
次聚会上。在这次聚会中，约瑟芬并未对纪伯伦产生特别深刻的
印象，在她的记忆中，14 岁的纪伯伦只是一个"害羞"的男孩
儿。而纪伯伦被约瑟芬光芒四射的气质吸引，聚会后凭借自己的
记忆描画出约瑟芬的头像，随后，纪伯伦去黎巴嫩学习民族语言
文化。戴伊将这幅素描肖像送给了约瑟芬，约瑟芬立即被这画像
中所蕴涵的神秘的"穿透力量"吸引，于是开始与远在黎巴嫩
的纪伯伦通信。

　1902 年 4 月底，纪伯伦结束了在黎巴嫩的学习回到波士顿。
半年以后他与约瑟芬联系，两人从此开始交往。此时的约瑟芬已

---

　① 目前国内有一本梅娅·齐雅黛的中译本作品《罗马喷泉咏叹》（蔡伟良、王
有勇译，上海译文出版社 2002 年版）。

　② Gibran, Jean and Gibran, Kahlil , *Kahlil Gibran, His Life and World*, New
York：interlink Books, 1998, pp. 69 - 74.

经出版了一本诗集和一部独幕剧，^① 俨然是一位引人注目的女作家。但此时的纪伯伦，却正处于人生的低谷，小妹妹刚刚病故，他的两位至亲——哥哥彼特和母亲也濒临死亡。在这段痛苦的日子里，约瑟芬家中的艺术沙龙给纪伯伦带来了极大的精神慰藉。但这段爱情持续得非常短暂。1903 年 10 月，在纪伯伦提出进一步加深他们之间的关系时，他立即遭到了约瑟芬的拒绝！^② 那么，是什么导致了纪伯伦恋情的失败？

纪伯伦与约瑟芬的爱情，与当时波士顿的文化氛围有很大关系。当时的波士顿，浸淫于浓厚的"东方想象"氛围中，对于波士顿名门贵族来说，进入"神秘的东方氛围"是一种时尚。^③ 而约瑟芬与纪伯伦的交往，一开始就是建立在约瑟芬对纪伯伦东方身份的浪漫想象基础上的。戴伊最初向约瑟芬介绍纪伯伦时，称他前往"圣经的土地"学习，当约瑟芬看到纪伯伦的画后，她在日记中这样写道：

> 我和他（戴伊——作者注）都相信，这孩子生来就是一位先知。的确如此，这孩子的画比什么都清楚地说明了这一点。（1898 年 12 月 8 日）^④

1902 年 12 月，约瑟芬初见纪伯伦后，在日记中写道："这孩子是一个叙利亚人，他也是一位绝对赋有天才的先知。"^⑤ 在

---

① Gibran, Jean and Gibran, Kahlil , *Kahlil Gibran, His Life and World*, New York: interlink Books, 1998, p. 95.

② Ibid. , p. 122.

③ Ibid. , p. 126.

④ Ibid. , p. 78.

⑤ Ibid. , p. 102.

约瑟芬和纪伯伦的交往中，她经常将自己与纪伯伦的第一位庇护者戴伊相提并论，这体现了她实际上是以庇护者的俯就姿态来看待纪伯伦，这样的"爱情"显然根本不可能带来"婚姻"的果实，而伴随着她关于纪伯伦是一位神秘的东方"天才"的幻象逐渐消退，他们短暂而虚幻的"爱情"，也彻底结束了！

纪伯伦的第二段恋情发生在他与女子学校校长玛丽·哈斯凯尔之间。玛丽生于 1873 年 12 月 11 日，年长纪伯伦 10 岁。1904年，在纪伯伦的第一次个人画展上，玛丽被纪伯伦的画深深吸引，二人由此相识。与约瑟芬的感性、浪漫和忧郁的诗人气质截然相反，玛丽则理性、务实，喜爱挑战和户外运动。从某种意义上说，认识玛丽是纪伯伦事业成功的关键，因为她虽然最初也像戴伊和约瑟芬一样，欣赏纪伯伦的绘画天赋和先知般的神秘气质，但她对待纪伯伦的态度，却更为理性，她像一位老师，冷静地分析纪伯伦的事业、前途并给予实际的帮助。

玛丽对待纪伯伦的态度，与约瑟芬和戴伊有明显差异。在二人相识的最初几年，玛丽首先打破了纪伯伦"艺术天才"的幻觉。不像戴伊和他早年遇到的那些美国人对纪伯伦所持有的浪漫主义的"天才"想象，玛丽向纪伯伦指出他需要正式的绘画训练，并资助他到巴黎学习绘画。这决定了她和纪伯伦之间的爱情，与约瑟芬基于虚幻东方想象的恋情不同，而是基于二人在现实生活中精神上的互相欣赏和理解。

1908 年 7 月，在玛丽的资助下，纪伯伦到巴黎学习绘画。从这一时期二人的通信看，纪伯伦对玛丽的感情，由感激逐渐转变为爱情。1908 年 10 月 10 日，在纪伯伦到达巴黎两个月后，他在信中表达了自己对玛丽无私帮助的感激之情：

　　你为我贡献了并且正在贡献着很多很多。我也希望那一时辰早点到来，届时我可以这样说：

"由于玛丽的恩惠，我变成了一位艺术家。"

"由于她的爱，我成了一位画家。"①

但从 11 月初开始，二人的感情逐渐转变为爱情。纪伯伦称玛丽是自己"灵魂的避难所"，他带着对玛丽"心灵深处的情感的理解，生活在其中"。② 1910 年 10 月 31 日，纪伯伦从巴黎回到波士顿，开始与玛丽频繁见面，并一同出入博物馆、剧院等场所。在玛丽 1910 年 12 月的日记中，几乎全部是有关纪伯伦生活细节的记录。12 月 10 日，纪伯伦向玛丽正式求婚，但随即遭到了玛丽的拒绝。③

玛丽最初拒绝纪伯伦求婚的原因，主要是因为两人年龄的差距。但他们最终没有走入婚姻，却是因为双方在长期思考基础上作出的理性选择。玛丽拒绝与纪伯伦缔结婚姻，是因为她清楚地认识到：纪伯伦不需要婚姻。

1911 年 4 月 15 日，两人之间进行了一次谈话，这次谈话标志着他们摆脱了长期犹豫、思考的情感折磨，正式明确了放弃结婚的共同选择。玛丽在日记中记述了这次谈话：玛丽在长期的观察和思考后，向纪伯伦表达自己不能与之结婚的想法，此时纪伯伦"几乎哭了"，但他说道："一句话——我爱你！"在日记的结尾，玛丽这样写道："我多么幸福！我作了牺牲，但是牺牲使我们更接近了！"④ 在后来的日记中，玛丽回忆道："他从不想要婚

---

① 伊宏主编：《纪伯伦全集》下，甘肃人民出版社 1995 年版，第 5 页。

② 同上书，第 6 页。

③ Gibran, Jean and Gibran, Kahlil , *Kahlil Gibran*, *His Life and World*, NewYork：interlink Books, 1998, pp. 198 – 199.

④ 伊宏主编：《纪伯伦全集》下，甘肃人民出版社 1995 年版，第 177 页。

姻……从他的沉默中我能听到,哈利勒知道,我（放弃婚姻）这件事做对了。"①

事实证明,玛丽是真正了解纪伯伦的。在他们决定放弃婚姻之后的一年,在两人的一次谈话中,纪伯伦明确表达了这一想法。他说:"婚姻是两方面——女人和工作——权利的伤害者。"②

在决定放弃婚姻关系之后,两人的爱情却更为炽烈。1913年2月17日,玛丽在日记中写道:"我的生命是打开的一本书,那上面什么也没有,只有纪伯伦!"③ 1914年12月22日,玛丽在日记中表达了自己与纪伯伦之间的深挚感情:"我只希望上帝让我们像大海和太阳、夜晚和白昼那样永远相伴相随!"④ 而在1922年12月28日玛丽的日记中,记述了纪伯伦在放弃婚姻后对玛丽表达的炽烈感情:"在我的全部生命中,认识了一个女人,她给了我精神和心灵的自由——她给了我充分的机会,让我成为——我! 这个女人就是你!"⑤

这里,我们清楚地看到纪伯伦对待婚姻的态度转变:从最初遭到约瑟芬和玛丽拒绝的痛苦,转变为通过深思熟虑而理性地放弃婚姻。在他与第三位恋人梅娅·齐雅黛的通信中,我们可以看到,他们之间的恋情已经是纯粹的精神恋爱。

与约瑟芬和玛丽相比,梅娅·齐雅黛似乎与纪伯伦更为接近。他们年龄相仿,梅娅生于1886年,比纪伯伦小3岁。二人

---

① Gibran, Jean and Gibran, Kahlil, *Kahlil Gibran*, *His Life and World*, NewYork: interlink Books, 1998, p. 207.
② 伊宏主编:《纪伯伦全集》下,甘肃人民出版社1995年版,第180页。
③ 同上书,第192页。
④ 同上书,第210页。
⑤ 同上书,第218页。

同为阿拉伯人，梅娅生于巴勒斯坦，曾在黎巴嫩的贝鲁特等地求学，青年时期随父来到埃及。他们更有共同的志趣和爱好，梅娅是一位作家和翻译家。从梅娅和纪伯伦的通信看，两人从探讨文学、精神的知心朋友，逐渐发展为息息相通的恋人。纪伯伦称梅娅为"最接近我灵魂的人"、"最接近我的心的人"、"心灵的伴侣"，[①] 但他们的恋情，仅仅局限于通信，是一种不涉及婚姻的精神恋爱。

那么，纪伯伦为什么要放弃婚姻呢？

在玛丽的日记中，曾提及纪伯伦放弃婚姻的原因。1912 年 4 月，玛丽写道：纪伯伦不需要婚姻，因为他"极需要时间，婚姻损失时间，分散精力"。[②] 纪伯伦曾对玛丽说道："你常常激起我的欲望，使我疲惫，使我痛苦……我强烈地渴望着，燃烧着，向往着，是的，向往着！但是我克制着，是的，克制着！但愿这种克制能把这一力量转化成一种我在工作中感觉不到的、可以利用的附加能量。"[③] 显然，首先是出于文学创作和绘画的考虑，纪伯伦放弃了婚姻。从纪伯伦的传记资料来看，为了艺术创作，他不仅放弃了婚姻，而且舍弃了身体的健康，甚至是以生命的极限来挑战死亡。

"死亡"始终伴随着纪伯伦短暂的一生。他生活在一个"和死亡定了约会的家庭"，[④]青年时代亲身经历的至亲的早逝、伴随他一生的病痛折磨，都使死亡成为纪伯伦生命存在中时刻感受到的切身体验。

"人死"与"我将要死"是截然不同的两种事实。对于每一

---

① 伊宏主编：《纪伯伦全集》下，甘肃人民出版社 1995 年版，第 292、302 页。
② 同上书，第 180 页。
③ 同上书，第 200 页。
④ 同上书，第 205 年。

个特殊的个体存在来说，只要不遭遇死亡，死亡就似乎永远只是指泛化的"人"，永远与己无关。在《伊万·伊利奇之死》中，列夫·托尔斯泰曾经细致而写实地描绘了人们对待死亡的态度：听到别人死亡的消息，人们欣幸自己的未死，因为那仅仅是别人的死亡。只有那个直接面临死亡的人，才能真正感受到死亡的重压，感受到生命正在离开，而自己却无能为力！因而从某种意义上说，体会到"我将要死"代表了生命的临界点，在直面死亡之中，人们得以摆脱日常生活的琐碎，重新审视生命的价值和意义。

1928 年，受身体多种病痛折磨的纪伯伦，只能借助酒精暂时摆脱痛苦。但此时，他仍以巨大热情投入创作。1928 年 11 月 7 日，纪伯伦在给玛丽的信中这样写道：

> ……这个夏天我不快乐。大多时候我在受着病痛的折磨。但这又有什么关系呢？我用阿拉伯语写歌、散文诗……在病痛中我做得更多……①

对大多数"现代人"来讲，纪伯伦的行为是难以理解的：为了创作，纪伯伦放弃婚姻的幸福、无视身体的健康乃至死亡，他究竟是为了什么？仅仅是为了取得名利、地位等所谓的"成功"吗？

1931 年，面临死亡的威胁，纪伯伦写给梅娅一封信，这封信回答了纪伯伦舍弃一切进行创作的理由：

---

① Gibran, Jean and Gibran, Kahlil, *Kahlil Gibran*, *His Life and World*, NewYork: interlink Books, 1998, p. 389.

　　目前我的健康状况比夏初更糟糕了……梅娅，我是一座还没有喷发就关闭了的小火山。如果今天我能写点美好的东西，我会彻底痊愈的。如果我能大喊，我会恢复健康……

　　为什么我要写那些文章和故事呢？我生来是要写一本书——仅仅是一本小书——我生来是要活着、忍受痛苦，并去说一个有生命的长着翅膀的词，只要生活还没有从我唇间发出那个词，我就要保持沉默。①

　　这里，面临死亡威胁的纪伯伦表达了对自己生命存在意义的信念和直面死亡的巨大勇气。他之所以"写那些文章和故事"，是因为这些创作是他生命存在的一部分，他用他的生命写着一本书，这本用生命写成的书和他的创作，只是为了说出那个"有生命的长着翅膀的词"——死亡。

　　我们由此可以看到纪伯伦对死亡超验意义的内在信念，因为死即一切。如果个人生命终将受到不可逆转的销毁，那么人类活动的全部成果亦然，无论是物质的抑或精神的，无论我们，或者我们的活动能持续多久。② 因而，相信死后生命意义的延续性，就是相信生命的神圣性。这实际上是纪伯伦为了创作放弃一切的根本原因所在：他相信自己是一位具有神授使命的先知，为了这一使命，他注定要像耶稣一样，将自己钉在受难的十字架上！

　　在创作耶稣这一隐喻了生命神圣性的人物时，纪伯伦曾经向玛丽表达了耶稣对自己生命存在的价值："除了在耶稣的人格

---

① Gibran, Jean and Gibran, Kahlil, *Kahlil Gibran*, *His Life and World*, NewYork: interlink Books, 1998, p. 397.

② ［波兰］柯拉柯夫斯基：《宗教：如果没有上帝》，杨德友译，生活·读书·新知三联书店1997年版，第147页。

中,我的生命再也不能找到一处更好的休憩之地。"① 在谈及纪伯伦的作品《先知》时,玛丽断然说道:"那先知就是纪伯伦。"② 而在日记中,玛丽深刻地剖析了纪伯伦的"先知"意识:

> 他的痛苦是有道理的,在痛苦时他不需要安慰!他的疯人渴望着他的血。哈利勒就是这样,他相信耶稣希望去死,希望十字架——作为一种解释——作为唯一能使他满意的解释——他现在若在另一个星球上,也可能在那里被钉上了十字架。他将被钉上十字架,直到他的灵魂满意。③

因此,纪伯伦的生命历程,是在创作中追求先知使命的过程。这一生命过程,体现了早期波士顿生活中"先知"理想自我的深刻烙印,也体现了纪伯伦在"去圣化"的现代社会中,对生命存在神圣性的内在信念!1931 年 4 月 10 日,纪伯伦走完了短暂的生命历程。仅仅在半个月前,预感到自己会不久于人世的纪伯伦,给精神恋人梅娅·齐雅黛寄去最后一封信,信中只有一幅画,画上是一只捧着蓝色火焰的手。④ 这幅画隐喻了纪伯伦对生命之神圣性的毕生信念:面对神圣消解的现代社会中人类生命存在之轻盈,他宁愿在生命"意义"的无限追索中,燃放生命的炽烈。这就如同捧着火焰的手,自知手会被火苗灼伤,却依然毫不躲避!《折断的翅膀》这部中篇小说的题词印证了这一理念,纪伯伦这样写道:

---

① Gibran, Jean and Gibran, Kahlil , *Kahlil Gibran , His Life and World* , New-York: interlink Books, 1998, p. 384.

② Ibid. , p. 351.

③ 伊宏主编:《纪伯伦全集》下,甘肃人民出版社 1995 年版,第 208—209 页。

④ 同上书,第 313 页。

献给不眨眼皮盯着太阳看，用不颤抖的手捕捉火，从盲者的喧哗和呼喊中倾听"绝对"精神之歌的人。①

这个"不眨眼皮盯着太阳看"、"用不颤抖的手捕捉火"，从而"倾听绝对精神之歌"的人，就是在生命之神圣追索中纪伯伦的真实写照！

另一方面，纪伯伦选择放弃婚姻的灵性生活，还从另一个层面体现了他对生命存在的思考：个体存在的法则高于普遍的伦理法则。玛丽深刻地体会到了这一点，1913 年 1 月 2 日，她在日记中写道："在他那里情欲转化为创造力。美德并非克制，而是他对规律的反叛。"②

在基督教文化中，婚姻本身具有神圣的意味，它代表了某种伦理的规定性，它是天堂在人间的遗迹，而婚姻之爱被视为一种崇高的宗教—道德感情。③《创世纪》中，上帝从男人身上所取的肋骨造成女人，因而"人要离开父母与妻子连合，二人成为一体"（创 2：21—24）。而耶稣在回答法利赛人关于离婚的问题时，不仅提及这最早的天堂记忆，而且明确地将神圣赋予婚姻："……夫妻不再是两个人，乃是一体的了。所以，神配合的，人不可分开。"（马太 19：6；马可 10：8，9）也就是说，婚姻代表了一种人们对于幸福的普遍性诉求。

在纪伯伦面对婚姻的抉择时，他实际上被置于这样一个放之

---

① 伊宏主编：《纪伯伦全集》下，甘肃人民出版社 1995 年版，第 147 页。

② 同上书，第 191 页。

③ ［俄］谢·特罗伊茨基：《婚姻的理想主义与直觉》，［俄］弗·索洛维约夫：《关于厄洛斯的思索》，赵永穆、蒋中鲸译，辽宁教育出版社 1998 年版，第 274—276 页。

四海而皆准的伦理体系面前:所有"正常"的人都要结婚、生子,家庭的快乐是一个普通人应该享有的幸福。拒绝婚姻,意味着拒绝某种文化伦理的规定性。当纪伯伦面临婚姻的抉择,同时他也面临着一种比任何概念都要有力而猛烈的现实。当他决定放弃婚姻,实际上他也在思考中遭逢了他真正"所是"的自我,而非伦理的普遍法则规定的自我。

在对普遍伦理法则的"悬置"中,纪伯伦最终作出了纯属个体性的生命选择:在艺术创作中传达人类生命存在的意义。他也因此放弃了平常人的快乐:婚姻、家庭乃至健康。纪伯伦的生命选择标示了"个体"的意义:如果自我存在的最理想状态就是像先知般传达"神谕",那么,"我"为什么要遵从每个人必须遵从的生命轨道?我为什么不能仅仅生活得是我自己?纪伯伦以生命的选择告诉我们:真理是我们的行为本身。如果离开了个体的存在,仅仅存在于文字中的真理就是虚无。

在以追求灵性的超越为核心的西方文化传统中,纪伯伦重建生命神圣的观念并不独特,在一定程度上,纪伯伦的思想是对前现代社会"神圣"观念的某种追溯和重新确认。但固守和坚持并不仅仅意味着"落后",在很多时候,"追溯和重新确认"或许是另外一种意义上的"建构"。在一个神圣缺失的时代,纪伯伦以自身的生命存在,重新启示了人们对于生命神圣性的体认,这种体认至今价值弥深!

但纪伯伦的生命观仍未走出西方现代生命观的藩篱——从感性个体中寻找生命的意义。他的爱、美与生命的神圣性,是建立在感性生命存在的基础上的,也就是说,感性个体从根本上决定了生命的意义。当现代人的自信建立在流动的感性自我之上,现代人所面临的问题乃至危机也就随之而来,因为沉溺于自我感性与激情的人,首先面临着自我存在的根基究竟在哪里这个更为根本的问题。说到底，个体生命无法依托在飘浮性的感觉状态之中，价值世界也难以建立在缺乏通约性的感性自我之上，以感性为根基的本体论世界，难以避免相对主义的问题。① 当人从最基本也最直接的生存现实出发来体认生命的意义，也就必定会带来价值上的相对主义和虚无主义。

纪伯伦的生命书写，实际上隐喻了现代人难以逃脱的宿命：当现代人只能从偶在的当下感性个体中寻找生命的意义，"意义"却因此只能永远飘浮不定！那么，纪伯伦的意义何在？如纪伯伦般探索生命答案的思想者的意义何在？

早在 2000 多年前，哲人苏格拉底就以其坚决的直面死亡向对他宣判的众人表明：哲学或思想是一种生命存在方式，遁世与哲学的本质格格不入。在一个平庸的时代，死亡和真诚无奈地显露出悲壮，纪伯伦却以他的存在诚挚而孤独地履行了这一无数思想者"敢想而不敢为"的诺言，在此种意义上，纪伯伦探索"意义"的行为本身，就构成了生命的意义。

30 余年以后，一位自称"用生命书写，以血为代价"，"智性活动由经历过的生活和遭受过的经验构成，而不只是头脑的产物"，认为自己所写的是自己"所曾是的一部分"的雷蒙·潘尼卡，② 在讲述写作对于自己生命的意义时，与纪伯伦的"神圣"生命存在方式产生了惊人的吻合：

> 写作对我来说是思想生活又是精神生存。依我之见，生命的顶峰是参与到宇宙生命之中，也就是参与到甚至我们这

---

① 刘小枫：《现代性社会理论绪论——现代性与中国》，上海三联书店 1998 年版，第 189 页。

② ［西］雷蒙·潘尼卡：《印度教中未知的基督》，王志成、思竹译，四川人民出版社 2003 年版，第 3 页。

些凡人也受邀的宇宙的和神的交响乐之中。这不仅是一个生活的问题也是让生命存在的问题——这一生命就如一件礼物般给了我们,所以我们可以维系它、深化它。①

写作是生命存在本身。经由写作,生命回返到它最初的状态——"凡人也受邀的宇宙和神的交响乐之中"——两位被称作先知的人以自身的生命存在重新体验了"神圣"。或许,他们别无选择,这是他们无可逃脱的命定,因而他们被凡人们称为"先知";也或许,这原本就是生命存在的本然状态,他们只是顺从了自己内心深处的召唤,因而他们仅仅是人,我们中的一个。

---

① [西]雷蒙·潘尼卡:《智慧的居所》,王志成、思竹译,江苏人民出版社2000年版,第106页。

余 论

只是一个"起点"的纪伯伦

　　纪伯伦的文本实践，展示了文化之间的可通约性，也就是文化对话问题。但对于文化对话来讲，证明各文化之间的相通性和相融性只是一个起点，有很多深层的后续问题有待解决。例如，我们找到诸文化之间的相通之处，旨归究竟在哪里？也就是说，如果西方现代思想与苏非精神、伊斯兰哲学有相通之处，这种相通之处对我们的生活，究竟产生什么关联？潘尼卡对于宗教对话的认识有助于我们进一步思考文化对话，他认为，在当今关于诸宗教相遇的研究中，存在着重大的危险：或者为达到理解而消除所有差别，或者将这种理解置于最低纲领主义的结构之基础上，这种结构后来证明无能力维持任何宗教生活。① 的确，文化对话也远非简单的类比并找到共同点那么简单，如何避免文化之间为了达成所谓理解而简单地找到某种共同点？

　　正如同宗教对话是为了维持宗教生活，文化对话的旨归是最终对我们的生活产生影响，这就要求它突破单纯的学术领域，对

---

　　① ［西］雷蒙·潘尼卡：《印度教中未知的基督》，王志成、思竹译，四川人民出版社 2003 年版，第 5 页。

人们的生活发生实际的效力，如何产生行之有效的影响？这些问题都悬而未决。但可以预见的是，在当今以"瞬时性的感官快感"为明显标志的大众文化时代，这种现实的影响将会异常艰难。但可以肯定的是，精英学术对于大众文化的影响，应是指导性的，如果其结果是学术反而成为哗众取宠的低级消费，那实在是学术的堕落！

对文化间性的讨论，实际上是在讨论文化之间"和"的问题，但值得深思的是，本书得出的结论，恰恰与当今的后殖民主流话语背道而驰：后殖民强调西方对东方的强大影响及其导致的东方主体性的丧失。本书却恰恰以纪伯伦的文学创作，反证了东方文化对现代西方文化的积极补充——原来，西方现代文化中吸收了如此多的苏非因素！我相信，如果有专业人士去进一步研究，还会发现：西方现代文化中还有非常多的孔子、老庄或者佛等"东方元素"。现代西方文化没有丧失主体性吗？难道他们的接受就是"聪明的"选择性接受吗？实际上，任何一种接受都伴随着主体性的选择和过滤，当我们重回20世纪初期中国文化界关于"东西之争"的大论战，无论是梁启超的"科学万能之梦"也好，胡适的要"先享着科学的好处"也好，令我们感受最深的，已经不是他们到底是"西化的"或是"保守的"，而是他们面对那个时代的"选择"的智慧。时代需要选择，选择是一种智慧。智慧之间，无所谓东西，无所谓古今。

对文学文本进行"文化间性"视角的解析，一个必然结果是我们发现文化的杂糅性。实际上没有什么纯粹意义上的"民族文化"，任何文化都是杂糅的产物，这种杂糅性会在当今这个彼此关联的文化时代越来越凸显，"民族文化"在某种意义上会越来越成为一种"乌托邦"的想象。但"真实

性"并不决定事物存在的价值，事物存在的价值在于对人类
生命的"意义建构性"。这正如同本书的论题"神圣"，永远
无人可以"验证"它的存在，但它存在的意义，关乎生存，
关乎根本。

附录 论文补遗

当代纪伯伦英语传记文学简析
——兼议研究型传记文学的历史性和学理性[①]

《哈利勒·纪伯伦：他的生活和世界》（*Kahlil Gibran：His Life and World* 以下简称《他的生活和世界》）和《哈利勒·纪伯伦：人和诗人》（*Kahlil Gibran：Man and Poet* 以下简称《人和诗人》）是美国当代纪伯伦传记文学的两部代表作。《他的生活和世界》第一版出版于 1974 年，分别于 1981、1991 和 1998 年 3 次修订再版，《人和诗人》则在借鉴前一成果的基础上出版于 1998 年，是当代英语世界纪伯伦传记研究最重要的两项成果。总体而言，这两部作品的作者都试图以客观、中立的学术视角介入写作，这与早期纪伯伦英语传记文学形成了鲜明对照，但二者所关注的语境层面、结构安排、写作重点和立足点有所不同，这使两部作品各有所长，在纪伯伦传记研究中形成了互释互补的关系：前者的突出特点是历史性强，在美国现实语境的层面"展现"纪伯伦的生活和创作，立足点是纪伯伦"其人"；后者的突出特点是学理性强，在整个"西方"语境的层面探析纪伯伦的

①　本论文是笔者 2007 年 12 月 15—16 日在北京大学"东方作家传记文学研究"研讨会上的发言稿。

生活和创作，立足点是纪伯伦"其作"。

《他的生活和世界》的作者是哈利勒·纪伯伦和简·纪伯伦夫妇（Jean Gibran and Kahlil Gibran），与传主同名的作者和纪伯伦有着特殊的亲缘关系，其父与纪伯伦是堂兄弟，20 世纪 20 年代移民美国，他 1922 年出生于少年纪伯伦曾居住过的移民聚居区，也在纪伯伦曾就读过的移民学校昆西中学（Quincy School）读书。虽然纪伯伦去世时作者还未满 10 岁，但当时已是艺术家和作家的纪伯伦的造访，给他的童年留下了温暖而又深刻的记忆。这种特殊的亲缘关系显然给作者进行纪伯伦传记的写作带来了既有益又不利的影响。一方面，作者在童年时代亲身接触过纪伯伦，纪伯伦给他留下了直接的印象，由于这种特殊的亲缘关系，作者得以从纪伯伦的妹妹玛丽安娜及波士顿其他亲戚那里获得大量纪伯伦的物品、书信和口述资料，也就是说，作者得到了很多"活"的传记资料，这自然给这本传记的"可靠性"加了分，但另一方面，这些"活"的传记资料也隐藏着诸多"不可靠"的因素——作者很容易从童年时代的记忆和亲戚的口述中获取"印象式"和带有情感色彩的回忆性资料。作者显然也清醒地认识到了这一点，在该作品的"介绍"中，作者叙述了促使他开始纪伯伦传记写作的直接原因，那并不仅仅是因为他的童年记忆和对纪伯伦这位在西方世界获得成功的美国第一代阿拉伯移民的身份认同感，而是因为自我发展的独立使他有可能客观、冷静地进行纪伯伦传记研究：

> 1966 年，我度过了生命的困惑期。我在职业上获得承认，我获得了独立发展的空间、而不再局限于家族的狭窄圈子，父亲将（纪伯伦的）文章、书籍、书信和玛丽安娜的礼物委托给我。我有了自己的家庭，于是，评价这些纪伯伦

物品的时机到了。①

　　显然，作者是以一个独立的研究者身份，而不是纪伯伦的仰慕者或者后辈的身份进行写作的，这使《他的生活和世界》表现出难能可贵的传记文学特征——不同于普通的传记文学作品，该作采取了客观、严谨的学术立场，研究性的论述重于文学性的解读，不追求作品的可读性，却追求作品的历史真实性，本文估妄称这类传记作品为研究型传记文学。就此而言，《人和诗人》也堪称当代英语纪伯伦传记文学的另一部研究型力作。

　　《人和诗人》的第一作者苏黑尔·布什雷（Suheil Bushrui）是享誉西方和阿拉伯世界的纪伯伦研究专家，他1930年出生于耶路撒冷的拿撒勒，自幼入阿拉伯学校读书，打下了良好的阿拉伯语言文化基础，后入英国学校读书，在英国南安普敦大学（the University of Southampton）获得英语文学的博士学位，早年主要从事叶芝（W. B. Yeats）研究，1968年，他任教于黎巴嫩贝鲁特的美国大学（American University of Beruit），开始从事纪伯伦研究并获得巨大成功。布什雷在西方和阿拉伯世界都具有一定的影响力，他曾在英国、尼日利亚、加拿大、黎巴嫩和美国的大学任教，多次就"基督教文化和伊斯兰文化的关系"问题进行公开演讲，同时，他也是美国玛里兰大学"哈利勒·纪伯伦科研项目"（The Kahlil Gibran Research and Studies Project）的负责人，1999年，在该项目的组织和推动下，举办了第一次国际性的纪伯伦学术研究会议，迄今为止，布什雷共出版了包括纪伯伦的译作、传记、作品导读和研究性专著在内的6部作品。其

---

①　Gibran, Kahlil and Gibran, Jean, *Kahlil Gibran：His Life and World*, NewYork：interlink Books, 1998, p. 2.

中，1998 年出版的《人和诗人》是英语纪伯伦传记研究的最新成果，该书的学术视角是显而易见的，它和《他的生活和世界》一样，表现出客观、中立的学术立场，这与早期纪伯伦英语传记文学形成了鲜明对照。

早期纪伯伦英语传记文学的代表作是《此人来自黎巴嫩》（*This Man is from Lebanon*），该书的作者芭芭拉·杨（Barbara Young）是一位不知名的作家，同时也是纪伯伦的崇拜者，1925—1931 年，她作为纪伯伦的私人秘书，协助病中的纪伯伦完成一些写作和社会工作，1931 年纪伯伦刚去世时，杨出版了一本 45 页的小册子，题目是《纪伯伦研究：此人来自黎巴嫩》（*A Study of Kahlil Gibran: This Man is from Lebanon*），该书的素材实际上出自玛丽的部分日记和早期美国报纸的评论资料。1945 年，她又出版了《此人来自黎巴嫩》，与前面的小册子相比，该书在风格和内容上有很大改变，其突出特点是文学"创造性"极强，不仅诸多引文材料失实，而且有意识剥除了纪伯伦"人性"的一面，表现出将纪伯伦"神化"的倾向，例如，该书隐瞒了纪伯伦个人生活和家族中的"污点"，有意识地美化纪伯伦，[①] 这无疑与作者是纪伯伦的秘书和崇拜者这一身份有关。与早期纪伯伦英语传记文学相比，当代传记文学打破了将纪伯伦"神化"的倾向，力图以客观、中立的视角还原一个真实而富有"人性"的纪伯伦形象，这无疑是当代纪伯伦传记文学的一大突破，但具体来讲，《他的生活和世界》和《人和诗人》各自具有鲜明的特点。

首先，与早期传记文学关注纪伯伦神秘的"东方"身份不

---

① Gibran, Kahlil and Gibran, Jean, *Kahlil Gibran: His Life and World*, NewYork: interlink Books, 1998, p. 409, pp. 419 – 420.

同，当代英语纪伯伦传记文学更关注纪伯伦与西方语境的关联，注重在西方语境中探讨纪伯伦及其文学创作。

早期英语传记文学突出纪伯伦东方身份的神秘色彩，这与当时的报刊杂志对纪伯伦及其创作的述评性介绍是一致的。例如，《太阳报》（Sun）发表评论，认为纪伯伦的作品给予"我们"西方世界的东西，几乎不能在"我们"自己诗人的创作中找到。① 《诗刊》（Poetry）评论《先知》带着些"叙利亚哲学"的味道，它异于"我们的"文化，我们这一代不安和不满足的灵魂，能够从中找到一种"奇妙的"放松。② 但当代英语纪伯伦传记文学的一个共同倾向，是看重纪伯伦与西方语境的关联，苏黑尔·布什雷第一个旗帜鲜明地提出，不能局限在国籍、民族身份中研纪伯伦，纪伯伦的文学创作是美国文学遗产的一部分，并著专文探讨纪伯伦与美国文化的关系。③ 然而，同样是关注纪伯伦文学创作与西方语境的关联，《他的生活和世界》和《人和诗人》却是在不同的语境层面探讨纪伯伦及其文学创作。

《人和诗人》侧重从"东西方文化"、"伊斯兰和基督教文化"的"关系"层面把握纪伯伦及其创作。该书的"前言"认为，纪伯伦借助于"伊斯兰神秘主义"重新设想基督教，他的创作回答了现代西方世界人们内心深处的需要，是西方人的精神食粮。④ 作者在写作过程中，并不满足于从现实层面梳理纪伯伦及其创作与美国文化的关系，而是从宗教、文化的高度探讨纪伯

---

① Gibran, Kahlil and Gibran, Jean, *Kahlil Gibran: His Life and World*, NewYork: interlink Books, 1998, p. 326.

② Ibid. , p. 372.

③ Bushrui, Suheil, "Kahlil Gibran and America", in *The First International Conference on Kahlil Gibran*. in http: //www. steinergraphics. com.

④ Bushrui, suheil and Jenkins, Joe, *Kahlil Gibran: Man and Poet*, Boston: Oneworld Publications, 1998, p. vii.

伦在其创作中试图调和基督教与伊斯兰教、东方文化与西方文化的种种尝试。

　　相比较而言，《他的生活和世界》则细腻生动地向我们展现了一个生活在现实世界中的纪伯伦。例如，同样是写纪伯伦初到波士顿，并在戴伊的引领下涉足先锋艺术圈，《人和诗人》仅以"新世界"（*The New World*）一章的简短篇幅，平铺直叙纪伯伦在这一时期的生活经历，简述美国慈善事业对纪伯伦的影响、戴伊对纪伯伦的早期影响；而《他的生活和世界》在描绘纪伯伦的这一生命阶段时，则用了3章的篇幅，细致地向我们"呈现"少年纪伯伦初到波士顿的现实生活场景：在第2章"城市荒野"（*A City Wilderness*）中，作者首先细致地描绘了19—20世纪之交波士顿移民聚居区穷困、混乱的生活环境和因文化差异造成的它与美国白人居住区的巨大隔阂以及由此造成的社会问题和美国慈善事业对这一社会问题作出的一系列具体的尝试措施，在这样的大背景下，作者进一步写到纪伯伦一家初到波士顿的生活窘况和他在移民学校的优异表现，甚至向我们展示了比尔小姐写给戴伊的推荐信；随后，在第3章"短暂的病态世纪末"（*The Sick Little End of the Century*）中，作者以翔实的图片和历史、文学资料，向我们再现了丰富多彩的波士顿"世纪末"文学文化场景，并对戴伊这位已经在美国文学史上寂然无名，却活跃在19—20世纪之交波士顿先锋艺术圈的文化名人的生活和艺术经历进行了历史性的"还原"，在此基础上，作者又在第4章"年轻的酋长"（*The Young Sheik*）中，以一章的篇幅深入描绘了被戴伊的彩色照相神奇地装扮成一位年轻高傲的阿拉伯酋长的少年纪伯伦的微妙心理，他在戴伊的指导下阅读梅特林克作品时的感受以及他在戴伊的出版公司最初所受的艺术熏陶和锻炼……

　　由于不满足于仅仅从美国现实语境，而是从"东西方文化"、"伊斯兰教和基督教"的"关系"层面把握纪伯伦及其文学创作，不同于《他的生活和世界》很强的历史"展现性"和"还原性"，《人和诗人》具有较强的学理性和思想深度，它往往对纪伯伦的实际生活一笔带过，重在从宗教、文化的深层分析纪伯伦及其文学创作。文中对纪伯伦文学创作中表现出的浪漫主义精神与移民开拓精神的相通、其作品中流露出的美国先验思想与伊斯兰文化中苏非传统的内在契合以及早期作品中的自然观与阿拉伯传统文学中自然观的显著差异等等，都进行了独到精深的研究，显示了该书超越"历史展现"的深刻的思想性和学理性。

　　因而，《他的生活和世界》与《人和诗人》各自表现出鲜明的特点，前者具有较强的历史现实感，后者则具有深刻的思想性和学理性，这也体现在两部作品的整体结构上。与前者相比，《人和诗人》的结构具有更强的思想整合性，全书将纪伯伦的生活经历以时间顺序"整合"为 11 个阶段，每个阶段均以一章的篇幅进行写作，每一章的标题后都注明这一阶段的具体时间，层次清晰，一目了然，体现了该传记作品学理性强的鲜明特征。相比较而言，《他的生活和世界》则稍显冗长杂乱，全书 23 章，虽按纪伯伦的生平经历顺序写出，但不时穿插章节专门介绍纪伯伦的生活背景、对纪伯伦产生了重要影响的人物生平，等等，枝蔓较多。例如，书中对 19—20 世纪之交波士顿世纪末文学文化氛围的专章介绍（第 3 章），对皮勃迪小姐家庭背景、成长经历的专章介绍（第 5 章）等等。同样是写纪伯伦 1902—1908 年从贝鲁特返回波士顿一直到巴黎求学的生活经历，两书的结构安排表现出明显的差异：《他的生活和世界》按照时间顺序，从第 6 章到第 9 章，以 4 章的篇幅进行历史性的细致展现，对于其间发生的重大事件——纪伯伦失去 3 位至亲、出入于美国女诗人皮勃迪小姐的晚间艺术沙龙、开始进行阿拉伯语创作和结识玛丽·哈斯凯尔等等，进行历时性的生动描述。但《人和诗人》的结构则表现出明显的思想整合性，该书将纪伯伦该时期的生活经历浓缩成"跨越悲剧"（*Overcoming Tragedy*）1 章的篇幅，以对比手法写纪伯伦在连续失去 3 位至亲的情况下，如何克服家庭悲剧，顽强地继续艺术求索，这一时期的重大事件贯穿在"跨越悲剧"这一观点之下，详略得当、清楚明了。

从写作的重心来看，两部传记作品也分别体现了历史性和学理性的鲜明特征。《他的生活和世界》将每一阶段的艺术创作融入生平介绍中，写作重心在于展现纪伯伦"其人"。而《人和诗人》则结合纪伯伦的生活经历，重在对其艺术创作进行深入的学理剖析，写作重心实际上是"其作"。作为一位卓有成就的文学研究者、一位对纪伯伦及其创作有着深刻体悟的专家，苏黑尔对纪伯伦的生平事迹常常一带而过，却往往结合纪伯伦创作的文学史背景，将写作重点放在纪伯伦文学创作的深入解析上。例如同样是写 1898—1902 年间纪伯伦重返黎巴嫩学习阿拉伯民族语言文化知识，《他的生活和世界》重在写纪伯伦这一时期的求学和感情经历，《人和诗人》却以"重回故乡之根"（*Returning to the Roots*）为题，首先深入分析了阿拉伯文学在面对西方冲击时出现的两种倾向——或以重回经典来拒绝西方思想，将阿拉伯文学的经典作品当作评价一切现代文学的准绳，或者以兼容的姿态，大胆吸收西方文化，试图将基督教文化和伊斯兰文化融汇为一。在此基础上，该书对纪伯伦的文学创作在这一时期所受的文学文化影响进行了深入的学理剖析。

总之，作为当代英语世界纪伯伦传记文学的两部研究型力作，《他的生活和世界》和《人和诗人》各自表现出鲜明的特点，前者有计划、针对性地从玛丽·哈斯凯尔、弗雷德·霍兰德·戴伊、约瑟芬·皮勃迪处获得了书信、日记、实物等大量第一手资料，对纪伯伦的生活和创作经历进行翔实、生动的呈现，使读者如临其境，表现出较强的历史真实性。后者则在前者研究基础上，在东西方文化、伊斯兰文化和基督教文化的"关系"层面上，以纪伯伦的生平为主线，对纪伯伦在不同时期的文学创作进行了文化层面的学理分析，促使读者进一步深入思考纪伯伦的思想和创作，思想性和学理性较强。

　　这两部个性鲜明的研究型传记文学作品，在纪伯伦传记文学研究中形成了相互阐释和补充的关系，这也提示我们进一步思考传记文学写作的历史性和学理性问题：对于一部成功的传记文学作品来说，首要的是历史性，只有在历史性和现实性的客观展现基础上，才能进一步进行深入的学理分析。因而，历史性是传记文学的基础，学理性是建立在历史性基础上的深入研究，历史性和学理性是一部成功传记作品不可或缺的两个要素。

文学史重构与外国文学个案研究

——以汉语和英语世界的纪伯伦研究为例①

[**内容提要**] 论文通过分析汉语和英语世界的纪伯伦研究的局限和发展，探讨文学史建构对作家个案研究产生的深刻影响，并对文学史重构与外国文学个案研究的关系问题提出两点意见：其一，要打破"东西二分"思维模式，对个案研究采取"问题"视角而非文化界定；其二，要在多维视角建构下的当代外国文学史视野中进行个案研究。

[**关键词**] 文学史重构　个案研究　纪伯伦研究

我注意到这次会议将"西方文学与东方文学区域分野的形成与特质"列入主要议题，另外还用了南亚、中东、东亚"区域文学"的说法，这使我联想到了"文学史重建"这个近年来文学研究的一个热点话题。我在这方面没有精深的研究，但在这几年进行纪伯伦个案研究的过程中发现：个案研究不仅是建构文

① 本论文是 2009 年 8 月 6—9 日在延边大学举办的"东方文学与东亚文学：相互交流与区域文学之生成"学术研讨会暨中国东方文学研究会第十二届年会上的发言稿。本论文与书中导论的材料重合之处较多，但由于本文以纪伯伦研究为切入点，探讨了文学史重构与外国文学个案研究之间的关系问题，所以在此有必要单独列出。

学史的基础，而反过来，文学史本身会对个案研究产生深刻影响。今天我想以汉语和英语世界的纪伯伦研究为例，谈一下文学史建构对作家个案研究产生的深刻影响，并由此对文学史重构与外国文学个案研究的关系问题谈两点看法。

一　打破"东西二分"思维模式，对个案研究采取"问题"视角而非文化界定

　　王向远教授在他具有理论建构性的全三卷《比较文学史纲》一书的"总序"中引进了"民族文学——区域文学——东方文学与西方文学——世界文学"这4个历史性的概念来解释世界文学的发展历程。该书认为：世界文学在经历了民族文学、区域文学和东西方文学这3个发展阶段以后，发展到19世纪，伴随着西方文学与东方文学先后相继的近代化进程，东西方文学两大分野逐渐拉近，一直到19世纪末20世纪初，这种融合的趋势越来越明显，此时期东西方文学的两大分野的划分对于理解世界文学史实际上已不再适用。[①] 也就是说，东方文学和西方文学是一对历史性的概念，文学上的东西方二分法已经不能适应20世纪以来的世界文学发展。应该说，这一判断是符合世界文学发展的实际情况的。但无论是在汉语还是英语世界，"东西方二分"观念都影响深远并根深蒂固，这种观念不仅影响了读者对作家作品的理解，而且也影响了作家作品的学术研究，从而在一定程度上局限和遮蔽了这个作家的创作，汉语世界和20世纪上半叶英语世界的纪伯伦研究就是明显的例证。

---

　　① 王向远等著《初航集——王向远学术自述与反响》，重庆出版社2005年版，第77—86页。

　　国内纪伯伦相关作品的译介非常繁荣，在上个世纪 90 年代，中国就已基本上完成了纪伯伦文学作品的引介过程①。国内的阿拉伯语言文学专家仲跻昆先生、作家冰心先生、译者伊宏先生、蔡伟良先生等都为纪伯伦文学作品的译介作出了不可磨灭的贡献。但与繁荣的译介局面不相称的是，国内纪伯伦研究相对冷落，虽然纪伯伦是现代阿拉伯作家研究中份量最重的两位作家之一（另一位是马哈福兹），但相比较其它外国文学"大家"，纪伯伦研究仍然非常欠缺，并呈现出片面性。

　　在中国纪伯伦评介和研究中，数量上占比重最大的是汉译作品集的评介，包括这些作品集的前言（序）、后记等，其次是阿拉伯或东方文学、哲学、文化史著作中涉及到的相关章节，最后才是学术性研究文章。在这些评介和研究中，有一个共同的倾向：从国籍和民族身份出发，在东方文学文化的背景中研究纪伯伦，关注纪伯伦文学创作的"东方性"。

　　由于汉译纪伯伦文学作品的风行，纪伯伦文学作品集中的前言、序和后记等述评性介绍成为汉语界纪伯伦研究的主要构成形式，而这些述评性介绍对纪伯伦东方身份的关注，主要开始于建国以后。早期建国前纪伯伦作品的汉译，多出于译者对纪伯伦作品的个人喜好，譬如刘廷芳译《前驱者》（The Forunner），是"自印，不发售，出版页上印明共一百本，非卖品"。② 在 1931

---

　　① 1999 年 12 月 9 日—12 日，以"关于哈利勒·纪伯伦的第一次国际会议：和平文化的诗人"（The First International Conference on Kahlil Gibran: the Poet of the Culture of Peace）为题的国际学术会议在美国马里兰大学（University of Maryland）举行。伊宏先生的论文《哈利勒·纪伯伦在中国》（Kahlil Gibran in China）在本次会议上宣读，该文简明扼要地概括了纪伯伦文学作品在中国的译介和传播情况。Http://www.steinergraphics.com

　　② 唐弢：《纪伯伦散文诗》，转引自盖双《高山流水遇知音—再说纪伯伦及其作品在中国》，《阿拉伯世界》，1999 年第 2 期。

年版的汉译《先知》"序"中，纪伯伦的东方身份也并非突出的重点，对于纪伯伦的生平和创作，译者冰心先生只是照实简叙。①

汉语世界对纪伯伦东方身份的强调和关注，始于建国以后。在1957年由人民文学出版社再版的《先知》"前记"中，纪伯伦的文学创作第一次被放在东方叙利亚文学的框架内探讨。作为建国后出版的第一本纪伯伦作品集，这篇前记实际上开了汉语界纪伯伦形象的先河：从叙利亚地区或黎巴嫩国籍的角度"定位"纪伯伦，突出纪伯伦的东方身份，80年代改革开放以后，纪伯伦作品集的汉译本层出不穷，但其中前言和后记中的述评性介绍基本上沿用了这一模式。虽然评介者往往从主题内容上谈及纪伯伦文学创作超越东西方文化的哲理性和普世性，认为纪伯伦是一位"跨越了东方和西方的诗人"，是一位"世界文化名人"，②但总体而言，凸显纪伯伦的民族身份、强调纪伯伦文学创作与东方语境的关联，是国内纪伯伦述评的主导趋向。另外，对纪伯伦东方身份的关注，也表现在国内的外国文学、文化史对纪伯伦的定位上。

大陆外国文学史的编撰，基本上遵循一个大的框架：在把世界文学划分为"西方文学"与"亚非文学"或"东方文学"两大部分的前提下，以"国别"为参照分别介绍外国作家及作品。在这样的编写体例下，纪伯伦理所当然因其现代黎巴嫩国籍身份、被归入"东方（亚非）文学"的版图。

在东方语境的视野中研究纪伯伦，首先与中国的东方文学及

---

①　冰心先生的这篇序言，后来在《先知》的再版过程中多次重印。

②　见伊宏《阿拉伯的文学才子纪伯伦—纪念纪伯伦诞生100周年》，载《阿拉伯世界研究》1983年第4期。

其外国文学研究发展的"大背景"密切相关。中国东方文学的整体性学科建设，始于 20 世纪 50 年代的"大跃进"时期，当时的"教育大革命"在中文系的内容之一，就是在外国文学教学研究领域改变以西方文学取代外国文学的现状，形成西方文学和东方文学共同组成外国文学的新体系。也就是说，中国东方文学学科和整体研究的形成和发展，存在一个大的文化背景：反抗外国文学研究中的"西方中心主义"，这直接影响了建国后纪伯伦述评的主导趋向。另外，注重纪伯伦的东方身份，同时也是一种引介的策略，这一方面促进了纪伯伦文学作品的翻译，但这种引介策略却无意中遮蔽和局限了国内的纪伯伦研究，使国内纪伯伦研究呈现出片面和支离破碎的状况。纪伯伦常常被当作东方的骄傲，其作品的引介往往与反抗西方中心主义、弘扬东方文学联系在一起，相比较而言，大陆学术界的纪伯伦研究呈现出更为客观、多元的局面。不乏一些突破纪伯伦的东方民族身份，进行多层面多角度研究的论文，具有较高的学术价值。值得一提的是2002 年第 1 期《阿拉伯世界》上发表的《惠特曼与阿拉伯旅美诗人纪伯伦》一文，可以说是汉语纪伯伦研究领域的一次突破。该文首次探讨了西方文化与纪伯伦文学创作的关系，该文认为，惠特曼对阿拉伯现代诗歌特别是散文诗的影响很大，这种影响最初主要通过一些阿拉伯旅美派诗人、文学家产生，并运用平行比较的方法，分析惠特曼诗作和纪伯伦作品之间的相似之处。2006年 6 月，四川大学通过首篇纪伯伦专题研究博士学位论文《西方语境中的纪伯伦文学创作研究》，该论文从西方语境的视角对纪伯伦的文学创作进行主题研究，是对国内纪伯伦研究的学术补遗。

总体而言，学术界的研究不拘泥于纪伯伦的东方身份，从文化、心理、宗教、哲学等角度深入分析纪伯伦的文学创作，无疑具有积极意义。客观地说，与其他东方作家研究相比，纪伯伦研究还相对繁荣，但作为一位具有世界影响的文学"大家"，纪伯伦的学术性研究成果非常少，除了一些零散的单篇论文，系统的纪伯伦研究成果可谓少之又少，这与纪伯伦文学作品在国内受到的欢迎程度形成了强烈反差！在笔者看来，国内纪伯伦研究的薄弱与长期以来外国文学史的"东西二分法"有直接关系，由于纪伯伦一生的大部分时间在美国渡过，并身处西方先锋艺术圈，而享有世界声誉的几部作品主要是英文作品，这给懂阿拉伯语和东方文化的东方文学研究者的研究造成了困难，而由于纪伯伦长期被划入"东方文学"的范围，大多数懂英语和西方文化的研究者常常把纪伯伦当做"东方作家"而忽视他的创作。

　　20世纪上半叶的英语纪伯伦研究也存在着近似的问题。与汉语世界纪伯伦研究的主要构成是汉译作品集的评介不同，英语世界的纪伯伦研究更为多元化，报刊杂志的述评性介绍、传记作品和学术研究成果都在数量上超过了中国纪伯伦研究。大体来讲，英语世界的纪伯伦研究可以分为两个阶段，第一阶段即20世纪上半叶报刊杂志对纪伯伦的述评性介绍，这一阶段的介绍突出纪伯伦东方身份的神秘色彩，经常将纪伯伦描绘成一位身穿阿拉伯民族服饰、唤醒西方人的东方先知形象。

　　值得一提的是这一时期在英语世界影响较大的一本英文传记《此人来自黎巴嫩》，该书的作者芭芭拉·杨是一位不知名作家，同时也是纪伯伦的崇拜者，1925—1931年，她作为纪伯伦的私人秘书，协助病中的纪伯伦完成一些写作和社会工作，1931年纪伯伦刚去世时，杨出版了一本45页的小册子，1945年，她又出版了《此人来自黎巴嫩》，这是英语世界第一部有影响力的纪伯伦传记资料，代表了早期纪伯伦研究的总体倾向。总的来讲，这部作品的显著特点是作者鲜明的主观感情色彩，这使该作极富文学"创造性"：纪伯伦的私人秘书和崇拜者身份使作品充斥了作者不厌其烦的赞誉之辞，纪伯伦其人更被描绘成一位充满神秘色彩的先知。作者称纪伯伦为"天才"、他"来自圣经的土地"、"与神圣相联"，并以颇富传奇色彩的事例描述纪伯伦自 4 岁就表现出的绘画和写作的艺术天赋和神授气质。① 将纪伯伦"神秘化"的倾向导致了作品中诸多材料的失实，譬如称纪伯伦在 20 岁以前的大部分时间在黎巴嫩渡过并故意美化纪伯伦的家庭出身等等，以突出纪伯伦"神秘的"东方身份。② 这种将纪伯伦神秘化、先知化的倾向，在美国读者中深入人心，直至 1979 年，在杰森·林续写的《先知之死》中，这种倾向仍然表现得非常明显。该作者在其作品序言中，称自己的创作和芭芭拉·杨修订续写《先知园》一样，是在冥冥中完成了纪伯伦先知般的预言。③

　　由于对东方文化的集体认同感，中国纪伯伦述评常带有褒扬的情感色彩，但并没有将纪伯伦"神秘化"的倾向，与之不同的是，20 世纪上半叶的美国批评界却以猎奇心理看待纪伯伦文学创作中神秘的"东方"色彩，将纪伯伦当作一位具有神授气质的天才、来自东方的先知。20 世纪上半叶美国纪伯伦研究中将纪伯伦"神秘化"的倾向，与当时西方文化从"西方中心主义"立场出发的东方想象有关。从 19 世纪中期以来，"东方"就被西方文学家看作是具有"异国情调的、神秘的、深奥的、

---

　　①　Gibran, Kahlil and Gibran, Jean, *Kahlil Gibran: His Life and World*, NewYork: interlink Books, 1998. pp. 4 – 12.

　　②　Ibid., p. 31.

　　③　Leen, Jason, *The Death of the Prophet*, Revised Edition, Washington: Illumination Arts Publishing Company, 1988. viii – ix.

含蓄的"。① 这样的一种文化氛围，加之纪伯伦来自《圣经》所述之地叙利亚的东方身份、艺术天赋和忧郁气质，西方人把他看作一位来自东方的神秘先知，以猎奇心理看待他作品中的东方神秘色彩，也就不足为奇了。

由于从"东西二分"的思维模式出发，汉语和20世纪上半叶英语世界的纪伯伦研究都呈现出片面性，前者出于对东方文化的集体认同感，推崇纪伯伦作品中的"东方智慧"，忽视了纪伯伦实际生活和创作中与美国乃至西方语境的关联，后者从西方中心主义视角出发，以猎奇心理看待纪伯伦作品中神秘的东方意蕴，这两种方式实际上都在一定程度上遮蔽和曲解了纪伯伦的文学创作，与纪伯伦的生活经历和创作情况不符。

从生活经历和创作背景上来讲，纪伯伦拥有多重身份、经历过多种文化的洗礼。他的民族身份是阿拉伯人，出生于基督教马龙派家庭，12岁前在叙利亚的阿拉伯—伊斯兰文化氛围中渡过，少年和青年时期先后经历了波士顿先锋艺术圈、巴黎先锋派文化的熏陶，28岁迁居美国新兴文化中心纽约后，更成了一位"世界公民"，感受着西方乃至世界主流文化的脉搏。从文学创作上来讲，"普世性"是纪伯伦刻意追求的目标，他文学作品中的"生命神圣"主题是超越了特定文化、关乎人类生命体认的普世性命题，而他在作品中对"圣经文体"的采用，也从创作文体上呼应了"生命神圣"主题。因而，对纪伯伦及其文学创作的研究，从任何一种特定文化出发来简单"定位"纪伯伦都难免会疏于片面和肤浅。

另外，文化的交融性和共通性使文学研究者不能轻易从某种

---

① ［美］爱德华·W. 萨义德：《东方学》，王宇根译，生活·读书·新知三联书店1999年版，第64页。

特定文化来"定位"作家。无论是基于文化上的交流、迁移等事实上的影响，还是各种文化精神之间天然的相通，世界各种文化之间是具有交融性和共通性的。就纪伯伦的文学创作来讲，较常见的是将纪伯伦的文学创作看作"东方文学"的一员或是"苏非思想"的注解，在笔者看来，这两种观点都是有局限性的。

所谓"东方"和"西方"这两个概念只是在西方的"东方学"兴起以后近代的事情，历史上的东方和西方远没有那么泾渭分明，"东方文化"和"西方文化"也远没有像很多学者设想的那样，各自具有文化上的整体性。在这方面，阿拉伯—伊斯兰文化可以作为一个明显的例证。阿拉伯—伊斯兰文化是一种具有很强包容性的文化，伊斯兰教产生以前的阿拉伯文化就包容了希腊文化、波斯文化、罗马文化、犹太教和基督教文化。在伊斯兰教产生以后，伴随着阿拉伯人远征的胜利，又吸收了波斯、印度、北非等被征服地区的文化。所以，在埃及历史学家艾哈迈德·爱敏看来，阿拉伯—伊斯兰文化由 3 种文化源流汇合而成：一是阿拉伯人的固有文化；一是伊斯兰教文化；一是波斯、印度、希腊、罗马等外族的文化。①

而在宗教精神方面，阿拉伯—伊斯兰文化与西方文化的核心宗教伊斯兰教和基督教不仅有血缘关系，二者"认主独一"的宗教精神和"普世性"特点更有着天然的内在认同感。纪伯伦文学作品在汉语和英语世界迥然而异的接受状况也表明了这一点，纪伯伦文学创作的显著特点是强烈的宗教关怀，在这一点上他与 20 世纪以来西方现代思想界的关注点是相同的，因而，西

---

①　［埃及］艾哈迈德·爱敏：《阿拉伯—伊斯兰文化史》，纳忠译，第一册，商务印书馆 1982 年版，译者序言，第 3 页。

方读者往往对纪伯伦的文学作品有很强的宗教认同感，他宗教意味较强的《先知》、《人子耶稣》、《沙与沫》、《流浪者》等作品在英语世界都一版再版，广受欢迎。但相比较而言，汉语界虽然因纪伯伦的"东方"身份对其作品大加推崇，但却缺少对其作品的宗教认同感，更看重纪伯伦文学作品中的"东方智慧"，推崇《暴风集》等革命性、现实感较强、涉及东西方现实的作品，认为这一阶段的作品是纪伯伦"最贴近阿拉伯和东方现实的作品，是最有力度的作品"。①

事实上，阿拉伯—伊斯兰文化内部各地区的文化差异也较大，例如具体到纪伯伦所属的叙利亚地区，与其说它属于东方文化，毋宁说它与西方文化有着天然相融的关系。由于地理历史上的原因，叙利亚自古受希腊罗马文化影响，基督教盛行，蒙昧时代和早期阿拉伯帝国时期，叙利亚的神学、医学和哲学活动是希腊、罗马学术的延续。叙利亚人对希腊哲学在阿拉伯世界的传播贡献最大，叙利亚语保存了一部分已经散失了原本的希腊古籍，叙利亚人翻译的希腊哲学，是初期阿拉伯人以及伊斯兰教人所依靠的根据。② 因而，纪伯伦生活经历的文化复杂性、阿拉伯—伊斯兰文化与西方文化之间很强的交融性和宗教认同感、纪伯伦出生地叙利亚文化的特殊性，都使我们不能仅仅简单地从"东方文学"的视野研究纪伯伦的文学创作。

而另一方面，各种文化之间的共通性，也使我们对作家作品中的某一观念进行"追根溯源"式的文化定位持审慎的态度。例如有很多研究者基于纪伯伦文学作品中泛神论思想的"存在

---

① 伊宏主编：《纪伯伦全集》，上，序，甘肃人民出版社1995年版，第6页。

② ［埃及］艾哈迈德·爱敏：《阿拉伯—伊斯兰文化史》，纳忠译，第一册，商务印书馆1982年版，第137—140、201—203页。

一体观"和神秘主义特点,认为纪伯伦作品中流露出苏非思想渊源,前者例如中国研究者李琛,著专文探讨纪伯伦文学作品中的苏非神秘主义特点。① 后者如西方研究者苏黑尔·布什雷,他认为纪伯伦的"存在一体观"(the unity of being)受苏非思想的影响。

乍看起来,这一判断是有合理性的,因为从整体意蕴上传递出的独特的思想和艺术魅力来看,纪伯伦文学作品中"爱、美与生命"理念、神秘主义特征和泛神论思想所传达出的"融合的、合一的"间性状态(我把这种间性状态界定为"纪伯伦风格"),与苏非思想很接近,苏非思想的典型特征就是这种"间性状态"——它的"主在万物之中,万物之中皆有主"的泛神论思想,具体与抽象相结合的"爱与美"的超越性地位、人主合一的至高境界,都表明了它的间性特征,但实际上,"纪伯伦风格"与苏非思想是有着本质差异的。

纪伯伦风格所呈现出的融合的、合一的间性特征,蕴含着后现代的"对话"精神,纪伯伦作品中由各个短篇的智慧文学构成的"碎片化"特征,同时也是一种多角度叙述,而纪伯伦文学作品的读者对象也经过了由精英向大众读者的转移,这都表明了纪伯伦文学作品的后现代倾向,也表明了纪伯伦具有普世性的生命观:这种"间性状态"是人类生存的本然状态。而苏非思想则表明的是人通过直觉参悟、明师指导、向内求、打坐静修、忘我和出神等功修方法,所能达到的至高境界,在苏非著作中,这种至高境界常以"醉"、"狂喜"、"激情"来表述,只有特殊的、"被挑选的人"才能实现。

汉语和 20 世纪上半叶英语世界的纪伯伦研究表明:在进行

---

① 李琛:《阿拉伯现代文学与神秘主义》,社会科学文献出版社 2000 年版。

具体的个案研究中，要打破东西二分的文学史框架，以"问题"为核心，联系作家的具体情况，多对文学文本和作家进行具体分析。

二　在多维视角建构下的当代外国文学史视野中进行个案研究

在当今全球化语境中，作家的文化身份越来越呈现出流动性、多元性特点，多维视角的介入，必然成为作家研究的趋势，对于那些越来越多无法进行"文化定位"的作家来讲，民族（族裔）、区域、性别（女性、同性恋文学）等都可以成为研究的视野，而且具体的个案研究表明，这样一种新视角，对于很多作家作品研究不仅仅是引入了一个新颖的研究角度，而是起到了突破性意义，在这方面，当代英语世界纪伯伦研究的新发展给我们提供了一个很好的借鉴。

20 世纪 80 年代以后，英语世界的纪伯伦研究发生了根本的转变，如果说早期的美国评论界把纪伯伦当作富有神秘色彩的东方先知，他的作品因为异于"西方文化"而被西方人以猎奇心理欣赏和玩味，那么，当代纪伯伦研究则转向纪伯伦"人性"的一面，关注纪伯伦作为一位早期生活在美国的阿拉伯诗人在沟通东西方文化中所起的桥梁作用、关注他作为第一代阿拉伯移民的心路历程和奋斗史。这一时期纪伯伦研究的重大突破之一，是将纪伯伦的文学创作当作美国文学遗产的一部分，突出纪伯伦文学创作与美国现实语境、乃至西方（Occidental）语境的关联。

与中国纪伯伦研究不同的是，当代英语世界的纪伯伦研究以学术性成果为主，尤其是传记研究非常突出。

1974 年，纪伯伦的表亲、同样是在 20 世纪上半叶移民美国的阿拉伯人简·纪伯伦和哈利勒·纪伯伦夫妇完成了《哈利勒·纪伯伦：他的生活和世界》（*New York Graphic Society*：1974），该书后来又在1981、1991和1998年3次修订出版，是当代纪伯伦传记研究的奠基之作。在这部传记作品中，作者从客观中立的立场出发，历史性地展现了纪伯伦及其文学创作与美国现实语境的关联，具有鲜明的学术性，这部作品预示了当代英语世界的纪伯伦研究"人性化"的转变。

　　1998年出版的两部传记力作《哈利勒·纪伯伦的生活和时代》和《哈利勒·纪伯伦：人和诗人》进一步延续和完善了当代纪伯伦研究中人性化的纪伯伦形象，前者运用精神分析方法，深刻剖析了纪伯伦作为一位生活在美国的阿拉伯移民的复杂心态，以及这种心态对其创作的深刻影响。后者则力图展现一个"人和诗人"的纪伯伦形象。

　　1999年，在美国玛里兰大学"哈利勒·纪伯伦科研项目"的组织和推动下，举行了第一次国际性的纪伯伦研究学术会议。来自美国、英国、黎巴嫩、法国、中国等国家的纪伯伦研究专家和学者参加了这次会议。会议围绕着"通向文化和平"、"哈利勒·纪伯伦的遗产"、"诗人的形象"、"幻象和伦理的统一"、"纪伯伦：人权诗人"、和"美国本土视角的移民传统"等论题，对纪伯伦及其创作进行了较为全面深入的讨论。这次会议汇总了当代纪伯伦研究的最新成果，从文化视角深入探讨纪伯伦及其创作，彻底打破了英语世界将纪伯伦"神秘化"的倾向，以客观、中立的学术视角再现了一个处于东西方文化交流地带的诗人形象。

　　西方当代纪伯伦形象的转变体现了当代多元文化景观中边缘群体自我意识的觉醒。20世纪下半叶以来西方文化的核心特征，是"各种抗议都打着被压制的多元性的名义，反对占有压倒性的统一性"。① 也就是说，是以多元主义的声音，消解"宏大叙事"、抵制本质化。表现在社会政治文化中，是边缘性别和少数族裔的觉醒，这构成了 20 世纪中期的重大历史事件。于是，大量一直以来被主流学界所忽略、掩盖的性别和族裔文本被挖掘出来、或得以被重新审视。② 例如在 20 世纪 60 年代以来的大学美国文学课程改革中，一些长期被排斥在美国文学经典之外的次要文学，如黑人文学、口头文学、少数族裔文学重新得到文学史家和批评家的重视。③ 在这样的文化语境中，作为第一位在美国享有声誉的 20 世纪阿拉伯作家，纪伯伦及其创作得以被重新挖掘和阐释。在 1988 年美国第一部阿拉伯裔美国作家作品集《葡萄叶——百年阿拉伯裔美国诗人诗集》中，我们可以清楚地看到，是阿拉伯裔美国人自我意识的觉醒，促成了这部著作的成集：

> 美国的每一个少数族裔团体都有他自己的诗集：黑人、墨西哥人、犹太人、印第安人、中国人、亚美尼亚人等等。但到目前为止，却仍没有……阿拉伯裔美国作家的诗集。④

在这部诗集中，纪伯伦的身份是阿拉伯裔美国文学的奠基者，这体现了当代美国纪伯伦研究的转变：不像早期美国批评界从西方中心主义立场出发，将纪伯伦看作一位神秘的东方先知，

---

① ［德］于尔根·哈贝马斯：《后形而上学思想》，曹卫东、付德根译，译林出版社 2001 年版，第 138 页。

② 王晓路等编著《当代西方文化批评读本》，四川大学出版社 2004 年版，第 326 页。

③ Ruoff，A. LaVonne Brown and Ward，Jerry W.. *Redefining American Literary History*，NewYork：The Modern Language Association of America，1990. pp. 63 – 4.

④ Orfalea，Gregory and Elmusa，Sharif，*Grape Leaves—A Century of Arab American Poetry*，Salk Lake City：University of Utah Press，1988. *Introduction*，xv.

当代研究则更侧重纪伯伦"人性"的一面,关注纪伯伦作为早期阿拉伯移民的心路历程和奋斗史,这也表现在当代纪伯伦研究主体的身份改变上,早期的纪伯伦评论者多来自美国主流批评界,当代美国纪伯伦研究者却多为生活在西方世界的阿拉伯人,譬如纪伯伦研究专家布什雷幼年在巴勒斯坦受阿拉伯基础教育,少年和青年时代在英国受西式教育,上文提到的传记作品《哈利勒·纪伯伦:人和诗人》由他与乔·杰金斯(Joe Jenkins)合著完成,另一部传记力作《哈利勒·纪伯伦:他的生活和世界》由纪伯伦的侄辈、美国第二代阿拉伯移民哈利勒·纪伯伦和简·纪伯伦夫妇合著完成。

应当指出的是,虽然当代纪伯伦研究使英语世界的纪伯伦形象发生了"人性化"的转变,但神秘的"东方先知"形象仍然影响着为数不少的西方读者,这清楚地表现在纪伯伦文学作品在英语世界的译介和出版上。

由于英语世界长期以来从西方视角出发,关注纪伯伦作品神秘的东方色彩,因而纪伯伦文学作品在英语世界最受欢迎的是《先知》和《人子耶稣》这两部极具宗教意味的作品,创作于双语时期、现实感较强的《暴风集》在英语世界是纪伯伦文学作品中译介出版的版本和次数最少的作品,从创作体裁上来看,由于看重纪伯伦作品的宗教性和哲理性,表现出与"圣经文体"相近的纪伯伦文学作品在英语世界大受欢迎,譬如主要由寓言、谚语和格言等体裁组成、具有神秘主义风格的《先知》、《沙与沫》、《先行者》和《疯人》在英语世界多次再版,而早期小说作品的译介和出版则相对冷清。英语世界纪伯伦作品的这种出版态势表明,虽然当代由阿拉伯少数族裔这一特殊研究主体构成的学术研究给纪伯伦研究注入新的元素,但来自东方先知的神秘意蕴仍然强烈吸引着英语读者,这进一步从一个侧面表明:以西方为中心的"东方想象"在西方读者的心目中根深蒂固。

[结语] 汉语和英语世界的纪伯伦研究提示我们：当前全球化和后殖民语境下，要重新审视跨文化（cross-cultural）作家研究，要结合当今的文学现实，在"多元共生"的世界文学视野中重新审视作家创作。值得注意的是，当我们从多元文化视角进行个案研究时，不能忘记文学的本真意义就在于它的个体性和鲜活性。美国批评家布鲁姆在《西方正典：伟大作家和不朽作品》一书中，认为当今多元文化时代中备受关注的女性和少数族裔文学不过是一种"怨恨"的文学，因为这些作品缺乏经典作品所应具备的陌生性和原创性。① 此处我们无意深入探讨布鲁姆的观点，但可以肯定的是：经典之所以为经典，一定不仅仅是由于它出自女性或者少数族裔作家之手，文学的意义也决不仅仅是因为它可以充当文化的注解。同样，纪伯伦作为一位经典作家，其伟大之处也绝不仅仅是由于他的移民作家身份或者其"东方"身份。在当今多元文化时代"重构经典"的尝试中，对跨文化作家及其创作的研究，常常会出现两种极端：其一，是从国籍或民族身份简单"定位"该作家，例如，汉语界和早期英语纪伯伦评论对纪伯伦东方身份的强调。其二是结合当前的后殖民语境，一味强调跨文化作家的"文化身份"或"流散性"视角。本文认为，文学研究的核心观照对象毕竟是文学，如果对文学的观照一味强调跨文化作家的"身份"，难免会使文学研究等同于文化研究，从而丧失了文学研究所应有的具体性和鲜活性。因此，对跨文化作家及其创作的研究，应该突破旧有的文学史框架，结合

---

① ［美］哈罗德·布鲁姆：《西方正典：伟大作家和不朽作品》，江宁康译，译林出版社 2005 年版，第 5 页。

该作家的具体创作和生活情况，以新的视野展开多角度、全方位的探讨。就此来讲，当代汉语和英语学术界的纪伯伦研究成果虽然数量不多，但表现出多视角、多层面的特点，这也预示了纪伯伦研究的未来发展趋势。

参考文献

纪伯伦作品、书信和传记资料

http：//www-personal. umich. edu/ ~jrcole/ gibran/gibran1. htm,
http：//leb. net/gibran 网站中的纪伯伦全部英语文学作品和部分英
译作品，以及一部分相关的图片资料和传记材料。

A Tear and A Smile

I Believe in You

Jesus，the son of Man

Lazarus And His Beloved

My Countryman

Sand and Foam

Spirits Rebellious

Satan

The Madman

The Forerunner

The Prophet

The Broken Wings

The Earth Gods

The Wanderer

The Garden of The Prophet

The New Frontier

You Have your Lebanon and I Have My Lebanon

Your Thought and Mine

Bushrui, Suheil and Jenkins, Joe, *Khalil Gibran : Man and Poet*, Boston: Oneworld Publications, 1998.

Bushrui, Suheil, *The Wisdom of the Arabs*, Boston: Oneworld Publications, 2002.

—— "Kahlil Gibran and America", in The First International Conference on Kahlil Gibran.

Bushrui, Suheil and al-Kuzbari, Salma Haffar, *Gibran Love Letters*, Boston: Oneworld Publications, 1983.

Gibran, Kahlil, *The broken wings*, Translated by Ferris, Anthony R. , NewYork: The Citadel Press, 1957.

——*The procession*, Translated by Kheirallah, George, New-York: The Wisdom Library, 1958.

—— *A self-portrait*, Translated & edited by Ferris, Anthony R. , NewYork: The Citadel Press, 1959.

——*Thoughts and Meditation*, Translated and edited by Ferris, Anthony R. , Secaucus: Castle Books, 1993.

——*Secrets of the Heart*, Wolf, Martin L. ed. , Translated by Ferris, Anthony, R. , NewYork: The Citadel Press, 1947.

Gibran, Jean and Gibran, Kahlil, *Kahlil Gibran: His Life and World* , NewYork: Interlink Books, 1998.

Orfalea, Gregory and Elmusa, Sharif, *Grape Leaves_ _ A century of Arab American Poetry* , Salt Lake City: University of Utah

Press，1988.

Waterfield，Robin，*the Life and Times of Kahlil Gibran*，New-York：ST. Martin's press，1998.

Young，Barbara，*This Man from Lebanon，a Study of Kahlil Gibran*，NewYork：Knopf，1945.

［黎］纪伯伦：《纪伯伦传》，程静芬译，湖南人民出版社1986年版。

《纪伯伦诗文集》，台北风云时代出版公司1996年版。

《纪伯伦爱情书简》，薛庆国译，河北教育出版社2001年版。

关偁、钱满素主编：《纪伯伦全集》，河北教育出版社1994年版。

《泪与笑》，仲跻昆等译，湖南人民出版社1983年版。

《先知》，冰心译，上海新月书店1931年版。

《先知》，冰心译，人民文学出版社1957年版。

伊宏主编：《纪伯伦全集》，甘肃人民出版社1995年版。

《主之音》，绿原译，人民文学出版社1989年版。

其他中文文献

［埃及］艾哈迈德·爱敏：《阿拉伯—伊斯兰文化史》，纳忠译，第一册，商务印书馆1982年版。

［埃及］艾哈迈德·爱敏：《阿拉伯—伊斯兰文化史》第二册，朱凯、史希同译，商务印书馆1990年版。

［埃及］艾哈迈德·爱敏：《阿拉伯—伊斯兰文化史》第三册，向培科等译，商务印书馆1991年版。

［埃及］艾哈迈德·爱敏：《阿拉伯—伊斯兰文化史》第六

册，赵军利译，商务印书馆1999年版。

[埃及] 艾哈迈德·爱敏：《阿拉伯—伊斯兰文化史》第七册，史希同等译，商务印书馆2007年版。

[埃及] 艾哈迈德·爱敏：《阿拉伯—伊斯兰文化史》第八册，史希同等译，商务印书馆2007年版。

[美] 爱德华·麦·伯恩斯、菲利普·李·拉尔夫：《世界文明史·第三卷》，罗经国等译，商务印书馆1987年版。

[美] 爱德华·萨义德：《报道伊斯兰——媒体与专家如何决定我们观看世界其他地方的方式》，阎纪宇译，上海译文出版社2009年版。

[美] 爱德华·W.萨义德：《东方学》，王宇根译，生活·读书·新知三联书店2007年版。

[英] 埃里克·霍布斯鲍姆：《民族与民族主义》，李金梅译，上海世纪出版集团2006年版。

[美] 埃利希·弗洛姆：《健全的社会》，欧阳谦译，中国文联出版公司1988年版。

安萨里、贾米、鲁米：《苏非四书》，康有玺译，香港基石出版有限公司2007年版。

[波斯] 昂苏尔·玛阿里：《卡布斯教诲录》，张晖译，商务印书馆2003年版。

[美] 包尔丹：《宗教的七种理论》，陶飞亚等译，上海古籍出版社2005年版。

[英] 鲍曼：《现代性与大屠杀》，杨渝东、史建华译，译林出版社2002年版。

[美] 本尼迪克特·安德森：《想象的共同体——民族主义的起源与散布》，吴睿人译，上海人民出版社2003年版。

北京师范大学中文系外国文学教研组编：《外国文学参考资

料》（东方部分），高等教育出版社 1959 年版。

〔美〕贝格尔：《天使的传言——现代社会与超自然再发现》，高师宁译，中国人民大学出版社 2003 年版。

〔德〕彼·沃得：《克尔凯郭尔》，鲁路译，河北教育出版社 1999 年版。

曹顺庆主编：《东方文论选》，四川人民出版社 1996 年版。

曹顺庆主编：《比较文学新开拓——四川国际文化交流暨比较文学研讨会论文集》，重庆大学出版社 1996 年版。

曹顺庆主编：《跨越异质文化》，山东友谊出版社 2007 年版。

曹顺庆主编：《世界文学发展比较史》，北京师范大学出版社 2001 年版。

曹卫东编选：《霍克海默集》，渠东、付德根等译，上海远东出版社 2004 年版。

蔡德贵主编：《当代伊斯兰阿拉伯哲学研究》，人民出版社 2001 年版。

蔡德贵、仲跻昆：《阿拉伯近现代哲学》，山东人民出版社 1996 年版。

蔡尚思主编：《中国现代思想史资料简编》，第一卷，浙江人民出版社 1982 年版。

蔡尚思主编：《中国现代思想史料简编》，第二卷，浙江人民出版社 1982 年版。

蔡德贵主编：《当代伊斯兰阿拉伯哲学研究》，人民出版社 2001 年版。

蔡伟良、周顺贤：《阿拉伯文学史》，上海外语教育出版社 1998 年版。

〔加〕查尔斯·泰勒：《现代性之隐忧》，程炼译，中央编译出版社 2001 年版。

陈应祥等主编：《外国文学》，山西人民出版社 1985 年版。

程小娟：《圣经叙事艺术探索》，宗教文化出版社 2009 年版。

［荷兰］D. 佛克马、E. 蚁布思：《文学研究与文化参与》，俞国强译，北京大学出版社 1996 年版。

［美］大卫·理斯曼：《孤独的人群》，王昆等译，南京大学出版社 2002 年版。

［法］达恩·弗兰克：《巴黎的放荡——一代风流才子的盛会》，王姞华译，海南出版社 2001 年版。

［美］丹尼尔·贝尔：《资本主义文化矛盾》，赵一凡等译，生活·读书·新知三联书店 1989 年版。

戴裔煊：《西方民族学史》，社会科学文献出版社 2001 年版。

［英］戴维·弗里斯比：《现代性的碎片》，卢晖临等译，商务印书馆 2003 年版。

杜吉刚：《世俗化与文学乌托邦：西方唯美主义诗学研究》，中国社会科学出版社 2009 年版。

杜宗义等主编：《新编外国文学教程》，中国人民大学出版社 1993 年版。

《第欧根尼》中文精选版编辑委员会编：《圣言的无力》，商务印书馆 2007 年版。

［德］E. 云格尔：《死论》，林克译，生活·读书·新知上海三联书店 1995 年版。

［德］恩斯特·卡西尔：《人论》，甘阳译，上海译文出版社 2004 年版。

［德］恩斯特·图根德哈特：《自我中心性与神秘主义——

一项人类学研究》，郑辟瑞译，上海译文出版社 2007 年版。

　　［加］菲、［美］斯图尔特：《圣经导读》（上、下），魏启源等译，北京大学出版社 2005 年版。

　　［美］菲利普·李·拉尔夫等：《世界文明史》，赵丰等译，商务印书馆 1999 年版。

　　［英］菲兹杰拉德：《柔巴依一百首》，黄杲炘译，中国对外翻译出版公司 1998 年版。

　　［德］费尔巴哈：《宗教的本质》，王太庆译，商务印书馆 1999 年版。

　　［法］弗朗兹·法农：《黑皮肤，白面具》，万冰译，译林出版社 2005 年版。

　　高慧勤、栾文华：《东方现代文学史》，海峡文艺出版社 1994 年版。

　　盖生：《价值焦虑：新时期以来文学理论热点反思》，上海三联书店 2008 年版。

　　［美］格林汉姆·沃林：《自然神论和自然宗教原著选读》，李斯、许敏译，武汉大学出版社 2007 年版。

　　［美］哈罗德·布鲁姆：《西方正典：伟大作家和不朽作品》，江宁康译，译林出版社 2005 年版。

　　《古兰经》，马坚译，中国社会科学出版社 1996 年版。

　　韩淑洁等主编《外国文学史简明教程》，广东高等教育出版社 1988 年版。

　　［美］汉密尔顿·阿·基布：《阿拉伯文学简史》，陆孝修等译，人民文学出版社 1980 年版。

　　［黎巴嫩］汉纳·法胡里：《阿拉伯文学史》，郅傅浩译，人民文学出版社 1990 年版。

　　贺彦凤：《当代中国宗教问题的文化研究》，吉林大学出版社 2008 年版。

何乃英：《东方文学简史：亚非其他国家部分》，海南出版社 1993 年版。

［英］菲兹杰拉德：《柔巴依一百首》，黄杲炘译，中国对外翻译出版公司 1998 年版。

［瑞士］赫尔曼·海塞：《荒原狼》，李世隆译，漓江出版社 1997 年版。

［美］亨利·纳什·史密斯：《处女地：作为象征和神话的美国西部》，薛藩康、费翰章译，上海外语教育出版社 1991 年版。

洪涛：《逻各斯与空间——古代希腊政治哲学研究》，上海人民出版社 1998 年版。

胡适：《胡适文存二集》，亚东图书馆 1928 年版影印本。

胡适：《胡适文存三集》，亚东图书馆 1930 年版影印本。

湖南师范大学中文系外国文学教研室编：《简明外国文学教程》，湖南大学出版社 1986 年版。

华东六省一市二十院校《外国文学教学参考资料》选编组：《外国文学教学参考资料》，福建人民出版社 1981 年版。

［法］吉尔·德勒兹：《解读尼采》，张唤民译，百花文艺出版社 2000 年版。

季羡林：《东方文学史》，吉林教育出版社 1995 年版。

［日］今道友信主编《美学的方法》，李心峰等译，文化艺术出版社 1990 年版。

金宜久：《伊斯兰教的苏非神秘主义》，中国社会科学出版社 1995 年版。

［英］柯林伍德：《自然的观念》，吴国盛译，北京大学出版社 2006 年版。

〔美〕克利斯特勒:《意大利文艺复兴时期八个哲学家》,姚鹏、陶建平译,上海译文出版社1987年版。

〔波兰〕柯拉柯夫斯基:《宗教:如果没有上帝》,杨德友译,生活·读书·新知三联书店1997年版。

〔德〕卡尔·雅斯贝尔斯:《现时代的人》,周晓亮、宋祖良译,社会科学文献出版社1992年版。

〔瑞士〕卡尔·古斯塔夫·荣格:《未发现的自我》,张敦福译,国际文化出版公司2001年版。

〔美〕卡伦·荷尼:《我们时代的病态人格》,陈收译,国际文化出版公司2001年版。

〔美〕卡伦·荷尼:《神经症与人的成长》,陈收等译,国际文化出版公司2002年版。

〔英〕柯里尼编《诠释与过度诠释》,王宇根译,生活·读书·新知三联书店1997年版。

〔英〕柯林伍德:《自然的观念》,吴国盛译,北京大学出版社2006年版。

〔美〕肯内斯·克拉玛:《宗教的死亡艺术——世界各宗教如何理解死亡》,方惠玲译,东大图书出版公司1988年版。

季羡林主编《东方文学作品选》(下),湖南文艺出版社1986年版。

季羡林:《东方文学史》,吉林教育出版社1995年版。

匡兴等主编:《外国文学史》(讲义),下册,北京师范大学出版社1986年版。

〔美〕拉泽尔·齐夫:《1890年代的美国——迷惘的一代人的岁月》,夏平等译,上海外语教育出版社1988年版。

〔法〕雷奈·格鲁塞:《东方的文明》(上、下),常任侠、袁音译,中华书局1999年版。

〔西〕雷蒙·潘尼卡：《智慧的居所》，王志成、思竹译，江苏人民出版社 2000 年版。

〔西〕雷蒙·潘尼卡：《印度教中未知的基督》，王志成、思竹译，四川人民出版社 2003 年版。

〔美〕理查德·诺尔：《荣格崇拜：一种有超凡魅力的运动的起源》，曾林译，上海译文出版社 2006 年版。

梁漱溟：《东西文化及其哲学》，上海世纪出版集团 2006 年版。

林丰民：《惠特曼与阿拉伯旅美派诗人纪伯伦》，载《阿拉伯世界》，2002 年第 1 期。

林丰民：《文化转型中的阿拉伯现代文学》，北京大学出版社 2007 年版。

李琛：《阿拉伯现代文学与神秘主义》，社会科学文献出版社 2000 年版。

梁工主编：《基督教文学》，宗教文化出版社 2001 年版。

梁工：《圣经叙事艺术研究》，商务印书馆 2005 年版。

梁工主编：《西方圣经批评引论》，商务印书馆 2005 年版。

梁立基、陶德臻主编：《外国文学简编》（亚非部分），中国人民大学出版社 1998 年版。

梁立基：《外国文学简编》，中国人民大学出版社 2004 年版。

刘洪一：《走向文化诗学——美国犹太小说研究》，北京大学出版社 2002 年版。

刘康：《全球化/民族化》，天津人民出版社 2002 年版。

刘小枫：《拯救与逍遥》，上海三联书店 2001 年版。

刘晓枫选编：《舍勒选集》，上海三联书店 1999 年版。

刘小枫：《现代性社会理论绪论》，上海三联书店 1998 年版。

刘意青：《圣经的文学阐释——理论与实践》，北京大学出版社 2004 年版。

林亚光主编：《简明外国文学史》，重庆出版社 1983 年版。

陆杨、王毅：《大众文化与传媒》，上海三联书店 2000 年版。

罗刚、刘象愚主编：《文化研究读本》，中国社会科学出版社 2000 年版。

［俄］列夫·舍斯托夫：《在约伯的天平上》，董友等译，生活·读书·新知三联书店 1989 年版。

［美］马泰·卡林内斯库：《现代性的五副面孔：现代主义、先锋派、颓废、媚俗艺术、后现代主义》，顾爱彬、李瑞华译，商务印书馆 2003 年版。

［美］马尔科姆·考利：《流放者的归来——20 年代的文学流浪生涯》，张承谟译，上海外语教育出版社 1986 年版。

［英］马·布雷德伯里、詹·麦克法兰编《现代主义》，胡家峦等译，上海外语教育出版社 1992 年版。

麦永雄：《文学领域的思想游牧：文学理论与批评实践》，中国社会科学出版社 2002 年版。

孟昭毅：《丝路驿花——阿拉伯波斯作家与中国文化》，宁夏人民出版社 2002 年版。

［德］莫尔特曼：《俗世中的上帝》，曾念粤译，中国人民大学出版社 2003 年版。

［比利时］莫里斯·梅特林克：《谦卑者的财富、智慧与命运》，孙莉娜、高黎平译，哈尔滨出版社 2004 年版。

［罗马尼亚］米尔恰·伊利亚德：《神圣与世俗》，王建光译，华夏出版社 2002 年版。

［美］米尔恰·伊利亚德：《宗教思想史》，晏可佳等译，上

海社会科学院出版社 2004 年版。

[美] 米尔恰·伊利亚德：《神圣的存在：比较宗教的范型》，晏可佳、姚蓓琴译，广西师范大学出版社 2008 年版。

穆睿清等主编：《外国文学史》，北京广播学院出版社 1986 年版。

缪俊杰、宗连坚：《刘廷芳传》，花山文艺出版社 1999 年版。

[伊朗] 内扎米·阿鲁兹依·撒马尔罕迪：《四类英才》，张鸿年译，商务印书馆 2005 年版。

[俄] 尼古拉·别尔嘉耶夫：《论人的奴役与自由》，张百春译，中国城市出版社 2002 年版。

[英] 尼古拉斯·布宁、余纪元编著《西方哲学英汉对照辞典》，人民出版社 2001 年版。

[法] 欧内斯特·勒南：《耶稣的一生》，梁工译，商务印书馆 1999 年版。

欧阳谦：《20 世纪西方人学思想导论》，中国人民大学出版社 2002 年版。

潘绍中编著：《美国文化与文学选集（1607—1914）》，商务印书馆 1998 年版。

潘一禾：《西方文学中的跨文化交流》，浙江大学出版社 2007 年版。

[美] 帕利坎：《历代耶稣形象》，杨德友译，上海三联书店 1999 年版。

[德] 帕普罗特尼：《西方古典哲学简史》，刘炜译，华东师范大学出版社 2008 年版。

秦惠彬主编：《伊斯兰文明》，中国社会科学出版社 1999 年版。

［英］齐格蒙特·鲍曼：《流动的现代性》，欧阳景根译，上海三联书店 2002 年版。

［英］乔治·弗兰克尔：《文明：乌托邦与悲剧》，褚振飞译，国际文化出版公司 2006 年版。

［法］乔治·索雷尔：《进步的幻象》，吕文江译，上海人民出版社 2003 年版。

［美］乔纳森·弗里德曼：《文化认同与全球性过程》，郭建如译，商务印书馆 2003 年版。

渠敬东：《缺席与断裂：有关失范的社会学研究》，上海人民出版社 1999 年版。

瞿光辉：《纪伯伦作品在中国》，《温州师范学院学报》1996 年第 1 期。

［德］舍勒：《死·永生·上帝》，孙周兴译，中国人民大学出版社 2003 年版。

［美］塞缪尔·亨廷顿：《文明的冲突与世界秩序的重建》，周琪等译，新华出版社 2002 年版。

［美］塞缪尔·亨廷顿、劳伦斯·哈里森主编《文化的重要作用——价值观如何影响人类进步》，程克雄译，新华出版社 2002 年版。

［德］施皮茨莱编：《亲吻神学——中世纪修道院情书选》，李承言译，生活·读书·新知三联书店 1998 年版。

申丹：《叙述学与小说文体学研究》，北京大学出版社 1998 年版。

沈恒炎、吴安迪主编《外国文艺思潮》，3，陕西人民出版社 1986 年版。

《圣经》，简化字现代标点和合本。

［丹麦］索伦·克尔凯郭尔：《致死的疾病》，张祥龙、王建

军译，中国工人出版社 1997 年版。

　　［丹麦］索伦·克尔凯郭尔：《非此即彼》，封宗信译，中国工人出版社 1997 年版。

　　［美］史蒂芬·罗：《再看西方》，林泽铨、刘景联译，上海译文出版社 1998 年版。

　　［英］史蒂文·卢克斯：《个人主义》，阎克文译，江苏人民出版社 2001 年版。

　　［德］施皮茨莱编：《亲吻神学——中世纪修道院情书选》，李承言译，生活·读书·新知三联书店 1998 年版。

　　［德］斯蒂芬·茨威格：《昨日的世界——一个欧洲人的回忆》，舒昌善等译，生活·读书·新知三联书店 1991 年版。

　　［英］泰勒主编：《从开端到柏拉图》，韩东晖等译，中国人民大学出版社 2003 年版。

　　陶德臻主编：《东方文学简史》，北京出版社 1985 年版。

　　［英］汤林森：《文化帝国主义》，冯建三译，上海人民出版社 1999 年版。

　　［英］特瑞·伊格尔顿：《文化的观点》，方杰译，南京大学出版社 2003 年版。

　　［美］梯利：《西方哲学史》，葛力译，商务印书馆 1995 年版。

　　［法］托克维尔：《论美国的民主》，董果良译，商务印书馆 2004 年版。

　　［德］瓦尔特·本雅明：《机械复制时代的艺术作品》，王才勇译，中国城市出版社 2002 年版。

　　《外国报刊目录》，中国图书进出口总公司万国学术出版社 1993 年版。

　　《外国文学简编》编写组：《外国文学简编》，1977 年版。

《外国文学五十五讲》编委会：《外国文学五十五讲》，贵州人民出版社1980年版。

汪建钊编选：《别尔嘉耶夫集：一个贵族的回忆和思索》，上海远东出版社2004年版。

王邦维主编：《东方文学学科：建设与发展》，北岳文艺出版社2007年版。

王宁主编：《文学理论前沿》，第二辑，北京大学出版社2005年版。

——《文学理论前沿》，第三辑，北京大学出版社2006年版。

王宁：《"后理论时代"的文学与文化研究》，北京大学出版社2009年版。

王涛：《圣爱与欲爱——保罗·蒂利希的爱观》，宗教文化出版社2009年版。

王晓路等编著：《当代西方文化批评读本》，四川大学出版社2004年版。

王向远：《东方各国文学在中国——译介与研究史述论》，江西教育出版社2001年版。

王向远：《翻译文学导论》，北京师范大学出版社2004年版。

王向远：《东方文学译介与研究史》，宁夏人民出版社2007年版。

王向远：《东方文学史通论》，上海文艺出版社1994年版。

王向远等著：《初航集——王向远学术自述与反响》，重庆出版社2005年版。

王新刚：《中东国家通史：叙利亚和黎巴嫩卷》，商务印书馆2003年版。

王燕主编：《外国文学史简明教程》，新疆大学出版社1996年版。

王忠祥等主编：《外国文学教程》（下），湖南教育出版社1985年版。

文庸等编著：《基督教词典》，北京语言学院出版社1994年版。

［美］威廉·巴雷特：《非理性的人——存在主义哲学研究》，杨照明、艾平译，商务印书馆1995年版。

［印度］维亚萨：《薄伽梵歌》，［印度］帕布帕德英译、嘉娜娃中译，陕西师范大学出版社2007年版。

吴文辉等主编：《外国文学》，广西人民出版社1985年版。

吴昶兴：《基督教教育在中国——刘廷芳宗教教育理念在中国之实践》，香港浸信会出版社2005年版。

吴云贵、周燮藩：《近现代伊斯兰教思潮与运动》，社会科学文献出版社2000年版。

吴伟赋：《论第三种形而上学——建设性后现代主义哲学研究》，学林出版社2002年版。

［比利时］伍尔夫：《中古哲学与文明》，彭庆泽译，华东师范大学出版社2005年版。

［古罗马］西塞罗：《论神性》，石敏敏译，上海三联书店2007年版。

［德］西美尔：《现代人与宗教》，曹卫东等译，中国人民大学出版社2003年版。

［法］夏尔·波德莱尔：《恶之花》，郭宏安译，广西师范大学出版社2002年版。

夏征农主编：《辞海》，上海辞书出版社1989年版。

湘赣豫鄂三十四所院校编：《外国文学简明教程》，江西人民出版社 1982 年版。

辛守魁主编：《外国文学》，辽宁教育出版社 1986 年版。

邢化祥：《东方文学史》，中国档案出版社 2001 年版。

［日］幸德秋水：《基督何许人也》，马采译，商务印书馆 1997 年版。

徐善伟：《东学西渐与西方文化的复兴》，上海人民出版社 2002 年版。

谢少波、王逢振编：《文化研究访谈录》，中国社会科学出版社 2003 年版。

杨巨平：《古希腊罗马犬儒现象研究》，人民出版社 2002 年版。

杨武能、刘硕良主编：《歌德文集》，12，河北教育出版社 1999 年版。

［苏联］叶·莫·梅列金斯基：《神话的诗学》，魏庆征译，商务印书馆 1990 年版。

伊宏：《阿拉伯文学简史》，海南出版社 1993 年版。

［美］约翰·奥尔：《英国的自然神论：起源和结果》，周玄毅译，武汉大学出版社 2008 年版。

［德］于尔根·哈贝马斯：《后形而上学思想》，曹卫东、付德根译，译林出版社 2001 年版。

郁龙余：《东方文学史》，北京大学出版社 2001 年版。

余志森主编：《崛起和扩张的年代 1898—1929》，人民出版社 2001 年版。

［英］约翰·托兰德：《泛神论要义》，陈启伟译，商务印书馆 1997 年版。

［美］约翰·奈特·施赖奥克：《近代中国人的宗教信仰——安庆的寺庙及其崇拜》，程曦译，安徽大学出版社 2008 年版。

乐黛云、李比雄主编:《跨文化对话》2001 年第 5 期,第 6 期。

[英]詹姆斯·威廉姆斯:《利奥塔》,姚大志、赵雄峰译,黑龙江人民出版社 2002 年版。

张承志:《文明的入门:张承志学术散文集》,北京十月文艺出版社 2004 年版。

张中义等主编:《外国文学简史》,河南人民出版社 1987 年版。

张效之主编:《东方文学简编》,山东教育出版社 1985 年版。

赵林、邓守成主编:《启蒙与世俗化:东西方现代化历程》,武汉大学出版社 2008 年版。

赵宪章主编:《西方形式主义美学——关于形式的美学的研究》,上海人民出版社 1996 年版。

赵一凡:《美国文化批评集》,生活·读书·新知三联书店 1994 年版。

赵毅衡:《诗神远游——中国诗如何改变了美国现代诗》,上海译文出版社 2003 年版。

郑克鲁主编:《外国文学史》,下册,高等教育出版社 1999 年版。

仲跻昆:《阿拉伯现代文学史》,昆仑出版社 2004 年版。

中国社会科学院外国文学研究所编:《东方文学专集》(一),中国社会科学出版社 1979 年版。

周煦良主编:《外国文学作品选》,上海译文出版社 1979 年版,第四卷,现代部分。

周立人:《思想纬度的重构——以跨文化的势域解读伊斯兰文化》,香港天马图书有限公司 2002 年版。

周宪:《20 世纪西方美学》,南京大学出版社 1999 年版。

智量主编：《自学考试外国文学史纲》，上海文艺出版社
1988 年版。

朱维之等主编：《外国文学简编》，中国人民大学出版社
1983 年版。

朱国华：《权力的文化逻辑》，上海三联书店 2004 年版。

其他英文文献

Abu-Laban, Baha &Suleiman, W. Michael, *Arab Americans*：
Continuity and Change, Massachusetts：Association of Arab-Ameri-
can University Graduates, Inc. , 1989.

Abun-Nasr, Jamil M. , *Muslim Communities of Grace*：*the Sufi
Brotherhoods in Islamic Religious Life*, NewYork：Columbia Universi-
ty Press, 2007.

Adonis, Translated from the Arabic by Cumberbatch, Judith,
Sufism and Surrealism, London：SAQI, 2005.

Almond, Ian, *Sufism and Deconstruction*：*A Comparative Study
of Derrida and Ibn Arabi*, London and NewYork：Routledge, 2004.

Arberry, A. J. , *Sufism, An Account of the Mystics of Islam*,
London and NewYork：Routledge, 2008.

Ashabranner, Brent, *An ancient heritage ：the Arab-American
minority*, NewYork：HarperCollins, 1991.

Asad, Talal, *Formations Of the Secular_ Christianity, Islam,
Modernity*, Stanford：Stanford University, 2003.

Ansari, Ali, *Sufism and Beyond*：*Sufi Thought in the Light of
Late 20th Century Science*, Ahmedabad：Mapin Publishing Pvt. Ltd. ,
1999.

Brazial, Jana Evans and Mannur, Anita, *Theorizing Diaspora*, *A Reader*, Malden: Blackwell Publishing Ltd., 2003.

Brooks, Van Wyck, Bettmann, Otto L., *Our Literary Heritage*, Boston: E. P. Dutton and Company, Inc., 1956.

——*On Literature Today*, Boston: E. P. Dutton and Company, Inc, 1941.

Cassuto, Leonard, *The Inhuman Race : the Racial Grotesque in American Literature and Culture*, NewYork: Columbia University Press, 1997.

Chittick, William C, *Sufism: A Short Introduction*, Boston: Oneworld Publications, 2000.

——*the Self-disclosure of God: Principles of Ibn al-Arabi's Cosmology*, NewYork: State University of New York Press, 1998.

Childers, Joseph and Hentzi, Gary, *The Columbia Dictionary of Modern Literary and Cultural Criticism*, NewYork: Columbia University Press, 1995.

Elkholy, Abdo A., *The Arab Moslems in the United States_ Religion and Assimilation*, New Haven: College and University Press, 1966.

Farley, John, E., *Majority_ MinorityRelation*, NewJersey: Prentice Hall, 1995.

Fiedler, Leslie A., *Love and Death in the American Novel*, New York: Stein and Day Publishers, 1975.

Frykman, Maja Povrzanovic, *Beyond Integration_ Challenges of Belonging in Diaspora and Exile*, Sweden: Nordic Academic Press, 2001.

Geaves, Ron, Dressler, Markus and Klinkhammer, Gritt, *Su-*

fis in Western Society: *Global Networking and Locality*, London and NewYork: Routledge, 2009.

Grinberg, Leon, *Psychoanalytic perspectives on Migration and Exile*, Translated from the Spanish by Nancy Festinger, New Haven and London: Yale University Press, 1989.

Grana, Cesar and Grana, Marigay, *On Bohemia: the Code of the Self-Exiled*, New Jersey: Transaction Publishers, 1990.

Hartsock, John C. *A History of AmericanLiterary Journalism: The Emergence of a Modern Narrative Form*, Massachusetts: University of Massachusetts Press, 2000.

Israel, Nico, *Outlandish: Writing between Exile and Diaspora*, Stanford: Stanford University Press, 2000.

JanMohamed, Abdul R. and Lloyd, David, *The Nature and Context of Minority Discourse*, NewYork · Oxford: Oxford University Press, 1990.

Kaufmann, Wanda Ostrowska, *The Anthropology of Wisdom Literature*, Connecticut · London: Bergin & Garvey, 1996.

Leen, Jason, *The Death of the Prophet*, Washington: Illumination Arts Publishing Company, 1988.

Leininger, Phillip, *The Harper American Literature*, NewYork: Harper and Row Publisher, 1987.

Levenson, Michael, *Modernism*, Shanghai: Shanghai Foreign Language Education Press, 2000.

MacEoin, Denis and Al-Shahi, Ahmed, *Islam in the Modern World*, London: Croom Helm, 1983.

McCarus, Ernest, *The Development of Arab-American Identity*, Ann Arbor: the University of Michigan, 1994.

Nietzsche, Friedrich, *Thus Spake Zarathustra*, Translated by Thomas Common, BeiJing: China Social Sciences Publishing House, 1999.

Naylor, Larry L. , *American Culture: Myth and Reality of a Culture of Diversity*, Abingdon: Greenwood Publishing Group, 1998.

Nicholls, Peter, *Modernisms: A Literary Guide*, London: Macmillan press Ltd. , 1995.

Nurbakhsh, Javad, *Sufism: Meaning, Knowledge and Unity*, NewYork: Khaniqahi Nimatullahi Publications, 1981.

Pattee, Fred Lewis, *The New American Literature* (1890 – 1930) , NewYork: Cooper Square Publishers, 1968.

Ruoff, A. Lavonne Brown and Ward, Jerry W. Jr. , *Redefining American Literary History*, NewYork: The Modern Language Association of American, 1990.

Robinson, Neal, *Christ in Islam and Christianity: The Representation of Jesus in the Quran And the Classical Muslim Commentaries*, London: Macmillan Press Ltd. , 1991.

Ruoff, Yvonne Brown and Ward, Jerry W. *Redefining American Literary History*, NewYork: The Modern Language Association of A-merican, 1990.

Ronda, Bruce A, *The Discourse of American Literature_ Culture and Exprssion From Colonization to Present*, Shanghai: Shanghai Foreign Language Education Press, 1991.

Saadawi, Nawal El, *The Hidden Face of Eve: Women in the Arab World*, Translated and edited by Hetata, Sherif, London: Zed Press, 1980.

Schimmel, Annemarie , *As through a Veil: Mystical Poetry in*

Islam, NewYork: Columbia University Press, 1982.

Sharpe, William Chapman, *Unreal Cities*, Baltimore: Johns Hopkins University Press, 1990.

Smith, Bonnie Tu, *All My Relatives_ Community in Contemparary Ethnic American Literature*, Ann Arbor: The University of Michigan Press, 1993.

Tak-Wai Wong, M. A. Abbas, *Rewriting Literary History*, HongKong: HongKong University Press, 1984.

Taupin, Rene, *The Influence of French Symbolism on Modern American Poetry*, Translated by William Pratt and Anne Rich Pratt, NewYork: AMS Press, 1985.

Urquhart, W. S, *Pantheism and the Value of Life in Indian Philosophy*, New Delhi: Ajay Book Service, 1982.

Westerlund, David, *Sufism in Europe and North America*, London and NewYork: Routledge Curzon, 2004.

网上资源

北京大学图书馆: http://www.lib.pku.edu.cn/。

关于哈利勒·纪伯伦的第一次国际会议: 和平文化的诗人: http://www.steinergraphics.com/pdf/gibranprogramme.pdf。

国家图书馆: http://www.nlc.gov.cn/。

哈利勒·纪伯伦和爱敏·雷哈尼: 论文和链接: http://www.alhewar.com/kahlil_gibran_ameen_rihani_page.htm。

纪伯伦先知网: http://www.joy8.org.cn/ 。

芦笛纪伯伦论坛: http://www.reeds.com.cn/forumdisplay.php? fid = 1。

《艺术》杂志：http：//www. al-funun. org。

英文亚马逊购书网：http：//www. Amazon. com。

中国第一纪伯伦网：http：//prophet. bokee. com/。

中国期刊全文数据库：http：//www. cnki. net。

EBSCO 外文期刊数据库。

学位论文

陈杰：《阿拉伯古代诗歌批评发展历程及重要批评问题》，博士学位论文，上海外国语大学，2005 年。

丁欣：《中国文化视野中的外国文学》，博士学位论文，复旦大学，2004 年。

代立勇：《现代性背景下的中国宗教》，博士学位论文，中国人民大学，2006 年。

卢国荣：《二十世纪美国生态环境的文学观照——文学守望的无奈及其久远的影响》，博士学位论文，吉林大学，2008 年。

满兴远：《文学领域中的主体间性问题研究》，博士学位论文，中国人民大学，2004 年。

宁荣：《米哈伊尔·努埃曼文学批评理论研究》，硕士学位论文，上海外国语大学，2000 年。

王晓东：《多维视野中的主体间性理论形态考辨》，博士学位论文，黑龙江大学，2002 年。

杨捷生：《伊斯兰伦理研究》，博士学位论文，北京外国语大学，2000 年。

张继军：《从差异到间性——萨义德人文主义批评思想研究》，博士学位论文，中国人民大学，2007 年。

张璐：《传统与现代——伊斯兰文化与儒家文化发展观在现

代化语境中的意义》，硕士学位论文，上海外国语大学，2007年。

　　赵建红：《赛义德的文学与文化批评理论研究》，博士学位论文，北京语言大学，2007年。

后　记

　　2006 年 6 月，我在四川大学通过了博士学位论文《西方语境中的纪伯伦文学创作研究》，这篇论文从"西方语境"的视角对纪伯伦的文学创作进行主题研究，是国内纪伯伦研究的一个学术上的补遗，虽然当时的论文得到校内外评审专家的好评，但我仍感到很不满足：因为纪伯伦承载了我太多的感动、触动了我太多的思想，这篇力求"规范"的学位论文，远远不能说明这一切。

　　2007 年 9 月，我入北京师范大学进行博士后研究，合作导师为王向远教授。因为在原单位仍兼有教学任务，我在王老师身边受教的时间有限，但在短暂的两年学习期间，我仍从他的授课和著作中得到相当大的启发，并且这些启发直接影响了我在博士后阶段进一步深入拓展纪伯伦研究。由于这些启发涉及我现阶段与博士阶段研究的承继和发展，也涉及我在书稿中的重要研究思路，所以有必要做一个简要的说明。

　　首先，将个案研究与理论探索结合起来。记得一次听王老师给本科生上课，他谈到"艰深"的理论问题时，说："理论是什么？很简单，是文学实践规律性的总结而已，其实远没有想象得那么难。"他诙谐地举例说，就比如讲"乌鸦是黑的"，这是一个理论性、规律性的命题，但你如果仅仅找出一只白乌鸦，那这理论就是站不住脚的。这有趣的话吸引了我。我模糊地意识到：纪伯伦研究对于学术研究的意义，是否也是只"白乌鸦"呢？抱着这样探究的好奇心，我继续深入研究英语和汉语世界的纪伯伦研究现状后发现：在传统的"东西二分"的外国文学研究模式和外国文学编写体例中，纪伯伦是一个特例，这一模式和体例严重局限了纪伯伦研究。因而，个案研究不仅是建构文学史的基础，反之，文学史本身会对个案研究产生深刻影响。而在研究过程中，"阿拉伯—伊斯兰文化"是我找到的另一只"白乌鸦"，它介于"东西之间"的文化独特性，更使我从"文化"的角度来重新审视"东西二分法"。

　　本书的另一个特点是加强了对中国现实的关注，明确提出了"宗教学"和"文化间性"视角，并在此基础上论述了这两种视角在中国的现实意义。应该说，关注学术研究的现实意义，是我从博士到博士后阶段师从两位导师得到的心得。我的博士导师曹顺庆教授非常重视学术的现实性，他认为，中国当代学术中存在诸多偏见和缺失的一个深层原因是学术"现实关怀"品格的缺乏。"一种学术，如果没有理论深度，可不只是没有品位的问题，而是没有价值的问题。"（见曹师《跨越异质文化》，山东友谊出版社 2007 年版）进入博士后阶段，合作导师王向远教授也一再强调学术研究与中国现实、政治的结合，在《"笔部队"和侵华战争——对日本侵华文学的研究与批判》中，他写道："在我国，在我们这样一个时代，通过学术研究来弘扬爱国主义，是人文社会科学工作者的义不容辞的职责。"第一次读到这段话时的感动至今记忆犹新！随着纪伯伦研究的深入，我越来越感受到：学术研究有很多种，选择什么不重要，重要的是一种介入学术的态度。我虽然微不足道，但我愿意选择勇气和担当。

博士后阶段对纪伯伦研究的另一个突破是，将"间性"概念引入纪伯伦研究。这得益于我的初期选题——英语世界的伊斯兰文学，当时只是有粗浅的认识，觉得阿拉伯—伊斯兰文化是"东方文化"与"西方文化"之外的一个很特殊的例子，于是把大多是感悟性的思路写下来给王老师看了一下。他看后说，你可以把题目定为"文学文本与文化间性"，这提示我开始关注间性理论，并由此进一步引发了对纪伯伦研究的文化间性问题的思考和研究实践。在以文化之间的"共享与互动"为标志的"间性"特征越来越成为这个时代众多文学的特质时，我相信，从"文化间性"的视角分析作家的创作，会成为一个必然的趋势。

说来惭愧，单论这篇书稿从最初的博士论文写作，到最后拓展成书的时间，一共花费了我6年时间，这6年里，除了有约1年时间因为找工作、调动工作等杂事缠身，我是一日未敢忘纪伯伦，也一日未敢懈怠！但无奈资质和学养有限，其中的疏漏，仍在所难免。"走进纪伯伦的世界"，我仍只是一个开始。希望国内有更多的学者能关注这位有众多读者，却被研究者冷落的作家的创作。事实上，纪伯伦文学创作和文化身份的无法定位的"间性特征"，也给纪伯伦研究的多元性提供了可能：东方文学研究、美国少数族裔文学研究、英语伊斯兰文学研究、阿拉伯—伊斯兰文学研究、基督教文学研究、苏非文学研究、作为哲学家的纪伯伦、作为画家的纪伯伦等等——"标签"不重要，重要的是，纪伯伦研究仍有很大的拓展空间！

我很幸运，得遇良师。在读博之初，导师曹顺庆教授就针对我的个人情况，鼓励我继续深入纪伯伦研究，希望我能在英语世界的伊斯兰文学研究中找到自己未来的发展方向。在读博期间，他更是给我提供尽可能大的发展空间，严格甚至"苛刻"地监督我的学业，希望我能在自己的研究领域有所作为。导师的信任和鼓励、慈祥与宽容，给我一直前行的勇气和信心。

另外，还要特别感谢我国阿拉伯语言文学专家、北京大学东语系的仲跻昆先生，先生鼓励提携后辈，从我的博士论文到书稿，先生都给予了热忱的关心和支持，并提出中肯的建议，每次向先生求教，他质朴、谦逊、豁达的一代学人风范都令我如沐春风，心向往之——"读书人"当如先生！

同时，要感谢我的硕士导师麦永雄教授和梁潮老师，麦老师坚持让我们精读英文专业论文的课程，使我的专业英语水平得到磨砺。梁潮老师引领我走进纪伯伦研究的大门，他如朋友般的真诚让我至今难忘！感谢青岛大学侯传文教授在青岛三年对我如兄如师般的爱护！也要感谢《国外文学》的编辑、北京大学东语系的魏丽明老师，在我还是一个博士生，并且素未谋面的情况下，发现我的投稿，并邀请我进入北京大学"东方作家传记文学研究"课题组，课题组在活动和经费上的支持，使我开拓了纪伯伦研究的视野，进一步从全新视角探索英语世界的纪伯伦传记研究。《东方丛刊》、《国外文学》、《跨文化对话》、《山东师范大学学报》等刊物给我的纪伯伦研究成果提供了发表的机会，中国社会科学出版社的李炳青编审热情协助了书稿的出版，得到像她这样认真、细致、具有艺术鉴赏品位的资深编辑的帮助，是我的幸运！并感谢河南大学文学院为书稿的出版提供资金支持！

最后，对参加我博士论文和博士后出站报告答辩和评审的专家和老师一并致谢！他们对论文的肯定、鼓励和建议，都有助于论文的进一步深入拓展。现列名如下：北京大学仲跻昆教授、北京外国语大学董友忱教授、中国社会科学院伊宏研究员、南开大学王立新教授、中国人民大学杨慧林教授、武汉大学张思齐教授、清华大学王宁教授、东北师范大学刘建军教授、四川大学赵毅衡教授、杨武能教授和徐新建教授。

——感谢最亲爱的母亲和在我心中从未逝去的父亲！

2010 年 1 月于开封